长篇小说

走过路过

沈涌 —— 著

SPM
南方出版传媒
广东人民出版社
·广州·

图书在版编目（CIP）数据

走过路过 / 沈涌著. —广州：广东人民出版社，2021.12
ISBN 978-7-218-15350-6

Ⅰ.①走… Ⅱ.①沈… Ⅲ.①长篇小说—中国—当代
Ⅳ.①I247.5

中国版本图书馆CIP数据核字（2021）第215785号

ZOUGUO LUGUO
走过路过
沈涌 著

出 版 人：肖风华

责任编辑：胡　萍
封面设计：奔流文化
责任技编：吴彦斌　周星奎

出版发行：广东人民出版社
地　　址：广州市海珠区新港西路204号2号楼（邮政编码：510300）
电　　话：（020）85716809（总编室）
传　　真：（020）85716872
网　　址：http://www.gdpph.com
印　　刷：广州小明数码快印有限公司
开　　本：890毫米×1240毫米　1/32
印　　张：12.25　　字数：30千
版　　次：2021年12月第1版
印　　次：2021年12月第1次印刷
定　　价：58.00元

微信扫码
· 读作者经历
· 品长篇小说
· 听人文故事音频
· 入读者交流社群

如发现印装质量问题影响阅读，请与出版社（020-83716848）联系调换。
售书热线：（020）85716826

目录

走过路过
zou guo lu guo

第 一 章

1

揉揉眼睛，轻轻地叹气，胸口有点沉闷。

心情激动，却又无语。

已经潜伏多年的焦虑症或者说身体的某种毛病，又不请自到地走了出来。

某些经历的节点，不知为什么，一旦想起，自然会出现这样的感受。

整个人于是进入发呆的状态。

"为啥呢？"莫志清问，她看出来了。

"不知道。"侯攀说，摇摇脑袋。

"上医院去检查吧。"莫志清关切地说。

"不去。我最怕去医院。小时候怕打针，如今怕人多，怕这样那样的检查，怕付费。"侯攀说，又摇摇头。

"你还那样。但现在这个年纪，不能那样了。"莫志清说。

"我一直都这样的，也过来了。"侯攀说。

"但现在的你不是过去的你。"莫志清说。

"我就是我，过去、现在、将来，都是。我的父亲、母亲，也都这样的，他们特别拒绝去医院。看来有遗传。老天的安排，我走不出自己的命运。"侯攀说，声音变得有点大。

"你又来了，还那脾气。"莫志清说。

"不是。真的不是。"侯攀说，"新到此地，而且是世界大都市，难免思绪飞扬，百感交集。不由想到生命、阅历和意义。形而上学的兴奋灶点燃了。其实，我只想说，我们遇到了一个前所未有的心想事成的年代。"

莫志清点点头，说："回过头来看，还真没想到。如此巨变，丰富多彩。我们幸运，是幸福的一代。"

"按照流行标准，我算不上成功，但也可以说是参与者和见证者。我之所得到，大于我之所付出。我会清醒，要致敬和感恩。我还想，我们的肆意任性与莽撞胡闹，恰恰证明了所处环境的温和、宽容与自信。因此，也不无意义。"侯攀说。

"我不会想得太多，能从传统起飞，离开祖祖辈辈的狭窄空间，在辽阔的世界翱翔，平安顺利，真的要感谢这个时代。"莫志清说。

"哪有什么岁月静好，因为有人负重前行！"侯攀说。

"好熟悉的句子，网络流行语言吧，不是你的独创。"莫志清说。

"当然。各人的故事不一样，内心不一样，但也都可以做出自己的证明。这是我的存在感。"

侯攀说罢，还笑了笑。

莫志清又问："笑啥？"

侯攀说："一个古怪的问题，你不知道的。"

莫志清说："你即便要告诉，我也不想知道。"

然后，她哼了一声。

找不着北。那曾经的迷惑、焦虑与激情，已经过去。如今熟悉了一切，包容了一切，接受了一切。内心坦然。但现实还是激发了一定的想象。对此，也不会毫无预感。

真的不缺乏这样的智慧，像他那样敏感而富于想象的人。

很多年以前，去到广州，在那个规模比如今小得多的以前的白云机场国际候机室，等候不久，匆忙地完成了登机出国的各种手续，然后，有点木然地送别女友莫志清。在莫名惆怅之际，侯攀忽然想到，那不仅是分手的开始，也是共同生活的结束，也很可能是爱情的结束。以后也许还会再见，而那时，会是怎样的呢？不得而知。

深夜，美丽繁华的香港，名不虚传的东方之珠；依然以特别丰富的色彩、温情和诱惑，涂抹着充盈着这座城市，由此，带来新鲜、刺激和兴奋。在临近圣诞节日的时候。

手扶栏杆，迎着习习凉风，面对着维多利亚港，面对着香港岛上一大片密集紧凑、错落有致，高层、超高层或非高层的现代化建筑楼群和密密麻麻、或白色或橙黄或其他暖色的灯光。

食肆、商铺和超市，水晶灯饰装点的五彩缤纷、琳琅满目的应时商品，还有让人感到亲切的圣诞老人，那一曲曲熟悉的经典节日主题乐曲，营造出浓浓的氛围。

小街一处角落，几辆小货车停放住，十几个工作人忙碌着，大包小包堆放在地面，又往车辆搬运。他们在分放着报纸杂志，第二天一大早，这材料将成为城市新鲜的文化信息面孔。

无人关注的在深夜中进行的这个物质化行动化的粗糙环节，

侯攀注意到了，心里一动。毕竟，自己的本行是做文化。

而在这早一些时候，他们在一起，慢慢走着，有时碰碰肩膀，有时手拉手……

在一个小餐厅简单地用过晚饭。吃什么不在乎，在一起聊聊天，在交谈中放松，回忆往事，感受一种特别的温馨。

先是步行去了附近那个叫中港城码头的一处海水面，为的是，看看媒体热门报道的那个从大西洋漂流过来的具有全球化文化内涵的工艺品大黄鸭。停放在水上的几米高的橡皮大黄鸭，随风摇曳，现场的感受与媒体图片视频的印象还是有着很大的不同。有一种更为震撼的效果。以至于莫志清像孩子似的不停地哇哇喊叫，同时，手机嚓嚓地响，不停拍照。

侯攀哈哈笑起来，看着莫志清。

"你又这样笑，莫名其妙。笑啥？这次要快说。"莫志清说。

"这回我真的要说了。你哇哇喊叫的时候，特别可爱。"侯攀说。

"哼，我是给小儿子拍的，是他告诉我大黄鸭的故事。"莫志清说罢，转过脸，不理他。

"那当然，"侯攀说，"但，突然地，我想起了你的过去。那时候，我们在一起，你真可爱。"

"行啦行啦，我懂了。"莫志清拍打他一下，止住了他。

一阵兴奋之后，他们还是那样走路。漫无目的，只选择行人稀少的道路和地方，有一句没一句地说着话。说说笑笑，也不知说了些什么。但觉得轻松、愉快、自由，像回到过去的某一个时期。

"你还是那样。那个声音，很独特，没人能够取代。喜欢听你唠叨，喜欢你的声音，那种银铃般的质感。或许我的体验最独特，我是你的第一个男人。"侯攀说。

莫志清朝着他的脸庞轻轻地又打了一巴掌，说，你坏。

侯攀笑笑，不再说什么。

曾经身体亲密无间，如今是语言交流和心灵共鸣的亲密无间，但底线十分清楚。不需要暗示，不会尴尬，也没有激情。

本来，他想说，你至少有两个男人。另一个是个洋人。你有比较的体验。我这个中国男人，知识分子型的，比你的那个西方男人差吗？当然，这里明确无误是指男人的那些方面。

世界的对比，力量的对比，文明的对比，最后表现为人的对比。也算得上是时代的豪气与竞争。

假如直接问问莫志清，当然会知道得更为准确。一直以来，他都有这样的想法。

但到底没有把话说出来。

这便是一个结局，一种成熟，也是一种麻木。

2

如今，莫志清定居香港，有自己的住房，不用从事职业工作，要操心劳作的是照料念中学和小学的两个孩子，负责家务。还算舒适悠闲，有滋有味。

老费从美国回到北京，应聘到高校教书，戴上博导的桂冠。在中国讲美国，一年或半年。回去几个月，在美国讲中国。所选话题，都是双边很关注的热点，颇受欢迎或者说"生意"很好。

余丽去了德国，在位于法兰克福附近小镇的一个国际合唱艺术机构当干事，在来自各国的十多个同事中，她热心同大家打交道，如同欢快的自由灵活地游来游去的小鱼，挺开心顺利的。遇到以前的熟人，总喜欢介绍她在小镇上购置的一个小别墅。

曾晋进了监狱，告别昔日荣耀，失去自由，每天面对高墙，见到前来探望的熟人会忍不住流泪。总是絮絮叨叨地说，虽然这里待他不错，但还是觉得度日如年，恨不得第二天可以出去。无限感慨也无可奈何。在那里找到一个精神寄托，挤出时间埋头读书，专心研究四大名著。

廖智义英年早逝，令人扼腕；胡文秀年过半百风韵犹存，一门心思放在女儿身上，不仅希望女儿事业有成，一帆风顺，还急着嫁女抱孙……

做了多年作家梦的老温，一度放弃初衷，说起文学来，经常性地忍耐不住要骂娘。骂文坛的阴暗角落，骂自己读书越多越愚蠢，责怪以前表扬过他写作才华的中学语文老师和大学中文系教授，说这些原来感激的伯乐，其实误导了他，让他半辈子生活在没有意义更没有实惠的虚幻世界当中。但这几年突然转向，回归以前，又近乎痴迷地写作，笔耕不辍，只是一字不提当作家的事情。

大学的班长袁达志退休赋闲，偶尔做点企业咨询，同时依然是同学活动的最有影响力的组织者。他建立一个微信群，呼唤、引导和管理着大家的言论信息。一有同学的消息，主要是好的消息，少不了会迅速发布。

还有，那个白手起步、依靠勤奋与智慧、已经拥有几十亿资产的同学许一石，依然琢磨着大手笔投资发展。大学毕业10周年，进行了第一次热烈的同学聚会。他的企业刚有起色，但也慷慨大方地提供了资助。此后不同时间节点的各种主题的同学聚集活动，以及母校的庆典，他的资金给予，都是最引人注目的。他注重低调，不好张扬，不求回报。最近，他对侯攀说："谁人是否老实，不可自证，唯有苍天知道。我只说我是善良人。在家乡农村，我们这姓氏家族，也有这样的传统。所以，如今生活状况总体会好些。"对此，侯攀点头认同，由衷相信。但有些时候，许一石似乎已经失语，无法同以前的大学同学说话沟通了。别人主动与他说话，那个人往往会担心：自己讲的大道理或许空洞，具体的事情又嫌过于琐碎；开口之后，发现自己的口才会大打折扣。如果要许一石主动开腔，他本人又觉得不知道说什么好，或是浪费时间，或者有失自己因财富所带来的尊严。这样的交流，语言疲乏，气氛紧张，免不了沉闷和尴尬。

而侯攀他自己，过着一种以前无论是自己还是别人都没有预料到的、无法简明道白的生活，经常若有所思，不知所云。他谈过几次恋爱，离过一次婚，如今享受着愉悦幸福的小家庭生活，妻子模样秀丽，温柔贤惠，大女儿活泼可爱，喜欢读书，上进心强，小儿子健康活泼。不过，在侯攀那里，所谓的理想，那种青春时代的热词，如今已经变得有点陌生或者奢侈。那东西，更多保存在回忆中，在自己那一堆纸张发黄的文稿里头。总而言之，还算是好的，精神与物质的状态条件也都还行。

不久前，侯攀阅读一部外国小说，作品说到了生命的漂移，那走过路过各种环境与情景的经历，其实不仅是人生的本质，也是一种人生感悟的智慧窗口。为此，他颇有同感，心里觉得：初始设立的目标几乎都没有实现，但过程当中也得到许多意外的收获。在真实生活旅途中，经常被莫名而绵长的愁绪包围，在消耗生命的时候，一些东西变成为符号，而这些个痕迹，也因为蕴藏在其中的内涵而或多或少地具备了价值意义。对于存在的关注与感悟，是人之所以为人的本质所在，这样的意识，必定是生命中不可或缺之需要。

所以，总在流动变化、令人无法平静的这个时代，回忆与沉思，如同许多东西一样在不知不觉中改变了味道；或者是奢侈的，或者是无聊的。但也还真需要这个，总有一个核心的东西在牵挂。

不难发现，很多年以后，在回想往事当中，许多景象和细节，都成了情感与哲学的符号。

比如那时候，触景生情，自己产生一个强烈的意识：门，通道，等于生活的选择与走向，具有了象征的形而上意义。生命，一个人的轨迹，线性也罢混沌也罢，试问，人们可以注入多少理念的东西？

或许这是一个老而又老的问题，也是一个平庸而无聊的问题。

流逝的事实即为历史。

3

许多年前的那个真实情形已经清晰地刻印在心里，那时是：打开熟悉的门，没有立刻进去，不由自主地站在门口，细细体味某种感觉，下意识提示，这会儿是一个分水岭，这生活或者说自己的人生在这一刻来了一个转折，为此他要看得真切一些。这感觉突然而至，但又十分自然。一阵空虚的意识感涌上心头，很不是滋味，于是胸口感到有点儿压抑和烦闷，于是会轻轻地叹息一下，唉，这人哪，是不是在某一关头上，才会有所发现，有所领悟，才算是看清了自己？应该是。对于认识来说，很多时光和经历都没有意义，只是某种重复与翻版。

思维的突破与升华，往往在一刹那的顿悟。

侯攀，一个年近三十、因读书生涯与脑力工作留下明显外形特征的男人，在那时候豁然开朗，顿时也轻松地放下了许多东西。这熟悉的地方，唯一属于他个人的空间。他工作了快十年的大学分给住宿的不足十五平方米的房间，展现了生活的一角。

眼前一片凌乱，残败不堪。蚊帐还没挂起，被子掀开了，胡乱翻卷在一起，床上和床边的椅子上，零散放着换下的衣服，其中有女人的三角形状薄薄的半透明的内裤、质地与造型精致的乳罩。一只女式高跟皮鞋斜摆在床前，另一只不见了，可能被踢进了床底，还有一只长长的灰褐色的丝袜挂在床沿边……床间或许还带有少许湿热的气息，流露出肉体的活力与诱惑。

他们是十个多小时前，在凌晨四五点钟的时候离开这里的。走的时候天色灰蒙蒙，回来的时候，暮色苍茫。这里的这一天与阳光无缘。

二十二三岁，有过同居生活经历但没有怀过孩子的莫志清走了，到澳大利亚的悉尼自费留学。拥有英语本科学历的她，还是坚持自己的想法，终于迈开了这一步。

一点也不奇怪，一切都顺其自然，性格使然，价值观念使然。

她要乘的飞机是下半夜飞离广州的，为了保险，不辞劳苦，赶早出发，坐南下的火车到广州。京广线上的列车已经非常多，不到二十分钟便有一趟。侯攀和莫志清带着皮箱，大包小包，好几件行李，匆匆离开房间。在学校门口叫了辆的士，赶到火车站，花几块钱，买了月台票，走进站台等候火车。两人还没说上几句话，一趟火车来了，上车补票。有钱立马可以上车，真是方便。毫不奇怪，有钱什么事不能办呢？钱太有用了。火车进入了竞争时代，提速，讲究经济效益，于是给人们带来了这样的好处。那时是 20 世纪 90 年代末期了，火车不再拥挤，除了春运和几个大节假日。

两人上了火车，还好，并不拥挤，这毕竟不是民工南下的高峰时期，很快找到了座位。

莫志清说："你以后可以经常到广州去买书啦。"

以前，侯攀一年要有两次时间，专程到广州买书。他们居住的这座城市在广东北部，是典型的中等城市，历史悠久，底蕴深厚，尊重文化，书店书籍本来也不少，但毕竟不是大城市，侯攀觉得那里的文化满足不了自己的要求；他还有一次坐火车跑到北京，专程买了一大堆书回来。

侯攀说："去广州看来会是经常的事情，但不一定是为了书。"

莫志清听出了话音，说："你怎么想，便怎么做吧。不要苦了自己，何必呢。"

"是啊，何必呢。这么简单的问题，我却是一直没有想明白。"侯攀说，"人有时候其实很糊涂，很愚蠢。真理往往隔着一层纸，可却让你找不着北。"

"早不见你这么明白。"

"这是我的悲哀，也许是我的难能可贵之处。这一切都将过去。我很高兴，又一次清醒地看到了过去，可以更好地安排未来。"

"以后会好的，我希望，也相信。"

"当然。一扇门关闭了，另一扇门便会打开。人们发现，这是上帝给大家的机会。我没有说错吧。"

"你以前那个女友留给的教训，你其实还没有领悟。你要是早一点有这样的意识，或许我们不至于会这样了的。"

"哪有或许，只有必然，只有现实，只有宿命。"

"也是的，道理的价值，道理的有用性，不在于辩论的过程中，而在于实践的过程中。"

"是的，你悟性好，说出了又一个真理。滔滔不绝地讲授真理的人，也仅仅是一个哲学教师罢了，真正的智者是通过力量与成效来说话的。"

"可惜，我没有机会听你教导了。"

"不，是你教导了我。这回你是老师我是学生。"侯攀说。

莫志清摇摇头，轻轻叹口气。

两人有一句没一句地这么说着，像是讨论什么哲学命题。

列车奔驰，窗外的景致匆匆掠过。岭南大地的山山水水，花草树木，道路、城镇、小小村落，袅袅炊烟……熟悉又陌生，都带着记忆和情感。

本次旅行，决定着这两个人的命运。

对此，两人都明白。但他们不知道，各自的未来是什么，明天会如何。还好，现在双方都想通了，放下了一个过去的或者说现实的包袱。

莫志清离开学校，离开中国，去到国外。自己花钱，安排了人生的另一条道路。她一定要走这样的路子，一踏上征程明显觉得自己的生命有了一种价值。

侯攀很不理解，但也顺其自然。

昨晚，是两人的分手之夜。

是暂时的分手，还是永久的分手。两人都没有太多的心思对此关注。过了这一夜再说吧。或者，这其实是两人顿悟的结果。

侯攀的小房间，曾是两人温馨的窝巢。里面陈设简单却有品位，一张写字桌，一张双人床，三个书架并排而立，几乎封住一面墙。房间后面有扇门，外面是洗手间和阳台。

快乐的日子与空间面积并无关系。

某日早上，叫人心旷神怡的天气，清新舒适，鸟语花香，沁人心扉。她在校园的柳林湖畔诵读英语，声音清脆，抑扬顿挫，很有韵律地处理着重音轻音，如同唱歌一般动听。歌唱的音乐确实是一种发自内心的声音，一点也不奇怪。而他拿着相机，想捕捉晨景，没想收获到的是莫志清。

鲜嫩朝阳，依依绿柳，青青湖水，微微凉风。一个年轻女子的倩影，清纯美丽，还有外语的知识性和世界性气息，这些，吸引他的眼球，激发他的灵感。

咔嚓。他为她拍了一张照片。

当然，也留下了她的名字和所在班级，说以后会告知她来取照片。这样，他们有了机会接触交往。

但昨天那样的晚上，一切都显得乏味和多余。

本来，侯攀也认真做了些准备，两人特地到校门外那汕头人开设的小食店炒了几个菜，要了啤酒。没想到，都少了说话的兴致，侯攀努力多说点，但对方答非所问，酒菜还剩很多，两人无心再吃下去，匆匆收场。

回到宿舍，书桌上，摆着一盘侯攀买回来的水果。莫志清惊喜地叫了一声，这很难得，侯攀以前极少买吃的回来。她拿了一个已洗好的水果，咬了一口，便停住，没往下吃，一会水果又放了回去。

莫志清也没了品尝水果的心思，忙着收拾行李去。

侯攀帮不上忙，坐在一旁呆看，半天也插不上几句话。

到该上床的时候，侯攀先洗了澡，躺在床上，舒展身躯，等待莫志清。本来，他叫莫志清同他一块淋浴的，莫志清却说："我再看看行李，查查几样东西。"说罢，她转过身躯，仔细地忙那个事情了。

侯攀突然感到有点失望。感到，她的关注点已经移动开来。于是，默不作声，自己草草地洗了洗，然后一个人先到床上躺下，他想，要么等等莫志清，如果她没有兴致，那只好自己先睡，这几天为莫志清的事，忙得够累的。

迷迷糊糊当中，莫志清推醒了他。

莫志清的脸贴在他的胸膛上，她的呼吸有点沉重，与平常不一样，因为她并不轻松，头脑里想的事情会很多，很沉。

其实，两人各有各的想法。但谁都要进行这分手时的一次相爱。

私密而激动的这个事情，有时是情感，有时是本能，有时是理性。现在，两人出于某种礼节，某种理念。

侯攀忽然想到一种说法，叫作行夫妻礼。

只好举行这样的礼节，做做这个事情。侯攀一翻身，把莫志清搂在怀里。两人没有说什么，按照习惯的套路，完成了一次男女肉体的接触。激烈的肌肉运动，高频率的心跳，急促的呼吸，还出了一身汗水。达到兴奋的高潮后，从巅峰坠入谷底，归于平静，恢复常态。

之后，莫志清很快到洗手间洗了洗，回到床上，一会便无语沉默，很快睡着。

侯攀从洗手间出来后，没有立刻上床，他坐在写字桌边的藤椅上，点燃一根烟。

以前，莫志清会挑逗地问："抽烟感觉好，还是那样好？"他会老老实实地回答："那样好。""怎么好？""就是好。""不，你要具体说说，怎么个好嘛。"莫志清身体靠过来说。侯攀伸出胳膊，轻轻把她搂住，呵呵笑起来。

但现在，忘记了这种情调。

夜已深沉，四周寂静。

他想放松自己，理清思路。但头脑还是乱哄哄的，无法安静。

夜风从窗外吹进来，嘶嘶作响。那是这所大学特有的风，经过了山野，经过了树林，非常的清新与清凉。透过窗口，睁大眼睛，寻找风的踪迹，注视良久，只看见深邃的夜空。

但一接触到这风，立马感受到特有滋味的气息。亲切宜人，不可替代。

算了吧，许多的事情现在一下想不清，想清了也没有用。顺其自然，事情进展很快，应当不难看到水落石出的时刻。

于是，侯攀伸伸懒腰，上床躺下。

一阵闹钟响声吵醒了两人，都顾不上说什么，匆匆洗漱，收拾行李，一前一后出了门。

似乎还带着一丝睡意的莫志清，就这样告别了她同侯攀在一起的窝，头也没有回。从此，再没回来。侯攀知道，她缺乏记忆，不喜怀旧，头脑里装的是当下与未来的东西，侯攀则刚好相反，两人的兴奋灶是不同的。

在大学门口，即使是半夜，也会不难等到出租车。这次也顺利招到了车子，到达火车站，旅客不多。又过了一会，两人已经坐在了南下的火车上。

讲了几句后，便长久沉默，再也没有什么可说的。

莫志清想的是顺利登上飞机，飞向异国他乡。侯攀自己也很明白，将莫志清送走，他算是完成一项任务，到时也许会得到某种解脱。

在机场候机大厅挥挥手，各自朝着自己的方向，走自己的路。

大型客机轰鸣启动，莫志清飞上蓝天。

这会儿，她会想想侯攀的。对于此，侯攀相信，女人嘛，心总是柔弱、善良，依赖性比较强。

侯攀自己也并不是绝情之人，更不会将莫志清当作一个玩物。所以，离开机场，一种莫名的惆怅在他心中燃起，他赶紧上火车，不辞辛苦地坐车几个小时，回到了自己的住处。

一路上，脑瓜里头又是乱哄哄的，不知道想了什么事情。

到底回到住处，方才平静下来。

回到空巢，静静地坐在写字桌旁，该好好地想想。

非常的寂静，好像连放在桌面上那块上海牌手表秒针走动的嘀嘀声都听见了。细微的那精密机械的声响呀，这与自己每日相处的手表，像是老朋友一样，亲切言说什么。

其实，和莫志清在一起的日子，也仅仅是过了一段舒心的生活，一段赶时髦的生活。恋爱、同居，对于未来，对于结婚生孩子，两人都没有认真想过。

4

　　侯攀在省城的师范大学毕业。那年，他才二十岁出头，分配到了这座中等城市的高校中文系，担任当代文学教师。在教师中，他年纪最小。在校的学生，不少年纪同他差不多，还有比他大的。侯攀中学毕业后，当了一年的知青，之后考上大学，从大学出来，接着又到了另一所大学。学校的生涯磨炼了他。

　　刚刚毕业当教师，角色是助教。当代文学那个五十多岁的主讲老师上课，他要坐在学生座位后面听课。

　　1978 年 10 月，十七岁不到的他，考上省城的大学。在当时，那是不多的省级重点大学。之前一年，他在县城中学高中毕业，按照当时上山下乡规定，当了知青，分配到深山里头的一个林场劳动。他对去向的选择有点特别。因为可以跟父亲那条线，在县博物馆工作的父亲属于党群战线，分配的属地是县城附近一个由"五七"干校改成的农场，交通便利，所要干的活儿也不会太劳累。而且，都是县里的干部子女，各自的生活条件也都很好。但，和一般人的想法不同，侯攀选择的是跟母亲。在集体所有制制衣厂当仓库保管员的母亲所属的是工交战线。那方面的同学是职工子女，他们去的山区林场，距离县城三十多公里，其中一大半是崎岖狭窄的山路。1977 年的 7 月上旬，毕业离校没几天，他们来到林场，迅速进入了工作的状态。那时，还没有听说有自愿参加高考的事情。所以，面临的未来，还是以前的安排。这样，侯攀的风险更大了。因为党群线的知青，一般是回县城。很多的机会是在自己父母的单位，找上职位。那时候，还可以顶岗，要是父母退休了，子女可以根据他们腾出的空缺进入单位。知青转正当职工，不是干部身份，但可以工代干，或者在机关部门干个勤杂，以后找机会提拔发展。这是一条不错的道路。而在工交战线，往往少有这样的美差了，一般的安排是进入工厂当工人。林场是个缺人的单位，在林场当知青，相当部分是就地转正，成为林场职工。而这，意味着难以回到县城，要在深山老林工作生活。很多人是不愿意这样的。这个问题，在临近毕业的去向选择时，一些同学对侯攀说过，父母也担心过。但侯攀对那些忧虑不屑一顾，说："我不仅不会在山区里度过自己的人生，即使是我们这个县，我也不会久待。我们这地方，是个偏僻的山区，我不是看不起自己的家乡，也不是嫌贫爱富，但这地方毕竟太小了，而外面的世界太大了，我要到外面去。"

大家听了，觉得有点惊讶。但对于侯攀来说，这还真是一个志向。

从小学到高中，侯攀念了好几个学校。接受教育的事情，记得还是幼儿园，小班他是及时进入了。父亲是中学教师，母亲是小学教师，家庭文化氛围很好。所以，四岁一到，立马被送去幼儿园。"文革"开始的时候，本来结束了幼儿园中班阶段，要进入大班的，被政治运动左右的父母没心思理会他。受忽然而来的反感心理支配，他不去幼儿园，每天一早和水上公社一群船民的孩子，身披朝霞，沿着河边，顺水而下，抓鱼虾，捡石头，经历了流浪社会的一个学年。后来，一年级在县城小学，二年级后随着劳动改造的父母，到了乡下，在农村生产小队教学点、生产大队小学、公社中心小学、公社中学念到初中毕业，高中阶段，才又随着家里的搬迁，回到县城，在县中学高中毕业。频繁的转学，他习惯了自己读书。父亲的藏书被搜查，按照勒令，要自行处理掉。于是，在蒙蒙细雨中，母亲走到附近农民家里，借来一副稻谷竹箩，挑了两次，将那些书本当废纸卖给了废旧物资收购站。在破旧房屋做收购的，是父亲教过的学生，因为家庭经济困难，初中没念完，不得不辍学。这个酷爱读书的青年，悄悄将书本放置在一边，以后，其中的一部分，经过他，又送回来了。这些书，成为侯攀阅读的资源。几十本小说、散文、文学评论，历史、文学史，囫囵吞枣地阅读，似懂非懂，没到初中毕业，竟然把这些书籍啃完了。由此，产生两个明显的结果：一是不大爱好数理化，更喜欢文科；二是参加高考，确实有一些积累。所以，侯攀顺利地在考生非常多、录取率非常低的恢复高考第二次考试中取胜，进入大学，他是班上年纪较小的几个之一，同班同学最大的比他年长十多岁。他没有太多的蹉跎岁月的怨恨，相比之下，更像时代的幸运儿，及时地遇到了一个重大的转机。

大学四年，不长不短，说着想着，在似懂非懂、模糊不清当中，也过去了。转眼，当上了大学教师。

一身打扮同在大学里当学生并没有什么变化，夏天是衬衫套深色长裤，洗得发白的帆布仿军用挎包是用来装书本的，有点过时。在广州中山五路的名叫大学皮鞋的店铺买了双新皮鞋，质地很好的牛皮材料，脚板穿进去，立马感到坚实保护的舒适。走起路来，噔噔噔，发出坚实的声音。那步伐刚劲有力，而且还很自然地挺胸昂首。有种感觉，成为大学教师已经今非昔比。

只是听课有点烦。还是有差距，或者算是那个流行的词语，叫代沟吧。那主讲老师，20 世纪 50 年代的大学生，学的是苏联那一套东西，60 年代遇到"文化大革命"，随波逐流，人云亦云，放弃思考。但是，现实还有一种压力，需要他承接，那是工资、住房，一家人的吃饭，子女的教育及其接下来的就业。所以，他将更多的精力放在人世间的基本生存的应对上。读书提高，研究学问，早已经放到一个几乎忘却的角落。而侯攀在大学泡了四年，倒是刚好相反，走进一条精神的狭窄通道。所以，听那些没有新东西的课，自然会不耐烦，难以适应。

但大学教师的日子还是平静而自由的。

初始，侯攀过得规律如常，也很舒适、惬意。教书、读书、写作，还保持念大学那股劲头，有意无意地彰显自己的青春活力，只不过是和年纪与自己差不多的大学生相比，还有工资收入，于是也就有了许多的优越感。由是满足，不知不觉，一年又一年。也谈过几次恋爱，最后都是不了了之，那缘由，归根到底，是侯攀自己不大上心，或者说自己还有更多更大的想法、野心与欲望。后来，还是觉得暂时是单身好。每天都安排得井井有条，早上起来跑步，在运动场的四百米椭圆形跑道上跑五圈。五四二十，一共是两公里，接下来是三十个俯卧撑，十分钟的倒立。运动完毕，在门口前的草坪上读十五分钟英语，然后去食堂买一份早餐，早餐后一杯茶。之后，通常是上厕所，大便一次，排泄拉空，清理体内垃圾。做完这些事情，上课的时间也快到了。如果有课，拿起课本教案，赶紧到课室去。若没有课，待在宿舍看书、备课、写东西，或者上图书馆，进入藏书室，想看什么就看什么，想借什么就借什么。午休是必不可少的，没有午休，整个下午没精打采，整个夜晚也干不了事。下午还要去一次运动场，并不是因为运动水平很高，只是运动有刺激感、有运动感，他需要这样来调节一下，消耗了体力，也累了乏了，慢悠悠地，回到宿舍洗澡。吃的晚餐还是从食堂打回来的，伙食很糟糕，用餐的教工和学生意见都很大，提了不少意见，还吵过闹过，但改观并不大。侯攀知道一些原因，只是一时没办法，只得将就。匆匆吃完，说不上有什么滋味，饱腹而已。接下来的夜晚时间，便安排读书、写作，晚上也经常是在聊天中度过的。与同事畅谈，与学生畅谈。年轻的男教师同学生聊天，往往口若悬河，滔滔不绝。

这所学校离市区有七八公里，交通也不大方便。他很少到外面去。山脚下的平缓的丘陵地上，一片建筑群，砖砌的围墙圈起来，一所高校便这样生长起来。入学招生和毕业分配主要都是地方性的。高校的周边，散落着几个小村庄，没有城市的工业、商业可依托。原来，高校与农村虽然有着物理空间的接近，但在内涵上几乎隔绝。农民的孩子不通过高考无法进入大学学习，而学校也不会关注农村里的耕种收成。但后来，农村状告高校，说是学校的师生越来越多，对于水源的需求越来越大，凭借着先进的技术条件，学校的水井越来越深，把水位严重降低，结果，周边那几个农村的水井的水就没有以前那么丰盈那么清澈，严重影响了他们的生活质量。交涉之后，学校对农村开放了一些口子，在校园内腾出一块空地，给农民来做农副产品的小买卖。

于是，每天清晨，这里俨然一个菜市场，蔬菜水果、鲜肉活鱼、米面薯类，应有尽有，品种还不少。卖者是附近的农民，买者主要为本校的教职员工和学生，也自然地又有一番交易的热闹。

一些老师来这菜市场买食品改善伙食。侯攀知道，这也是应对学校食堂，也就是应对老邹的法子。五十岁左右身材矮矬、其貌不扬的老邹在学校是个人物，目前主管食堂。他是在"文革"中起家的。原来是县农机厂职工，贴大字报、批斗会上台发言，后来结合进新班子，再后来，参加这所学校的工宣队，领导和管理学校了。政治运动结束后，他也跌到谷底。有人揭发他打压教师，并且利用招生权力，奸污了一个农村的女学生。老邹被撤职，离开学校领导班子，他要求不回原来的企业，希望留在学校。考虑到时代背景的原因，而检举他的材料也还未得到充分证实，学校安排他暂时负责食堂。但工作并没有做好。侯攀不喜欢他。年末学校教工大会，校领导说，校农场饲养的鸡数量不够，先给每位老师各分一只。散会时在门外，听到老邹在骂骂咧咧，扯开嗓门，大声说，鸡是职工养的，为什么要优先分给老师！说着说着，这个小个子眼睛还露出愤怒的光芒，显示出非同一般的能量。侯攀曾私下与要好的朋友说："我不嘲笑他的外表，那没有错。但他的眼神，那种让人不舒服的目光，给我一个不好的直觉。联系到他的许多行为，我相信，说他在招生中奸污女学生，不会是空穴来风。可惜那农村的女生，或者是懦弱无知，逆来顺受，或者是老邹连哄带吓，将事情摆平了。他不是好人，这样的人负责食堂，我们不会有什么好吃的。"

离不开生活。无论什么地方，至少自己所能够去到的地方，都会这样。

在侯攀看来，青春的港湾也是一段时光的墓地，经历过后，只有记录与沉思可算是不可忽略的价值，这所大学提供了这样的平台。

多年以后，在远离那里的珠三角一个小城市的居室里，侯攀和依旧爱好文学的同学老温交谈起来：他在翻阅自己过去的日记，心里琢磨一则写作计划，想以一群青年大学教师为表现对象，剖析时代的心态及其社会根源。大学教师生涯，可以挖掘的价值并不少。

从上大学前开始的第一本到告别大学教师职业的日记有四十多本，在那记录了不少材料。夹在本子里的一张工资单，当时从校财务科领取到，看过后，若有所思，有意保留下来。作为助教职务的侯攀的工资，项目细列如下：基础职务工资 76 元，地区工资补贴 2 元，工龄津贴 4 元（他任教 4 年），无教护龄津贴，无浮动工资，奖金补贴 33 元，无其他，应发工资 115 元，房租 0.64 元，水电费 8 元，无扣除超限（增资）、助金会股金、助金会借款、小孩医药费等项，工会费 0.25 元，无其他扣款，扣款合计 8.89 元，实发工资 106.11 元。

是 1985 年某月的。

那年，侯攀买了一部海鸥 205，135 型胶卷相机，花费 300 多元。

生活的温情与色彩自然而然地降临。那时莫志清还没有出现，侯攀正在和一个身材娇小、脸容俏丽，给人冰清玉洁感觉的女孩热恋，思考多时，咬牙买下这部当时绝对是属于奢侈品的东西，说是送给她的礼物。

第二年，买一部三用收录机，也花费 300 多元。

那时候，侯攀似乎侧重于精神，没有权力的诱惑，也没有权力的烦恼；没有金钱的刺激，也没有金钱的压力。在校园，他身上不带钱包，也不带钥匙。用杂志上厚实的页面纸张，折叠成一个小口袋，用图钉钉在木门上，接收大学代邮所阿姨送来的他订阅的报纸、杂志，还有信件。而开启这扇门的钥匙也放在这纸袋里。他讲课回来就伸手在纸袋里掏出钥匙，开门进屋。写字桌有两个抽屉，不上锁的那个抽屉里放着另一个上了锁的抽屉的钥匙。打开那个锁上的抽屉，他的所有现金和银行存折都放在那里头了。从来没有担心过，因为不在乎那点儿钱，他说过，他的钱贮存在未来的岁月里。

后来，那个女朋友被分配到市郊的中学，在市里属于三类学校。宿舍很糟糕。去找校长，校长说那个要调走的老师，至今还没有接到调令，要等她腾出房间来，而这似乎遥遥无期。女友那时在校住下的，是原来放置文体器材的平房，蟑螂、老鼠特多。一到夜里，天花棚上的老鼠嬉笑怒骂，打闹不停，吱吱喳喳，根本不在乎下面有活人，仿佛自己是主子。晾在外面的一件内衣，忽然又被偷了，于是平添了一些恐惧。

那个傍晚，女友来到侯攀宿舍，郁郁不乐。"那学校我一天也待不下去了。"她趴在枕头上说。

侯攀嬉皮笑脸地去安慰，她却不理睬，把脸埋起来。

侯攀只好走开。坐在写字桌前，发愣。

其实也找不到什么话让她开心。

他内心有愧。

按说，因为有个当老师的男朋友，她的分配应该得到照顾，但恰恰相反，情形却比别人还差。

只是因为侯攀同系主任有矛盾，显然得到的不是关照而是为难。

于是把希望放在市教委上，毕业生毕业离校，接着由教委分配。

通过同事，侯攀找到了市教委管分配的副科长。其实那同事介绍侯攀认识他后，曾叮嘱过一句，剩下来的事情看你的啦，你要会做才行。

　　这样的话也不是什么密码，谁都懂的，但侯攀竟然没有落实好。

　　那次去副科长家里，侯攀两手空空。而那时分明是关键的时刻。并不是不想求他，并不是不尊重他，也并不是不舍得花钱。其实，提一袋水果或者什么礼品，意思意思也都可以了。

　　可是，偏偏侯攀脑瓜里头有这样的怪异思维，他想，若带上东西去，太赤裸裸了，太庸俗了。这样的交易对双方的形象都不利。反之，两手空空，更显得以诚相见，君子之交淡如水。这样，便可以建立起健康的关系，而有了这，日后怎么不会很好地谢谢他呢？除了物质，还有别的吧。这他也许应该意识到的。一个是干部，一个是知识分子，关系应该是建立在这样的基础之上。侯攀是这样思谋的。

　　没料到，第一次见面，副科长瞥了侯攀一眼后，脸上的表情冷漠了许多。谈话很没有趣味，侯攀匆匆告辞。

　　回来了一两天，总觉不妙，只好否定了那所谓高雅的思路，按照世俗的办法来做。

　　一袋水果换来了笑脸，谈话的气氛好了很多。但侯攀却深深懊悔。从副科长的话语中，他明白了这样的意思，分配已经决定了，女友的安排并不理想。热情晚来了一步。

　　侯攀只恨没踢自己一脚。女友常常说他觉悟比别人晚一些，这回又有了一个例证。结果她去了广州，不久经亲戚介绍认识一个四十多岁的香港男人，很快嫁过去，生活在另一个城市。

　　于是，这一段交往如同飘零落叶，随风而去，成为侯攀苦涩的记忆。

　　直到认识莫志清，同她交上朋友、同居，那时起，生活才发生变化。两人的缘分还不错，平平淡淡中走到了一起，而且事态发展相当顺利。

　　那个夜晚，在侯攀为莫志清拍照后的一个星期，他到电教中心举行一场电影讲座，讲的是当时被媒体热评为第五代导演张艺谋那几部在国外获奖、在国内遭遇批评的电影作品。

　　侯攀是张艺谋电影的爱好者，他喜欢那种厚重而有张力的格调与色调。为了见证张的风格，有一年暑假，侯攀还到黄土高坡跑了半个多月，回来时，头发蓬乱，胡子拉碴，一身尘土。还带回用衣服包裹着的十几个拍摄过的胶卷。下了狠心，花几百块钱晒了近一千张。放在桌面上一大堆，挑出数十张，在校园的宣传栏上做了个专题摄影展。学生们挺感兴趣的，观看时，在展栏前面站得满满的，议论纷纷。

　　侯攀对摄影倒没有专业的爱好，真正吸引他的是电影，只不过他研究电影作品，并不像许多文学教师那样，主要从文学的角度进行分析。他的感受和评论是全方位的，他能把电影作为一门综合的艺术，不仅从文学的角度，而且同时还从表演、音响、画面等方面，进行完整的把握。他写过几篇影评，发表在当地报纸的文艺副刊上，不少人看过，都说他在电影方面，读了不少专著，琢磨了不少片子，也很有悟性。侯攀受到鼓舞，兴致勃勃，想更多地展示自己。于是，他搞了个电影作品欣赏的讲座。

　　那次活动由学校宣传部门主持，时间恰好在学校文化艺术节期间，组织者进行了一番包装，做了醒目的海报宣传。傍晚，他去食堂打饭，在路上看到了那个海报，那夸张的语言，将他好好地美化了一番，侯攀有点不自在，匆匆看几眼，脸部刷的一阵发热，脑袋一低，慌忙走开。

那时，他胆子不大，有点怯场，适应不了这样大的场面。

果然，晚上，当走进报告厅，面对满座一堂的数百个大学生，他心里一阵哆嗦，开始慌张，喉咙里像有什么东西堵住，有话说不出来，而脑海里不时又是空白一片，讲了一句，后一句接不上来。这场讲座，侯攀其实是认真做了准备的，而选题又是颇有心得颇有见解的内容。但是，尽管面前摆着一叠写得具体详细的讲稿，侯攀还是没有发挥好，话语结结巴巴。来听讲座的学生大概抱着很大的希望，有不少还是慕名而来，但很快大失所望，听众座上骚动起来，议论起来。而这一乱，侯攀又更加慌张，结果不难预料，现场效果很不理想。

讲座还没结束，听者已走得七七八八。侯攀见这样的局面，只好匆匆收场。他擦了擦额头、脖根上的汗水，低下脑袋，在讲台上坐着不走，看着那些讲稿发呆。他怕走出报告厅，听到别人对这次讲座的议论。

过了许久，门外安静下来，学生走散了去。这时候，侯攀也想赶紧走开，站起身子，一抬头，看见座位上还有一个女学生。她还微笑着，眼睛对着他。

她就是莫志清。

侯攀对她笑笑，有点儿感激。

走到门口，莫志清赶了上来，说："我和你一块走吧。"她的声音圆润动听，像是银铃让人觉得落落大方，爽朗热情。

那天早上，时间匆忙，虽是给她照了相，但印象倒还不是很深。第二次见面，侯攀不由多看了她一眼，确定了自己的第一印象是准确的。这女学生说不上十分漂亮，但气质不俗。一米六八左右身高，两条腿修长匀称，亭亭玉立。身体发育得很好，皮肤白嫩，乳房浑圆结实，在行走时微微抖动，仿佛用无声的语言表露自己女性的青春活力。

侯攀想说什么，但嗓子干得要冒烟，话语在喉咙里卡住。

还没有脱离紧张状态。

"感谢您给我照相，相片洗出来了吗？什么时候我去您那里取呀？"莫志清说。

"快了，过几天就行。"

"现在我知道了您的摄影不仅仅是一个爱好，与电影艺术也有很大的关系。其实您还是很有研究的，做了很好的准备，可能是一下未能适应今晚的场面，未能发挥出来罢了。"莫志清说。

"你比我会说话。"侯攀说。

"真的，那天认识您之后，我专门去图书馆，读了您在报上发表的文章，也看了您拍的照片。也听到同学说您很有才气，在我们学校里并不多见。"莫志清越说越显得老练。她确实具有口头表达的优势。

"你喜欢电影？"侯攀问。

莫志清看着他，点点头。

"为什么喜欢？"

"喜欢就喜欢呗，我们不像您这么专业的，没有什么理论。"莫志清笑笑说。

侯攀也笑了，说："这倒是，我们的理论家本事，往往是将简单的事情搞得很复杂，有时候简直就是吃饱了撑的。事实上，很多东西其实是生存的习惯，或者是生命中的本能。如果我们的思考与理解回归到这样的立场，或许我们的道理不仅简明，而且也更加深刻。"

"哎哎，我尊敬的老师，您尊口一开，立马一套套的理论。"莫志清说。

侯攀解嘲地说："这也是一种习惯，一种本能。可惜刚才没能说出来。"

"没事的，现在说也行呀。我听不太懂，但又很喜欢听。"莫志清说。

"为什么？"侯攀又问，眼睛看着她。

"我觉得，觉得这样有文化。其实，我喜欢读书，也敬佩那些善于思考的人。"

"是吗？很难相信在你们这样的年纪中可以找到对话者。我都觉得自己有点怪。"

"什么人都会有的。但是，您的年纪与我们也没有太大的区别呀，您也别忘记这个。"

"还是感到有代沟，虽然实际上似乎也不好这样说。可能我们这一代的经历和接下来的你们有不同吧。我们上山下乡当过知青。我性格内向，喜欢空想。我五年级的时候就读过点爆那场运动的大块头重磅理论文章《评新编历史剧〈海瑞罢官〉》。那时没有书可读，实在太无聊。那时候，我们念三年级时批判所谓右倾的读书当官论，四年级批判所谓的读书无用论，五年级又学习北京中关村一个小学生的日记，鼓励反潮流，批判师道尊严。所以，导致了一种畸形的早熟。"

"我觉得很好笑，没有沉重，只有搞笑，觉得好玩。"

"那是，你这样看，算你聪明。"

"您看，我可以帮助您找到聪明。"

两人都笑了。于是，两人一边说，一边走。

校园的小道，行人稀少，两边的路灯散发出暗淡的光线。

侯攀一抬头，看见女生宿舍已经矗立在自己眼前。

他站住，笑笑说："我只能到此为止了，虽然我们的交谈愉快，不想中断。"

"呵呵，来日方长。我也觉得和您在一起像是朋友关系。当然，您是一个可以给我带来学识的朋友。"

"彼此吧。我其实不喜欢在朋友面前好为人师。但现在首先一定要把教师这一角色做好。"

"好的，我的好老师，再见。我要回我们宿舍去。"莫志清说。

两个月后，莫志清毕业，留校在外语系办公室当资料员。

5

又几个月，两人常在一块，形影不离。

后来，莫志清常常夜里在侯攀宿舍读书，看电视，批改函授学生作业。终于有一天，做完这些事情，留了下来，不再走开，同侯攀一起过夜。侯攀衣柜有一格的空间是专门放莫志清衣物的，当然，卫生间里，牙刷、毛巾也整齐地放置了两套。

那时候，在这所大学，或者其他大学，这不是什么新鲜事，也没什么人会过多议论。

学校单身宿舍楼有五层，最上一层是女教工住，下四层是男教工住。莫志清到侯攀房间，就是从五层到四层。莫志清是教辅人员，两个女教师一间宿舍。侯攀是教学人员，工作也好几年时间，所以是一人一个小套间。那小套间一室一厅，带有卫生间，对于两人来说，已经足够了。也有住下面的男教师到上面女教师宿舍里去的。从北方外省调来的年轻两口子，带有一个小女孩。孩子打扮得像一朵鲜花，十分可爱。他们一时间没有得到学校的套房分配，也住在这栋楼。一有空这家子就打开音响唱歌，两个大人亮起颇为出色的嗓子，小女孩跟着唱，飘出来的歌声暖融融的，还真的挺像一回事。

——多年前的偶然感受，以某种形式定格，于是后来发现，那成了永久的感悟与幸福。

日记的一段文字，细看有点味道。

那时，侯攀说：

……冬日，我很喜欢你这样的清晨。

外面静谧，但天色已亮。白雾悄悄散开，天宇露出蓝蓝的脸孔。东边山顶一抹红霞，太阳从那出来，又大又红，平静安宁。空气有点儿潮湿，树叶也是潮湿的。树枝上，小鸟特别活跃，特别有生机，跳、唱、叫、闹，跃跃欲试，庆祝着新一天的到来。

外面的公路，渐渐地热闹起来，轰轰轰，那是汽车驶过，大多是货车或者拉煤的卡车。哒哒哒，开机关枪似响的是手扶拖拉机，车厢常常堆满货物，驶向市区。沙沙沙，是自行车来了，附近农村的一群青年女子，嘻嘻哈哈地骑着自行车，风将她们的头发往后吹着，凸显出一张张红扑扑的可爱的脸庞……

侯攀静静地坐在对着外面的窗前。

早上美好。光线，空气，心情，精神，感觉……莫不如是。

需要早起，否则会失去这一切，实在可惜。睡懒觉是舒服的，也是昏沉的，还是心虚的。因为拒绝了清晨的邀请。

所以，不能留恋被窝。早起还不够，要十分珍惜，要充分利用。去散步，去登山，去看河流，去山岭草地上踏青……看书，练书法，跑步，打拳，打羽毛球。

但不要吃得太多，自我感觉清新轻盈的他不允许身体的负担过于沉重。

那时候的侯攀，清茶一杯，或加上少许水果，早餐足矣。常常如此。

肚子里空虚了点，但他以为人的养料来源是很多的，需要开发，比如在肌肉里头，在血液里头，在骨骼里头，都存在着。要积极地利用。这样，一个生命的各个部分会积极调动起来，盘活了自己。吸收那些可以吸收、可以激活的因素，于是，人也更加精干、更加精神了。

侯攀以为，早上空腹的理论有根据。从一本书看到毛泽东青年时代修炼的实践，与此非常相似，他是这样坚持的。中国古代知识分子，也都很注重这点。

最好的事儿是写作。侯攀心里认同：早上的活力注入文笔，写作一定很有力度和美感。清早写作，是心灵与大自然的沟通和共鸣。

心是活的、自由的，灵感丰富，情感丰富。不管社会怎样，不管命运怎样，不管中午、下午怎样，不管夜里怎样。

别的东西或是在睡眼中忘却了，在黑夜中抛弃了，更变了，或是在一天的后半部分尚未开始。拿起笔，临着窗，借着晨光，面对着南面青色的披着白纱般的雾气的山岭，开始写作。

笔行健。笔尖在稿子上迅速划动，字迹流畅，心中的情思化为语言，又以字体的形状展示出来，写作者兴奋而沉迷，处于满足与幸福的境况。多年以后，侯攀都忘不了那样的写作体验。

窗口两百米外的那棵苍松，那个抬头即见且不可不见的风景，于是成为他那时候思考与写作的生发点。

在山区长大，熟悉松树，喜欢松树，自然会对此种树木生出不同一般的感情。但侯攀在那时，毕竟不是上山砍柴的村童，也不是扛着犁耙下田的农夫。作为一个大学教师，一个做作家梦的青年，思想和写作的习惯，使他又将此树符号化、象征化，赋予其形而上的人文内涵。后来，居然想拜此树为师。

侯攀想，在中国文化的意象中，苍劲的松树当然是最有资格做老师的。大丈夫、君子、男子汉，这些充满阳刚之气的概念，都可以从松树的形象中得到映照。他记得念小学的时候，语文老师教写作文，出题为《青松赞》，评讲作文时特别指出，一些同学限于此树而写树，这样的文章都得不到高分。只有将松树与贫农、工人和革命干部等人物联系起来写的，才算深刻地把握了主题。而侯攀得到了表扬，因为他的审题思路能够符合这样的要求。在作文中，他用了大约十分之三的篇幅来描写松树，然后笔锋一转，写了一位老农民，当然其中少不了安排一些细节和故事，最后点题：那青松是老农民的象征，老农民坚强的形象，也正是青松呵。这当时很流行的作文法子，据说从当代著名作家杨朔那里学来的。杨朔写浪花，其实是写海边的一个老年劳动者；写小蜜蜂，其实是写在田地里耕耘的农民。杨朔创造了一种千篇一律的点题深化、突出主题的作文法子，这样来写，容易突出主题，明确中心。因此，也容易得分。于是老师很喜欢，总是要学生学习。有不少学生或聪明或笨拙地追随模仿，于是杨朔也便影响了不少青少年。而对于当时的侯攀来说，他不仅仅受到杨朔的影响，也受到了比杨朔更有影响力一点的文学大师茅盾的影响。他读过茅盾的散文《白杨礼赞》。著名的散文《松树的风格》也是侯攀很喜爱的，他知道，这个作品，是颇具文采的，是时任地方官员的作者在20世纪50年代末期，与某大学中文系师生座谈时的一次谈心讲话。此文深入浅出，富于人情味，形象可感，颇有温度。在开篇谈及此文的缘起时，作者说，有一次，他坐车从粤北的英德到连县，沿途看见郁郁葱葱的松树。这么一句话，在侯攀脑海中展开了一幅图画，这属于熟悉而亲切的粤北风光呵。尽管侯攀并没有去过英德到连县的那条路，但这样的风景，在广阔的粤北山区到处都有呀，习以为常，再清晰不过。他的作文写得好，得益于这几位文章大家的启发。在那时，能读到他们的作品很不容易。正因为如此，印象也特别深刻。家在一座废弃了的破庙里，一个厅堂，一个厢房，侯攀少年时期在那居住了三五年。厢房里有一堆书，那些躲过了红卫兵造反派的抄查与焚烧的读物，在很大程度上满足了他精神上的饥渴。

在大学任教，要做学问。于是侯攀发现了一个清代粤北的名士，此人名字叫廖燕。20世纪60年代出版的《辞海》文学分册收录了对他的介绍，在日本也有关于他的较为全面的研究。廖燕最大的特点是在文化上在治学上对于传统主流的价值理念的批判。对此，他不仅付诸文字，写出了具有鲜明个性和独特风格的篇章，而且，在行动上也与众不同，潇洒风流。侯攀大略知道，廖燕不重功名，不参加科举考试，以教私塾为生。真正好读书；评议经典，敢抒己见，展现思想和文采。也曾乘坐一叶扁舟，沿江而上，欣赏清丽河水，指点两岸青翠的树林竹林以及连绵山岭，话语江河上的船民生活，不紧不慢，途中三五日，到达岭南名胜丹霞山，离舟上岸，攀登丹峰……于是，写出游记，将丹霞山的古朴清新的风貌，定格在历史上。这文采飘逸的俊才，在其居住的处所，保留了一片松树林，他点数过了，一共二十七棵，于是他将自己的文集命题为《二十七松堂集》。不是鲜花，也不是翠竹，而是挺立的松树，四季常青的松树，由此，人们可以想象一下主人的心境和人生旨意趣味。侯攀之所以对这个人物感兴趣，是因为这个故乡的文人热爱松树。侯攀收藏了他的《二十七松堂集》，那个复印本，差不多一尺厚，存放在书柜里头；产生一个想法，以后有空闲时间，将此文集校点注释，加上自己的读后感，印行出来。

这些，是一段写作与思考，也等于那时候的精神留驻。

侯攀是记得住的。多年来，每一次翻看日记都在重温。

如是生活。平凡朴素，但不乏生命的激情与乐趣。

而这，在莫志清离开后，不得不告一段落。

万籁俱寂，夜已深沉。

侯攀想，考虑不了太多的事情，该怎样就怎样吧。很困，需要休息休息。

他打了个呵欠，又点燃了一根烟。烟雾缭绕，心情放松。

第 二 章

1

　　窗户发白，外头亮了，不时传来早起的人们说话和行动的细碎声音。侯攀掀开被子，一骨碌从床上翻身起来，赶紧洗漱。第二天上午照常上课，该继续的还得继续，像是那个人们常说的太阳照常升起的意思。当拿着讲义资料，关上宿舍门的时候，忽然有一种不同的感觉，这又发现，仿佛失去了什么，又仿佛得到了什么。生活的辩证法该是这样的吧。

　　他想，在自己讲课的时候，莫志清乘坐的国际航班应该还在蓝天白云间飞翔，她又在想什么呢？她会回忆与他相爱同居的日子吗？应该会的，对感情总有真心的依恋，这点他相信莫志清。但她又是好胜好强的人，很有理性的，所以，她终于走出了这一步。

　　课后，侯攀避开学生的围拢提问，走进教室休息室，独自对着窗外。感到两个频道在头脑里展播，关于莫志清，关于课，有点走神。细心的学生应该会看到。侯老师这节课怎么啦？与往常很不一样的。对此，他自己也有一些歉意。课后回到宿舍，打开一个厚厚的笔记本，那个是教学的记录本子。在里头写了几句话，对自己的这次教学作了批评，并给予了较低的打分。他坚持这样做，每次课后都静静回忆一下，看看在课堂上讲了什么，应该如何讲才是，然后给出一个评分。他相信，大学教学是一个不容易的硬功夫，不可掉以轻心，需要磨炼，逐步提升。站在讲台上，面对一双双年轻、信任、渴望的眼睛，他知道自己的幸运和责任。但这次，终于感受到一个微妙的异样，其中的失落感与乏味感，似乎是以前所未有的。可能是一个转折的预兆，他想。

当然，这里的因由在于亲爱的莫志清。她有个弟弟，在大学读的是电子专业，毕业后自费到澳大利亚留学，两三年内站稳了脚跟，不回来了，在那定居。再回来时，带回一位年轻女郎，带回诱惑人的信息，家里和乡亲都说他像个男子汉，做了一笔受益极大的买卖，由此彻底地改变了生活。于是毫不奇怪地产生了联动效应，莫志清步其后尘而去。她是相信，这个选择会给自己创造更多的惊喜，所以竟然也发展到不顾包括侯攀在内的其他因素了。当然她不会承认或者真的不是那样想，她希望侯攀理解与支持，把她的这一个行动理解成为着两人共同未来的一个安排。侯攀也不能否认她的真诚。只是，对接未来的风险确实增大了许多。还有，莫志清的父母，在乡镇当了一辈子的中学、小学教师，清贫度日，平凡百姓一个。莫志清在心里不能接受这样的命运，她一直在努力突破，让她的家有扬眉吐气的时候。她和弟弟，姐弟俩先后考上大学，走出了第一步；后来，弟弟这样争气，都给莫志清极大的鼓舞，她也一定要出国去。

侯攀也相信，二人世界，日子一久，激情减少，厌烦渐渐多起来，特别在单调平淡学校的时光。所以，侯攀终于也没有苦苦挽留她。事实上，两人有一段时间经常争论，侯攀是享受当下，而她觉得生活节奏太缓慢。

莫志清，现在实现了自己的目的，在飞机上，她想得更多的应该是着陆点和下一步的路。侯攀是这样判断她的。当然，这很正常，大家都要生活呀。谁对谁又承诺了什么？可以承诺吗？能够做得到吗？谁有权力向对方提出过分的要求呢？其实双方都是自由的。这一点，如果在两人生活在一起的时候，还没有怎么去想的话，现在，莫志清到澳大利亚，人去楼空，侯攀冷静下来，放开思路，很自然地有了这样的想法。

这天上午，侯攀脑子里乱哄哄的，总是在想着这些。甚至，一边讲课一边开着小差。

但一想到莫志清的父亲，侯攀心里立马更加平和。明白了，目前的现实，不是偶然的结局，而是生活逻辑的惯性驱动。想起来，第一次到莫志清家见着其父，眼睛一亮，觉得其人气度不凡，清高孤傲，是这样的父亲才有莫志清的美丽与内涵。一个小镇中学教了半辈子数学的教师，不做官，不弄权，不喜好出风头，甚至少与别人来往，低调，从容，又得到没有非议、众望所归、非同寻常的尊重。这里头的修炼不是一般的功夫。莫家在中学附近一个村子的偏僻一角，自建了几间房子，围墙在屋前屋后圈了一些土地，前庭种了花草，屋后是菜地。厨房门前还有一口小水井。二楼有两间小房，其中一间以前是莫志清的小姐楼。中学时代，她就在那挑灯夜读、备战高考的。侯攀在莫志清家住的时候，只能在一楼的一个小房里住，晚上还真不能上去与莫志清过夜。侯攀曾经半夜里想过去的，但悄悄走到莫志清的门前，发现门板紧闭；敲门，又怕让她父母知道，只好作罢。

　　第二天，侯攀还不死心，悄悄对莫志清说："干吗一回家就变了个样？好像不认识我了似的。我半夜过来，天亮离开，你父母不会知道的。"

　　莫志清说："偷偷摸摸，把你的教师形象都丢哪去了。"

　　"你看人家西方小说写的，情人幽会，男友还喜欢爬窗进去的那种刺激呢，要不要我为你试试？"侯攀半开玩笑地说。

　　莫志清摇摇头，冷静而坚定地说："不，在家里，我就感觉到父亲的气场。我从小到大都是生活在这样的氛围，非常熟悉的，改不了也不想改。"

　　侯攀对此深信不疑，也便作罢。

　　他早已从莫志清身上看到其父的影子，而见到莫父本人，只不过是印证了之前的感受与判断而已。莫父虽是教数学的，但并不仅仅拥有浓厚的中国传统读书人风度。他的毛笔字写得好，而且坚持使用毛笔书写，无论是便签、书信还是教案、文稿，都如是。每天早上，黎明即起，洒扫庭除，浇灌花草，散步体操，而后是在窄小的书房，静静读书，那书是古文，"文革"时期是主席的语录或著作，后来又恢复为古文经典。这个习惯，在小镇里被人津津乐道，作为奇闻异事。但是，知道他的心底世界，还不是一件容易的事情。

　　其实，莫父虽然也不能不说是有非凡的毅力，但最根本的区别，在于他的这个姿态，不是复古，而是以古典来对抗与回避现实，更为重要的，是他希望出走，逃离古典所寄托的故土，走向外界，获得另一种自由。在他那坚守的时期，也就是他积蓄着资源与动力的过程。而他自己和妻子，则是作为一个梯子或者说助推器。有些事情甚至连莫志清这样的聪明女儿也不明白；还是侯攀作为一个有心人，在与莫父交流中，逐步发现的。侯攀留意到莫志清的曾祖父不是一个普通人，而是前清秀才，莫家的文脉离不开这位祖宗。

当侯攀在莫家书架的上角处发现一部被小心保护的纸页发黄的《康熙字典》时，感觉得到，这样的与众不同的书籍，鹤立鸡群似的摆放在书架上，一定有着不同寻常的地位。他轻轻取下，看了半天，主要不是看字典里的内容，由于他的中文专业，他对于此书有一定的知晓，他关注更多的是这部字典原来的主人，关于他的知识涵养和当时的生存状态。从外套的保护和那个俊秀且有功底的签名书法，他有了一个判断。于是，他把这作为与莫父交谈时的一个话题，让莫父知道他对于莫家读书底蕴的兴趣和尊重。

傍晚时分，在饭后，莫父和侯攀坐在前庭的瓜棚下，两人清茶细品，饶有兴趣地叙谈起来。女人都到一边去了，莫志清帮着妈妈在厨房收拾碗筷。

暮色降临，微风凉爽，安宁静谧，天上闪耀着几颗星星，清茶入口，舒适提神，谈兴正浓。

莫父说："历史是什么，可能你会说，你是个大学教师，学富五车，满腹经纶，有何不懂。诚然。但我还要说，这不是书本上的，甚至也不是什么正史野史之类的。那些，无非是帝王将相，才子佳人，文人墨客，侠义奇人。其实，平凡之人，社会中生活中大多数的人，各色各样的，也有着自己的历史、自己的轨迹。他们的价值，他们的目标，他们的力量来源，都有着独特的一套套东西。这是我的感悟，也是我家族的感悟，如今，你和莫志清好上了。我想，也要和你说说吧。"

　　这样，一番颇有文气的开场白之后，莫父讲述了他家几代人的历史或者说轨迹。莫志清的曾祖父，到广州康有为的万木草堂读书，参加过科举，当了秀才。后来，前清秀才这个称号，成为家族的最为高贵的因素。秀才之家，文气浓郁，不仅是基因也是目标与要求。清朝完蛋了，莫家这个曾祖父没有再当官职，但秀才的影响力依然非常厉害。虽然很早被迫赋闲，可时间没有减弱他的威信，他的言行教导，不仅在家里，即便在所居住的乡镇，也得到高度的认同。莫志清的爷爷，民国时期在广州念了财会专科，毕业后留在那个大城市，到一家实力雄厚的银行，进入账房。一个衣着体面、收入不菲的管账先生，本来，也是其父的希望，家族的荣光。没想到，城市的花花世界害了他。也可以说，他没能抵挡住物欲横流的都市的诱惑，没几年，败阵下来了。吃喝嫖赌，不仅让他掏空钱袋，负债累累，还搞垮了身体。本来，家室在故乡，儿女由结发妻子教养，还指望着早日到省城去，改变乡下人的身份与命运。但到底是竹篮打水一场空，前清秀才的美梦又在儿子那里泡汤了。不管是时代，还是个人，都令他们无法真正翻身。在莫家，这是一个给他们带来压抑的阴影。曾祖父、爷爷，也都先后留下同样遗训：作为客家人，既然从中原来到岭南之地，也会不停止前进的脚步。没有可依靠的故乡，没有永久的驻地，只有流动。在流动中延续家族。方言，古典文化，成为他们的文化身份与文化血脉。

　　当时，这样的解说或者宣言，侯攀半懂半不懂，其实也没有太多的兴趣。他想每一个家庭都有他们认为的秘密；对于他们自己是重要的甚至是神秘的，但对于别人，却并不一定如此了。他认真倾听莫父的叙述，很大程度上是一种礼貌和尊重。他真正感到有意思的是，这回，可是加深了对于莫志清的理解。她的不安，她的不俗，甚至她的好高骛远都是有家族背景的，一种文化上的基因，有时候对于性格与价值观的影响，差不多可以与生物学遗传的影响相比较。

2

早晨，小镇热闹起来，河边五金机械厂切割金属的长啸声音，是区别农耕时代与准工业时代少有的几个标志之一。所以不觉得是噪音，而是走出寂寞，走向外界的一个希望。

在莫家住的几天里，有个晚上，到附近几公里远的那个叫作格顶煤矿的地方看电影，露天放映的免费的电影，是慰劳矿工的。附近小镇的人也把这当作文化的优惠待遇。侯攀和莫志清，还有莫志清妈妈都去看了。一部时尚的、可以看看但也记忆不了的电影。看完之后，送妈妈回家，待她进了门，两人站立在门外，莫志清对妈妈说："您先休息，我们散散步才回来。"妈妈看了看他俩，把目光停留在女儿脸上，说："早点回来，注意安全呀。"妈妈没有阻拦，侯攀和莫志清高兴得差点跳了起来。两人依偎着，喃喃细语，说个不停，不一会，去到了小镇外河边的土堤上。

一个清净的地方，格外自在与舒适。

"电影不仅仅在银幕当中，我在煤矿那里也看到了一个纪实影片。你看那里的一大片低矮的棚屋，黑乎乎脏兮兮的，不堪入目，那里，居住的是决定我们能源供应的产业工人。他们工作在基层，生活也在基层。不能不感慨。"侯攀说。

"你这是文化人的姿态。一个并不新鲜的表述。我是这里人，听到的东西会多一些。你所谓的状况，也是一个选择。当然在一定程度上是无奈的选择。但毕竟有了选择的自由。"莫志清说。

"我也知道，是从一种状态到另一种状态的自由，也是改善和进步。"

"那是。原来的农民，生活在湘南的边远地区，如今当上工人，来到了广东。"

"有道理的。他们也不是白痴，没有任何利益的驱动，不会无缘无故地做出这样的坚守。在简陋的平房和工棚里，梦想是一个支撑。其实，梦想在哪里也不会太抽象和遥远，已经一个一个地变成了现实。"

"我们的解读对于基层，是不是有点新意呀？"莫志清笑笑说。

"当然。"侯攀肯定地说，"但抒发一点感叹，表露一些同情，其实没有什么用处。人家那些不言而喻的艰辛，需要政府与社会面对，担负应有的责任，也都是毋庸置疑的。而把握其中有价值的内涵，也有必要。"

"所以，我又得到的启发是，流动：人生的流动。"

"现在，话题是回归到你们客家人的文化传统与价值追求上了。"侯攀看了看莫志清。

"有点吧。仿佛心有灵犀一点通。"莫志清说。

四周安静，深夜的从宽阔河面吹来的风，轻轻呼响，非常凉快，清爽宜人。

两个热恋中的青年人，享受着在一起的甜美。

侯攀嘻嘻一笑，莫志清问笑什么。

侯攀说："想到我以前在林场当知青。上山伐木材的粗重活，主要靠男的，女的便做好后勤，帮男知青洗衣服，做饭送茶，男女融洽，不亦乐乎。产生爱情是自然而然的事情，可林场有纪律，知青们工作不到一定年限，不许谈恋爱。冲突不可避免地发生了，有一对男女知青，夜里在宿舍外头见面，被执行任务的林场武装民兵抓住，于是分开进行审问，一定要他们招供出发生了性关系。但两人害怕被处分，坚决不承认。民兵采取各个击破的办法，眼看要取得成功。那个男知青，偷偷逃跑，从他被关禁的二工队，一口气跑步五六公里，翻过两座大山，跑到在场总部被关禁的女知青那里，正要说什么，追赶的民兵也气喘吁吁地来到了，男知青赶紧往坐在木板床边的女知青屁股底下塞进一张条子，转身走开，和来抓他的民兵一同回去。女知青待他们走后，急忙打开纸条一看，只见一行字：决不投降！心里明白，从而使得审问者的各个击破计谋失败……"

"哈哈哈，谈个恋爱，倒像搞特工谍报。"莫志清被逗乐起来。

"那是一个过去了的时代。"侯攀说。

"你也说过，你们大学一年级的时候，读那类题材的小说，刘心武的《爱情的位置》，女作家张洁的《爱，是不能忘记的》，还有张弦的《被爱情遗忘的角落》，广东作家廖琪的《等待判决的爱》，不仅激动不已，还引发一次次热烈的讨论。"莫志清说。

侯攀一听，高兴起来，说："你还记得。那时候是时代的大转折，人之本能、人之常情、人生目的价值的爱情，居然还需要正名与启蒙！如今不同了……"

侯攀还要说什么，莫志清打断他，说："净说些无用的。"

河堤的草地，绿油油的青草，密实干净，平展柔和，像铺开了的舒服的毯子，接待着这对幸福的男女。

侯攀把衬衫脱下，平铺在草地上。莫志清在后面抱住他，胀鼓鼓的胸脯紧紧贴着他的背部，用手摩擦着他赤裸的上身，轻声说："别着凉了。"侯攀把自己的胸口拍得啪啪响，说："哪里会呀，每天洗冷水澡，晚上光着膀子睡觉。"

两人在衬衫上面躺下，侯攀把莫志清搂过来，让她的头枕在自己那宽厚结实的胸脯和肩膀上。

仰望天空，星星月亮，格外清晰、明亮。

侯攀忽然翻过身子，紧紧地把她拥抱在怀里，热烈激吻……

月亮无语，洒下一片银光。蛙声一片，兴奋不已。

难忘的夜晚……

3

上了几天课下来，又熟悉了单身生活的节奏，回到了从前，侯攀反倒觉得一身轻松。

这天上午，两节课下来，他回到宿舍，此时才上午十点钟，离吃中午饭还有一个多小时。他在书桌上铺开白纸，用毛笔蘸了蘸墨汁，临写王羲之的《兰亭序》。他喜欢这个书法作品，临了不知多少次。

但那都是在独居时候做的，与莫志清在一起后，书法不得不中断。那时候，莫志清看到笔墨，不由自主地皱上眉头，说："你又来这个，难道要重复我的父亲吗？不同的时代要有不同的人生轨迹。我父亲写毛笔字我看了很久了，熟视无睹。但是，你不一样。你再走这样的路子实在可惜，那会被耽误，会错过人生。"

侯攀不以为然，说："不就是写写毛笔字嘛，那也是咱中国的宝贵的文化遗产呀。"莫志清说："这个道理我懂，不反对也反对不了。以后，你也可以保持和发展这样的爱好。但现在，我总感到你与时代脱节。你一个青年，时代的主流是什么，你的青春有多久，这样的问题你似乎还不大在意。"

见莫志清这样的态度，觉得她有点儿神经质，但还是顺着她。房间也小了点，摆上笔墨，那无法两人同时看书，只好撤掉那套文房四宝，竟然没再写一个毛笔字。

这会，久违了，又将写字的文具取了出来，摆放好。握住毛笔，侯攀仿佛遇见了老朋友，有一种亲切感。这时才领悟到，自己离不开毛笔，离不开书写，他这文人的特性，看来已经融入了生命当中，无法改变的。

确实，书法是一种文化，一种心情。写字的时候，屏息静气，呼吸均匀而细微，精神放松而专注，侯攀喜欢这样的境界。进入这境界，他可以忘却身外的烦恼。这次，他把"安"字写好了，以前总没有处理好这个字的偏旁宝盖儿和"女"字的结构比例与空间位置，或者太松散，或者太紧凑，或者缺乏对应顾盼。如今，女人离开远去，才有所感悟，似乎明白了古人赋予这个汉字的细致而智慧的意蕴。

接着，临帖写了几张纸，心情舒畅，兴致勃勃，又写了几首唐诗宋词。

装了满满的书的三个书架，齐齐并排，封住了一面墙。对着书，很长一段时间。一有空侯攀总喜欢细细地欣赏，为之得意，以之炫耀。

他的单间房一目了然，全在眼底。所有的财产，社会给的回报，几乎都在这里了。

只有书墙才可以引来几声赞叹，也许包括带着讥讽的赞叹。

不管怎么说，侯攀常常以为，自己的价值就在这书墙上，至少从物质财产的角度而言是如此。除此之外，房间里还有一张写字桌，一张木板床，两个木箱子。

确实，把许多的精力与时间都投入了书墙。备课要找书，写文章要找书。后来发现，生活还有更多的内容和责任，仅有书籍是不够的。

那次，买了台电冰箱。加上前段时间买了个彩色电视机，于是，年轻的邻居惊叹、赞叹起来：

"呵，一家伙搞回两样大件东西，真有你的。"

"看，房子里这下子威风多啦。"

"什么时候请吃糖？"

确实，生活更便利、丰富多彩了，房间也增色了不少。

侯攀有所警惕：这是物质。

实际上，有点两难。

他想，任何时候，都不应该成为物质的奴隶，自己永远是自己的主人。

快吃中午饭的时候，系里的资料员胡文秀来到他宿舍，侯攀才停住了他的书法练习。

"呵，你在写字方面进步很大，现在可以同老教师的书法作品挂在一块，不会难堪。"胡文秀说。她三十多岁，在这所学校专科毕业后，留校当了中文系资料员，做具体的文秘、教务工作，一个热心温柔的女人。

"好久没有动过笔，有点生疏。"侯攀淡淡地说，却认真地欣赏自己的作品，心里挺满意。

"不要荒废了自己的专长。我记得你说过，你从中学时代开始练写。但这一两年没见你发挥，前几个月教师节，学院搞教工书法作品比赛，你没有参加。"胡文秀说。

侯攀笑笑说："以后不一样了，凡有此类赛事，必定捧场。"

胡文秀也笑笑说："你女朋友出了国，应该是好事哩，你跟着出去的日子也会不远了吧。"

"是的是的，我很快会跟着过去，步其后尘。"一提莫志清的事，侯攀心里就烦，想简单应付过去。

"不管怎样，一个男人，事业不要丢。物理系请我们派个老师在下周给他们学生搞书法讲座，你去吧。"

"那行呀。"侯攀爽快答应下来，他很久没有搞讲座了。

"另外，我来通知你，下午开会。"胡文秀说。

"什么会？"

"下午系里开科研工作会议。"

"科研？"侯攀的心里又掠过一丝阴影。

"是呀，因为这个问题，我特地到这来，有话同你说。"胡文秀看着他，认真地说。

"我知道，知道你要说什么。"侯攀说。

胡文秀说："本来，这话不是由我们这类人来说的，老师们的论文，我一篇也读不懂。我只是搞点统计资料罢了。你要注意，科研这一两年，别人抓得挺紧的，你却落后了。大学老师没有科研这一块是很被动的，你知道，评职称主要看论文，职称上了去，一切待遇都跟着来，职称上不去，你授课再好又能怎样？"

"那是。"侯攀感激地看了看胡文秀，连连点头。他知道，这位大姐总是在关心他，特别在关键时刻，若遇到有问题，胡文秀往往会给他坦率有用的提醒。

"其实，我也不会偷懒，没放弃过写作。只是我没有拿出符合评定职称需要的论文而已。对于那些东西，也不是写不出来，而是不想写，觉得没有太大的意思。"侯攀说。

"道理是这个道理，谁的课讲得好，谁有才学，大家也都心中有数，学生也看得明白，他们也会发出自己的评价声音。但是，评职称有一套规定，这也是硬件要求。"

"本人一直在批判这些，不想接受其束缚，不想向现实妥协。"

"看得出来。"

"但是，毕竟也没有走出另一条新的道道来，这也是事实。"

"倒不需要太着急。慢慢来，你有这样的志向，气质已经不同一般，可以让人感受得到。但世俗的东西，实际上也有其存在的合理性，不妨逐步来改变。"

"那么，我需要接受现实来变通自己的理念。"

"你明白的。你这读书人。"

快到吃中午饭时间，胡文秀才从侯攀那离开。

下午系里开会，侯攀真正觉得压力的到来。

系主任张典教授对他很不满意，原因是他近一两年来几乎空白的科研问题。

说起来，侯攀也觉得惭愧。几年的大学教师生涯，他没有发表过一篇学术论文。心里浮躁，觉得身边那些教师的文章不怎么样，人云亦云，为作文而作文，毫无真正的学术价值。他看不上，还暗地给予嘲笑。但一忽儿，时间就过了去，需要评比的时候，自己两手空空，什么东西也拿不出来。而张典对他毫不客气。

张典的自尊心很强，这位五十多岁的教师，原来是省城一间重点大学的教师，年轻时风流倜傥，才华横溢。和许多才子的性格与命运一样，喜好表白自己的张典20世纪50年代中后期戴上了"右派"的帽子。后来，不得不离开省城，下放到这山区的师范学校。此后，一直当教师，70年代后期，境况才开始好转。他是搞古代文学的，在生活处境很不好的时候，依然悄悄研究本地籍的一位唐代诗人，后来，当机遇一经过他身边，他及时抓住了，出版了研究专著。有了这实力和资本，很快被提拔为系主任。他对教师要求很严格，总会在讲课技巧和专业水平上提出问题，许多教师都怕他。

侯攀觉得，张典对系里的几个青年教师似乎特别苛刻。几个青年教师在一次闲聊中专门谈到这个问题，他们一致得出结论，张典年轻时的出众，使他不太看得起他们几个年轻人，而他那时命运的挫折，又使他心里有一种嫉妒感，这种心理，隐藏在张典心灵深处，可能他自己也都没有察觉，但却真实地存在着，并不由自主地在言行中流露出来。因为这样，还因为侯攀忙于自己个人的事情，近一两年，没有与张典认真攀谈过一次。

无可奈何的是，下午的会，张典点了侯攀的名，批评了他。张典说："个别青年教师不求上进，得过且过，自由散漫。专业上不求发展，上课也就难有什么好效果。我这里说的是侯攀，你那次电影讲座失败，不仅影响了你个人，而且影响了我们中文系形象。在那很长一段时间，都没人请我们系的教师搞讲座。"

侯攀不服，争辩了起来，说："张主任，您可能不太了解情况，其实我并没有白过日子，只不过没有公开发表学术论文，但我读了不少书，写了好多读书笔记，几篇论文的稿子已经基本成型，此外也发表了一些小文章。至于那场电影讲座……"

张典并不理会侯攀的解释，他摆了摆手，打断侯攀的话，说："你在地方报纸发表的那些豆腐块文是没有什么用的，作为大学教师，需要有反映专业理论素质和能力的学术论文，你拿得出来吗？你说自己有作品但没发表？没发表谁承认？现在评职称公开发表还不算，还要看发表的刊物是否属于该专业的核心刊物，要看刊物的级别。这些，大学都很清楚，其实这也是一个专业素养。"

评论侯攀的科研并不是无的放矢，而是有具体的针对性，那便是评职称。学校正进行本年度的职称评定工作，侯攀当了五年助教，申报讲师职称的时间已经到达。条件都是明摆的，除了资历、学历以外，主要看科研成果。事实上，教师评职称，关注的焦点在于学术成果，一般来说，对文科教师而言，主要看论文。张典揭出侯攀的短处，不正是要在职称问题上难为他吗？

本来，在系里会上，侯攀心里想顶撞张典，站起了身子，却见胡文秀在看着他，并在两人目光对视的时候，她及时地使了个眼色，那神态明显是担心他。为此，侯攀只好忍住气，坐了下来。

散会后，侯攀没有离开，系办公室只剩下他和忙着资料工作的胡文秀，胡文秀知道侯攀要同她说说话。

"你上午刚同我打了招呼，下午就遇到这个事情。"侯攀向胡文秀苦笑了一下。

胡文秀说："本想早点同你讲讲的，但有几个夜晚去你宿舍，都见关着门，里面亮着灯，也听得见一点儿说话声，知道你和莫志清在一起，不便打搅。"

"有得会有失，这便是生活的公平之处。"侯攀刚说出这么一句，立刻又补充道："这是废话。看来我也只能说废话。"

"你也不必过于自责，过于自损，否则这样对莫志清很不公平。人家可是把女孩子最宝贵的东西奉献给了你，要知足呵。"胡文秀半认真半开玩笑地说。

"那是，也不能因为现在遇到点烦心的事，便将过去的事情全盘否定了，或者忘却了。如果是这样，也只能说明自己器量狭小，像个浅薄无用之人。"侯攀说。

"你能这样说，证明问题还不是太严重，有的人可不是这样的。"胡文秀说。

"你这不是又要向我讲心酸故事吧。"侯攀笑笑，同胡文秀可以开这样的玩笑。

胡文秀摆摆手，说："算了吧你，别耍贫嘴。要不，以后又责怪说我不帮你忙，看着你有麻烦，心里却幸灾乐祸。"

侯攀说："那就言归正传，你看，我该如何处理同张典主任的关系？"

胡文秀沉吟了一下，说："其实真的有点难，张主任的脾气不是一朝一夕形成的，要他改变，比移动一座山还难。我看，还是灵活点，实际点，从长远计。你再去找找，同他多讲好话，如果他能改变主意，当然最好；如果不能，则以后再说了，利用时间，充实自己，搞好条件准备，以后还会有机会的。"

侯攀听了，点点头，说："事到如今，也只有这样。"

胡文秀说："其实张主任人倒不坏的，千万不要激化矛盾，要有耐心，给他时间，以后，他不会不为你考虑的。"

"那只好等以后吧。"侯攀轻轻叹了口气。

说着说着，时间不早了。胡文秀站起身子，说："早该下班，我还得回家，侍候老公和孩子。"

"今晚我请你一家三口吃饭。"侯攀说，"在门外的大排档，那的酸笋炒猪肠不错，我同莫志清常吃。"

胡文秀说："算了吧，一个家庭与一对恋人是不一样的。"

侯攀看了看胡文秀，说："那以后再说吧。"

侯攀赶紧回到宿舍，思考如何去找张典。老实说，心里很不情愿，因为不擅长做这样的事情。在中文系工作了几年，还真的从未到张典家坐坐。这次，有事相求，突然造访，还不知张典会怎样看。想了一宿，还拿不定主意。

到了中午，终于想出这样的办法：在傍晚的时候，看看自己的心境如何，如果有信心，那顺势去找张典；如果感觉不好，也便算了，以后也不为此事麻烦他。

这么一想，侯攀才停止了反反复复的思考。

但是，没到傍晚，在下午，莫志清的一封信，使他提前拿定了主意，还是不去找张典。

莫志清写的是封短短的信，告诉他到了澳大利亚的一些情形。别的内容都很简单，无非说，同弟弟相会了，住了下来，准备进补习学校，同时也开始找打工机会。最后她写道："现在似乎一切从零开始，靠自己，没有什么可依赖的，包括弟弟他们；他们的生活，是靠自己的双手创造出来的。求人是一件很被人看不起的行为。"

信中的莫志清再也不是温情的莫志清，侯攀心中忽然又出现一种莫名的失落感。他将信往空中扔去，身子重重地往床上一躺，长叹一声说："求人不如求己，反正事情坏不到哪里去。"

这天晚上，侯攀早早关上门，独自待着。

第 三 章

1

在房间里，侯攀想了半天，终于下定决心，做出一个新的计划：出书。自己也要搞一本著作出来，也要有一个过硬的资本条件。

张典说他没文章、没学问，这使侯攀深受刺激，他很不服气。如果真的没了这两样，那他侯攀还有什么？自己的支柱正在这里啊。难道不是吗？没去做官，也没挣什么钱，日夜思考与钻研的事情不就是专业、不就是学问吗？之所以同莫志清吵架，也是因为这个。但又确实没能拿出评职称所要求的论文来，人家要的是论文，那些有学术标志的东西。哪里会管他有没有读者，甚至也不管是不是真正有价值的论文。这几年，侯攀也发表了不少文章，但那是散文、小说、随笔，报刊上的杂文小评论，也得到不少人喜欢，但不算论文，在高校评职称基本上没有用。

"研究鲁迅杂文的所谓论文，出了不知多少，汗牛充栋，但鲁迅拿他那如匕首投枪的短小杂文参加今日的职称评定，也许连个讲师也得不到！"想到这，侯攀不由愤愤地骂了起来。

　　这一夜，面对着遮住了整一面墙壁的几个书架的书，侯攀发呆了，他不相信自己在专业理论上真的就不行，这几年买书不在少数，读书不在少数，思考与钻研，也有一定的功夫。他的研究方向是当代文学，紧密关注和跟踪作家与作品、文坛热点话题、当下思潮。全国的文学期刊，几乎都在他视野之内，什么广东的《作品》、北京的《北京文学》、上海的《上海文学》、四川的《四川文学》，还有被称为"四大名旦"的《十月》《当代》《收获》《花城》等大型文学期刊；选刊与评论的《小说月报》《小说选刊》《作品与争鸣》《新华文摘》，以及中国人民大学的《复印报刊资料》专辑，每期都看，做笔记，写札记。一时落下，心里还挂念。积累下来，当代中国文坛的话题，每个他都非常熟悉，谈论起来，如数家珍，滔滔不绝，妙语连珠，不乏独到见解。这些，学生们是认同的，身边的朋友也是知道的，自己也有信心和底气。想着想着，突然想出了一个主意，乐得他忘形地拍掌叫好。

　　弄一本学术著作出来。自己不是没有货，而是因为没有出版嘛。东西其实是有的。侯攀从床底下拉出几只纸皮箱，咧开嘴笑了好一会：那里堆放的笔记本、原稿纸，都是自己的手稿呵，有的是读书心得、随想录，有的是未定稿。前些日子，星期日搞卫生的时候，他将这些积了铜钱厚灰尘的旧纸堆翻开来看，惊讶地发现，自己以前的一些见解，还真的并不简单哩。好呵，现在整理整理，搞一个含有理论色彩的思路框架，将各种材料装进去，再润色修补，一部著作可以很快弄出来。别看他张典自以为是，五十多岁的年纪，也只写出一部专著，还是和别人合编的一部教科书嘛。我侯攀才三十出头，便有自己的著作，看来，离跟他叫板的日子并不遥远。

打定这样的主意，侯攀兴奋得很。

这样一来，他房间的灯光亮到下半夜。

仔细地整理自己的文字，神思完全沉浸了下去。很多手稿发黄了，蒙上了厚厚的灰尘。侯攀用毛巾擦干净，对一篇篇稿子、一段段文字进行分类，有时还顺手在文稿上写上几行字。越看越得意，想：自己并没有白过日子，这几年随手写下的东西，发表出来，自己的腰杆便可以挺得直直的，底气十足。以前也真有点儿糊涂，只埋头拉车，不抬头看路，自己都不知道发展到什么地步，不知自己处于什么环境。不过说到底，那是对文学艺术有一种来自生命深处的追求，所以，关注的不是表层的功利，而是在心灵里的感应和切问。别人将学问当作手段，而他侯攀则是将学问当成理想与追求。在大学的时候，他看过一本关于毕加索的书，说到这个艺术天才，十分珍惜自己所画所涂抹的一切作品，他的画室从来不清理，画好了的东西就随手放在室内，渐渐地，作品多了，堆得无法落脚了，干脆换一个画室。后来，当人们清理他的那些画室时，从中发现了大量的艺术作品，价值惊人。这个事例给侯攀带来十分深刻的印象，因而不由自主地进行模仿。在大学当教师时，他在房间的书架上、书桌上、床头上，甚至阳台里、卫生间里，都放有纸片和圆珠笔，一有想法，拿起纸笔便写下来，写满了顺手扔到床底下的纸箱里。还有数十个笔记本，也写下了长长短短的文字，也都扔进了纸箱。

现在，这些作品，这些记录了侯攀无数灵感的文字，该是要见见天日了。

侯攀的笔头很快，头脑也很灵活，当夜，他一口气将文稿编写了起来，用一个主题统领，分成若干部分、若干章节。然后是起标题。现在写书，标题已是非常要紧，因为书的出版数量太多，多得像森林里的树木，如果没有明显的、有特色的标志，那将不引人注目。这一点，对于侯攀来说，不会不知道。信息时代，信息的供应量已由过去的紧缺转变为过剩，要抢得读者的兴趣，必须在第一时间吸引读者。当然有些文章著作，在这方面还是做过了头，作者把标题弄得花里胡哨，华而不实，这点倒要注意。侯攀这么想着，很快拟出了书的大小标题，又看了几遍，改了几处，心里颇为满意。这时，才感到困倦。

看看表，已经凌晨四点。万籁俱寂，夜晚清凉。

侯攀轻轻打开门，走到了外面，倚着走道的栏杆，向外看去。这里是四楼，视野舒展开阔。

这座五层高的教工单身宿舍楼，前面有一个空坪，两个羽毛球场，再过去是一片草地，草地边缘树立着校园围墙。翻过围墙，靠近一条二级柏油公路，路的那边，地势缓缓向上，几百米开外可到山脚了。

一座长长的大山，横在前面。

夜里，大山里暗沉沉的，显示出一种庄重严肃的神态，山腰部位，亮着星点般的几盏灯，那挖煤人的电灯，远远看去，一点点儿的光亮，还是能引人注目的。

以前，夜深人静，在入睡之前，侯攀从台灯下站起身子，就会踱步出门口，靠倚着栏杆，注视前面的大山，让眼睛放松，也让头脑放松一下。

而这样的时刻，往往让他浮想联翩，思绪飞扬。

和莫志清在一起，很少享受这种独处的心境。现在，伫立在黑暗中，多多少少又让他领略了一会几年前的心绪。

"呵……"他长长地叹口气，什么也不想，回去睡觉休息，天亮后还有要事要做。现在是到了一步一步实施自己确定下来的计划的时候。

天亮后，侯攀专程跑到街市，打了几个长途电话，联系出书的事情。

他找到了老温，大学时同宿舍的同学。老温是湖南人，那时挺喜欢写小说。大学毕业后，没能去作协也没能去报社，因为是师范生，到一所师范学校当了语文教师，那地方离省城五百公里，老温教了几年书，考上硕士研究生，又回到大学母校。毕业后，留在省城一家文艺出版社，现在当上了部门主任。出书找他该会有门儿的。

没想到老温却没有了同学时的热情，听说侯攀想出书，他说："没想你老兄也来凑这热闹了。我现在整天被这样的事情烦着呢。"

"你都成了文学青年的偶像，到处去作文学创作的辅导报告、改稿，与业余作者见面，省作协的内部刊物我看过，多少知道一些的。看你那忙碌充实的样子，应该是风光无限的。"侯攀说。

"那当然，我到外地组稿，大多是省会城市，其他城市都难以排上队，每个城市，吃住方面压根没有问题。有时候，我吃了饭，参加了舞会，喝了啤酒咖啡，半夜回到下榻的宾馆，大堂里还有作者怀揣着稿子，已经等候了几个小时，他们也不觉苦，依然流露出敬仰与虔诚，趋前向我，恳求几句所谓的雅正指教之言……"

"文学贵族。也是文学的欲望，一种宣泄，一种先是对于名气的追求，继而达到对于物质追求的欲望，给你们待遇与支撑的该是这个。"侯攀愤愤地说，对于这个老同学，他并不客气。

"哈哈，你老兄说得对，见解深刻。"老温嬉皮笑脸地说。

侯攀不耐烦他的心不在焉，东拉西扯，说："你表个态吧，行不行？"说着，又想向老温进一步介绍书稿的内容。

老温打断了他，说："那不必多言，你老兄的东西我还不放心吗？你干点别的什么不好，为什么偏偏爱出书？"

老温这家伙，自己是以出书为职业的，老同学出书，不仅不说几句中听的，反而泼冷水。侯攀心里很是不悦，但又一想，老温在省城，接触面广，认识的名人多，哪会将在边远小城的人放在眼里。而对于以评职称、出名为目的的平凡之作，他抱以麻木冷淡的态度，看来也不奇怪。如同一个厨师，面对普通的饭菜，要让他很有胃口，也真的是很难。

所以，侯攀也不想同他论说什么，他说："各人有各人的想法，各人有各人的活法，你也不必用你的思维来理解问题。"

老温看来更油滑，说："反正我丑话说在前头，你只当耳边风，那随你去吧。"

"好吧，你的情我领了。谈谈具体运作的事，如何办。"侯攀说。

"基本上没有问题。我手头有几本书正在做着，你的这本，我安排一个编辑帮你做。"老温说。

2

出版社联系上了后，接下来，侯攀要准备出书的费用。工作十多年，他无须负担父母那一头的需要，但也没有太多的积蓄，原来存了一笔钱，那是与莫志清两人一块攒下来的，也仅万把块而已，莫志清出国带走七八千。本来侯攀叫她都拿去的，她却坚持留下一小半。其实，莫志清出国的费用，很多依靠她那在国外的弟弟的支持，她和侯攀两人存下来的钱，只能算是一点儿零花钱。所以，侯攀手头能够支配的钱并不多，不足以应付出书的需要。

这又是一个问题。

本来，侯攀的日子还是很自在的，收入虽不高，但开支不大，自己挣的钱自己花，住房是学校提供的，房租一个月不到十块，电灯、电视和冰箱的电费，也仅几十块。当教师很少应酬，在服饰方面也无须特别讲究。至于买房、买小汽车之类，这样的消费还用不着去想。旅游是要去的，年轻的学人，对外出行走往往是痴迷的。所幸的是，每年侯攀都能摊上一次参加学术活动或到外地听课的机会。学校提供差旅费，既可以进行专业交流，又可以顺便饱览风景名胜，一举多得。这些年来，中国大地差不多走了个遍。广东的广州、深圳、珠海、湛江、汕头自不必说，西南的有昆明、桂林、成都、重庆，华东的有上海、南京、杭州，华北的北京、天津，东北的哈尔滨、沈阳、大连，西北的乌鲁木齐、西安，华中的武汉、开封，等等。到一个城市参加学术活动，可以顺带到沿途的风景名胜走走，况且学术活动本身就有游览休闲的安排。这样过日子，侯攀很少去想钱。没娶老婆却已有一位青年女子以身相许，并且生活在一起了，别人花费金钱，不就是为了达到这个目的吗？直到出书，才为钱的事犯愁。

找别人借吗？侯攀开不了口。他不习惯这样的借与被借的关系。早几年，有个老师想买彩电，到侯攀宿舍坐了半天，终于开口说："你单身一人，该是存了点钱，能不能借千把块钱，几个月后还你。"侯攀毫无思想准备，对此一问，立即慌了神，好在他是下定了决心不对外借钱的，撒了个谎说："我的零余钱每月给父母代管，给我以后办个人大事备用。"那位老师见这个情况，也显得有点尴尬，找了个话题岔开去，说了几句，抽身离开。以后，两人见面，都有点儿不自在，再也没有以往那种热情了。礼尚往来，过去人家来请求，自己没有答应，如今也就当然不好向别人提这样的要求。或者说，侯攀还没有可以互相借钱的朋友。君子之交淡如水，他可能是属于君子之类的人。

如今，这君子也只能想方设法为钱而奔走。他乘车到了几十公里外的表叔那，看有无办法可想。表叔是县里的水电局局长，日子过得相当滋润。但一进表叔家，看到表叔脸色不大对劲，原来表婶前几天查到有乳腺癌，还准备做手术，虽没有生命危险，但也是一件很忧心的事情。看到此番情形，侯攀将自己带来的话放在肚子里，一点儿也不敢透露出来。所以，不仅没有收获，反而花了几十元买慰问品。

其实，在表叔家那里，阅历丰富、老于世故的表叔也看出了他的心思，表叔说："我并没有来得及告知这里的事情，你怎么会过来的？"侯攀一时找不出什么理由，含含糊糊地说："凑巧吧，我刚好这几天没课，出来散散心。"表叔倒要一问到底："奇怪，几年里，多次叫你来玩玩都不见影儿。"侯攀见话说到这地步，就将事情原委讲了一遍，但他最后还是表明："我现在可是真的绝无向你伸手的意思了。若向你开这个口，无异于自己打自己的耳光，我宁可不出这书了。不就是本书嘛，不就一个职称嘛。"表叔笑了，说："我同意你的话，做人要靠自己。现在都爱讲《国际歌》里的一句话，叫作自己救自己。老实讲，即使没遇到这件麻烦事，我也不一定会支持你。出一本书不容易，以前我们年轻的时候，批判过丁玲的'一本书主义'，我们私下就议论，其实丁玲讲的也不是没有道理，一个人一辈子能有一部留得下来的书，也是非常了不起了。你的书，应该是你骄傲的见证，而不是羞耻的记忆。你想想看，在我们山区县，不少贫困的农民子女，连上小学都有困难，我很难给你这个支持。"

"好了，我懂。"侯攀说。他理解表叔，对他半点埋怨也没有。本来就不想因这样的事麻烦人，只是一时着急，忘记了自己一贯以来做人的态度。现在醒悟了过来，当然也不想听表叔的说教，自己不是中小学生，而是一个有独立思想的青年学者。

在表叔家那没过夜，坐下午五点多的车回来，到了学校，已是深夜。空手而归，也是醒悟而归。学校大门的铁栅栏门已关上，侯攀拍得叭叭作响，好久，门卫才从旁边的小屋走出来，他嘟囔说："刚进来一伙人，给他们开了门，躺在床上腰腿还未伸直，你又来了。"侯攀没理他，反正他要老老实实开门。学校为限制学生深夜在外不归，特别是为了防止谈恋爱出问题，晚上十二点关大门，学生在关门后回来，会遭到保卫人员的盘问。侯攀和一些青年教师对此举不以为然，但也奈何不了学校。

这时候，却经历了一场让他哭笑不得的闹剧。

3

侯攀进了门，匆匆地往宿舍方向走。但没走多远，听到前面有喊叫声：

"老侯——文人——"是几个人在喊叫，扯开了嗓子，乱喊乱叫，在宁静的深夜里显得特别刺耳。他知道，那是在叫他，在几个朋友当中，他的外号就是这样的。但那样的乱叫声，他一时无法辨别出是何人。加快了脚步，朝着声音的方向走去。看到人影了，几个人混挤成一堆，像谁坐在地上，有个人想去拉他，没拉起来，自己却倒了下去。侯攀赶紧过去，一看，原来正是他们，几个来往比较多的朋友，教育系的老费、人事处的廖智义，还有在一个县里当中学教师的大学同学曾晋。

他们一见侯攀过来，像找到救星似的，老费拽住侯攀的胳膊，说："今晚只缺你！找了半天不见人，曾晋专门来同你喝几杯的。"

这里一股浓烈的酒味，几个人看来都醉得差不多的样子。坐地上的是曾晋、廖智义。

曾晋两眼直直地看着侯攀，傻傻地直笑。廖智义呆呆的，一副想哭的怪模样。

侯攀使了一把劲，弯下腰，吃力地将这两人扶了起来，廖智义可以歪歪斜斜地行走了，曾晋却两腿一软，又坐了下去。侯攀只好将他背起来，一手拉着廖智义，踉踉跄跄，往老费的宿舍走去。

在路上，曾晋还呜呜噜噜地吵着嚷着，舌头笨拙，口齿不清，不知所云，身子却同一团烂泥，软软地依靠着侯攀。

好不容易到了老费的宿舍门口，侯攀已是一身热汗，气喘吁吁，手一松开，将背上的曾晋放下地。

站稳的曾晋，突然一把抱住侯攀，激动地说："谢谢！你是我的救命恩人，没有你，今晚一定死在半路上，我实在动不了啦。"

侯攀知道他这是醉话，没理他。要一同走来的老费将门打开，扶曾晋跌跌撞撞地进了屋，曾晋到了屋里面，一见床铺，赶忙爬上去，伸直腰肢躺下，嘴里哼哼呀呀叫个不停。老费和廖智义重重地跌坐在沙发上，身子再也懒得动弹。廖智义两眼直勾勾地看着侯攀，咧开嘴，笑得傻傻的，倒是老费神志还算清醒，扯着嗓子同侯攀说话。

老费平日就是个健谈者，喝了酒，话就更多。

"老侯，人家曾晋老远跑来，找你喝酒，一个晚上都在喊你名字。"老费说。

"我不知道，刚从外地赶回来。曾晋最近怎样啦？"侯攀问。

"准备考研究生。去了一趟广州，找研究生导师聊聊，探探情况。"老费说。

"这位老兄，也真有毅力，大学毕业都十年时间了，小孩也上了小学，还去继续读书。"侯攀有点感慨。

曾晋同侯攀他们本来是一个学校的同事，和大家同一年大学毕业，同时分配到这所高校来，讲授哲学。曾晋是安徽人，北师大毕业。小个子，戴一副黑框深度近视眼镜，但体质倒是特棒，踢足球是个很不错的边锋。另外，也很有诗人气质。上衣口袋整日装着小本子，别一支钢笔，和别人说话，讲着讲着，会忽然打住，捕捉突然而来的灵感，埋头在本子上飞快记着自己的诗句，每天都有至少十几行的诗句收获。他在诗歌写作上是西方现代派的追随者，自己编了几本诗集，没有出版也不想出版，说是找不到知音。他也不大在乎这些，只顾写诗，写出来后编成手抄本的诗集，一本一本地积累自己的作品。他的专业并不是形象思维的文学，而是恰恰相反的抽象思维的哲学。所以也有人说他像中国政法大学教哲学的著名诗人海子。他自己也解嘲地说是海子的兄弟，但也猛烈地批判过海子，说海子的自杀是一种愚蠢而自私的举动。

但，曾晋在交女友方面，却是非常成功。他那个有舞蹈专长的妻子，身材高出他半个头，亭亭玉立，婀娜多姿，眉清目秀，脸若桃花，那形象是无可挑剔的出色。曾晋结婚后，他妻子还在几十公里外的县城工作，当烟草公司办公室副主任，轻松而待遇又不错。曾晋的岳父是副县长，主管财贸工作，他为自己的宝贝女儿安排好了前程。曾晋不属于他这个官场人物满意的女婿，但女儿着魔似的迷上了他，喜欢读他的诗歌。曾晋的诗作一出来，她立马要拿来朗读，有些读得懂，有的不懂，但会说，尽管不懂，也喜欢曾晋的诗歌语言，相信那是最棒的诗歌，更相信以后曾晋会成为文坛星光闪耀的诗人。这样，当父亲的最后还是无可奈何，答应了他们的婚事，但他坚持不让女儿离开自己经营多年的地方。曾晋恰好也不想继续讲他的哲学课，于是顺着岳父的意思，调到这个县城，在县委办干写材料的活儿。这个岗位本来是不少人巴望得到的，曾晋却总是缺乏真正的兴趣，总是适应不了官场。几年时间，换了几个单位，最后在县一中当语文教师。看来是不满现状，又来努力考取研究生。

侯攀与曾晋交情不错，谈诗论文可以一宿不睡。但这些年各忙各的，接触却也并不多，这晚相见，本来十分高兴，只可惜曾晋醉倒在床上，无法交谈。

"曾晋这条路是可以走走的。"侯攀对老费说。

"换换环境而已，读书，在哪都是靠自己。那些所谓的研究生导师，大部分都是平凡之辈，没什么好学的。读完研究生，有了个更高的学历，在大城市找工作容易得多，否则，搞调动烦死人。要这么说，我对考研究生还有点儿理解。"老费说。

侯攀知道，在他们几个人当中，老费是相对超脱者，以轻松态度处世度日的。老费的专业是教育学，可能是爱好抽象思维的缘故，他对西方哲学特别感兴趣。当然，这一点，同其他教师相比，又很不一样。他的可爱，他的奇怪，他的魅力，都在这地方。

老费购买的西方哲学著作，比一般的专门研究西方哲学的大学教师都多得多，因为爱西方哲学，老费学了三门外语，除大学生时代必修的英语外，还自学了德语和法语。

老费个子也不高，但脑袋不小，脑门锃亮，前额一片光秃，戴着黑框近视眼镜，一副学者模样。宿舍白白的墙上用铅笔或圆珠笔写满了外语单词，身在其间，眼睛随便向哪一看，都要触及外语，此外还有外语的语音环境。今晚老费是醉了，平常，老费一起床就打开收音机，调频是锁定的，就是某个英语新闻时事电台。所以，只要他在房间，又不是读书工作的时间，一定会听到英语的广播。老费说，不在乎听什么具体的节目内容，只想听到英语的声音。通过这个广播节目，记忆一些单词，培养听力。

老费这样过日子。

想到这，侯攀笑起来。当然，他现在有自己的心事，不准备同老费进行争论，这样的磨嘴皮泄火气的事，在他们之间倒不是稀罕事情，但今晚侯攀确实没有兴趣。他委婉地说："每个人都有自己的想法，有自己的活法。"

"那是，我最不爱管别人的事情，"老费说，"其实，我们这个社会的问题是爱管别人事情的人太多，自己不干事，眼睛专门

盯住别人，也不让别人干事。"老费喝了酒，讲话可以使他舒舒
气，看来他不讲不行。

侯攀还要找点什么话来应付他。一阵响声传来，曾晋滚下
了床，急急忙忙朝里头的卫生间走去，还没迈过门口，"哇……"
激烈地呕吐起来。

从他那又散发出浓浓的酒味和呕吐物味。

"你们这帮人，今晚也真够可以的。"侯攀摇摇头。

廖智义过去，给曾晋搞点卫生清理。老费没有理会，抽着
烟，不知什么时候，打开了收音机，房间里又出现了英语广播。

纯正的英语口音在播放，凌乱的房间，一团一团的烟雾，难
闻的气味……

"你们忙吧。"侯攀站起身子要走。

在那呆呆地听英语的老费立即站起来，挡住他，说："别走别
走，我们先谈谈，待会曾晋酒醒了，他也要找你谈谈的，他有很
多话同你说。"

侯攀没理睬，说："明天再说吧，我不想熬夜啦。"说着，走
了出去。

在外走了几十米，回头一看，整栋楼已经黑魆魆，只有老费
的房间还亮着灯光。

第 四 章

1

夜里的这点插曲没有影响侯攀的注意力，他关心的还是出版书的事情。一时没头绪，看来要多想点办法，再等等看。

有点郁闷，也有点疲倦，往床上一躺，不知不觉就睡着了。迷迷糊糊之际，觉得有人敲门。原来是老费和曾晋过来，他们几个以前凑在一块，少不了搞个通宵。

"聊聊。"老费一进门就说。

侯攀也只能顺从，过去自己也没少这样半夜走进他们的房间。

"智义呢？四剑客少了一个。"侯攀见少了一人，就说。

"他有了发展机会，不能像我们这样瞎混。"老费说，廖智义被提拔到学校人事处当副科长，遇到了喜事。廖智义是这个学校毕业留校的，干了几年的办事员，享受助教待遇，能当上副科长，也算是升了一级。

"每个人的生活都会有变化的，比如你这文人，这几年就难得同我们在一起，不是你那位远走高飞，谁敢这时候来找你。"

老费说。

"你与女人一起的时候，我即便到了门口，你也不会理睬哦。"侯攀说。

"我的女人仅仅是女人，满足我对于女人的需要。相对地存在，时间上和关系上的相对性，而这一点却又是绝对的。"老费得意扬扬地说。

"你说什么呀。当然，那是你的聪明，你的潇洒。同时，也并不是谁都可以复制。"曾晋冷冷地说。

"那她怎样啦？"老费不想多说自己，拉紧自己感兴趣的话题。

侯攀嘿嘿一笑："管她怎样，反正现在一个人，更加自由自在，向你看齐，过一阵潇洒的日子再说。"

"其实是你老兄有福气，会过日子，一张一弛，该过甜日子时，你没闲着，该换换品尝生活的口味，如今你是又有了机会。有的人在生活中总是幸运的。"老费说。

"是呵，我现在什么都可以放下，一心一意搞点儿学问。"侯攀就认真地说了开来，"这几年整理了一下过去写的东西，准备出本文集。"

那叠厚厚的文稿就放在书架上，侯攀拿了过来，往书桌面上一摆。

半尺高的文稿便成为议论的话题。

"出版的问题实际上是金钱的问题。"侯攀说。

"妈的，现在很多事情像是历史的翻版。"老费说，他点了根烟，吸了一口，这是他发表言论的习惯。

"前些日子读了几本古书，又找到几个材料，这里且供参考。

古时候读书当官，当了官，弄了点钱，不管是多是少，总会从中抽取若干，来刻印自己写下来的东西，出版一些个集子，分送出去，层次高的，是传播自己的思想才情，层次低的，是附庸风雅。当然，也有一种需要，那是有利于官场的竞争，通过自己的作品，向上司，最高是向皇上，表达自己，推介自己，显露自己的才干，希望得到赏识和重用。所以，出书与金钱分不开，因为它本身充满了功利的东西。说到那些为食肆、酒楼、茶馆、说书场所而作的市井文学，则表现得更加直接。不过，话又说回来，我更同情市井文学，也更能接受市井语言，因为这类文学的作者知道，自己是在用笔、用故事来为读者服务。他们知道，自己的作品要吸引读者，取悦读者，一定要放下架子，老老实实地满足读者的需要。正因为这样，市井文学里头有不少低级趣味的东西，可那是真实的内容，并不难理解。"

老费讲了他的一番出书议论，露出一脸的自信。

侯攀笑了笑，说："你老兄的事情大家都不是不清楚，你不也是个自写自编的角色吗？你搞了几部手稿集子了呢？"

老费说："那倒没什么不好意思的，我将自己的日记、书信、讲稿还有论文稿，都编了起来，五六个集子，差不多一百多万字。作为一个大学教师，一个学人，不写东西不行，不写东西心里觉得没有底了，没有依托，感到恐慌，虚度年华。我的作品其实是生命的见证和价值体现，但我不在乎出版。只要这些文字在世上存在便可以心满意足。时间会做出证明，也会做出选择，如果真的有价值，或者那些有真的价值的部分，自然会得到社会的认同，否则这些东西，将永远成为我个人的一段记忆。"

"好了吧好了吧。"曾晋说。这样的交谈是一人讲一段，讲的时候是输出自己的思想，不讲的时候是轮到自己休息。倾诉和准备倾诉都有一定的时间保障。于是，一个漫长的夜晚便可以轻松地打发过去。

老费说："我们讲的都是写作状况，或者说写作文化。这当然是我们生活的一部分内容，缺少这部分内容是不正常的，往往会很痛苦。你现在是问世、入世，我则心仪出世，我们目前的价值取向不同，做法自然不一样。"

侯攀说："也不存在什么入世和出世，大家都活在这世界上，都在享受着生命，享受着生活。有哪一个是真正出世的？你看今日一些和尚，简直成了作为旅游产品的和尚，经济和尚。我那年在山顶的庙里拜佛，敲木鱼的小和尚沉着脸，敲一下看我一眼，硬是要逼我拿出一块钱放进捐款箱，他才完成敲三次木鱼的动作。你老费也不会有真正的超脱。"

老费说："我当了十年大学教师，如今还是个助教。我上课不好吗？问问学生。我不喜欢写讲稿，有个提纲就可以。教务处的人说我放野马。但我相信我的课信息量大，启发性强，学生也欢迎。比起那些照本宣科，年年老一套的课本，不知好多少倍！如今评职称要排队，要填一大堆繁琐的表格。我们系有几个教师，每年都根据评职称的要求，想法子发论文，通过教学检查。他们一切工作的出发点和目的都是职称。一句话，为职称。"

"职称实际上对我们的存在价值起到了至少是另一种决定性的作用。"侯攀说，"奖金，住房，申报科研项目，申请科研经费，参加学术交流，哪一项不是由职称来决定。一个讲师的课讲得精彩至极，他的课酬也不如一个结结巴巴的副教授。"

老费说："这是个现实，我无法改变它，也无意改变它。但可以坚守我的精神。"

侯攀说:"算了吧,这仅仅是你的生存之路而已,你还是以独特取胜。"说到这,侯攀笑笑,又说:"因为这,你成了大学的名人,在不少女学生眼中,你是个英雄人物,你老兄是想不承认吗?"

老费显得不高兴,脸红起来:"找女孩子我用得着这一手吗?"

"好的好的。"曾晋出来打圆场,他显然不想看见一场争论爆发,时间已到凌晨,最安静的时候。"还是讲讲老侯出书的事吧,现在这件事的问题只有一个,需要钱。我们学校有个数学教师,将他半辈子的教学经验写了半本稿,出版前给我看过,也真的不错,但出不起出版的费用,书稿搁了一些时间,后来书是印了出来,作者却变成了两个,教育局局长也成了著作者,名字还排在前面。那个数学教师对我说人家出钱买名,也只能这样。我看老侯也可以考虑考虑这个办法。"

侯攀冷笑一声说:"只怕我将全部著作权卖出去,也不会有人认购,我的文风别人一看就能辨认出来,无法转让。"

"还讲这个干吗?顺其自然,出不了那便放着。老这么讲,烦。还不如谈论一下女人。老侯,我看你们系的资料员是对你似乎有那么一点意思。"老费说。

"老费,又来你这套,你的心理观察与分析的专业特性,根深蒂固,难以更改。"侯攀说。

"看来,你是默认了。"曾晋也挺有兴趣的。对于女人的话题,没几个男人能拒绝,特别在无聊的时候。

"这其实很自然。那资料员,三十五六吧,正处于对性充满渴望的时期。她是留校的，原来在文体方面很有点特长，你看她那身段，虽然衣着的风格是传统保守，但那曲线还是很迷人，显示出成熟的风姿与韵味。这样的身体，其实是在呼唤着性的满足，欲望是非常强烈的。可惜她先生身体不行，干瘦，长期到外地进修。说是搞科研，其实是在回避自己的老婆，一种可能是他的精力无法招架；也可能是他已经失去了对自己老婆的兴趣，这时候，他通过专业来转移兴趣，或者在准备物色新欢。"老费分析得津津有味。

"你将话说得太绝对。"侯攀说。他也佩服老费这一手，校园里哪对男女暗中有事，都逃不出老费的眼睛。当然，他并不喜欢议论人家，更不会去干扰别人在情感方面的关系。

老费没理会侯攀的插话，接着说："于是，你们的资料员在你身上寻找寄托。"

"老侯，抓住机会。"曾晋说，"不上白不上，反正你现在闲着。"

老费说："其实这女同事挺不错的，你要是能处理好这种事情，对双方来说，都是很美的事情。别人可能会说这是偷情，不道德。我不是这样看的。当然，要保守秘密，因为涉及一些很实际的问题，比如她丈夫的心理承受力，现在社会的认同能力。"

"还有一个也是很实际的问题，那是我的意向。"侯攀笑笑说，"说实在的，我不是没有那种感觉，但确实没有那样的想法。"

"你怕麻烦。"老费盯着侯攀说。

"也许吧。"侯攀并不否认。

"你自私。"老费紧追不放。

"你这么说也未尝不可，你是弗洛伊德学说的研究专家，你有你看问题的角度。"侯攀还是不软不硬。事实上，在心里，侯攀已经不像以前那样，失去了同老费展开类似于这种务虚性辩论的兴趣。

他轻轻地喝了一口茶，老费一下子不知说什么，曾晋也沉默不语。静场。过了一会儿，远处传来鸡啼声。又一个夜晚快消失，又一个白日将到来。

没什么话可说，老费、曾晋也不想回去，侯攀与曾晋和衣在床上躺下，老费斜坐在藤椅上，将一张日字木凳用来架着脚，三人很快呼呼入睡。

2

醒来，天已大亮。侯攀和老费这天都没有课，可以自由安排。三人吃了点饼干，喝了点热茶。曾晋要辞行，侯攀说："再玩一天吧，反正我们有空。"曾晋说："当县里的中学老师哪有你们自在，我担任高中两个班的语文课，每周十几节课，还是一个班的班主任，年级语文科组长，考试成绩的压力，应付高考的压力，忙得要死。这样下去不行，我在这里待了几年，无法选择一辈子当中学教师。现在看来，去考研究生是唯一的出路了。"侯攀说："那去考吧，换个环境，人的心情可能会不一样，这几年考研究生在升温，看来以后的竞争会越来越激烈。"说到这，老费插话说道："我前几天同新疆的一个朋友通电话，他现在住在北京考研究生，他们几个新疆朋友在北京合租了一套民房，都是为了考研，而且第一志愿是考取北京的研究生。有一个女青年，在北

京住了几年，连考了几次，非要考上不可。我问个究竟，我的朋
友说，他们的父母都是建设兵团的，20世纪50年代从内地去开
发边疆，现在到了他们这一代，渴望回内地的城市了，但最理想
的道路只有读研究生。"老费说到这，曾晋站了起来，说："听你
这一说，我更加坐不住。"老费没留曾晋，却提出要送一程，说：
"我们一块到路中的那个镇去，吃顿午饭。"侯攀说："干吗要在那
小镇吃饭？你去过吗？"老费笑嘻嘻地说："去开开眼界，你也不
是没有听说，那里的路边饭店可多了，去看看。"

……

又是吃喝。之后，侯攀走出酒家门口，看到曾晋在公路边等
中巴。

"老费呢？"侯攀问。

"走了吧。我也没见着他。"曾晋说。

侯攀看了看手表，他们离开酒桌到现在，有一个多小时了。
侯攀看了看曾晋，说："你的脸有点红。"曾晋似乎不好意思，低
下脑袋，笑笑说："你也是。"

"拜拜啦。"侯攀也想赶紧离开，向曾晋道别一声，去等候开
往另一个方向的中巴。

几分钟后，他坐上了中巴，匆匆而行。

回到宿舍，连忙换下衣服，洗了个澡，上床睡觉。好累。

一觉醒来，已是下半夜，侯攀看了看钟，睡了差不多十个
小时。

起来吃了点饼干，泡了杯热茶。静静地坐在房间里。

写字桌上的小闹钟嘀嗒嘀嗒地走着。

又是夜静独思的时候。他感到同以前有点不一样，对环境的

感觉不同了。

侯攀使劲咬了咬嘴唇，长长换口气，抽了根烟。接着将原来编好的那叠书稿放在写字桌面上，继续思考出版的经费问题。

几天后，侯攀筹钱的事终于有了点眉目，他立即动身南下，到珠三角的一个小城去走一趟。

大学时的同学许一石，下海经商，如今做起了小家电企业，拓展得很出色。前段时间在新工业园区买地，盖起了现代厂房，引进日本生产线，进军白色家电。在省里的传媒做了一轮宣传，颇有气势。

侯攀读报的时候偶然看见那些消息，赶紧同许一石联系。

读大学的时候，许一石是个作家迷，他比侯攀大几岁，当过农村知青，当过国营企业工人，生活阅历丰富，思想成熟。一进大学就开始写小说。成绩还不错，在学校的征文中得了几次奖，在省刊上发表过两三篇小说散文。当然，他积累的手稿更多，也就是说，更多的作品得不到发表的机会，找不到读者。而侯攀就是许一石的热心读者。他写出了小说，立马要找侯攀。侯攀对此也常常不耐烦，他也要写自己的作品，要背英语单词。但向许一石发几句牢骚后，他还是会读完拿来的作品。深夜里，学生宿舍熄灯之后，两人在幽暗的校园散步，讨论许一石的小说，一说开来往往一两个小时，接触多了，搞体育运动、打饭、看电影也常常结伴而行。有一年暑假回校，侯攀从他父亲当馆长的县文化馆那偷偷拿了半尺厚的原稿纸，送给许一石。许一石如获至宝。那时候，许一石还有一种癖好，喜欢原稿纸。一见小方格的原稿纸在自己手中，就要拿起笔来，刷刷刷地写小说写散文。

　　大学毕业前，许一石找到负责分配的政治辅导员，说如果有指标，他希望到珠三角一所镇的中学当语文教师。本来，按他的条件，是可以留在市一级的重点中学或教育学院之类的单位，但他考虑的是小说，想贴近基层，写些水乡题材的小说。毕业一周年后，侯攀去探望许一石，他的小说创作有了一定的成绩，在省级报刊发了好几篇，参加了省作家协会，还当上了当地文学会的会长。在那个地方，能发表文学作品的人极少，像许一石这样的功底和成绩，当个文学写作社团的头儿，一点也不奇怪。

　　当时，许一石对文学创作雄心勃勃，窄小的房间摆着两张写字桌，一张放着课本、备课本和学生作业，另一张摆满原稿纸、手稿，还有要读的文学经典。他用尽可能短的时间完成当教师的工作义务，余下的空闲时间，就转移到另一张写字桌上，写他的小说。

　　侯攀来了后，还同他争论过他不久前发表的一篇小说。那个作品写一个漂亮的女大学生，写她在校园美丽的湖畔边晨读，接着是一个男同学爱上她，向她发动爱情攻势，而她不为所动，她感兴趣的是另一个朴实刻苦的男生，可那男生又偏偏无心爱情，全副心思投入到学业上，于是，女生便有了烦恼和忧愁。

　　侯攀说："像一个童话，一篇用优美文字写出来的平庸的童话。"

　　许一石不同意："故事是平凡的、简单的，甚至可以说是一目了然，但这仅仅是表层，作品的内涵不在于故事情节上，而是在这一过程中，女主人公的心态，她的心理状况所反映出来的社会折射和文化沉淀。故事是次要的，现在不是童话时代，也不是市井说书取乐的时代。"

　　许一石的自尊心很强，这是他性格中的底色，对此，侯攀早

在大学时已经十分清楚了。其实，他的小说也写得真不错，只是
他的个性，还有成长空间有所不足，他不是在都市的文化旋流里
面，缺乏知晓新潮东西的优先条件，因此，用流行文化节拍来衡
量，许一石的小说味道还是显得旧了一些。当然，这也不能说他
会没有读者。大千世界，什么口味的人都有，想到这，侯攀便没
有同他辩论下去。但他又从另一个角度逗了许一石一下子。"我
知道你的这篇小说是写谁。"说罢，侯攀嘻嘻一笑。

"小说嘛，是虚构的，当然也有一定的真实由来，但写小说
毕竟是编故事嘛。"许一石说，他不会立刻退却的。

"那是低我们两级的一个女孩，喜欢写诗的，长头发，身
材很好，苗条又丰满，脸很白，眼睛乌黑，走路的姿势很有韵
味……"侯攀说。

许一石打断了他："文人好色，自古而然。"

"好色而不淫。高尔基说，没有妇女就没有爱，我说，没有
女人，特别是没有美女，便没有爱。"

"那也用不着把高尔基抬出来，是一个十分简单的道理，傻
子也懂的，美女能使男人产生冲动与激情，我们生活的动力很多
就是这样来的。"

"嘻嘻，"侯攀看着许一石说，"有一个晚上，宿舍熄灯了，
我到咱们中文系学生宿舍楼的天台散步，瞧见你和她……"

许一石摆摆手，也笑笑，说："你一定浮想联翩，或简直就嫉
妒在心，但事实上，我并没有得到什么。"

"我相信。那女孩自视过高，可能后来她有点后悔。"

"后来，后来她来过我这里玩，住了两天，她的煎鸡蛋做得
不错，但晚了，我同我家乡的女友确定了关系。那么，只有将一

段情感埋在心中，付诸笔端。"

"小说家的心理轨迹。"

两人就这样轻松地谈论着文学写作的事。许一石说要写一部类似于《香飘四季》的长篇小说，再来一部珠江三角洲风情的作品。

但两三年后，侯攀再次去他那走走时，情况却有了变化。那时，珠三角的民营企业如雨后春笋，一下子到处生长，公路上车流不息，尘土飞扬。许一石结了婚，住在学校分的简陋的小平房。他的妻子在那，这个显得瘦弱的年轻女子，抱着几个月大的女孩，还要张罗家务，她告诉侯攀，她老公每天将学校的事情忙完，便马不停蹄地去跑企业，目前搞那个叫作新闻广告的东西。

新闻广告，侯攀开始对这个概念还有点陌生。但很快又恍然大悟，想起来，如今报刊上经常可以看到这类作品，说是新闻，但又露出了实在的广告信息，让某个企业或某个地方出出名，报纸刊物不能直接收受广告费，但编辑记者或写手是多少要拿点费用的。许一石文笔肯定比一般的记者写手要好，他愿意的话，写这类东西既轻而易举，又可以取悦别人。许一石的妻子看来对写作并不是很懂，但也知道了新闻广告这个词儿。本想多问一点，但许妻实在是知道得不多。

她也当然是个贤惠的妻子，许一石没回家，她抱着小孩带侯攀到街市去逛逛，走了一段又一段，天色已经墨黑，还不往回走。侯攀肚子有点饿了，却开不了口，人家妻儿都这样地行走，一个二十多岁的男子还能说什么？走着走着，侯攀才醒悟过来，街市本来并没有什么可看的，许妻的意思很清楚，她不想丈夫不在家的时候，与一个男人待在里头。后来，许一石回来了，他骑着摩托车，挎着个黑色塑料包，风尘仆仆。原来他联系到了一单广告，下午去广州，骑车来回一百多公里，在报社编辑部现场敲定文稿的事情。许一石的家简朴而凌乱，他似乎有点不好意思，对侯攀说："听说你来，本来这两天想买一台彩电的。"侯攀心里开始有点儿纳闷，专门为一个同学的到来买一台家庭三大件之一的彩电，有这个必要吗？过一会才明白，许一石三十多岁的年纪，三十而立，正是成家立业之时，家庭的状况如何，是人家评议的重要内容，而侯攀是第一个来看他的家庭的大学同学，给侯攀看也是给大学的同学看，说不定，别人评价许一石的状况还是通过侯攀此次旅行所得知的信息。老许好强，侯攀暗暗称叹。

当晚，许一石同侯攀长谈，快到深夜，许妻从隔壁的睡房过来，像是来倒杯水，却是夫妻间的一个信号，许一石显然明白，对她说："你先睡吧。"许妻轻轻应了一声，脸色似乎没那么好，竟没有倒上水，拿着杯子，转身走开。

侯攀暗中想，老许太忙了，为了他工作的事情，连老婆也放置到一边，能不沾即不沾。看来，他这样乐于同自己谈至深夜，一个很重要的原因是避开老婆。

第二天，侯攀坐在许一石摩托车的后座上，跟他去跑企业。老许热情执着，嘴巴说个不停，他能同洗脚上田的乡镇企业老板打交道。去第一家企业，目的是帮他们写一条新产品的新闻，那企业研制出了一个防漏电防触电的自动开关。许一石对他们说："这条新闻不收费，因为你们这为安全而研制的产品，对大家有好处。"企业的人一听就乐开来，说："是呀，前几天，有一家用了我们这产品的企业，工人织铁丝网，铁丝突然触电了，好在有我们的产品，才没出什么事情。""这个例子很典型。"许一石说着，拿起本子记了下来。接下来，去一家饲料企业，那里的文员都认识许一石，热情地同他打招呼。许一石在经理室里对一个女职员说："你们企业的报道上周见了报，看到了吗？"那女职员说："看到了，我们给经理看，他很高兴。企业的宣传栏上登了这篇文章的复印件。谢谢你啦大记者。我们企业这是第一次上报，真够威风。""是吗？"许一石笑笑。"当然啦。"那女职员又说，"做生意即时顺利一些啦，来买饲料的，看了我们拿出来的这篇文章，信心增强了很多。"

坐下，喝茶，闲聊几句话，许一石说："今天来给你们拍几张照片，看能不能在报上再发一发。可以的话，你们企业的宣传就既有文字又有图片。"女职员一听，高兴得直拍手掌，赶紧张罗安排照相的事。

侯攀在旁边一直是充当听者观者，这会也帮上忙，摆布场面，协调别人。

忙了两个多小时，拍了两个胶卷。摄影也很费心，并不是咔嚓一下按快门那么简单。

过了快半天，到了下班时间，许一石悄悄对女职员说："我们想见一见经理。"女职员犹豫了一下，说："上回不是谈了一个多小时吗？经理很忙。"许一石不气馁，又说："你去同他讲一讲，我还有事想见见他。"女职员想了想，才走了去。经理的办公室在另一个房间。不一会，女职员回来，说一声："来吧。"

跟在她身后，许一石和侯攀进了经理室，坐下，许一石同经理讲了几句，大概是企业宣传策划的内容。经理心不在焉，嗯嗯地答应着，算是在听。末了，许一石向经理介绍说："这是我大学的同学，现在是大学教师。"经理看了侯攀一眼，顺口问了句："是教授吗？""哪里哪里。"侯攀说，他还想解释一下大学教师职称结构的情况，但看见对方并没有什么兴趣，话也就收了回去。

这会，许一石对经理说："老板，今天中午请我们吃一顿饭好不好？"

侯攀愣了一愣，没想到许一石是这样安排吃饭的，似乎有点像乞讨。他不好意思，有点紧张地看了看经理。

经理没有立即作答，拿起桌面的茶杯，喝一口，然后嘿嘿一笑，说："许老师，现在公司在努力减少接待开支，降低企业运作成本。不过，既然许老师你开了口，我也不好为难你。叫经理办的张小姐陪陪吧。"

侯攀心里头好像给尖针一刺，很是不舒服，暗暗地说了句：宁可不吃，也不愿为一顿午饭折腰。

许一石倒是爽朗地说道："谢谢经理。以后有什么需要出力的，尽管找我。"

中午这顿由公司请吃的饭菜，安排在大排档。菜色倒是新鲜、可口，许一石也吃得很香，侯攀却很少言语。许一石显然是注意到了这个，看着侯攀面前的啤酒杯说道："你的啤酒喝得太慢啦，来，我们一起，敬张小姐一杯吧。"

侯攀又觉不快，想：张小姐年龄比自己小，文化程度当自己的学生还不够格，为什么要向她敬酒，应该反过来才是哩。

正在迟疑中，许一石却举起了杯子，向张小姐说道："感谢招待，祝你开心愉快、青春靓丽。"看得出来，他是认真的。

侯攀犹豫一下，也只好跟着举起了酒杯。

吃过午饭，许一石和侯攀离开，许一石脸上有点儿不悦，想说什么，却又没开口。侯攀多少猜到了他的一些心思，也不挑明来讲，一路沉闷。

好在很快到了另一个目的地。这也是一家乡镇企业，做风扇的。许一石带着侯攀径直走进了经理室。那经理见了许一石很是高兴，连连说："大笔手来啦。"

许一石说："要不要再来一篇专访？"

经理说："不啦。我们喜欢低调。"

过一会，经理招招手，把许一石招呼到他身边，从抽屉里拿出一份文件，说："今天上午省经委批准了我们一个新项目，又有生意做了。"

"难怪你今天这么开心。"许一石说。

"哈哈哈哈。"经理笑了笑，又对许一石说："这事儿你可别向其他企业说呵。你们这些文人嘴巴多，到处去转转，在我这把别人的情况讲给我听，在别处又把我的东西露出去。"

"哪里会。做哪一行都有哪一行的规则的。你不信我吗？"许一石说。

经理看了看他，点点头，说："当然当然。"

许一石又说："这次来，想跟你说件事，你们车间门口放着一大堆铁片废料，你们不要的话卖给我，最好是送给我。"

经理说："那是风扇的裁剪废片，你用来干吗？"

许一石说："你别问我干吗，你们不要就给我。"

经理哈哈一笑，说："你要便拿去吧。"

许一石乐了，连声谢谢。

夜里，两人回到许一石在学校的一间宿舍。在这之前，两人是在许家吃了顿便饭，回家只是吃饭、睡觉，看来，这已是许一石的平常生活。单身宿舍很静，床上、写字桌上、木沙发上摆满了书本、杂志、报纸和各种资料，企业宣传的材料特别多，为企业产品、厂房、办公楼等拍摄的图片也堆成堆。夜里，许一石通常到这来做文稿写作的事情。

侯攀悄悄叹口气，说："我佩服你的干劲。"

许一石说："这地方没什么太多的奥秘，都是这样做出来的。你想不做也可以，但看到人家发达别眼红。"

"一分耕耘一分收获，顺理成章。"侯攀说，"当然，你能与各种各样的人打交道。"

许一石冷笑一声说："如果像个大学教授那副架势，那可不要找这种饭吃。"

侯攀知道，许一石是有所指的。

"到外面来闯，要抱着无所谓的心态，不要自己给自己限制太多。其实大家都是一个目的，干活挣钱，能合作就合作，合作为了分享利益，不要指望别人会为你施舍什么。"

侯攀点点头，他明白这样的道理，一天下来，当许一石活动的观者与听者，已经得到了足够的佐证。只是，他不知道该说什么。

3

那次以后，两人很少联系。侯攀知道，许一石再也没兴趣同他讨论小说创作的事情。他从跑广告搞公关宣传入手，后来又自己来搞企业，从风扇厂得到废铁片，为的是开一间电磁片厂，看来经营得很成功，没几年又进入家电产品生产行列，越做越大，发展顺利。

每年，他们只是打一两次电话，问候几句，调侃几句，也没有太多的交流，更没有深谈的兴致。

侯攀当年在日记里详细地描述了许一石的生活，也发过一些感慨，但感慨也毕竟是感慨，在自己所处的这个环境，他还是按照自己的习惯生活。

如今，又要去找许一石，心里头有几分尴尬。开口向人家要钱，但明知人家这钱来得并不容易。

只这一回，以后还他。不止是在金钱上，而且在名誉上、在精神上还他，一定要还清这份人情，侯攀这样安慰自己，为自己打气。

经过这样的心理准备，他拨通了许一石的电话。

对方的回答不冷不热，不置可否："这么久不联系，一来电话就讲这事情。"

"我下去一趟好吗？"侯攀说，此话一出口，脸立即发烫，想不到自己也会讲出如此乏力、如此低三下四的语言。

"下来看看吧。"许一石说。这通电话，许一石是用手机接的，他正在广州一个高级音乐厅听外国乐团演奏交响音乐。

侯攀于是去了珠三角那里。人走到某段路上，有些行为只能顺着那条道儿，由不得自己。侯攀此行就是向一个过去的同学，如今的老板伸手讨钱。

许一石的事业顺利成功，他刚刚搬进新厂房，企业不仅换了地方，换了环境，而且壮大升级，今非昔比。写字楼、车间楼、园区还都具有现代气派，在周围众多的企业群里，当属一流，令人瞩目。

在企业接待室，一个年轻漂亮的女子招呼他坐下，端来茶水，温文尔雅地问讯了他的称呼、来意，然后请他稍等，自己拿起电话，低声说了几句，又笑容可掬地对侯攀说："许总请您等一会，他正在会客。"

侯攀坐在舒适的接待室内，喝着茶，欣赏着这里的布置。过了好一会，许一石会见他的时间已到，接待的小姐很有礼貌地领他过去。

许一石还是以前那副教师模样，衣着朴素、随便，从外表上一眼看去，不像企业老板，但一种自信不凡的气质，还是能让明眼人感受得到。

许一石随意地同侯攀握了握手，也没再坐下去，说："到外面去看看吧。"

在几个车间走了一遍，最后到了工人食堂，企业有三四百工人，大部分在食堂用餐。许一石走到打饭菜的窗口，问了几个问题，显然，回答的伙房师傅并不知道自己面前的人是企业的老板，平平淡淡地讲了几句。许一石也不表明自己的身份，问完后，对那师傅笑笑，说一声："谢谢。"

侯攀觉得有点儿好笑，这种劳资关系有点像电视新闻中的领导人到基层访问群众。而许一石是凭着自己的努力，走上高层的位置的。

回到经理室，许一石问侯攀："你出书要多少钱？"

"三五千吧。"侯攀说。

"三千还是五千？"许一石看着他，问道。

侯攀一咬牙，说："五千。"

许一石淡淡地笑了一下，说："你倒是抓得很及时，前段时间和同学搞了个聚会，我请他们到这来看了看，请大家到宾馆住一个晚上，吃了几顿饭，也表了个态，谁出学术著作，我可以赞助若干。你是第一个。"

"你话音未落，就有人伸手。"侯攀说。

"意思一下吧，这是免不了的。钱嘛，也不要看得太重，反正是要花掉的。"许一石说。

"其实，每个人挣钱都不容易。"侯攀这是真心话。在车间里，流水作业线的工人忙得连抬头的工夫都没有，一个月下来也才收入千把块钱。

"那是。"许一石说，"企业的每一分钱，都是从市场里挣回来的，我们不如人家当官的那么舒服。"

说罢，他把企业的财务叫来，说："支五千块钱。"

侯攀拿到钱，也到了吃晚饭的时候，许一石说："去吃工作餐吧，我上班也和企业的管理人员一样，吃工作餐。"

工作餐是普通的自助餐。企业为管理者安排的自助餐厅有三十多个座位，许一石自己拿了一份饭菜，独自在角落的位置上，埋头吃饭。他不同别人搭腔，也没人同他说话。

侯攀端着自己的饭菜正要找座位，忽然看见一个在吃饭的人好脸熟，原来是大学里的班长袁达志。喜出望外，他走了过去。

两人寒暄了一阵，大学毕业后一直没见过面。

"你来干吗？"侯攀问。

"给老许打工。"袁达志笑笑说。

"是吗？"侯攀有点惊奇，他眨眨眼，打量着身材高大、仪表堂堂、气宇轩昂的班长。

袁达志在大学里是个出众的人物，笔头、口头都厉害，入学前，在当知青的时候，已经开始有所作为，入党，当上公社办公室副主任兼公社团委书记。在大学里是班长，还是学校学生会副主席。毕业后留校，在校学生处搞学生思想政治工作，没几年就升为副处长，成为全校这个级别上最年轻的干部。本来是仕途畅顺，前途光明的。但到底是过于得志，年轻气盛，有些事情没处理好，后来，官职被免掉了，调回中文系教当代文学。讲了一两年的课，说是精神振作不起来，提出辞职，下海经商。这些情况，侯攀都已有所闻。没想到在许一石这里见到了他。

两人一边吃饭一边谈了起来。袁达志以前是班集体的中心，这样的习惯依然保存，一讲起来，话题就是以他为主，他为人热情，喜欢讲自己。于是，侯攀也就听到了袁达志下海后的一些经历。他曾在一个贸易集团当副老总，没几年，这个国有企业显现了危机，资产重组后，机构人员大变动，袁达志失去了原来的位置。好在还有点底，太太在大学教书，生活上还没有出现问题，袁达志买了辆十多万的小车，整天在外面跑，办过广告公司、投资顾问公司、咨询培训公司，或是好景不长，或是昙花一现。后来，终于同许一石联系上了，由许一石投资，在广州科技园创建了一家 IT 技术工程公司，袁达志任总经理。

"生意好做吗？"侯攀问。

袁达志笑笑，说："不稳定。这个行业竞争激烈，风险很大，生意难做，你看，现在只是来老许的大本营开发一些应用软件。"

"老许自己的主业还可以。"侯攀说。

"他起步早，打下了基础。"袁达志说，"现在家电行业的利润都很低，市场竞争更加激烈。老许的胜数在于建立了一个遍及全国的营销网络，内部管理高效，运作成本控制得较好，总之目前的状态还算不错。"

"想不到你成了商界行家，以前我们看好你在教育界或政界发展的。"侯攀说。他记得袁达志本科毕业论文是关于戏剧理论的，也报考过这个方向的研究生，专业课成绩还不错，可惜英语未及格。那时研究生招生人数少，成功的难度要比后来大得多。留校后，转向大学文化的探索和研究，组织了一些颇有影响的学生活动，编了几本书。侯攀在自己所在的高校都听说了，可见在全省同行中是得到了认可的。袁达志更像个社会活动型人才。

侯攀的这句话，让袁达志沉默了一下，他轻轻叹口气，又解嘲似的笑笑，说："顺应潮流嘛。现在是什么时代了，经济是社会的基本社会因素，搞学术冷清了点，若要从政，限制很多，偶然因素也很多。在商界上混，也还可以慢慢找到感觉。"

"班长，你什么时候都一样，能够给我们带来信心。"侯攀说。他还是习惯叫他班长，这种角色关系在大学时代一经确立，似乎就固定了下来。在心里，侯攀对袁达志真的有着敬仰和顺从的惯性。

袁达志也的确有着某种领导的气质，善于宣传和鼓动，听侯攀这么一说，他兴致来了，说得更多："现在，我们这批同学都有一定的基础了，分布面也挺广，在广州，我一有机会就同大家聚一聚，互相帮帮忙，共同做些事情。同学之谊还是宝贵的。前几周我们就来了老许这里活动，发起的工作是我做的。结果老许被大家认为是在工商界中最出色的同学。你别小看这个，这也是一种价值，无形的价值，说不定会在哪一天，在哪一个地方发挥作用。企业要依靠这种东西来增值。"

"可惜我没参加那次活动，很多同学都是毕业后再也没见过一面。"侯攀说。

"这样的活动很难得，说来说去，同学的情谊到底有着独特的魅力，大家之间的关系单纯，功利因素少。当然，时到今日，我们又可以利用同学关系来做些实实在在的事情，这到了另一个问题。"说到这，袁达志话锋一转，又说："你们那里也有几个同学，但联系都不多，今后这方面还要加强。你们所处的地方虽然偏远了一些，但山清水秀，旅游资源丰富，你看能否考虑一下，到你们那组织一次同学聚会。"

侯攀一听，笑笑，这当然是好事情，有朋自远方来，主人应当快乐。但实际上又有很多烦人的问题，所以，他也不好立马答应下来。

正在这时，许一石走过来了，本来侯攀想提议，三个人到外头走走，好好谈谈，但发现许一石和袁达志之间似乎缺乏交谈的兴致，袁达志见许一石一来，立即收住了口，于是，他也只好作罢。

许一石见侯攀吃好了，就叫上他一块出餐厅，走到外面，才说带侯攀去自己家去看看。

不一会，许一石也开了车，各自离开公司。

在车上，侯攀说："想不到班长也到你麾下来打工了。他还是那种活动型人才的味儿。"

许一石沉吟了一会，说："他出来干是对的，因为他其实并不适合在官场混，书生气重，太老实，脸皮也不够厚，这些因素都会影响他的升迁。但这些年商海沉浮，也暴露出他的另一些弱点，开过好几家企业，机遇对他也还算公平，可惜，他并没有发挥好，业绩平平，没有能够打开局面，说到底，他还是沾上了官场空谈的习惯。"

侯攀说："这会，你又给了他个老总的位置。"

许一石说："不能说给。这里面有条件，就是必须完成任务。他干了半年了，成绩一般，下半年还这样，这个位置就收回。同学归同学，办公司我是要讲经济效益的，否则会完蛋。"

"他知道吗？"

"当然知道，这已经是明确了的事情。"许一石说，"所以，他现在的压力也很大。"

侯攀点点头，若有所思。

说着说着，到了许一石的家。这不算典型的家，环境不错，在一个颇有名气的别墅园区，三层小洋楼，但只许一石一人住，他的妻子正在加拿大，在那带着两个女儿，她们要在那待上两年，然后获得移民的资格。在三层小洋楼里，许一石请了个钟点工，打扫卫生，有时做饭菜。屋内是安静的，显得冷寂。装修摆设也很简朴，与这栋楼房的外观并不相称。

两人站在厅里，一时也不知说什么。

不一会，许一石说："我最近收拾好了书房，带你看看去。"

书房在三楼，一进去，立即感到了另一种不同的氛围。三个墙面摆放着到顶的黑色胡桃木书架，存放的书挤得满满的，宽大的写字桌上，文房四宝齐备，有一盏竹制灯座的台灯，灯旁有一叠半尺厚的蓝皮面线装书。

许一石走进来，眼睛就有点发亮，他在写字桌前的藤椅上坐下，取过线装书，那是一部唐诗集，翻开书页，用手轻轻抚摸，对侯攀笑笑说："在这翻翻书，会有一种十分宁静和愉快的感觉。"

"读书，或者说，文化，有时表现为一种修炼。"侯攀说。他也饶有兴趣地品味这个环境。

第 五 章

1

带回五千元，也带回了某种阅历，某种思索。侯攀这次又加深了对一些理念的认识。真是要读万卷书，行万里路呵。蹲在学校，藏在书斋，读再多的书，进行再多的思辨和写作，也不能取代亲身经历。真正的生活体验，真正的生存状况，给心灵留下的烙印，比什么都更加深刻难忘。

回到学校，他没有去找老费他们，似乎不想开口说话，应付好上课，一有空就忙着出书的事情。文稿打印出大样来了，需要校对。而一来做校对，免不了又要对文章进行修改。修改没有底线，在不同的时间、不同的心境下看自己的文章总有不同的认识。侯攀对文章十分痴迷，以前写过的东西，虽然时间已久，但铭刻于心，他能回忆起某段某句是在怎样的心态中写出来的。品味文章的爱好，使得他每看一遍自己的作品，总要动手修改。改了几次还定不下稿子，街上广告公司那打字的小姐叫苦不迭。侯攀也只好讨好赔笑，答应多付些钱。他本人倒乐此不疲，觉得文章越改越精彩，有时读着文稿不禁击节称妙，自己为自己喝彩。有时也会长长一叹，感慨怀才不遇。

　　只是在夜里，宿舍空余一人，睹物思人，他会想想莫志清。她现在不知如何，明日双方又将如何？不少问题叫他牵挂，难以确定，心中留着几分悬念。

　　莫志清的信来了几封，信是越写越短。想到这些，侯攀心中又会生长出莫名的失落和惆怅，但他又很快安慰自己，自己年纪不大，其他方面的条件不算差，不管怎么说，还可争取一个精彩的未来。反正以前同莫志清在一起，并没有白过。对此，他还是暗自得意的，生命的乐趣是充分享受到了的。调整好心态，他又坦然了，该干啥干啥。

　　出版社那边的运作才正式启动，文化也是经营，写作也是经营。以前考虑更多的是思想艺术，但在现实中，没有经济的条件必定无法兑现成果。这也是侯攀的一个切身体会。好在流程的顺畅带来了安慰，审稿并不复杂，大致上把把关而已。如果不是敏感的题材，不涉及政治问题、宗教问题和民族问题，编辑翻翻也可以了，作者身为大学教师，又希望在职称等学术地位上发挥作用，作者本人不会看得更细吗？编辑很明白这点，所以他们大可以放心，充分放手。此外，文字上的问题，除了叮嘱作者再细看，还有校对做保障。

　　审读修改稿，侯攀确实特别的细致认真。作品像自己的孩子，马虎不得。

　　这时候，胡文秀又来找了他。那是下午，刚刚过了下课时间，侯攀正在伏案看修改稿，门没关，胡文秀进了来，她走到身边，侯攀才发现。她的脚步轻盈，悄然无声，宛若女人的温柔和神秘。胡文秀弯下腰，脸庞凑近来，看看侯攀手头的稿子，说："这就是你的大作呵，什么时候问世？你是我们学校青年教师中第一个出版个人专著的，可喜可贺呀。"挨得这么近，感受到她的细微呼吸声和体香，侯攀心里有一种痒痒的感觉，一时不知道说什么才好。

胡文秀也许也意识到了，她挪开两步，在一旁的椅子上坐下。

侯攀说："胡姐，今天有空吗？"

胡文秀摇摇头，说："你以为我是大忙人吗？不就是资料员，干些杂活，哪敢说忙不忙的事情。我来是专门看看你的书稿，问问进度。"

侯攀有点感激地看她一眼，说："谢谢你。"

"谢什么。这是件大事，可惜我帮不上忙。但你要是需要，我可以搞搞校对，多一双眼睛看文稿，总会好一点。"

"你真好。其实我正想找你帮这个忙。修改清样我看了几遍，但自己的文章太熟悉了，有时候容易跳过去，一目十行。你心细，有你给把把关，那肯定会不一样。"侯攀说。他将书稿的修改稿分了一半给胡文秀，说："我们分头看，看完后交换。这样出书的时间才可以提前。"

"那行，我赶回去，立即看稿。"胡文秀拿了书稿，匆匆走开。

侯攀觉得，屋子里留下芬芳的味儿。

这个年纪不大不小的姐姐，这个少妇，到底怎么样呢？他不由想起老费对她的议论。有了老费的话，侯攀得到了某种提醒，这么一留意，还真觉得老费的眼光真地道，真是明察秋毫。知人知面不知心，此言极是，在很多时候，不知对方的内心，是因为对其存有某种思维定式，或者，就是缺乏应有的兴趣。看来，过去自己对胡文秀是过于冷漠麻木。仅仅将她当成年纪大过自己的同事姐姐，而实际上，自己的这种念头以自我为中心，是自私的。自己作为小弟，只会到大姐那寻找帮助和慰藉，而没有给对方以相应的回报，没有，从来没有，连想都没有想过。难道胡文秀仅仅想当个大姐，没有想过要做个女人吗？当然，慢着慢着，她不是寡妇，她有自己的男人。但如果这么认真地留意这样的关系，又会发现，他们两口子似乎有点不那么对劲。应该有一定的问题，否则，胡文秀的脸不会时常流露隐隐忧思。

去看看胡文秀吧。侯攀产生了这样的念头。

这么确定了下来，他又在心里骂了自己：你小子其实是自己耐不住了，有女人在身边，即便别人主动邀请，你也没这兴趣，现在，倒想方设法找起理由，为自己的下意识辩护。

但侯攀还是敲响了胡文秀的门，时间是第二天晚上。

胡文秀丈夫不在，她带着女儿。女儿在读小学五年级，长得像父亲，模样大方秀气，气质文静而聪明。胡文秀在辅导女儿画画，她告诉侯攀，每天晚上做完功课，女儿还要画一会画，学点文艺这是她给女儿安排的。客厅四面的墙上贴了许多画，色彩鲜艳，线条优美。那差不多都是胡文秀女儿的作品，也有一两幅是胡文秀自己的作品，胡文秀原来就是个心灵手巧的人，画画不错，还会拉手风琴，在文艺方面相当活跃。在当学生的时候，相当出众，引人瞩目。就是因为这样的特长和素质，胡文秀才被学校看中，留校工作。只是一直做资料和教务上的事务，专业上没有发展，结婚生育后，家务事多，人也就变得消沉寂静。

在这个安静温馨的小屋里，侯攀又感受到胡文秀的柔情和聪颖。胡文秀对他的到来很是高兴，连连说："你可是难得一来的贵客。"过一会，她又补充说："其实我们家平时也没什么客人。"

"是吗？"侯攀随口说。

"什么是吗不是吗，我骗你干什么？"胡文秀说，"其实没人串门也好，我女儿晚上要温习功课，还要画画，练习唱歌，学习乐器，不想别人打搅。"

说话间，她给侯攀倒了杯热茶，削了个雪梨。

茶香、梨甜。侯攀不客气地喝着，吃着。

胡文秀从房间里拿了侯攀书稿的那一半修改稿出来，说："我已经校好了。把另一半给我。"

侯攀将自己带来的那部分修改稿给了她。接过胡文秀递过的修改稿后，侯攀立刻翻阅起来，一边看，嘴里一边啧啧称赞，说："你看得真细，真细，帮我校出这么些错漏来，真谢谢你。"

胡文秀不语，抿嘴微笑。

过一会，胡文秀女儿进房间睡觉，关上了门。厅里只剩下胡文秀和侯攀，柔和抒情的交响乐曲在流淌着。讲完了书稿修改稿，忽然停了下来，两人一时没了话语。

侯攀看了看房间，说："他呢？什么时候回来？"

胡文秀摇摇头，说："不知道。"

侯攀倒多少知道她在这方面的苦衷。

胡文秀丈夫叫刘颂华，是化学系的讲师，最后一届毕业的工农兵学员，这几年经常外出进修。校园内还颇有一些议论，说他是进修专业户。其实，刘颂华心里有两个疙瘩，一是那种未经考试、靠推荐的学员出身，在高校，其学历的底子不够硬；二是要评副教授，科研成果还不够分量。这个模样清秀的江西男人，老家在农村，家庭贫困，也许同这样的家庭条件有关，他性格文静，沉默内向，对于他，侯攀接触不多，但还是很有好感的。这一两年忽然发现见面的机会更少，一问才知道他的这些动向。侯攀觉得很好理解，刘颂华是个典型的教师，他不好弄权，也弄不了权，只能往教师这条路上走下去，而学历、学术成绩在高校是个基础性的砝码。有了资本，可是事半功倍，否则是事倍功半。像刘颂华这样的学历出身，大都转行搞行政或思想辅导工作了，还在教学第一线的，已为数不多。既然认了这条道儿，也只有做这种选择，没有别的捷径。

看着有点儿忧郁的胡文秀，侯攀笑笑，说："应该去进修。反正学到东西是自己的，搞出来的科研成果也是自己的，学校出费用，给时间，工资奖金还照发，这样的机会，打着灯笼也找不到。你说，在我们系，张典会给我去吗？我提了几次申请，都说课多，人手紧，走不开，没两三句话，就给顶了回来。所以，我还是很羡慕刘颂华。"

胡文秀冷笑一声，轻轻叹口气，说："搞学问当然是好事，在大学里，当教师必须搞学问，这一点谁都明白。但你看刘颂华也太特别了点，去年到武汉进修一个学期，没写出一篇论文。春节在家过了两天，又匆匆赶回去了，又要再搞一个学期。这像话吗？真不知他在那搞什么名堂。"

侯攀一时不知说什么。有句话到了心里：外省妹子漂亮得多呀——但不能对胡文秀说。他想了想，只好安慰她："也用不着这么担心，刘颂华是个老实人嘛。"

此言一出，自己内心就颇感惭愧，他暗暗骂起了自己：你小子是个什么东西，也来装正经，你这模样不叫人作呕才怪。

胡文秀摇摇头，没说什么。

夜很静。显然，胡文秀的女儿已经睡着。

胡文秀忽然眼睛一闪，说："我这几天画了幅画，你看吗？"

侯攀高兴地说："好呀。"

"在我房间里。"胡文秀说罢，转身进了另一个房间。

侯攀迟疑了一下，站起身子，跟了进去。

这是胡文秀夫妇的起居室，摆着一张宽大的双人床，一个大衣柜，一个梳妆台，一个写字台，一个小木书架。窗帘紧紧地拉上了，遮掩得严严实实。台灯的光线柔和，房内飘散着芬芳的气味。

胡文秀将一幅画取来，在床面上展开，她擅长国画，这幅作品画的是山水画，胡文秀曾经跟他说过，她父亲原来是县文化馆的美术干部，"文化大革命"时挨批斗，全家下放到林场去，在山窝里住了五六年，胡文秀特别喜欢山水画。

"美。"看了一会，侯攀说了一个字。

"是吗？"胡文秀说。侯攀觉得她的声音轻细温柔，似乎还有点颤抖，跟平常不一样。

他没敢看她，说："是的，秀美。"

"你觉得哪里的笔法最好？"胡文秀说。

"这，唔，还有这……其实都好，对于国画，我还不具备专业的评论水平。"侯攀一边说，一边用手轻轻指点着这幅国画。

忽然，胡文秀伸出手来，勇敢地握住了他的手。

一股电流通遍全身。

他不由自主一转身，伸出胳膊，将胡文秀搂进自己怀里，两人紧紧拥抱。

两人的头靠在对方的肩膀上，一时间没有说话。侯攀感受到了胡文秀柔软的身子，身上散发出来的芬芳。胡文秀的心在怦怦急跳，这点，他也感觉得到。

过了一会，侯攀说："胡姐，我吻你好吗？"

靠在他肩上的头摇了摇。胡文秀说："是我不好。怪我。这样做其实不好。"

"对不起。"侯攀说。

"不，应该说对不起的是我。"胡文秀说。

"其实我心里有鬼。胡姐，我不敢看你。"侯攀说。

"那我就更过意不去了，好在只有你我在这。"胡文秀说。

两人松开，面对面站着，都在看着对方。

胡文秀又开口说话："既然这样，我也不在乎什么，向你直说吧。这些日子，我一直不好过，心里烦得很。你知道，他去进修了，但他到底在外面做些什么，只有我这个当妻子的知道。他其实没有将心放在搞进修搞科研上去，而是想尽办法和一个女教师好。那女的是湖北妹子，年轻漂亮，大胆泼辣，好不厉害。"

"你怎么知道的？"侯攀问。

"过年的时候，她打电话叫刘颂华到她那去，刘颂华碍于我这里，开始还不敢去，她索性直接给我通话，将他们的关系都说了出来。我和刘颂华吵了架。第二天他就坐火车直奔武汉去。"

"别人都从外表来看他。只有当了他妻子，才会真正了解他。其实他自尊心十分强。这几年在学术上别人发表论文，出成果，他感到压力很大，但一点也不服，心里憋着一股气。我们生了个女儿，他家四兄弟全都在单位里工作，只能生一胎，也全都是生女儿，他心里也憋着一股气。他追那湖北女教师，其实心里头有很充分的打算，甚至可以说，他多次到外地进修学习，也是有这样的打算的。他是想摆脱目前的状况。"

"看来，刘颂华这人还真不简单。"侯攀对胡文秀说，"或者也不必那么早下结论，说不定你的这些看法很大部分原因是出自你这个妻子的敏感。他会舍得你们这个家，去做另一种结合？看来这个问题，你还是耐心一点更好些。"

胡文秀叹了口气，说："算了吧。缘分这东西也只能顺其自然。人算不如天算。人生之路，说长也长，说短也短，谁能预知未来呢？未来往往出乎原来的估算，只是到了那一天，才会理解，为什么事情是这样发展过来的，真的，我们对未来常常是想当然，其实并不真正是这样。我不说自己是宿命论者，但冷静地看问题，你不能不相信，决定生活进展的内在原因，其实是偶然的因素，是一连串的偶然性因素。"

"是吗？"侯攀有点惊讶，想不到平静清丽的胡文秀，头脑里竟然装着这么深刻的人生感悟。他看着胡文秀，说："胡姐，认识这么久了，今天的感觉还真不同。"

这会儿，两人各自坐了下来，胡文秀侧身坐在床沿上，侯攀坐在床头灯台旁的半圆形沙发上。

胡文秀低着头，手指轻轻抚摸着床单上漂亮的图案花纹，笑了笑，说："命运决定性格，回想起来，在人生的道路上，我是幸运的，也是不幸的。小时候，刚刚懂事那会，家里过得十分愉快，爸爸教我画画。我们赣南小县城，宁静、秀美，一条清清的小河，到处都有风景。河对面青翠的山岭，河边密密的青翠竹林，长长的木排，这些现在已是不复存在的景致，确实令人心旷神怡，'文化大革命'时家里是受到一些冲击，但同农民、工人家庭相比，日子也还算过得去。我们家的文化底子还是很好的。

也就因为这样，我才有机会被推荐上了师范学校。那时，同我一块上山下乡的知青们，大部分还在田里劳动，干着同农民一样的活。所以，我确实是幸运的。师范学校的学习生活也过得十分开心。但后来，我们这些工农兵学员的起步，在学校里没有多少发展的机会。毕业留校，本来是最好的去向，没想却遭遇了更大的压力，开始挺苦恼，觉得委屈，其实同后来毕业分来的大学生们相比，我们的综合素质并不差，只是我们读书不够罢了。但在那个时代，能怪我们吗？当然，总的来说，我们这类人还是幸运的，有不少人还是歪打正着，因为不够资格搞专业，退出来干行政，没想在那条道上发展更好。本来，我并不埋怨什么，心里满足平静安宁的生活，原来觉得，以后做个教授夫人，也挺好的，现在看来，这个理想过于乐观和理想化。"

胡文秀的话，清晰流畅，十分动听，像一股清流，流入侯攀的心田。

"文秀，我敬重你。但又能怎样呢？我无能为力呵。"侯攀说。

胡文秀吃吃一笑，推他一把，说："哪要你来做什么哟。"

侯攀也笑起来，脸一阵发烧：自己的那句话可真是有点愚蠢。

胡文秀看了看他，说："谢谢今天晚上的你。可能是我有点儿自私，但真要感谢你给我的安慰，不早了，你回去吧。"

侯攀点点头，说："晚安，多保重。"说罢，想了想，又说："以后有什么需要帮忙的，尽管开口。"

胡文秀笑笑，没有言语什么。她把侯攀送走，站在门外，待了好一会才进屋里。

侯攀快步回到自己的宿舍。在房内，对着桌面上的镜子，照

了半天。好像是不认识自己了似的。他静静地坐着，努力回味着
这晚的每一个细节……

2

几天后，修改稿已经看好，作了修改，可以定稿。剩下一件
事，是要请人作序。找谁呢？他想，如今出书作序，已经包含了
许多复杂的关系，确实颇费一番心思。侯攀虽然第一次出书，但
阅读的经验和平日的传闻已使他无师自通，深谙此道。他以为，
对于作者来说，求人作序不外是为自己贴金，或讨好作序者，与
书本内容没有太多内在联系。不过，对于自己的这本论文集子，
他不敢掉以轻心。

开始，他想请学术界一位名气很大的权威来为自己撑门面，
将这个设想跟胡文秀一说，胡文秀连连摇头，说："你还是实在
点好。"

侯攀说："什么为实在？"

"找张典主任作序。"胡文秀说。

这个主意，侯攀倒真的没有想过。侯攀清楚，张典教半辈子
书，十分好强，也自视甚高，但还没有出版过个人的专著。侯攀
觉得，张典在教学和管理上很有一套，但在学术上、在写作上，
由于他们那一代人所处的时代环境，确实不怎么样的。但问题
是，张典本人并不承认这点。

胡文秀说："找他吧，你以后的发展会更加顺利一些。"

侯攀听从了胡文秀的建议，他明白，自己出书的一个主要目
的是为评副教授，而要实现这个目标，没有作为系主任的张典的

支持是不容易的。

于是，在一个晚上，侯攀专程去拜访张典。这回，侯攀还是做了些准备，买了酒、高档食品、水果等，花了一百多块钱。这是第一次，以前，造访人家，他是不会这一套的。张典家他没有去过，近来两人关系有点僵，侯攀还希望通过这一行动，重修于好。所以格外小心，也有点儿紧张，敲门那时，心口还怦怦直响。

出乎预料，张典一见他，态度亲切，很显热情，不像他在系里工作时那样，总会板着一副严肃的面孔。张典一身休闲服装打扮，正在阳台上给花草浇水。他显然看到了侯攀手里提着的礼品，也不说什么，只亲热地叫了一声他的名字，招呼他过去。侯攀顺手将礼品放在茶几一旁，走到了阳台。那里的花草果然不错，生机勃勃，很是好看。

"没想到您还有这手艺。"侯攀啧啧赞叹。

"搞文学嘛，在审美方面还是多一些兴趣。"张典说。

"是的，是审美。您的境界比一般人确实高出一筹。"侯攀说。

"各有各的爱好，各有各的所得，你也不能这样进行比较。"张典说。

"那是那是。"侯攀连忙点头，但脸又忽地红了起来，心里在责备自己：好个功利主义者，为了达到一己私利，轻而易举放弃诚朴的原则。

"喝茶。"张典说。他显然没有多谈的兴致。

"张主任最近做什么学问？"侯攀喝了口茶，问道。他对谈话的气氛是敏感的，不能让张典感到冷淡，这关系到今天来造访的目的。

"哪有时间做学问。"张典摇摇头，说："系里的事情啰啰唆唆的，无休无止，还要给学生讲课。我们同那些做官的不一样，人家磨磨嘴皮、指指点点就可以了事。在系里工作，说是当领导，其实与以前农村的生产队长差不多。"

"张主任实在是太忙。"侯攀接过话头说，"但您并没放弃科研，不仅多次提醒我们这些年轻教师，自己也抓得很紧。最新一期学报发表您的一篇关于古代文论的论文，我读了三遍。您对文以气为主的'气'一字的理解，论据全面，引用了不少新材料，在这方面有明显的拓展。"

"就'气'这个字，我计划写一组论文，用上十万八万字。"张典说，并不客气。

"您这种扎实的功夫，很值得我们认真学习。"侯攀说。

"古人的那句话：板凳要坐十年冷，文章不写半句空。我还是坚信的。人们说起来容易，但要真正实践之，则是检验一个学者的关键尺度。我在读大学的时候，对一位古代文学老师印象十分深，他在课堂里讲话，几乎没有一个多余的字，轻易不写文章，但满肚子的学问。"张典的谈兴展现了出来。

"中国古代学者治学方面，确实形成了独特的优良传统。"侯攀说。

"你们年轻人，慢慢学吧。"张典说，"我的一位老师，教一辈子书，读一辈子书，做了一辈子的卡片，并没出版过一部著作，但所谓学问，就是这样积累而成的，没有什么捷径可走，也来不得半点浮躁。"

侯攀想了想又说："您这选题好呀，一个'气'字，抓住了文学写作的内在关键。我和一些年轻朋友讨论过，鲁迅最大的不足，是他的'气'不够，他写不了长的东西，没有写过长篇小说。"

张典一听，向他摆摆手，说："我研究'气'不是这个意思，与鲁迅无关。"

侯攀又说："前些时候，一些批评'鲁货'的文章，也有提到了鲁迅写作之'气'不够的问题……"

张典打断了侯攀，口气严肃了起来："不要去跟那些，那是错误的思潮。鲁迅是伟大的，是我们文化的圣人，不容污蔑。"

这样讲下去，离自己的目标会越来越远。侯攀有点着急了不敢再说，喝了一口茶，直截了当地将自己的事情提出。

"张主任，我想请您帮个忙。"侯攀从皮包里掏出书稿的定稿，双手递给张典，说："我将这几年发表的和未发表的一些习作收集起来，再整理了一番，编成这个集子，作为学习阶段的一个小结。请您指导，赐予序言。"

"哟，有大作问世了。"张典接过书稿，似乎有点惊讶，他戴上眼镜，低下头，翻阅起来。

看了几分钟，张典抬起头，将书稿还给侯攀。

他端起茶杯，呷了口茶，慢条斯理地说："出书是好事，做学问要出书。但不能浮躁，刚才你也讲到了这样的道理。所谓学术成果，并不是由形式上的因素来决定的。你我都是行业内的人，难道发文章多，出书多，就是学问深吗？非也。康熙皇帝一生中写了四万首诗，留下来的一句也没有。历史的法则是无情的。至于你的这本书，我没有细看，没有多少发言权，翻了一翻，有些文章以前发表时读过，多多少少有点儿印象。既然你来征求意见。我也只好直说，供你参考。你知道，我本人到现在都没有出过一本个人专著，目前也没有这样的计划。我以为自己的准备还不够。所以认为这本书还是仓促了点，粗糙了点。我要是像你，还是选择多做些准备，不急于求成。比如，集子里有几篇是论当代乡土文学的，这是一组论文，可以在这个研究方面展开，形成一部主题集中的专著，而不是像目前这样的文学评论杂集，主题不够突出。不同的结构内容，品位当是大不一样。"

张典的话并不错，侯攀心里是清楚的。但他不理解，或者是不认同自己的动机，侯攀是赶着要表达自己，证明自己，想通过这一方式来改变一下现状。生活太平淡了，他已难以忍受。为一个"气"字，做十万八万字的论文，这样的功夫，留到下一步来磨炼吧。再说，要练就一节课不讲一句错话的本领，那该有多大的压力呵。

于是他说："张主任，您就费点神，给我写篇短文吧，算是对您部下的关爱。"

"不。不敢当哪。"张典摇摇头说，"我们哪有这样的资格，用我的名字，只会降低你大作的影响。"

侯攀明白了，当张典表现出这种谦虚的推让时，他绝对是将一扇门给关住了，对于这位倔强、自负的老先生，到了这样的地步，那意味着毫无希望。

他只好站起身来，谦谦告辞，说："张主任，虽然您没有满足我的要求，但您讲的都对，给我很大启发，启发很大。"

"哪里哪里，全是乱说。我是个庸人，一个教书匠，你年轻有为，才华横溢呀。祝你早日成功，让我们这些做同事的也沾点光。"张典越说越油滑，似乎变成他平常毫不客气地指责的玩世不恭的态度。

侯攀悄悄吸口气，转身就走。只几步，张典叫住了他，回头一看，张典手里提着他带来的那份礼物，说："不必客气，拿回去吧。咱们是君子之交淡如水。"

侯攀很怕这样，提着东西回去，连忙说："没什么没什么，不必多心。我很少来您这，也算是表达一个同事的一点心意。没有别的意思，绝不是交易。我侯攀不是那种把任何事情都当作做买卖的人。"

这是他的真心话。看来张典是相信的，他没再坚持让侯攀将东西拿走。

侯攀离开了张典家。走在大街上，他感到失落，也感到轻松。后又一想，今天这趟也不能说白走，反正自己意思到了，对张典表示了应有的礼貌，对方如何反应是他那头的事情了。看来，有些事情明知不可能成功也要去为之，因为可以达到另一种结果，而这也是一个收获。当然，为人处世要诚心诚意，切不可耍小聪明，否则，真的会败露马脚，得不偿失。想着想着，侯攀觉得自己聪明了一些，心里更加舒坦。

3

另外找人作序当然不是件难事，但操作起来，需要考虑的问题也是挺多的，比如，需要作序者有一些名气和权威性，又要人家不仅同意而且多多少少当作一回事，会花点心思来写。

于是，侯攀想到了读研究生课程班时的朱正道教授。有一年多的时间，侯攀进修了朱教授的当代文学研究的硕士研究生课程。

朱教授是省内当代文学的权威，如今使用率很高的这一专业的教科书就是他主编的。本科时侯攀就听过他的课，很是敬仰。朱正道学富五车，著作等身，桃李满天下，专业内很少人不服。侯攀给他通电话，简要说了一下书的内容，特意说其中不少文章是进修朱教授研究生课程时写下的札记和论文，有的还经过他的点评批改，因为这样，他很希望请朱正道教授作序。

电话那头，朱正道没有推托，爽快答应，显然，像个学者、大家。

侯攀放下电话，心里头一块石头落地，感到轻松和兴奋。

人家这才是做事的哩，哪有左顾右盼、吞吞吐吐的样子！他马上到市里的邮局去，将定稿和信件用快件寄去，并在里面放下二百元。他知道朱教授并不在乎这点钱，但不能要人家白白地为一个学生辈的人做事；二百元权当表示心意，在给朱教授的信中，他是这样说的。

朱正道真是个热心好人。一个星期后，他的序言寄了过来。一千多字的序文，行文老练，十分得体。既实事求是，保持一位学者应有的客观公平、学术眼光，又给年轻作者以鼓励，使之得到肯定，看到希望。

这件事情一做完，侯攀的第一部文集也就很快印制出来。

那天，侯攀跑到了印刷厂的车间，看到自己的书堆了一小堆，十几个女工正在忙着。侯攀心情愉悦，同她们聊了几句。一个女工说："你也真着急，亲自跑到车间来了，要赶时间吗？"侯攀笑笑说："倒没有那么急，不过是因为我自己的第一部作品，还是觉得特别激动。"另一个女工说："原来人家是作者哩，我们难得见到这么有文化的人。"侯攀说："我只是个教师。你们喜欢这本书吗？"女工说："用纸不错，挺好的。"侯攀说："我是说，你们喜欢看这本书吗？"几个女工哈哈哈地笑起来，说："我们哪有这样的水平。天天做印书的事，但没看过一本书。"侯攀觉得她们讲得很有意思，便说："天天做书，却不看一本书，社会不平衡呵。对于我们这些读书、教书、写书的人来说，真是一个很好的提醒。"女工们一边干活，一边又说开："我们可不像你，你写书，我们做书，你有才学，成名成家，我们做出书来，也只为混口饭吃罢了，哪有那么多的想法。"

其实，也并不是完全不同，难道写书就不是为着功利目的？功利目的更明确，而且是难以启齿的明确，见不得人的明确。侯攀这么想着，离开了车间。

过了两天，他还想过去看看印书的进度，印刷厂却给他打来电话，说马上将书送过来。

书，终于以完整的面目问世。以前读别人的书，评别人的书，如今终于有了自己的第一本书。侯攀觉得底气足了很多。

一千册书堆满了房间的空地。侯攀坐在一旁，长长舒口气，轻松地打量这些几个月来为之辛苦、为之奔走、为之操心的成果。现在，考虑如何使用它，如何发挥它的作用。已经打开一两包书，几十本著作摆在写字桌面上，散发着油墨香味。

要送一批书出去，汇报也罢，炫耀也罢，告白也罢，交流也罢，这样的事情免不了。写作，其本质是表达，是宣泄与昭示嘛。

送书，在书的扉页的空白处写上几个字，某某雅正，或斧正，或教正，签上自己的姓名，再盖一个鲜红的印章。字写得龙飞凤舞，神采飞扬。做这项工作似乎有一种诱人的成就感。一边书写，一边想，这书如到了某某人手中，或许会得到人家的赞叹，或许会引起惊喜，或许会获得佩服……总之，侯攀感觉良好。

正在陶醉之际，老费来了。他走进屋里后，并没说什么，坐在一边，拿起一本书，默默地翻了好一会，半晌，才冒出几句话，说："好，是好事。反正你有这爱好，想做就去做吧。最重要的是自己的感觉。"

"送你一本。"侯攀说。

"那当然要的。"老费说。

"我写上几个字吧。"

"不啦，省点劲给别人写吧。咱哥们还有必要来这套吗。你的书我永远记在心里。尽管我不一定会看。"老费说。

侯攀只好作罢。

"要不要搞个作品首发式，再捎带一个研讨会，请上几个专家教授说些好话，把报社记者或副刊编辑也请来，然后发一篇座谈报道。这年头好像挺流行这个的。"老费说，一半认真，一半开玩笑。

侯攀笑笑，说："还真的有人要为我张罗这事情。胡文秀说了，她有这主意。仿佛成了我的义务经纪人。找人作序，是她提出的，书出来后，我都想松一口气了，认为大功告成了，倒是她还在操心。"

"好一个红颜知己。"老费说，他显然有点妒忌。

侯攀没理他。同胡文秀的那点情，也只有天知地知。当然，也没有什么大不了的，一切都很好理解，因为情感真实。

"有事吗？"他问老费。

"没有。"老费说，"这段时间无聊得很，见你忙完了，过来转转。"

"到外面吃饭吧。"侯攀说。时间到了傍晚，肚子开始饿了，他也确实想请朋友吃顿饭，借此庆祝一番。

老费当然很高兴。

他俩到了校门外的大排档那。

坐下，侯攀说："把廖智义叫上，好些日子没见了。"他在柜台上挂了个电话，找到了廖智义，对方听说有饭吃，很是高兴，马上动身过来。

侯攀和老费等着他。两人闲聊了几句，侯攀忽然说："老费，我发现你今天有点儿不对劲。"

"是吗？为什么？"

"凭感觉，而且我相信自己的直觉。"

老费笑笑，说："那算是吧。"

"女人？"侯攀问。

"嘻嘻。"老费还是不置可否。

"喂，讲来听听，你这风流哥儿又创造了怎样的爱情故事？"

老费摇摇头："没有爱情故事。谈不上爱情。我确实不想使用这个词儿。"

"那就是性爱吧。"

"也不是。我不是动物。将性行为完全当作一种生理行为，感觉很低级。"

"那对了，你创造了一种新的生活方式。"

"不，准确地说，是发现和接受了这种方式。其实，我这样说，仅仅针对我们的实际而言。我们的生活比较封闭，生活的潮头有很多创新，我们的反应迟钝。"

"好吧，老费，我也不追问你的个人生活了。一句话，有机会别忘了兄弟。"

"好，够爽快。哈哈哈哈。"老费得意地大笑。

不一会，他又问："你那位在国外怎么啦？"

侯攀摇摇头。老费正想再问什么，廖智义到了。

他照例说了一番客气话，恭贺侯攀出书的事。侯攀说："好久没聊过。你似乎也变了样，官场上那种八面玲珑的老练世故，多多少少也在你身上出现了一些。当然不是讽刺你，也不是恭维你，只是将一种客观事实说出来而已。"

廖智义说："哪里话。在大学，你们这些当教师的才是主力，我们都是为教学服务的，况且我还不是什么官，仅仅一个小小办事员，跑腿干活的角色。"

侯攀说："咱们学校，应该说现在的高校，越来越像官场了，差不多都可以混个官，熬个级别，然后，获得一种万能的资本，调工资，分住房，讲待遇，以至于带研究生，搞科研项目，出国考察进修，都得依赖这资本，一有则万有，一无则全无。"

老费喝了口酒，说："今日的大学教师不是昨日的大学教师了，今日的知识分子不是昨日的知识分子了，说不清是喜还是悲。"

廖智义嘻嘻一笑，说："事物总是在变化中发展，在发展中变化的。顺其自然吧，什么现象的出现，都有一定的必然性。"

"还是廖科长会说话。清淡最好。有酒有菜又有闲，磨磨嘴皮，神仙都不如。"侯攀说着，举起酒杯，说声干杯。

　　这顿饭吃得有点乏味。本来侯攀还是很有兴致的，因为想开怀痛饮，放松放松，但显然没有这样的气氛。三人现在不同以前了。一块吐槽的时候最真诚。

　　这属于出书以后的一种效应，虽然不是全部，但也少不了的。生活，往往不由某一个人改变，社会是一张互动的网。

　　吃饱喝足，话题不多，便各自分手。

4

　　晚上，倒有人来谈正经事。那是胡文秀。她为侯攀出书一事筹划了个作品研讨会，在什么地点开，请什么人士出席，在哪吃饭，费用如何安排，她都考虑到了。当然，最麻烦的问题还是钱。胡文秀有办法。她同一个以前来进修、听过侯攀讲课的官员联系了一下，那人答应在他管辖的城郊养鸡场安排两桌饭菜，吃鸡为主，又找到一个老同学派中巴接送，研讨会的事情大体可以定下来。

　　到了那天，也让侯攀觉得还算像回事。市宣传部文艺科长、市作家协会主席、市日报文艺部主任，几个当地的作家，本校的张典以及中文系的几位副教授、讲师都来参加。胡文秀也来了，主要负责会务安排。

　　研讨会下午两点半开始，一点钟派车接上人，两点十分车到养鸡场。这时，侯攀早已在那等候。他走到车门边站着，同每一位下车者握手，若是领导或年长者，还要以双手相握，微微鞠一躬，说上一两句客气话。

　　然后，与会者步入会场，按一定次序坐好。虽然没有电视上看到的那样，在每个座位上放一个有姓名的牌子；大家自由选择，但人们的规矩意识还是十分明确。所以，一坐下来，其中的主次轻重，与人们的地位身份完全吻合。

侯攀暗自笑笑，可能大家对那种电视节目看多了，潜移默化地受到了影响。一种社会主流的时尚，往往会如同流行性感冒一样，传染扩张，改变他者。

接下来的程序内容，也使侯攀觉得似曾相识，只不过以前他是配角或旁观者，而如今，他却不知不觉地成了中心人物。好在听了胡文秀的话，多多少少做了些准备，写了讲话稿。等评论者发言完毕就来读一遍。专门买了个笔记本，认真记录每个发言人的讲话。记着记着，差点没笑出来。心想，自己写东西，是有一种心理活动，这种心理固化为文章，本来文章是表达自己的特点思维的，而这些思维要传播出去，影响别人。但别人一阅读，思维一进入他们的头脑，原有的信息便发生了变异。这种变异现象相当有趣。

这么着，他一边写，一边开小差。终于熬过近两小时时间，完成了一个角色的表演。当然问问自己的内心，多多少少又有点儿内疚，不管别人的评论如何带着可笑滑稽的东西，但人家大都是认真、诚恳的，连张典也讲了不少好话。而且，都是为着他，给他捧场，给他提供一种难得的服务。这样的话，还嘲笑人家，真是太对不起别人，太不尊重别人了。

心里乱糟糟一团，表面上却丝毫不显露，一直挂着笑容，躬谦感激。

接下来的安排是吃饭，鸡香酒香，大家围在一块，热热闹闹，轻松愉快。这时，侯攀才开心起来，找到了感觉。

他旁边坐着老黄，老黄是市文化局干部，他去年刚过五十五，遇到干部轮岗调整，便从原来那副局长的位置退了下来，位居二线，挂了个副处级调研员的头衔。平时上班可去不可去，无须坐班。

老黄乐于当闲人，闲人才是老黄的本色。闲人遇到作品研讨会这样的活动，心里头最愉快不过了，所以，老黄的话特别多。

"侯攀老弟，你的大作，在我们地区的文学发展史上，必当拥有一席之地。"老黄说。那话语显然带有批评家的味儿。

"哪里哪里，应是速朽之作，怎敢与历史挂钩。"侯攀摇摇头。但内心还是很感愉悦。

"用不着谦虚，谦虚也没有用，人间自有公论。至少我会给别人作出公正评论。"老黄依然兴致勃勃。

侯攀嘿嘿一笑。

老黄吃了一块鸡肥肉，嘴巴香甜，兴致来了，滔滔不绝地发表了一番议论。

"你的这部作品，是我们地区第一个当代文学的个人评论集。这个第一，决定了此书在本地文化史上的历史地位。所以这毋庸置疑。从文体而言，选题既有集中性，也有广泛性。说集中性，是因为以当代文学著名的作家、作品和引起广泛影响的文学现象为评论对象；说广泛性，那是因为涉及具体内容的丰富多样，读此作品，仿佛走进中国当代文学的长廊，或者说走进了中国当代文学的大观园。令人目不暇接，见闻甚多。作者语言潇洒流畅，恣肆汪洋，作者出众之才学，跃然于纸上。由此又可见，侯攀老弟读书甚多，用功甚勤，非同一般附庸风雅，浅薄狂妄之辈。可喜可贺。"

老黄的真诚，发自肺腑。这一番话语，打动了侯攀，他不由频频点头致谢。

老黄又吃了几口菜，喝了点酒，脸色泛红，热气冒出来了。于是，又讲开了第二段：

"但是，侯攀老弟，有的话，我也不得不说。"

说到这，他停顿下来，眼睛看着侯攀。侯攀笑笑，说："照直说，我喜欢真话。"

"好。那我问你，所谓写作，属于精神的活动，其根本的价值观，应该体现在创新当中，给读者以新事、新知、新感，请问，你的大作，洋洋洒洒，数十万言，新在何处？对社会、对文化、对读者，作用何在？这些虽是老问题，但不能不问，不能不想。你可能说，书能出来，我可以完成任务，万事大吉了。当然，也可以出名，评职称，计算学术科研的工作量，评奖。如果被上司看中，还可得到重用提拔的机会。最保守来看，在精神上，在心理上，还有成就感，多多少少能得到安慰，得到满足，这些，都是你的收获。应该说，对于此，你或是得到了，或是感觉到了，所以，你在这方面处于一个满足的状态。可是，你吃饭穿衣，消费其他物质材料、消费服务，你得与社会与他人发生关系。你的劳动是精神的，是整个社会劳动中的一部分，如同你享受了别人的劳动一样，作为回报或者说交换，你要为别人提供一定的劳动，你的劳动，是在为别人提供了服务的基础上，才能达到为你自己服务的目的。这个道理十分浅显，但常常为人们所视而不见。而这却是你要审视自己的劳动、审视自己的写作活动的基本标准。所以，必须回答：你出版一部著作，其社会意义何在？其真正有用性何在？老弟，你说是吧？"

"老黄，谢谢你。"侯攀看着这位老者，感动地说："很多道理在心里游荡，一忙起来，便不注意了，但在一些关头，忽然醒悟，受益匪浅，简直可以调整人生走向。"

酒席结束，人们看来挺满意的，以文相会，又有免费的晚宴，不乐才怪。握手道别，踏上归程。

对于侯攀来说，这次活动，印象非同一般，感觉如同坐过山车一样，忽上忽下，忽惊忽喜，总之是失重了，没有把握好自己的重心，甚至连自身的存在都难以确定。

表面上，他赔着笑，谦和应酬，特别没忘记，对张典，紧紧握着他的手，由衷致谢。内心里，思绪飞扬，百感交集。

醒悟，往往在一件事的终结之时，在一个阶段达到成熟完善之时，在成功胜利之时，也可能是被否定的程序启动之时。

侯攀带着这样的体验与感悟结束了这一天。

第 六 章

1

　　侯攀来到了学校人事处，平时很少到这样的部门，他常去的地方，除了食堂，就是教室、图书馆、运动场。当然还有周末跳舞的教工俱乐部。

　　人事处在校办公楼里，那一幢楼都是学校机关、政工和教务管理职能部门所在地。侯攀觉得像是"衙门"，属于学校的另一张面孔。而对于"衙门"，他内心本能地有所抵触。到了那地方，总觉得不舒服，不自在，一旦走出去了，感到反差更大，那顿时如同鱼儿入海、鸟儿投林。对此，他早有感觉，也作了一番客观而冷静的思考，他不想偏激，心里明白，要作成事业，有一个前提是适应现实社会，一切都是从现实起步，并回归现实。就自己的人生和价值理念而言，还没有到达要与社会现实作对的地步，他需要职称，职称是一个标志，也是一种名分和通行证。职称不完全等同于实力，但有相应的职称和没有相应的职称，能力所得到的回报与评价是相去甚远的。

　　写书、出书，其中一个很重要的目的是为了这个可以兑换现实利益的职称。

搞职称要来这幢"衙门"楼。这是一种路径的必进之门、必到之地。如果说内心有排斥的感觉，那只是说明自己的胆怯，也是一种矛盾，自己的目的本来就带有浓厚的世俗功利味道，却又摆出一副清高样子。

谁也看不出他有这样的心思，至少表面上无法看出来，他的那副表情，还是笑容可掬、平和温良的。

他这样走进了这幢大楼，来到人事处职改办。

遇到了廖智义。廖精神很好，神采飞扬，衣着也有点讲究。

"怎么样啦？又有一些日子不见。"侯攀说。

"忙乎忙乎，哪像你们这些大教师，悠哉游哉，神仙都不如哩。"

"哈，你老弟几回不见，换了个人似的，油嘴滑舌。"

"不不不，我们干这些杂活儿的，是猪狗不如。确实如此。在今日的才子，未来的大教授大学者面前，我等哪敢造次。你们真的是神仙都不如。"

"拉倒吧你。"侯攀说。对这些无聊的应对有点不耐烦，不大想往下闲扯。

廖智义不是笨蛋，也看得出来，就此打住，转入正题，说："侯老师有什么事情需要我来做的呀？"

"我来办理申报职称的事情。"侯攀说。

廖智义说："这事你也用不着自己跑到人事处来。每年都有一段时间搞这项工作，现在倒也正是时候，不过我们已经将通知发到各个教学系里，你们系应该传达的。教师在系里面报名，符合条件的，系里有专人到人事处领取表格，你们按要求填写，上交相关材料就是了。"

侯攀说："这个是常识，我当然知道。但我现在是特殊情况，特事特办，所以要自己来跑一跑。"

"怎么说是特殊？"廖智义问。

"我任职年限不够，想破格申请。"

"年限怎么会不够呢？同你一块来校工作的，不少去年已经上了一个台阶。"

侯攀摇摇头，打断他，说："你那时还是学生，一些事情不清楚。前些年，因为一些特殊情况，有三年没有搞职称评审工作，这段时间我就在上一个阶段白白多待，结果就被这事儿给耽误，中级职称任职时间达不到规定的要求。"

"那就破格吧，但条件要求很苛刻。"廖智义说。他从办公桌旁的书架上取下一本厚厚的书，翻了起来，又说："你看，要获得着部级以上奖励若干个，要承担省部级以上的科研课题若干个，要在全国核心期刊发表论文若干篇等条件。"

侯攀说："照这样标准来说，现在的许多正教授够不上。但能不能从实际情况的角度，具体地作一下分析。比如，我担任讲师任职时间不够五年，但也有四年了啊。而且，我这段时间未达到现在规定的要求，不是我当年评不到，而是因为管理方的原因，没有给我们申报的机会嘛。再结合我的真实水平、综合素质，总还可以吧。"

廖智义说："你说的不是没有道理，但你这是文人的，或者说是知识分子的思维，我们做这方面工作的，不会这样考虑也不可以接受这样的思维。我们很简单，也很明确，那就是按规定办事，此外，实在没有太多的选择。"

"那么，我先申请，将材料报上去再说吧，我想，材料到了专家组那里，懂行的专家学者，他们自然会作出准确的评判的。"侯攀说。

"问题是你进不了门槛，你没有符合现有规定的条件要求，我们这里是不会接受的。"廖智义说。

"那么，有什么办法呢？"侯攀看着廖智义说。

"我可帮不了你，只能说，你不幸运，明年再来吧。"

"可是，我是等不了啊。"

"忍一忍便行了呗，退一步天高地阔。"

"我确实不想忍啊。"

"看你这急性子。"

"这么个性格，天生的，改不掉。"侯攀笑笑。

廖智义无奈地摇摇头，说："既然如此，你先拿一份表格回去填吧，准备好材料，咱们一步一步来办。但我不知道在哪个环节上会中止你前进的步伐，如果这样，你也只能是做了些无用的功夫。你确实不死心，也只好这样了吧。"

侯攀拿到一份表格后，没说什么，昂首离去。路上觉得有点不对劲，心里麻乱。又是个难题，没有什么价值的难题。但侯攀知道这个道理，却无法脱离这个困局。这正是真正的问题所在。什么时候才可以把握自我，什么时候才可以让心灵平静？看来，一直都希望达到这样的目标，而且也很明显地可以肯定，如此境界只是一个理想的彼岸，遥远的彼岸，可望而不可即，现实像摆在面前的难以搬运的巨石。调整客体对象不可能，那就调整主体自己吧，接受一切，包括挑战，包括失败。采取一种毫不在乎的态度，一种癫皮狗的态度。有机会抓紧上，闻到香味立马上，努力争取，但不管结果，不问未来状况如何。只有这样！在澎湃汹涌的内心世界里，他又完成了一次调整，完成了一次自我哲学的构建。

于是，他轻轻地舒了口气，加快了脚步。

前面见到老费，他一脸的愤怒，手里拿着书本，手上沾了不少粉笔灰，显然，他上了课。老费在路边站住，特地等待侯攀过来。

"等待多戈，又是等待多戈！"老费说。

"好像不引用西方现代派文学作品你就无法表达自己似的。"侯攀说。

"我只有这种表达。或者得说，对于这个问题，只有这样的表达最中肯。"老费说。

"又是同谁碰撞开来？"侯攀笑笑。

"碰撞倒是没有必要。"老费也吼开了，说，"下课后刚走出教室，见到教务处长，他还算好心，主动给我说起了评职称的事。说我高校教龄还差半年，今年的职称申报还是没有达到报名进入的条件。"

老费大学毕业后，自己申请到山区的一所师范学校任教，三年前才到这所高校来，申报高校职称，对于高校任职的时间，有一定的要求。

"你的课是过得去的啦。"侯攀同老费一边走一边说，"但是，对这样的问题也真是让人气不打一处来。"

"我有气就出一出，只要有机会。"老费说，"出完了气也拉倒算了，并不希望能够解决什么问题，这是同你的一个很大区别。"

"我没有你洒脱。"侯攀说。

"你比较实际。"

"但你经常以洒脱来吸引别人，引起别人对你的赞美。你的表面的洒脱收获的却是实实在在的好处。"侯攀毫不退让。

"只有工于心计的人，才可以运用这样的逻辑。"老费说。

两人辩论了一会，但显然是都没有什么兴趣，也就作罢，各自回去宿舍。有了充分的思想准备，侯攀心里踏实了许多，在申报高级职称方面，办了该办的所有手续。

然后，静候佳音。

2

那天，学校职称改革工作委员会召开会议，讨论申报事宜。委员们是学校负责教学、人事的领导、各系主任，什么专业背景的都有，但对每一名申报专业职称的老师，都拥有同等的表决权。这些权限，仅仅是入门的限制，即要决定申报者能否进入下一个程序，材料送达省高教厅职称改革办公室，再由那个办公室分送到各个专业评审委员会，专业的评判其实到达这个环节才实施。但是，如果第一个门槛过不了，则没有可能行走下去。若是在最后的环节被否决，也是前功尽弃。

在第一个环节，也就是侯攀自己的单位，他没有过关。

这是个外行评审的环节，评委们只是根据硬性条件来评定。所以，他的专业成果并不重要。而他任职时间达不到要求，则成为突出的问题。正常条件不具备，便需要通过破格的渠道，而这路径又有一整套要求。这个要求是非常难实现的。

所以，侯攀这样的结果，并不奇怪。

当头一棒。尽管也做了心理准备，但当事实真切地横在面前时，精神上承受的压力还是很大的。

侯攀找到了廖智义。廖智义说："也只好这样啦，反正程序上没有任何问题，你的所有材料摆出来了，评委们也都认真看了，你有一项必备的条件未能达到要求，于是便过不了。而没有通过这一关，我们不可能给你办下去。我们毕竟是具体办事的人员呵。"

侯攀说："我知道。但有没有别的法子呢？"

廖智义想了想说："其实，这些年评职称也不像以前那么神秘了，公开透明的程度已经很高。这么说吧，你的这个问题，如果有人帮忙，通过这一关，也是可以的。"

"是吗？我原来真的以为很神秘。什么程序、内幕呵，一点也不清楚。"

"我们的教授只会忙着做学问，教书育人，哪有兴趣管这些琐碎的事情呢。"廖智义说。

接着，他把侯攀拉到一边，认真地提供了一些点子。

"那这么着去做吧。我也想通了，想开了。无非下点本钱，厚点脸皮。做人在世上，要省略这些，看来也不可能的了。"

廖智义听了他这么一说，自己叹了口气，说："连你也有这样的想法。好不沮丧，像心里头一盏灯，给风呼地一下，吹灭掉。"

"但愿这只是一个权宜之计，以后再找回真我的风貌，毕竟，我有自己的价值追求，还有清晰的底线。"侯攀说。

几天后，侯攀开始了他评职称的走动攻势。

他到了省城，在宾馆住了下来。然后，按照订好的计划，一个目标一个目标地进攻。这个计划，是同廖智义一块商量好的。廖智义毕竟在这条线上混了开来，有不少实践经验，熟悉门路。

找到了省高教厅职称办。这个决定全省高校教师很多利益的部门，其办公室很普通，里面的摆设也很一般。在一间小房间里，申报职称的档案袋堆积如山，显得凌乱。侯攀朝里面瞄了一眼，立刻产生一个念头，那些档案袋里的材料，记载的都是每个职称申报者的心血，像他那样，抱着认真、小心、期盼的心情填写表格每一栏的内容，这样的情形看来是绝大部分人的表现。但也可以肯定，绝大部分人没有料到，他们心血转换成的文字材料，在送到了他们以为权威而神秘的地方时，竟然会无足轻重，被如此对待。悄悄地，在心里掠过一丝感慨，不过，很快又醒过神来。到这来，不是为了批判什么、指责什么，而是有明显的目的，需要求人办事。办事要尊重现实，要懂得门道与行情。这是他最近从廖智义那里得到的经验。

省厅人事处也是他职称之道的一个关口，一个可以行使一票否决，让他前功尽弃的关口。他需要获得准入的资格。

他找到的办事员是一个三十出头的年轻人，大家的年龄相近。但这个偏瘦、头发茂密的办事员却并不好说话。他显然不耐烦，说："材料是下面统一送上来了的嘛，你这样一个人一个事，我们岂不成了自由进出的百货公司，还能办公吗？"

侯攀笑笑，说："那是，这些规则是明确的，谁也不会否定。一般情形当然要这样，可我有点特殊。请示了我们学校的人事部门，经过他们同意，我自个儿来了。您看，材料装在资料袋里，密封的，有封条，一切完好，我不会乱搞。"

那人冷笑一声："你要乱来我们就真的省了事：立马否决。我们其实不担心这个。"

"当然，其实这哪能哩。"侯攀又赔笑地奉承。这样的姿态，以前从未有过，这会却十分自然，连他自己都为这样的无师自通而暗暗吃惊。

尽管很容易谦卑到了如此地步，但效果看来并不明显。那人看了看他的材料，放下，冷冷地说："你中级职称任职年限未够。"

侯攀忙说："我的情况您也能理解，因为以前时局的原因，我们这批人评中级职称拖了几年时间，责任不在我们身上，按说，可以向上级有关部门提出行政起诉，我们的时间是被耽误了的，切身利益受到损失。"

那办事员说："我可管不了那些，你还是明年再来吧。"

侯攀着急起来，说："我好不容易才将材料送到您这一步来的。"

那人说："你们下面那些人不懂政策，或者是想做好人，把问题推到我这来了。我放你过去，上面的领导也会说我做好人，把麻烦往上推，不懂政策。"说罢，他转过脸，不理侯攀。

侯攀只好走了出来，他还有另一招，那是廖智义预备好了的，廖说，那些人事部门的办事员，都是一板一眼，以公对公的。为了应付这局面，他动用了自己的亲戚关系。有一个乡亲在厅里任分管官员，要他帮帮这方面的事情，估计问题不大，他写下了一封短信，让侯攀带上，如同诸葛亮安排的锦囊一样，特别需要时，便拿出来，自然会有用处。

侯攀照此办理，不料，那收信的官员出差去了外地，不在厅里。正烦着，被询问的办事员倒很热心，主动告诉他，那官员的太太在厅里，是一个部门的普通干部，说罢，还主动带侯攀去找人。

那位太太大方朴素，是个善良人，她拆开信看了看，爽快地说："我带你去看看吧。"

于是，这一关的问题得以顺利解决。职改办那办事员改变了态度，说："本来，按规定是要够年限才可以申报的。只是你的情况确实有点特殊。报上去，看领导怎么说吧。"

接下来要找评委方面的专家。那省重点大学的一位教授，侯攀在某一年暑假的研讨会上认识的，那时，这位教授带上几十本自费出版的学术专著，向与会者推销。反应并不热烈。侯攀仿佛有了灵感，也可能良心使然，热忱地购买了一本，并请教授签了名字。教授很高兴，会上他们有了一些接触，会后，侯攀给教授写了信，谈了阅读学习著作的感想，好话不少。现在，侯攀带上自己的著作，说请他指教并给予关照帮忙，果然很顺利，教授爽快地答应了。侯攀还送上粤北山区特产，买了几包腊肠、一些点心，教授更加开心，觉得侯攀很敬重他。

省城这么一走，算达到了预期的效果。回到学校，也只有等待的份了。好像播下了种子的农民，期待未来的收获。这期间，还采纳了廖智义的一个十分重要的意见。廖将他自己弄到的一份评委的名单交给侯攀，两人坐在侯的宿舍里琢磨了半天。都明白，可否通过评审，在于这些评委的票决。廖也讲了一些他所知道的以往的做法，两人终于拿出主意。逐个去拜访评委是不可能的，素不相识，冒昧前行，容易坏事。侯攀也没这样的时间和物质条件。但可行的是，侯攀赠送自己的著作，恭敬地写上致意信。至少，可以让评委更多地了解侯本人的水平，了解候本人的敬意。侯攀认同了这个办法，十分认真而恭敬地给每一位评委寄去了这些材料。有一段时间，下午跑步，在面对着省城的方向，侯攀会停下来，心里默默念叨，祈祷遥远的地方，让他的事情能够顺利。

长话短说，繁话简说。可能是他的申报条件确实符合要求，可能是苍天不负有心人，侯攀的愿望终于实现。对于侯攀来说，他经历了一次难得的心灵体验，也得到了一个充满希望的新起点。

他像卸下千斤重担，一身轻松，鼓足了干劲。

微信扫码
·读作者经历
·品长篇小说
·听人文故事音频
·入读者交流社群

第 七 章

1

当上副教授，还来不及享受喜悦，抖抖神气，却遭遇到了一次打击。莫志清同他告吹，两人的关系终于以分手而终。

这也不突然，并不是没有预料。因为事实，客观存在的条件已经很明白地作出了这样的预示。心理准备与客观事实毕竟不一样，当后者到来的时候，前者原来的预想再详细，都不可能完全接受。

侯攀记得，那是黄昏，他运动回来。那些日子，心情轻松，也似乎更有兴趣在人群中露面，下午时间不到五点，还未放学，他便兴冲冲跑向运动场，先是在田径场上跑了几圈，然后打篮球，一直活动到全身都疲惫乏力才罢休。

回到宿舍，看到莫志清的信，还是在这样的空间，依然孤独一人。此番场景，与送走莫志清时一样。

一个十分实际的问题，空间的隔阻限制了生活，或者说距离造成了生活难以承受的成本。从经济学、现实生存学的规则来判断，她不得不作出这个选择。而时间越早，对两人来说，都越为有利。

"好!"他自言自语,划着火柴,将这飞越重洋的来信一把火烧掉。

结局也是开始,失去意味着新空间的生成。

喝酒是最有效的过渡。几天以后的晚上,侯攀叫来了老费、廖智义,到校门外的潮州人开的大排档,点了几个菜,开了几瓶啤酒,放开畅饮。

廖智义有点儿纳闷,说:"侯老师,现在食堂好很多了,那老邹被大家轰走了,调到了学校小卖部。我们在食堂加点菜也可以嘛。再说,你评上副教授也没有请大家喝酒,今天怎么啦?是不是终于醒悟了过来,专门给我们还个人情来啦?"

老费咕噜喝了一口啤酒,嘴里嚼着肉块,沙沙作响,他摇摇脑袋,说:"侯兄的心思细腻城府深,他的人格也是多重复杂的,大可不必去猜测他为什么。他的很多表示,其实是毫无价值的。他请我喝酒,我高兴。这些日子每顿饭都是吃学校食堂的,一点味道没有,淡得要吐口水。所以,今晚可是久旱逢甘露。来,喝,我先干了这一杯。"

别人还要说什么,侯攀抢过了话题,说:"知我者,老费也。不愧是弗洛伊德的崇拜者,评判人性,洞若观火。好呀,你的人生哲学点燃了我的心头之火,照亮了我未来的道路,你是灯塔,你是舵手。喝,哈哈哈。"

看他这样子,大家也都将话题扯到一边去了。学校的流长飞短,又在酒席上炒作了一番。

过了大约两小时,桌子四周,啤酒空瓶扔得满地都是。

谁都没有在意,一个女人悄悄来到这里,她是胡文秀。

　　时间快十点多了，往常多是待在家里的，今晚，她却走出了学校大门，来到山脚下这小酒馆里来。

　　她想买一瓶酒，一瓶白酒，度数最好高一点，浓烈的酒，是她内心企盼的。

　　怎么说呢？谁也不知道她的心里事情。前几天，她想找侯攀的，晚上也是这时候，快十点，她出了家门，走到了侯攀宿舍楼下，上到了那个楼层，在门边却停下了。窗口透出灯光，听到了屋里的咳嗽声，侯攀在。她忽然又没有兴趣，没有勇气了。回去吧，到了嗓子眼上的话又咽了下去。

　　闷闷不乐地过了几天。这一次，可真是体会到了度日如年的滋味。上班无精打采，无所事事。恰好，也没有什么事情要做。对着一份报纸，觉得每篇报道，每篇文章，都没有什么意义。

　　有时是可以静下来。一静下来，她自然要想自己的事。想到了现在的老公。同他在一起，也有十多年了，他是她的第一个男人，也是迄今为止唯一的男人。她对他是忠诚的、爱护的。小家庭的生活平平淡淡，但也和和气气，虽然说不上有多少精彩故事，但其中的滋味也能够让人满足。原以为会这样生活下去，看着女儿长大成人，两人白头到老。胡文秀是这样想的。新婚之夜，当这对新人的那种生活第一次完成了以后，她将脑袋枕在老公的胳膊上，半宿睡不着。老公是因为疲倦，没多久就呼呼入眠。床灯熄灭，屋里黑黑一团，她却睁开着眼，不知看什么，脑海里头飞速地转动。人生的这一步，对她来说，十分难忘。她觉得的是，无论在仪式的程序上，在身体的变化上，还是在情感的选择上，她都完成了一个阶段，进入了另一个阶段。这个阶段是全新的，她不知道以后会发生什么。怎么会知道呢？以后的岁月更加漫长。她那时候才二十出头呀，当然也用不着想得太多。不过，当时最大的心愿，最坚定不移、最无疑问的想法，是她要同自己的这个老公生活一辈子。经营家庭，生儿育女，共享人世，一起接受生老病死的到来。这样的生活并不是胡文秀的发明独创，以前的人们的生活，周围的人们的生活，早已形成了固定的模式，她不过是把这样的模式当作一个印章，在自己未来的白纸上盖一个标识而已。

但是，这一切，看来有点陌生和奇怪，值得认真怀疑，恐怕真的要发生变化。

事实上，这几年，她已经在承受着、适应着生活的变化。

那个春节刘颂华没有回家。胡文秀婚后第一次遇到这样的情况。他在武汉一所大学进修，放寒假前来了一封信，说要做论文，利用假期的时间，也利用这时候的实验室，而在平常上课的时候，实验室得排队等候。胡文秀打长途电话过去说：“我们结婚以来，过年都是在一起的呵。女儿也想见见爸爸呀，要不，我过去武汉那，一起在那里过春节吧。”刘颂华说：“不必了，现在不是享受的时候，进修的机会来之不易，何况，我这个年龄，要抓紧点向着副教授冲刺，还是集中点精力吧。做学问真的是不容易，我们在地方高校，以前对于这点的感知并不深刻，以为发表论文就是做了学问。这哪是呀，那文章都是纸上的东西，差不多你抄我、我抄你的。天下文章一大抄，充其量，不过是你弄懂了你所抄的东西。当然，这对于提高你这个作者的水平，对于讲授知识，还是有好处的。但是，从做学问的角度来看，却又不能这样。那要经过科学实验，往后，还要经过生产实验，产生实实在在的效果。”

他们在电话里通话。两人都有个习惯，长途电话不宜多用，要花费的。但是，关于他那次春节不回家的理由，却讲得这么细致，这么充分，倒明显地与以往不一样。于是，她不得不生出疑问。

胡文秀明白，刘颂华一定要在进修的大学里过这个春节，而且不喜欢她们母女俩过去。

只好与女儿一同在家里过年，寂寞倒不是问题。这些年，丈夫与她说话的兴趣大为减少，习惯了平静不语的两人关系。自己担心的，是他那头的真实情况，是不是会发生什么事情，女人在这方面，毕竟有着天生的敏感。她对此也深信不疑，只要自己猜疑追究，十有八九会有事实出来验证。而她，并不想体验这种正确的预测，相反，一股失落甚至是恐惧落到了她的心田里。此外，令她难堪的是，她怕学校里的同事问起她丈夫来，尽管人家只礼貌性地问候一下，但她也怕别人会从丈夫不回家过年这件事上生发出议论和笑话。

其实，这都是她的多心，也是她爱惜面子的缘故。并没有什么人对这一家子的细微变化特别关注。倒是已经念小学五年级的女儿也有一种天生的敏感。那天，她写了一篇作文，在文中说道："……有房子不一定有家，有家不一定有爱，不一定有温暖。今年的春节，我觉得莫名其妙，朦胧之中，感到家与以往不一样了，感到爸爸对妈妈不一样了。爸爸，你为什么坚持独自在武汉过年呢？为什么不重视一家人的团圆呢……"

春节匆匆过去，心里的阴影却越来越重。

事情总在预谋中演变。后来，刘颂华在武汉的大学中果真找到红颜知己，他说是缘分，但这种在想方设法、见缝插针的追求中建立起来的关系，又如何理解其中的缘分呀。

也是一种利益的结合，不过是结合双方的相互需要，能够产生一种共鸣。

共鸣是神秘的，看似简单，很多时候又难以言状。胡文秀也要一种共鸣，这样，使得心灵享受温暖的抚摸。

这样，她不知不觉走到了侯攀他们这伙人旁边。

胡文秀前前后后的这一切，后来都让侯攀知道了。

2

那天晚上，老远她便听到了侯攀的声音。熟悉的，听起来悦耳舒服的带点磁性的男中音。

当时，胡文秀是那样想的：立刻就去到他面前，说上几句话。但难以兑现，还有好几个男人，半醉半醒，疯疯癫癫的。站在黑暗中等待，她有这样的耐心。侯攀的每句话，每种声音，她都听到了，都放到心里去了。这么一会儿，忽然有了异样的感觉，像回到多年以前，回到了刚刚品尝到初恋滋味的少女时代，回味着让人激动让人陶醉的感觉。人生有时候，不，经常是糊涂的、无辜的，在一个很小很小的空间，自己受到了约束，却没有意识到，或意识到了却缺乏勇气、缺乏信心去改变现状。其实，在很多情况下，迈开这一步，并不困难。困境，往往是被困者承认了放大了自己的弱点。

退一步天地宽，向前一步也天地宽，要不，为什么说树挪死、人挪活呢？

想着想着，不知过了多久，侯攀他们终于酒终人散。

她目睹了这伙人醉后的洋相。平静地作为旁观者，又过了一段时间后，终于有机会，让她和自己想找的那个青年男子站在了一起。

侯攀笑笑，有点不自然，但还是高兴地说："没想到见着了你。你看，都已经三更半夜。"

胡文秀瞥了他一眼，说："你没想到的事情多着呢。当然，也用不着你花这些脑筋，还是自个儿轻松快活点吧。别人的事情毕竟是别人的。"

"那当然。"侯攀说，"你看，我也喝酒啦，几个男人在一起喝，自然成了这个样子。没办法的事情，我即使能控制自己，也无法抵挡住别人的拉扯劝说。因为是酒，因为是男人，男人能不喝酒吗？不喝酒，不喝醉酒，还是男人吗？回答是很明白的。你，一个大姐，体会不到其中的滋味，你以为你能理解，其实不是，你不理解，真的不理解。我不是真正经历过，也理解不了。"

"我理解不了全部，但喜欢听你说话。这就已经足够，你可是说得真好呀。男人喝酒与不喝酒，给人的感觉是不同。"胡文秀说，"我老公不喝酒，闷不吭声，窝着一肚子的话，我当然不会不知道，但他不说出来，很难同他商讨，自然解不了他心中的疙瘩。"

"你也有疙瘩，你心中的疙瘩可沉重嘿。"侯攀急急地插一句。

胡文秀怔住了，一下子不知如何回应。

"我一眼便看出来了，我明白你的心思，胡姐。"侯攀说。

"谢谢你。今晚来找你，也算没白费心思。"胡文秀说。

"到你那去，可以吗？"侯攀说话口吻很自然。

胡文秀看了看他，笑笑，说："这么晚的时间，好吗？"

侯攀想了想说："是的，改期吧。其实对于我多晚都不是问题，我是夜猫子。只是今晚我心情实在不好，再说，也不能一身酒气和你在一起。"

胡文秀点点头说："来日方长，后会有期。"说罢，她拎着买来的酒，消失在夜中。

侯攀惦记着这话。心里头，天天都在回味。又过了几天，他约好胡文秀，在夜里，去了她那。

到了胡文秀家，女儿早已睡着。胡文秀站在女儿床前，仔细看了看她的脸庞，听了听她均匀平和的呼吸。为她整了整被子，熄了灯，再把房间门关上。

在客厅，她打开了一瓶酒，还准备了下酒食物。

"今晚接着喝，你不喝也多少得陪陪我。醉了就睡在我这里。"胡文秀两眼盯着侯攀，直愣愣地说。

侯攀这时明白，今夜，他俩之间的一场风暴到底要真的来临。

他抓起倒满了酒的杯子，一饮而尽。

……如同电影里常出现的镜头一样，侯攀醒了过来，这时，他发现自己和一个叫胡文秀的女人躺在一张床上……一切都成为现实，现实是生活的、至少是他和胡文秀关系的新节点。以前，也不是完全没有这样的思想准备。尽量想得不多，或者没有专门地、刻意地考虑这种事情。但潜意识，下意识，来无影去无踪的片段意识，还是在脑海里有所体现。侯攀审视自己的心灵世界，不得不承认，他有许多幻想。有时，为自己的这种心思而羞愧，也感到自卑，觉得自己的道德修养是不是太糟糕了，觉得自己是不是无耻卑鄙得太过分。但后来也总算找到了让自己平静、安然的理由。那种意识片段。属于非理性的秘密，不代表作为社会意义上存在的侯攀，所反映的主要是作为动物性一面的侯攀。当然，他是搞文学的，他的浪漫的个性，他的人文情感和基本想象力，同别人还是不一样，因此，那种感慨还是颇为复杂。

此时，侯攀心情兴奋，话语不停。胡文秀多是倾听，很少扯到自己，痴痴地笑。有时是不好意思地扫过头去，说："你都说些什么呀，唉，只觉得你是个才子，但怎么也看不出，你竟这么大胆，这么坦率。"

侯攀说："现实生活有时是在捉迷藏中存在，在遮遮掩掩中，在一知半解、半信半疑中，在曲里拐弯中，寻找和争取自己的幸福。要是能够扫除这一切人为的屏障，生活将更加简洁，更加美好。作枷自受是一些人的悲哀和特征。"

胡文秀笑笑，用胳膊捅了捅他，说："副教授，什么时候开一场讲座，让全校师生的头脑开开窍。"

侯攀眼睛朝上看，像思考什么，继续说："这个问题我思考了很久，也信手写下不少文字，当然是发表不了的，我也未想过要发表。"侯攀兴致不减，继续说："我们用太多东西包裹自己了，有形者服装，无形者伦理。"

"说真的，我也认同。"胡文秀说，"但怎么能够说得出口呢？要自己亲自去做，更不行呵。当老公的，谁会允许自己的老婆那样。所以说，你不是没有道理，只是不切合实际。"

侯攀笑笑，说："看来，我们还真是有那么一点儿缘分嘿。你看，我们同属一类，猢狲猴子，不安分者，我要攀登，蠢蠢欲动，你是秀丽之色，尽展形象之美。"

胡文秀打断他，说："说真的，只是同你有这样的关系。以前，也有别人想打这主意，但那是绝对不可能的。我不想。"

"那人是谁？"侯攀笑嘻嘻地问。

"不告诉你。"胡文秀说，"不过你能理解的，男人，本质上是一致的。"

"当然。"侯攀说，"每个人都有自己的秘密，也都应当有自己的秘密。正是这样，才构成一个生动的、真正的人。这一点，我最近是越来越有感觉。"

胡文秀笑笑："也包括咱们现在的这个秘密吧。"

"是的。"侯攀眼睛盯住胡文秀，说："我是否可以问问，张典有没有打过你的主意？"

"没有。我知道你对张典有意见，张典对你确实有点成见。但我还是要明确告诉你，张典在人品上是绝对没有问题的。所以，你尽可以将自己的猜想删除掉。"胡文秀平静而坚定地说。

"那好。其实我也是偶尔有那么一点好奇，你看，我们现在是无话不说，很难有这样的机会，不禁脱口而出，顺便问问，如此而已。"侯攀有点尴尬，眨眨眼睛，冲着胡文秀笑了笑。

胡文秀没说什么，下了床。用白毛巾裹住身体，出了房间。洗浴间传来水的哗哗声。她去洗涤身体。开头，听到那似乎有点紧张、有点神秘的水声，侯攀也想进去，但又拿不出那勇气来，只好作罢。静静地，让脑袋枕在手臂上，闭眼等待。

水声忽然停止住，胡文秀却没有立刻回来。过了一会，才见着她的身影。胡文秀一进来，说："我去看女儿睡得怎样。已经四点多，也到了这样的时候，你还是抓紧时间回去吧。"

"女人是感性的，更是理性的。"侯攀说。

"一日三餐。油盐柴米，吃喝拉撒，应当平平常常、实实在在地生活。你想不理性都不行。你实际上还是过着单身汉生活，这些事可能难以理解。"胡文秀说。

侯攀看了看她，说："感谢你，不瞒你说，对我而言，今夜难忘，生命力得到了充电和激活，生活是很好的学校，这句话说得有点平庸和俗套，但如今我还是更深刻地理解了它。"

"回去睡觉吧，我能理解，我知道今天下午你是第五、第六节的课。还有几个小时的睡眠时间。以后日子还很长，多保重。我也衷心地感谢你。"

侯攀悄悄地离开胡文秀家。

四周十分安宁，天边微露曙光。

第 八 章

1

这一觉醒来，时间已是下午一点多。

侯攀平躺在床上，两眼平和地看着上方，回味着记忆。大学里过日子，平平淡淡是常事，但平静的小流，有时也有漩涡，有激浪，这短暂的冲击，却又是强烈和深刻的。生活的内涵由此得到了充实和丰富。时间的长短有时变得不那么重要了，要紧的是在时间框架内所发生的内容。内容本身在很大程度上决定价值。

要走的走去，该来的来临。这是完成一个阶段，进入另一个阶段的标志吧。

那么，要处理好同张典的关系。在中文系里头的处境如何，这一层，是个关键性因素。应该说，和张典没有沟通好，侯攀想，自己给张典留下的，多是负面性的印象。不知这是不是该叫作缘分的问题，在张典面前，总是感到不自然。包括胡文秀在内，熟悉的人都说张典性情豁达、豪爽。对此，侯攀早有所闻，只不过这不是自己的判断。从内心而言，侯攀并不想同张典作对，两者并没有什么利益冲突嘛。那么，多争取机会同张典接触吧，多做些他高兴的事情吧。

躺在床上许久，侯攀考虑的是这个问题。

下午课后，侯攀到了张典宿舍。张典住在市区，房子是在市人大常委会办公室当副主任的妻子所在单位分配的，和其他家不在校内的老师一样，张典在校内有一间宿舍。不过，系主任们的宿舍比一般教师的要大，一房一厅，带有卫生间。张典晚上极少在这宿舍过夜，只是白天备课、议事、开小型会，还有就是早餐、午餐时使用。找他并不难。但找个空儿同他说话，也得寻时机，系主任的事务还是挺多的。

恰好，只是张典一人待在宿舍里。

张典对侯攀的来访还是热情的。刚坐下，没说几句，张典便提到了侯攀的新著。

"不错。"他说，"不过，我更多地肯定你的一种精神。年轻人要有这么一种精神，敢于实践，不怕被人笑话，无所顾忌，这是你们不保守、有活力的表现嘛。有了这种精神，自然会有一个很好的基础。"

"谢谢您的鼓励。"

"你哪用得着我鼓励呵，我鼓励有什么用。"张典似乎显露出一丝冷笑，看来并不热情。

于是，话不投机，冷场。

侯攀不甘愿这局面，努力热乎一下两人的关系，找到了一个话题。

"那天晚上，我安排播电影录像《莫斯科不相信眼泪》，让学生们了解苏联文艺，开阔眼界。我看见您也到报告厅来看了。"侯攀说。

"刚好我值班，晚上检查学生自习情况，遇到有录像片，是苏联电影，也顺便看了。50 年代，苏联文艺作品在中国可是得到非常重视，热闹非常，在外来文化进入中国的历史上，那可是从未有过的。"张典说。

"这些事情，我这样年轻的人，没有亲身体验过，但稍微留意一下那段时间的中国文艺史，也不难发现。王蒙的第一个长篇小说《青春万岁》，还有致使他被错划为'右派'的短篇小说《组织部来了个年轻人》，看得出来，受到了当时苏联文学的影响。当时，肖洛霍夫的《静静的顿河》三卷本长篇大作，被中国作家普遍视为经典，以为是高不可攀的巨制。王蒙在 80 年代有一篇散文，叫《访苏心潮》的，写得很真实，充分地表达了那一代作家和知识分子对于苏联文学在 50 年代给他们留下的印象和记忆。而王蒙仅仅是一个代表呀。"

张典笑笑，说："像你这个年纪，有这样的认识，很不容易了。当然，这与你的专业有关系。不过，不管怎么说，你毕竟是间接的体验。一代人无法真正理解另一代人的感情。感情只能建立在独特的经历基础上，而这又是无法替代的。"

"那是。"侯攀很认同这番话。他话锋一转，又说："《莫斯科不相信眼泪》获得过奥斯卡金像奖，这作品还真不错。我们可以看到苏联人的生活。说实在的，只有文艺作品才可以让我们走进苏联人的真实生活和真实情感。影片中的现代都市氛围和女主角的奋斗精神，颇具感染力。"

"什么感染力，简直就是堕落。"张典发表了自己的观点，毫不客气。

"怎么会呢？那不是一股鼓励向前的生活激流吗？"

"那种放浪的生活，追求欲望的情感，不是堕落又是什么！"

"那个女主角单身，交男朋友总有理由吧。"

"问题是，交男朋友不是理由，其实为借口，满足欲望才是真正的理由。"

"也许是，或者即使是吧。那欲望就有错吗？"

"那看建立在什么基础上的欲望。缺乏道德基础的欲望，那已经失去了作为社会存在的人的基本操守，你说有错没错？"

他们这样辩论了起来。辩论，或是双方增进了认识，结果会更加了解对方，更加投机，结果也可以是愈来愈不了解对方，愈来愈不投机。侯攀和张典显然属于后者，说着说着，张典不想再开口，板起了脸。

不欢而散。本来是一次加强关系的策划，结果却适得其反，侯攀好不懊丧。

从张典宿舍出来，径直回到自己宿舍，心乱如麻，看了会报纸，写了几张纸的毛笔字，都觉得没趣。还不到下午课结束时间，太阳也还很猛，侯攀跑到足球场踢球去了。平常很少玩这项运动，体力和球技都不怎么地，只是跟着乱跑乱踢，又喊又叫，宣泄一下而已。

2

晚餐同平常大多数情形一样，到食堂的教工窗口打了一份饭菜，捎带一瓶开水，回到宿舍食用。菜是一素一荤，倒也可以饱饱肚子。一些单身教师会在宿舍再炒点菜，调调味道，或者煲个汤，邀上几个伙伴喝喝啤酒。侯攀偶尔也这样搞搞。但更多是独自一人过，就算以前同莫志清一块，他也很少招呼朋友过来，何况是现在。晚饭后要聊聊，这倒是成了习惯。在学校的教工圈子里，聊天也有群体之分的。侯攀常会面的伙伴也就是三五个。

老费当然是其中的一个。傍晚，他照常过了来。

老费有点兴奋，说："最近研究了笔迹学，挺有趣的。那天英语系几个女学生拿着信封过来，我给她们分析了上面的字，从字体看人的性格、心理，甚至看人的体形外表，她们很相信，回去不久，又拿了更多的东西请我鉴定，除了信封，还有贺卡、笔记本。女大学生关心自己，关心别人对自己的评价。这方法更受女生欢迎，你正经讲课还没人听。"

"都是好奇，也因为你所说的，关心自我。女孩梦多。你这位深受女孩欢迎的青年学者，在这方面一定会深有感受。"侯攀说。

老费笑笑，说："我不会是你们古代文学中的贾宝玉，有什么女儿是水的骨肉、男人是泥的骨肉这样的观点。但很明白的一点是，同那些女生在一块，总比同张典这样的人在一起快活得多。我不喜欢官场人物，这种喜好源自天性，改不了。"

"天生的不仅仅是爱好，还有自身条件，爱美之心人皆有之，有一群女生围在身边，当然有幸福的感受。但不是人人都能得到这样的福分。在这方面，你老兄可比我强多啦。"侯攀说。

"人各有所志，人各有所长。学问专业，我不与别人相比。但我性情随和，人家自然觉得容易亲近。你老兄也要放松放松，整天如同一个经世救民的思考者，壮怀激烈，谁不会敬而远之？"

"道理归道理，现实归现实，谁看不到这点？但又能如何？当然这也不是什么坏事，一种生活方式、生存方式而已。只不过是有空且无聊，说说而已。再者，我们毕竟是教师，为人师表，多多少少得有一定的尊严，否则，如何站在讲台上。老实说，在讲台上，面对学生，自己的私心欲望很自然会有一定的限制的。那当是职业的自觉吧。"

"不错，我听得明白，也即是一定的限制带来一定的尊严。"

"可以这么说吧。"

"那讨论到这吧。我来这，还想叫上你，到我那去坐坐。今晚外语系的几个女学生过来听我讲课。"

"去吧，我这时还真有这样的心情。"侯攀答应了。

到了老费的房间不一会，女生的笑声和尖叫声一阵又一阵地响起来。

好不开心。

侯攀喜欢待在老费这里，简单狭小的环境，流露出教师的朴素与潇洒，几把藤椅，一个木板茶几，两架子书，一个收录三用机，一幅世界地图，还有醒目地挺立在书架上的维纳斯石膏像，这个著名的半裸美神，大胆地张扬着生命的活力。老费的生活有透明的一面也有神秘的一面。他不落俗套，读书人的特质是他身上的魅力。当金钱和物质的因素还没浮出水面的时候，性格魅力就会特别的突出。

对于女生而言，男人的外表、才华、气质，大概就是吸引她们的基本要素。

侯攀看着几个女大学生，和善地笑开来。他知道，人家可是鲜花盛开的时段，做点梦，本是天性。十八无丑女，此时无幻想，便是木头或者病态。

"费老师，给我看看这个。"说话这个女学生最漂亮，气质也很好，落落大方，她叫余丽。她将自己带来的几个信封递给老费。

"你的？"老费问。

"是我的，"余丽答，"写给在广州读大学的中学同学，当然是女同学。"

"不用解释，我不关心你的同学的性别，不管你给谁写。字如其人，这是我判断性格的依据。当然，给谁写，字体也会发生相应的变化，但这用不着你来讲，我自有办法看出来。"老费这么一说，倒又让女学生们更加觉得他高深，都将目光盯着他，而且神色也更加专注与信服。

"那您就给我讲讲吧。"余丽有点急切地说。

老费笑了笑，说："你看，你的字写得不算好，大家一看就知道，但你人长得漂亮，这也是一目了然的事实。为什么我们还会说字如其人呢？这个'如'就是相当于，而且，仅仅是相当于人的某一个方面，某一个部分，只有找到了一定的切入点，或者说一定的角度，才可以通过人所书写的字体，认识其性格。"

这番话，女学生们似懂非懂，但都屏息静气，认真聆听，连连点头。

"其实，我真的很想把字写好，心里头也很欣赏那些写得一手漂亮字体的人。"余丽说。

"这是你性格弱点，也是你命运中脆弱的一个环节，以后，使你遭遇不幸的，正是这些问题，你追求完美，追求理想，但你没有意识到，你把这一切放在一个否定自我的基础上，而很不幸，这个否定不仅不可以克服你的不足，如写字的不漂亮，更为要害的是，否定了你生命中最核心的要素。"老费说。

余丽听罢，摇摇头，淡淡一笑，说："老师您的学问很高深，分析水平也十分高，听起来，确实是一套一套的，无懈可击。但是，一个人，往往很奇怪，有时候是当局者迷，旁观者清，这时候，别人对他的评价比他的自我认识更加准确；有时候，他的心只有他才知道。我自信，至少在目前，我属于后者。"说到这，余丽的脸涨红了起来。

"你讲得好。"侯攀忍不住开了口，但只说了一句，不再继续。他想说什么，也都只有作罢。还是不要影响老费吧，大家都是教师，在学生面前，维护一定的尊严是必要的。况且，现在这个时候，对于女性，他的态度也仍然倾向于保持较多的收敛。莫志清的离开，胡文秀的接触，让他的心中和生活中，都缺乏接受更多女子的兴趣。

又过了一阵说笑，打发了一些时间，女学生们才起身告辞。

侯攀和老费，又大口大口地抽起了烟，屋里只有他们两个男人。

"嘿嘿嘿嘿"，老费低着脑袋，眼睛看着地面，干笑起来，像是在回味什么，得意什么。

"余丽不错嘛，身上散发着典雅清纯的气息。"侯攀说。

"管她错不错，用不着多想，也没必要多想。反正，同她们一起，时光过得快。听校长、书记作报告，时间过得慢。我就求此感觉。"老费说。

"我看你状态还挺好的嘛，你的这套什么笔迹学、心理学，很叫女孩子喜欢。我的当代文论，判别什么社会主义的人道主义还是资产阶级的人道主义，什么是文学的阶级性与人民性，三句没说完，人家都想开溜啦。"侯攀说。

"不，实实在在的欲望，自然有着不可或缺的分量。但欲望

本身也是多样化的，多层次的。精神世界有其独立性，我在一些
时候，对女子、对生命力的理解和需要，是表现在精神上的。这
一点，如果你真正钻进伦理学的深层领域里去，如果你能听懂西
方古典音乐，也可以有所了解。可惜你恰恰对两者都缺乏兴趣。"
老费说。

"你不要忘记，文学是人学。多少人物形象都经常在我的眼
前晃来晃去。"

"我不否认。但事实还是事实，明摆着，你有认知上的
不足。"

"何以见得，请予赐教。"

"每个人都有其长者，亦有其短者，也不宜只言人之短而不
顾其他。反之亦然。所谓不足，仅仅是针对可以解决的问题，可
以为之的事情。"

老费点燃了一根烟，茶几上的烟灰缸堆满了烟头。大多是今
晚老费抽的。他的抽烟功夫实在厉害。侯攀不以为然，他最多也
只是抽上一两支，然后再也不多吸。他能这样节制。

"能侃，能喝茶，能抽烟，必定能熬夜，通常能战胜女子。
女子是在这样的磨熬中打开她的城门，让男人攻进里面去的。我
知道，你老兄不习惯这样，往往开门见山，单刀直入，急躁而匆
忙。这样的方式，失败的概率高得多。而我呢，不紧不慢地聊，
细心地与对方周旋，一切都在情理之中，一切都在掌控之中。"

听了老费这番话，侯攀笑笑，摇摇头，说："性格及天赋都那
样，我即使接受了你的方法论，也都心有余而力不足，难以实现。"

"这又是你欠深刻的表现了。"老费说，"我们都不是纵欲
的色鬼。对女子，更多的是倾向于美的追求。实乃好色而不淫

是也。"

"恕我欣赏不了你的爱情哲学，尽管这是你的个人事情，但其中的激情，对于生命、对于爱的追求和享受，却反映了共同的价值理念。"侯攀笑笑说。

"以后我会写出来，写成小说，或者诗歌也好。过去了的已经过去，进行当中的也会发生变化，但无论如何，美的价值总是动人的。"老费有点得意，也有点动情。

——3——

侯攀记得，老费以前讲过他的情感史。

身材瘦小、戴着眼镜的老费，一眼看去就知道是个典型的知识分子，但人们往往想不到他的激情故事。大学毕业，他是被分配到山区的一所师范学校。那地方大学生大都不愿去，老费却接受安排，同意去了，甚至没有什么犹豫。当时，负责毕业生工作安排的政治辅导员还颇为感动，没想到这个平时散漫的学生还有令他们眼前一亮的光彩。于是，老费在毕业前夕第一次也是唯一一次得到了系里大会的表扬。其实，在许多人看来的这个艰难的选择，对老费而言，却并无奇特之感。一者他年纪不大，才二十多岁，以后的日子还漫长得很。二者他家就是在粤北煤矿的。坐落在山山岭岭之间的矿区，远离城市。环境污染厉害，煤灰混合着泥土，灰黑一片，长年累月，弄脏了矿区的楼房、道路、树木草地。煤矿是社会的另一个世界。下井的一线工人，差不多都是从周边内地省份的农民中招募过来的。工作劳累、收入低、危险。偶尔出现的诸如瓦斯爆炸、透水、塌方等事故，夺走了矿工的生命，这样的阴影，在煤矿总是抹不掉的。

老费从这样的煤矿里走出来。家里的第一个大学生是他。命运有时又像是轮回的安排，一个十足的劳动家庭，却诞生了一个十足知识分子气质的人。老费在中学时就开始与众不同。那时"文化大革命"还没有结束，课文特别是语文、政治、历史这些社会科学和语言类的编得非常乏味，老费功课好，这倒不是因为上课认真，而是受益于大量阅读当时禁止和半禁止的课外书。此外，对流行的政治经典，他不是为了应付而装模作样或浅尝辄止地读一读，而是带着真正的独立思考态度。读高中的时候，他在矿山那简陋的新华书店买了本在书架上不知摆放了多少日子的列宁著作《国家与革命》。走在街道上，几个玩耍的同学伙伴见了，甩给他一串讥笑和嘲讽。说，人家学习马列主义、毛泽东思想，都是上头发了书本教材、在课堂上由老师辅导着来进行的，自己掏钱买这些到处都摆放着的书，真不自量力，异想天开。但老费真的能够读得下去，他认真阅读这些神圣的经典，并且提出了自己可能是幼稚的，但绝对是真诚的见解。

所以，以后一有机会，他便很顺利地考上了大学，而也正因为这样的原因，在大学里他也属于一种另类的人。他不受关注，未能享受到出风头的乐趣，倒也减少了许多浪费光阴浪费精力的虚浮活动。他将很多时间放在图书馆，大量地、任意地阅读，写下了一大堆的笔记，脑海里装满了各种各样的书本带来的东西。思维的境界开始不一样，人生的价值观念也不一样。这样的收获是，连他本人也不知不觉、看不见摸不着的一些因素，却实实在在地给他生活乃至生命带来了影响。书本使他脱离了现实。有时候，这种表面上的糊里糊涂的书生气，往往却是大智慧的表征。

老费以无所谓的态度来到一所位于边角山区的学校当教师。生活条件艰苦自不必多言，事业上也难见有什么前途。但其中有一个对他很有利的因素，教学工作量非常少，每周平均不到四节课，管理极松，教师按照所排列的课程，把课讲完便可以了。没有被人管理的约束。对于老费又很自然地延续了大学的爱好。花大量的时间进行漫无边际的阅读。当然，让他意外而又十分兴奋十分得意的是，他不仅积累了知识，还收获了爱，交到女朋友，这一点，在大学期间不仅没有，而且连幻想也都很少发生。山区的女生单纯而又热情。冬天的周末之夜，家在山乡的瑶族女生阿霞来到他的宿舍，说是借书。书是一个话题，阿霞是刚毕业的学生，十八岁多，人很活泼，明眸皓齿、笑容灿烂，笑声爽朗，焕发出火辣辣的青春气息。山里瑶家的女孩，一个很感动人的特点，是看上了自己喜欢的男子，会不顾一切地表白和奉献。她们的爱没有私念，是尽力欢愉和取悦自己心上人的真情。安静的冬夜，窗外不时听到从山窝里吹过来的阵阵寒风，呼呼作响，演奏着大自然特有的乐章。柔和的灯光，温暖的小房间，不啻是抵御寒冷、吸引温情的世界。在这样的环境和氛围中，她走近了老费，老费将阿霞拥进了怀抱，带上了床。熄灭了那盏吊灯，披被而坐，又进行了一番长时间的交谈，直到半夜，非常寂静私语时，两人拥抱着，亲吻着，进入甜甜的梦乡。这一晚，他们倒没有冲破最后一道防线。精神和情感让他们得到了满足，以至于不会寄托于肉体。之后，在长达几个月的多次交往之后，男女之间本能欲望的领地才被两人共同涉足占有。

　　读书、写作、讲课、女朋友，这几项内容让老费十分满足。待在这所山区的学校，深为迷恋，不觉时间之流逝，一晃两三年。直到有一天，他想到学问是读大学时树立的追求，是更深层次的精神依赖，而在山区的那所简陋学校，是不可能实现这个目标的。那里仅仅是青年时代的中转站，而绝不是人生的终点。这一警醒，给老费一个触动，他头脑沉静了下来。

托人找关系，送了一些山货作为礼物，又恰巧这所大学缺他这个专业的教师，老费顺利地到了高校里。

这些往事，老费很为怀念，也常向侯攀等朋友说起。

在老费宿舍，同几个学生说说笑笑，热闹一番，不由又使侯攀回想起来。

书生有时出格，但本质可爱，因为单纯透明，更为重要的是，有着和善的心地。

回来路上，若有所思。

在自己宿舍。寂静、空闲、心绪活跃。又是写作好时机，侯攀有点兴奋。在台灯前，铺开原稿纸，着手写散文。

这时，他想到鲁迅写的《秋夜》，这篇短小的散文，他非常喜欢。鲁迅夜里写作，坐在书桌前，透过窗口，看见两棵树，一棵是枣树，还有一棵也是枣树。这样的句子，在平淡中表达出一种独特的修辞效果。这一笔法，在中学、在大学老师讲授鲁迅写作艺术的时候，多次举例过，赞赏过。而反复品味，在不同的年龄阶段，不同的境况，却有不同的感受。

鲁迅那样的写作之夜，多伤感、多么富于诗意呀。20世纪30年代的北京，那时已改称北平了，政治权力大部分迁移到了首都南京，北平留下来的精华，主要是历史遗产和学术文化。没有大工业，天空干净得很，没有上海外滩的霓虹灯闪耀的夜生活，街道胡同安静得很。文人墨客、学者志士，放纵思想、抒写情怀、著书立说和建言发论，另有一种自由。

文人、思想家离不开夜，那是安静、孤独的夜，或许还应是清凉、寒冷的夜，精神创造喜欢这样的环境。

不过，对于侯攀，那又能怎样？有这样的感悟，有这样的冲动，又能有什么样的作为？本来，他有一种野心，试图将希望付诸笔端。这是青年知识分子的意气，和不少人一样，侯攀知道，巴尔扎克说过，拿破仑用利剑创其始，他用笔杆子竟其终。毛泽东说过，他用一支毛笔，打败了蒋介石的八百万大军。写作者的豪气，文人的豪气，浪漫而有激情。世界上有无数个这样的文人，每日每夜，在书桌上笔耕时，都有着这样的念头，都想让笔，让自己的写作创造出巨大的价值。

当然，在很多情况下，这种梦幻，仅仅是梦幻，仅仅是出现于某个人心灵世界的梦幻，它非但不会变成现实，而且还难于启齿。

这些，凭着侯攀的智慧和经验，他都想得到。

激情、自信、想象……都是十分必要的，但是，文章毕竟是文章，写文章和干实事，还是不一样的。在写作时还是单纯一些，冷静一些吧。

这么想着，有感而发，他在原稿纸上写下了散文的题目：《子夜沉静》。心境好，环境也好，沙沙沙，笔尖就在纸面上划写开来，文字十分流畅、舒展，一如汨汨而出的山泉水。

笃、笃、笃，正在此时的愉悦中，门被敲响。

被打搅了，有些不悦，但还是开了门。

来客竟是外语系的那女学生余丽，没料到。

心情立刻一变，喜出望外。

第 九 章

1

"不好意思，不请自到，侯老师，我可以进来吗？"余丽站在门外，彬彬有礼地说。

"当然可以。只不过是现在的时间有点晚，有点不大合适。"侯攀笑笑说。

"我知道。但费老师说您平常都很晚才睡的。我刚刚运动了，跑了两圈，顺道想向您借本书。马上就走。"余丽说。

"什么书让你这么着急啊？"侯攀说。

"笔迹学的。费老师让我来找您，他说送过这样的书给您。您不看的话，借给我看看吧。"余丽说。

"笔迹学的书？"侯攀愣住了。但脑瓜一转，他立刻明白。这老费，真见鬼，编出这故事，目的是让他同这女大学生接触。

"是啊，费老师讲得那么奇，我们几个同学都急着看看。这不，打搅您了，真不礼貌呀。"余丽说，她还站立在门外。

"你这样说，我也就用不着说你什么了。"侯攀说，"礼貌其实也便如此，在于人们之间的沟通理解，这一步做得妥当，互相谅解、信任，互为接纳与融洽，从而达到礼貌应有的效果。"

"侯老师，您真会说。我觉得您和费老师一样，都是咱们学校很有思想、很有才气的青年老师。同学们很敬佩这样的老师。"余丽说。

"好啦好啦，面试通过，请进来。"侯攀说。

余丽笑笑，进了屋里来，她没有在侯攀让出的椅子上坐下，却站在旁边的书架前，对着排列得密密的书林出神。

"书，好多的书。老师离不开像大海一样丰富的书。"余丽啧啧称叹。

"但愿你对书能一直保持这样的情感。"

"怎么不能？当然能，一直能！"余丽两眼看着侯攀。

"如果真的这样，我会感到欣慰，毕竟是世上多了一个同类人，又多一个可以惺惺相惜的对象。"

"难道这用得着怀疑吗？"

"那还真是用得着怀疑。"这回，是侯攀两眼看着余丽说，"有才能的人，聪明的人，并不一定是爱书的，但爱书的人，我总觉得可靠可信。虽然爱书者并不一定是聪明人，不一定是有才华的人。"

余丽点点头，说："有道理，老师说的真有道理。"

侯攀说："你不是找笔迹学的书吗？快看看在哪？我很久不见这书了，不知会不会谁人借去。"

余丽倒是认真地在书架上找了好一会，结果叹口气，说："真没找着，等以后吧，书归还回来以后，您再借给我。"

时间不早，余丽告辞，借走的是另一本书。

书为媒，由此有了一种联系。

侯攀身子斜靠在门边，看着余丽远去的背影。

几天后，余丽又来了，还书借书。

以前还真没有这样同女学生接触过。那些自己教过的女学生，交往是不一样的。毕竟有着师生关系，在讲台上，面对着下面坐着几十上百个男女学生，老师在传授知识的时候，也接受着学生们的审视。一般地说，这是一种无形的力量，教师要以自我修养来适应这种力量。

但余丽则与众不同。所以，与她在一起，少了当老师的拘束与责任，如同趣味相投的青年朋友，谈话的氛围显然更有趣味。

当然，侯攀没有别的想法。本来，作为男人，面对一个美丽又有涵养的女孩，心里免不了会动一动。但只要这类念头一冒将出来，他立马毫不犹豫地用大手猛地将它按下去。

不过，纯真的友谊无论是师生还是男女，也有不可替代的美妙感觉。平静下来，慢慢品味与感受的时候，便会有这样的收获。

经过几次交往，两人无话不说，尽管老师还是老师，学生还是学生。

侯攀把自己当成一个观察者和分析者，带着善意和兴趣，逐步加深对这女孩的认识。

他不好动，总是在房间里读书、写作、会客交谈。因而，一直以来，余丽也只出现在他的房间里，他们交往的方式只是交谈。

"老师是老师，学生是学生。老师喜欢说教，使人进步；学生习惯听教，希望进步。"余丽说。

周日这天下午，阳光很好，相当清闲。在侯攀房间喝了茶，余丽兴致很高，还带上本子，不时埋下头，快速书写，做下笔记。

"你不是想将我们的交谈整理出一部《论语》或者《歌德谈话录》吧。当然，那价值会缩小到万分之一。"侯攀说。

"即使万分之一、十万分之一的价值，也是我这当学生的荣幸。可惜我还是怕苦怕累怕动脑筋，只记在本子上，也没记好，而且不打算公开。"

"记在心里吧。不一定形成文字，一个人要真正掌握的道理不需要很多，管用的只那几句。圣人大师之言是用于治理国家、构建文化的，我们要的东西，够使用即可以了。"

"又叫我受益匪浅。我幸运，能够成为您的入室弟子，耳提面命这样的机遇，真的可遇不可求。"

"你也会文绉绉了。这也难怪，我只有掉书袋的本事。也算作近朱者赤、近墨者黑吧"。

"真的，侯老师。"余丽看着侯攀说。

"那，我失败了。"侯攀两手一拍，笑笑。

"怎么说？"余丽眨眨眼睛，不解地问。

侯攀呵呵一笑，说："本来同你们几个不是本系的学生来往，其实想转换角色，当个青年大哥，随意一点，轻松活泼。但看来没能走出老师身份的圈子。"

"一见您，自然会把您当老师。而且特别相信，您永远都是我的老师。您天生有这样的气质和品格。这是您魅力所在。我还想说，这并不是所有老师都具有。说彻底一点，不少人是因为职业教师而教师，您不一样。"

"互相赞美一下，你也是，有一种奇异的气质。"侯攀笑笑说。

2

胡文秀家里终于"起火"了。因为她丈夫——化学系讲师刘颂华突然回来了。

事情就是这样，由量变到质变。大家的眼睛还是清亮的，早些时候的议论，说着说着，预言成为了事实。刘颂华明确不喜欢胡文秀，感情的变化决定了行为的选择。

这种事情，也不知是刘的意愿还是胡的意愿，或者是他俩共同的意愿，很快在那些感兴趣的人当中传播开来。

侯攀自然迅速知晓。本来，他是想同刘颂华见见面，叙一叙的。以前两人的关系可以这么样，也该这么样。但由于同胡文秀有了那种事情，心里变得不自在了。拉倒吧，任由人家的选择发展下去吧，也不能说是对不起这位同事，道德上应该说得过去的。

另一方面，作为男人，侯攀心里还是有点欣赏刘颂华。这位仁兄，跑到武汉的大学去做访问学者，一年不回家，终于在学问上有了进展，最近发表了五六篇论文，其中两篇还是在国内核心期刊发表的。以前，刘本人在自己工作学校十几年间，竟无法做得，现在可是实现了零的突破。这人，也真有点奇怪，换了一个不同的环境，进入一种新的生活状态，整个面貌立即不一样。侯攀自己明白，在他身上最大缺点是突破的缺欠。不满现状，想努力更改之，也是有的，但日复一日，年复一年，光阴流逝，生活依旧，内心如焚，痛楚似煎，却还是无奈。

不知怎的，刘颂华的这种选择，在他内心里，激起了深深的波澜。

他和胡文秀、刘颂华，分属不同的关系，于是有着不同的情感和思考。

这都是真实的，尽管真实不一定要公开。这也可以说是道德的。而他们的离异，让侯攀找到理由，得到心灵上的解脱。

接下来的舞会，坚定了他的这个想法。

教工俱乐部每周一次的舞会，对于一些人来说，尽管其简单、朴实，还是有着特别的吸引力。因为参与者的目的动机各不相同。有的是宣泄，有的是放松，有的则是企盼。

舞厅在校园旁边的一座二层楼房的上层，两间教室般大小，面积三百平方米左右。

周围是运动场和树林、菜园地、田野。夜里，这片地方安静，空气非常好。

侯攀喜欢这地方和这样的夜晚舞会。在学校，在平淡的教学生活中，富有幻想和人情味道的东西，舞会上似乎能够比较直接地得到。

音乐放送，彩灯旋转，舞者舞动。

坐在一旁的静观，他有自己的品位。

胡文秀也在坐着。一个富有韵味的女人。美的组合是先天与后天，而后天因素又是丰富而神秘的。当然，人之美，与其说是主体的展示，倒不如说是接受者的欣赏与品味的过程。刘颂华至少是现在，改变了对胡文秀的审美。谁都能理解，这并不是什么奇怪的事情。新欢有着特别的刺激。总吃一样菜，哪怕再好吃再有营养，也会腻味的。其实人们难以超越这种朴实而庸俗的情感价值观。

舞会给了侯攀另一种沉思的兴趣与环境，他乐在其中。

胡文秀舞起来了。她的舞姿流畅优雅，气质魅力还是很容易显现出来。与她一起的舞伴是一个身材不错、自我感觉良好的小伙子，两人一亮相，胡文秀内在的吸引力更加突出。

一曲终结，舞者退回座位。胡文秀悄悄地坐在了侯攀身边。

"见着你了。"她说。

"我是经常到这舞会来的，可以放松解闷。但以前很少看到你。"侯攀说。

"好长一段时间，没这兴趣了。我念小学中学，在学校宣传队，唱歌跳舞够多的，觉得有点腻味。回避舞会，喜欢清静。不过，现在又转了念头，人生有点儿怪，不由你自己主张。"

"我明白。"

"这舞会上都是熟人，但这些话，倒还是只跟你一个人说。"

侯攀看了看她，说："那么，我们走吧，到外头去，我知道你有很多话，向我倾诉吧。或许，这是一个让你放松的选择。"

胡文秀看看他，站起身子，一起离开。

一会儿，两人走到了运动场。

月光明亮，微风凉爽，运动场外边的树林，传来轻轻的鸣唱声。

两人像没有在意这情景，略显沉重。

脚步声轻轻作响，他们慢慢地走。

"今天上午，我和他去办了手续。"胡文秀说，"回到家里，他哭了一通，然后收拾好自己的衣物，几包书本，随即离开。他向学校要了一间小房间，暂时住在那。说是过些日子，那女的也要过来，两人在一起生活。他有他的新生活，新路子。"

"哦。"侯攀说，他也只能这样说。

"我呢，一点也没哭，流不出这样的眼泪，都在预料之中，已经想好，在心中做了准备。只觉得更加轻松。生活转了一个弯儿，进入了另一条道儿，我不知道未来会怎样，也不过多地去想，但将现实的包袱放到一边去了，轻装上阵。以前，觉得这一天到来，最害怕的是什么呢？一是女儿的成长，怕刺激她。但她也长大了，能正确接受和对待这些。二是害怕别人的议论，但现在，我可以应付得来。充耳不闻，脸皮厚一点，也能够熬过去。离婚的人越来越多，说闲话者对我这样的人，慢慢会失去兴趣。"胡文秀说。

"道理是这样。现在书籍报刊、电影电视，经常可以找到这样的生活哲学或者说教。人毕竟是聪明的实用主义者。为了生活，找个美丽的理由，这样的智力还是难不倒多少人的。殉情者悲催，已经让人警醒。为某种生存模式、某种形而上价值去付出特别的牺牲，对此，现代生活中是日渐其少。"侯攀说。

"你的理论分析和文化批判又开始启动。"胡文秀却笑了起来。

"不好意思，我首先应该表达对你的慰问。但是，和你一起，特别是在这样的状态，安静专注，倾心而谈的时候，我确实兴致又上来了，文思泉涌。应该说，这是美人的魅力，是女子对于文化的一种不可替代的重要贡献。我不是风流才子，或者说，不想当风流才子，不愿被人家当作风流才子。但是美、风流，总是一种精神与文化的动力。可以这么说吧，这也是我们在一起的原因。"

"你是说，我们更愉快的交往是说话。"胡文秀瞥了他一眼。

"呵呵，我可能还不是你说的那个意思，我十分尊重你，心里也十分珍爱你，我们所做的一切，你所给我的宝贵的一切，我都是敬重的、难忘的。只是……"

"这话我来说吧，只是现实是现实，理想是理想。"

"是这么回事，尽管很落俗套，也只能如此表达。大俗即大雅，大道理往往最浅显。"

"我也这样想，深有同感。我们的关系是十分值得珍惜的关系，因为十分纯真十分美好。之所以这么说，因为我们坦诚，可以面对面地将事情说明白。"

"我相信你能理解我，所以彻底坦白。"

"我们今后交往，只能是心理层面的，精神层面的。这样，我们才可以永远是朋友。"

"文秀，你变化很大，精神境界变化更大，更加成熟，更加坚强了。以后，你的生活可以更加精彩，更加充实。当然，这些都是你应该得到的。"

"这么说吧，这些日子我也彻底想通。离了后，我不急于再婚，一切应由机缘。至于异性朋友嘛，尽量低调，同你是不再发展这种关系的，但相信对我感兴趣的男人是有的。不过，那种追逐肉香如苍蝇似的人，显然不是我可以接受的。女性再婚的艰难程度更大，特别是知识女性，特别是像我这样的人，对此，我都做了准备。"

"时间长河又长又短，看你怎么看。从一定意义上说，一个人的生命只是一朵忽隐忽现的小浪花。历史一瞬间，人生一辈子，反之亦然，人生一辈子，历史一瞬间。轻装上阵吧，愉快地走向生活的另一个阶段，我帮不了你什么，但可以让你相信，是你真心真诚的朋友，永远都是。"侯攀说。

"这是我们之间的秘密，我知足。"胡文秀看了他一眼说。

他们在运动场的跑道上走着，不知多少圈了。

"那个女的，其实也挺有个性。如果她不是得到了我原来的丈夫，或许我们可以深谈，成为好友。"胡文秀说。

"女人看女人，还是很感性的。"

"我永远感性，注重外表，注重直觉。她的离婚是她主动提出来的，原来的老公苦苦挽留，但她十分坚决，什么也不要，包括儿子的抚养权，简简单单地带上自己的东西，走出了家门，一去不回头。在学校里找了个小房间，又在寻找自己的梦想。她也是去进修，这两个似乎天造地设，一拍即合。她能了解什么事情，她能图到什么回报？但她就是愿意，不顾一切。一个敢作敢为的女人。"

"像梦一样地生活，这是一种充满激情的追求。有时，我也想在这样的过程中燃烧和消耗自己的生命，但只是想想而已，终究未能在实践中兑现。"侯攀叹气说。

"我理解，你天生这样的性格，不必勉强自己。"

说着走着，忽然，他俩不约而同地停住步子。

一直在轻轻飘荡地舞会音乐声不知什么时候停止。

那厢已经收场，时间已晚。

两人相视而笑，胡文秀说："我们也下课了吧。"

—— **3** ——

各自回去。到了宿舍，等待侯攀的，却是另一个女子余丽。

"我看见了你们。"余丽笑着说。在侯攀房间，她毫不客气。

坐在椅子上，看着侯攀。

"那你看到什么啦？她在说什么？"

"这倒不清楚，所以我才会深夜拜访。"

"说吧，有何贵干？总是喜欢当不速之客。"

余丽大大咧咧地说："心中没有鬼，也就胆子大。"

"你心中有鬼也不怕，我是擒妖降魔的孙悟空。"

哈哈哈哈，两人朗声大笑。

接下来，余丽赶紧切入了正题。

"侯老师，本来今晚我是特地来拜访你，占用你一些时间的，来晚了一步，看见你出门了，又跟在你后头，一直走到教工俱乐部，看你跳舞，没多久你同一位女老师出了去。不好意思，我在运动场外的一座高台上坐着，看月亮、数星星。偶尔，也打量一下远在百米之外的你们两位散步者，终于……"

"好啦好啦。"侯攀打断余丽说，"你这真是老博士写买卖牛只的契约书，洋洋洒洒上千言，只是尚未见一个牛字出现呵，直白说吧。"

余丽争辩道："我是明人不做暗事，做了暗事也要及时表白清楚嘛。"

侯攀笑笑，说："那已经十分清楚，我毫无意见。下面，言归正传。"

"好的。"余丽点点头，略为迟疑一下，说，"只是我不知道怎么说。"

"说你干吗想到找我来着？"

"本来，我想了半天，鼓足了勇气的，但现在又像为另一回事，话到了嘴边，又不知如何开口。"

"哈，你真够鬼，嘴巴子其实十分会讲。"

"我是这么想的嘛。心里话都掏了出来。"

"那么珍贵的东西！少女的心事可是艺术家永恒的珍贵题材呀。你跑来跟我讲，作为听者，还真有点儿荣幸嘿。"侯攀笑笑说。

"侯老师，这心里的事，这情感的事，我也只有跟你说。"

余丽声音平静，但一字一句说得很清楚，这女子是认真诚挚的。

侯攀不再打哈哈，问："什么事？说吧，放心地说，我不一定帮得了你，但决不会有害于你。这一点我想你也是相信了才来的。"

余丽点点头，说："这么说吧，我喜欢一个人，他却无动于衷，而另一个向我表白了的人，我又没这心，却不知怎样对他回答。因为我也实在不想伤害他的自尊和真心。事实上，他也是一个很好的人，一个很令我敬重的人。真不知如何才好。"

"我理解。当然，这也并不是什么新鲜事，一个老而又老的故事。它通常发生在漂亮可爱的女孩子身上。"侯攀说。

"你讲的这些话我也想得出来，但听到你讲出来之后，我心里还是轻松了一些。"余丽说。

"放在一边，都放在一边。两眼看着前方，走自己原来设定的道路，向前走，向前看，路的前方自然会有鲜花。这样的几句话，以前别人给过我，现在又转给你。道理是平实的，但也是有力的，也是有效的。"侯攀说。

余丽嘻嘻一笑，说："我比同学多一点的小聪明，那是敢于找你这样的老师坦白自己。"

侯攀说："这倒不假，你是聪明的女孩。在你这样的年纪，我可没有如此胆略和头脑，当然，也没有如此机遇。真的，在省城念大学，老师的学问做了几十年，半辈子，够可以的，但他们却没兴趣、没时间同我们坦诚地来谈生活谈人生。我们学校这几年青年教师多，从这点来看，也是师生交流的好条件。一些道理，对于我们没有什么用处，或者用处不大，但教导给你们，却是十分必要的，从当教师的快乐这一角度来看，我本人也是十分愿意享受在知识传授、为人师表时得到的满足。"

"老师的口才实在好，我们做学生的，只有痴迷地听从的份。"余丽说。

"唉，"侯攀叹口气，说，"我天天都这样。说些空空洞洞的大道理，好道理。这是我的日子，我的生命。"

"明天，我帮你洗衣服。"余丽说。

"这也是交易。我动口，你动手，互相补充。行，成交。"

侯攀不想再说，要送余丽回去。

"送你一段。"侯攀说。

"不啦，在校园里，怕什么。"余丽摇摇头，"麻烦你这么多。"

"因为你是一个女孩，送一段，让我放心了就行。"

余丽回去了，侯攀陪她走了一半的路。

交谈引发了心思，今晚的一些话，有些是说了就过去，有的还留在心里。这是怎么样的一天啊，又平淡又特别。在这一天即将以他上床睡觉为标志而宣告结束之前，很自然地，以一种喜爱思考和写作角色的本能，总会让一些思绪浮泛出来，免不了滋生出一些惆怅。

他习惯地走出门口，站在栏杆前，眼看前方。几百米远处，是一座山岭，岭上没有灯火，黑乎乎一片。对他来说，这似乎是巨大的思想黑洞，那里既是巨大的空间，也是巨大的谜团。他熟悉这平常的山。在粤北山区，这样的山岭常常没有名字，初看是平常无奇，但时日久了，细细观察，却又会觉得内涵丰富，趣味无穷。山岭上，杂草青青，松树丛丛，那些青松不高大，也不繁多，散落分布，在山坡凹陷处，阴凉处，倒是有一小片一小片的树林。一条人行小道，从山脚延伸到山顶。在小路一半的地方，也就是半山腰处，有几块黑色光溜的石头，像是小牛在慢慢地吃草。山腰坡面，还有几口煤窑。人工开挖的，规模很小，也没挖出什么煤来。井口旁往往堆着一小堆半石半煤的东西，那肯定是难以作为燃料来使用的。但挖煤人就是不死心，有时，一口煤窑停了一些日子，几个月，或半年、一年，忽然沉寂又被打破，热闹又到来。另一个接手者在并无什么新希望的情况下，继续进行煤窑的掘进。看样子，不把山体挖空，人们是不肯罢休的。这是人的活力与欲望使然。不过，青翠、宁静的山野就是这样慢慢被破坏了。

黑夜中，这些是无法看到的，沉默的山岭，只有知情人，才能认识到它的另一面。

某种表态和真实本质，往往是有差异，甚至是矛盾对立的。

欲望如同山体里的煤，当然，也如同山岭的树木、草丛、大石头。

往常当在这样的时候，侯攀的自省心理和思辨心态更为活跃。今天，却突然觉得异常的空虚。日子，在浮浮泛泛的事务中度过。生命，平常的生命，倒也没有什么艰难与不幸，但与心中的目标和希望的差距又是十分明显的。

刹那间，前面这座无名的山岭，仿佛一道障碍，挡住了视野，挡住了未来前程。

他是面南而立，若是翻过这座山，向南向南，是南中国的前沿，珠三角、香港、澳门。在这样的时代，中国睡醒了，眼睛都一个劲地盯着这片地方，带着惊奇和揣测，人们发现了一个点染着鲜明的现代开放色彩的世界。

那当然是个精彩的世界。至少许多人是这样想的。侯攀也是这样想的。

不应由这样的其貌不扬的山，阻挡住自己的视线，阻挡住自己的未来。

但是，对于这个被多次叩问与审视的问题，又该如何解决呢？

侯攀在当晚的日记上写下了一段思索的文字。

抒发了一通胸臆。也只能如此而已。

第 十 章

1

老费决定报考研究生。这消息还是传得很快的，其中一个重要原因，是老费和张典发生了争吵。

侯攀知道了此事，和许多人不同的是，对这些问题背后的东西，他或许看得更准，思考得更多、更深。

老费是不会讨张典喜欢的，这不难理解，但老费是教育系的，不在张典那个系里，两人并无工作关系。平时，口无遮拦的老费对张典有过很多讥讽性的评论，而张典似乎没有正眼看过一下老费。之所以这样，一者是张典不大接受和欣赏老费，二者是利益关系不出现，张典也不必将自己的注意力和精力投放到那里去。有时候他也喜欢看到这位自己不喜欢的青年人去冒犯另一些自己不喜欢的不年轻的人。坐山观虎斗，借他人之力克自己之敌，也是一个放松愉悦的事情。世故处世者，对于这种关系学中简单的算术题，自然不会不懂得运用的。所以，与老费这个年轻教师的冲突，实在是无法避免了，才会发生。但一旦成为一位德高望重者的对手或敌人，所引发的冲突又是相当紧张激烈的。

老费上了中文系的课，不多的，每周两节。公共课作为主干专业课的配套，在各个专业里不可或缺。所需的教师由公共课所属的教学专业系或教研室派出。老费所在的教育心理学系是个小系，教师少，本系的学生也少，而中文系则是最大的一个系，这当然也体现在它的教师和学生的人数上。中文专业是这所学校最早设立的，称得上是元老与王牌。一个中文系主任，其实能力差不多抵得上一个副校长。

当然，这种权力的分布安排，实际上是潜规则。老费忽略了这条潜规则。老费给中文系开心理学课，常常在课间讲古典文学的内容，他讲古典文学，谈锋甚健，常常传递出一些新奇的观点。那天，他讲到双重人格问题时，就把南宋词人辛弃疾提了出来，说这位词人有金戈铁马、挑灯看剑的悲凉冷硬一面，也有柔情细腻、风情万种的另一面。老费接着就讲了《青玉案·元夕》："东风夜放花千树。更吹落、星如雨，宝马雕车香满路。凤箫声动，玉壶光转，一夜鱼龙舞。蛾儿雪柳黄金缕，笑语盈盈暗香去。众里寻他千百度，蓦然回首，那人却在，灯火阑珊处。"他说，柔情如水的女性化的格调，更能反映出作为文人的辛弃疾的本色。

本来，老费也只是信口开河，讲课讲到兴致高涨处，放纵一下，显露一下，在学生面前卖弄才学。如此而已。但没有不透风的墙，何况几十个学生，人多嘴杂，传到了张典那里，张典不高兴了，说老费学风不够严谨，在不属于自己所专长的领域随便发表议论，并通过老费所在系的领导转告，此风不可长。

老费不仅不接受，仿佛又像是受到刺激，在课堂又对着学生进行了批驳，说像张典所言的这种知识划分说、不可跨越说，根本就不是大学教师应有的思维和素质，更与富于创意和灵感的文学格格不入。说中文系有相当部分的教师，特别是担任了一官半职的，基本上没有文学细胞，权力的迷恋使他们丧失了文艺的纯真。

老费的观点算是尖锐的。尽管不点名，但学生们都知道他在骂中文系的系主任张典。老费的口才善于煽情，特别能吸引血气方刚的大学生。还展开了话题，说教师节每个教师只领到四个苹果的慰问；中秋节的福利月饼，发包给学校小卖部做，那老邹拿出来的东西，实在差劲，其中必定有贪污现象；很多老师不做学问，不懂做学问，不爱做学问，一点也不像大学老师，上课照本宣科，误人子弟。还说，学校里有学问的老师，往往有个性，而因此，他们被当作怪人；这个城市里，当官的学历普遍很低，官场排斥知识，最近几年，干部一窝蜂想方设法拿文凭，文凭到了手，官员水平能力变化并不大，仅仅因此装点了门面……纵横评议，言辞尖锐，一针见血。课堂反应非常热烈，以至于学生们一阵阵鼓掌喝彩，将桌面拍得咚咚响。热闹的声音传到外头，影响到了隔壁班的上课。课间休息时间，其他班的学生都忙跑到老费讲课的教室外，透过窗户，打量和询问，好奇地了解这堂上有什么精彩的事情发生。老费的观点很快就扩散了，也变形了，不停地得到了放大。

张典自然受不了，给予了打击。在他看来，老费也好，侯攀也好，是同属于他不欣赏的那一类青年人。他们不懂世事，不懂传统规则。而他们的出格，恰恰又损害了他的利益，即使目前一下子尚未产生出这种效果，但日后肯定会给他造成威胁。而反击他们，不仅仅是一种报复，同时，也是使用一下自己权威的快乐享受过程。正是这样的原因，没多久，中文系作出一个决定，不接受老费到该系讲授心理学课，要求老费所在的系更换任课教师。中文系的一份来函，可算得上是"外交"照会。大系的通牒，小系只能接受。

这回轮到老费恼火，一者是面子，当着这么多年轻学生的面，其中还有一部分是漂亮的女学生，真够丢人的。二者是实际利益被损伤了。且不说停止上课，减少了课时，也就减少了在这方面所能挣得的奖金补贴，更重要的是，老费不在中文系授课，那还意味着在一年以后，无法申报副教授职称，事业前途受到打击。

老费终是忍无可忍，到张典宿舍抗议。面对怒气冲冲的老费，张典显得更为从容得体，他两手一摊，摇摇头，对老费笑笑说："实在抱歉，我也毫无办法，这是我们系里的集体决定。分管教学的副主任提出了这方面的意见，而他的意见又是从学生那里得来的。系办公会议进行了认真研究，慎重地也是无可奈何地决定了下来。其实，也由不得我们，总有一定的原则是应当遵守的。"

这么一说，好像张典是他老费的好朋友似的。老费倒听得出来，在这番话语的背后，是张典幸灾乐祸的嘲笑。

"您就是直接骂我一顿，或者公开反对我立场，我还更愿意接受。但您搞的是这样一手，是不是有点无聊与可笑呀。"

"你是什么意思？"张典脸一沉，冷冷地说。

"明摆的意见，你想整我！"老费说。

"请你出去，这里不是你胡闹的地方！"张典说。

"老子下火海上刀山也要出口气！"老费火了，吼了一声，手掌在张典的写字桌上狠狠一拍，半厘米厚的玻璃写字板给砸烂了。

"你要干什么！"张典的脸一阵红一阵紫，嘴唇哆嗦着。他一转身，抓起电话打给保卫处，叫校长办派人来。

"搞武斗，搞打砸抢的红卫兵，以前运动中我领教过了，我遇着的太多了，你这样我会害怕吗？"打完电话，张典冷冷地说一句，坐在藤椅上，拿起一份报纸，一边看，一边等待着他呼叫来的人。

老费是出了口气，但看看桌面上碎裂了的玻璃板，心里又后悔起来，觉得自己制造出这样的场面，其实也是很无聊的，看看张典斑白的头发，忽而又发现，自己不善于驾驭感情，不善于应对冲突，本来，可以使自己获得别人同情的，但一时冲动，发展到这个地步，事情却又变味了。

不多时，校办主任来到，保卫处长也一起来，汇集在这小房间里，一时无语。

沉默了一会，张典开了口，他冷冷地说："两位部门领导，一个办公室主任，一个保卫处长，总得为我们教师的安全负责吧。看看我这里的情况，你们说该怎么办？"

此番情形，还真有点不同寻常，两个不大不小的学校部门负责人，大概都没有遇到过，面面相觑，一时不知如何是好。后来，还是年纪大一些、资历老一些的办公室主任开了口，他数落了老费一番。

到了这个地步自然脸上无光。老费无法将这些简单的说教听完，说："好了好了，你们两位用意和处理原则我都很明白，请不要多说了吧。我和张典主任之间的事，也只有我们两人才可以解决。至于所发生的不愉快，需要我负责的，我毫不推脱，一概承担。"

说罢，老费头也不回，扬长而去。

之后，老费的这些激烈性举动，自然成了校园教师职工中的热议话题。此类事情是要注意不向学生泄露的，以免影响教师形象，但学生也不会因此不知道，有些师生关系是特别密切的，信息漏洞无处不在，哪还有保密的可能。

老费于是成为全校关注的对象。

2

好些天没见着老费，也许他真的深居简出，闭门自省，调理心绪。

侯攀有点同情，特地去看望了他。当然，聊聊考研究生的事，或许更有实质性意义。老费原本对文科的研究生学业持有批判主义的态度。他认为，文科与理工科不一样，更多的功夫在于书籍阅读、社会认知与个人理解，本科之后，又有相对自由的时间，这样读书和思考，远胜于读什么研究生。而如果在导师的训导、安排下，受到约束和折磨，是难以忍受的。但看来，他也调整了自己曾经的价值判断。

简朴的单人房。老费在听西方古典音乐。他坐在木板床边上，守候着黑色长方体的收录机，音乐是磁带播放出来的。入迷与欣赏是他脸上的表情。显然，他已是在神游远方，忘乎所以了。老费的这一爱好常让侯攀妒忌，但是学不到。他也曾向老费借过几盒录音带来听听，而老费一见侯攀有这种兴趣，当即便十分热情，又是讲解作品内涵，又是介绍音乐家本人的传奇。看得出来，老费热衷与别人分享他对古典音乐作品的领悟，也很希望找到这方面的知音。但侯攀到底是没有成为老费的同伴。对此，老费后来终于感到失望，也只好摇头放弃。尽管如此，侯攀对西方古典音乐还是继续保留一份敬意，心里头也还不愿放弃，希望在以后，当环境和心境都有一定的变化，有了那种条件之后，还是会像老费那样，深深地走进这个丰富美妙的音乐世界。

如同以往一样，在听交响音乐的时候，老费对来访者一概不搭理。他继续欣赏他的音乐，沉浸在自己的感知、情绪与想象的空间里头。

侯攀只好拉过一张木凳子，坐在旁边，也来听听。但是无法跟上。对古典音乐的那份自信，也还是需要时间来兑现的。再说，和老费畅谈一番，纾解胸臆，为着实现这个目的，他也愿意耐着性子来等等。

老费看来也是清楚明白的。古典音乐并没有完全结束，只是主旋律的演绎基本完成，快到尾声时，收录机便被他轻轻一按键钮，啪的一小声，音乐停止。

接着，他开了腔："听到风声了吧，现在我显然是学校里备受关注的人物了。言行举止，意图动机，所处境况，少不了会成为人们的谈资。当然，这也不奇怪，我们的校园生活单调，物质生活简单，活动范围狭小，遇见的人事也稀少，精神生活同样也是贫乏，于是，议论一下我这怪物兼倒霉蛋，不亦乐乎？"

侯攀笑笑说："别人怎么说，那是他们的事情。事实上，人家也有言论的权利和爱好的自由。当然，更重要的是，对这些事情无须在意。不值得呀，这点，你是不会犯傻的。我感兴趣的，是出国的事情。"

"出国，也是你十分关注的，因为至少你心中的阴影，有一些与出国不无关系。我是说你的女友莫志清。"

"那过去了。所谓的阴影也不复存在，生活总得继续嘛。现在，我感兴趣的是你的出国选择。不想也不能够干涉你的个人事情，作为朋友，表示关注与问候，也算礼貌一下吧。另一方面，这种事情，或许是一个可资乐趣的谈论题目。"

"侯兄，你说得对，也只是谈资而已。我不抱怨你的世故。其实也并非世故，而是真实，人生的真实，价值的真实。对于别人而言，与己没有直接利害关系的事情，谈谈说说，也可以的了。谁没有自己的困惑与烦恼呢？说到出国留学，虽然现在才是我给人们的一个谈资，但你也应该会相信我的说法。在很久以前，我已有了这样的意念，或者说是作的一个选择也可以。我是要到国外去，这里不适合我。作为一个中国人，不应嫌弃中国，如果是嫌弃，外国人也会看不起你。这样的当今宣传道理，我是能够接受的，也是赞同的。但这不妨碍我必须到外国去。借着目前这样的形势，我下定了决心，并且付诸行动。"

"好！我完全理解，完全赞成。我不是不想去，只是还缺乏足够的勇气，或者说，习惯了现实，不舍得放弃眼前的一些利益。当然，各有各的活法，各有各的精彩，你去吧，你的选择和道路，也许在未来，会给我们带来启示和方向。"

"老兄，现在已不是发表理念的时候，尤其对我而言，目前是实实在在的人生或者是生活。比如，我选择的留学专业，你们也许没有想到，不是我在这里的专长心理学，不是时下流行的国际贸易、工商管理，也不是对于我们的四个现代化有直接作用的工程技术、数理化，而是伦理学。"

"伦理学？"侯攀确实是第一次得知。

"是的，伦理学。这已经成为我出国的突破口，一个具有十分明显的功利选择。"老费说，还是挺认真的。

侯攀笑了，说："你要想当精神心理咨询从业者，学成之后，不远万里，回到中国来，传播你们所信奉的精神体现之道理。"

"你又太高深太多虑。我还没有这样的思想准备，也无须如此费神去预测和安排未来。我说过，这是一个现实性功利性的选择。因为录取概率大得多。我们学校那教授，本来是教哲学的，应该评哲学专业的教授，但几次申报，都评不上。好吧，最近一次转为思想政治方向的专业，一次申报便成功。所以，我借助这样的思路，选择伦理学。再说，这本身也是一门博大精深的学问。"

侯攀于是恍然大悟，说："太好了。以后也教教我，留意这样的机会。我的思维还是有个毛病，不是动态看问题，自己选择的目标是早已确定的，也不管价值有没有在变化的时代被打折扣，仅仅是希望将自己以前立下的志向付诸实现。其实，正如你所说，选择常常是阶段性的，上了一个山头，再考虑爬下一个山头的事情。只能是这样，我们本可以一步一步地向前行进。否则，脚步落不到实处。"

"得了，评论家，文章是这么写的，但现在我不需要文章。"老费说。

"我知道，那真心地向你致以良好的祝愿吧。生活总会继续，而且，当进入另一种状态时，或许会有意想不到的收获。现在，现实已经为此提供例证了。"侯攀说。

"讲点别的，比如余丽。"老费说。

　　"当然，不过还是仅限于谈谈。上床倒是不现实。也别指望每见到一个漂亮女孩都企图与她上床做那些事情。以前皇帝有这样的权力，但如果真的是这样去做的，无异于自己为自己选择了一条死路。女色是两面刀。在这个前提下，再说说余丽，觉得这女孩在学校的她们那个群体中，特色鲜明。当然，这主要还不是外表，而是内涵。我是说她的气质和心灵世界。老兄，平凡世界庸人居多。芸芸众生，为生存，为吃喝拉撒，匆匆走过人生岁月，自己也不知所以然，或悲或喜，或顺利或曲折，却也没有什么体味。他们消耗了自己的生命，同时也消耗了地球的资源。所以，一旦发现对人生的独立观察与思考，显现出我们所说的生命形而上的自觉意识，我个人还是可以真切地感受到一股清新的气息，感受到一缕鲜丽的阳光。"

　　"你这是一个新版本的长篇小说《人啊人》的主题探索问题。人学浮出水面，在当今时代的中国，是历史反思的结果，也是现实转型的标志。包括对神的认识，我们现在也在调整新的坐标。当然，我不想多扯这方面的话题。还是回到余丽，我还是有兴趣在这女孩身上表现一下我们的柏拉图情结和理念。"

　　"何止柏拉图，可能还是更为世俗更为人性化的秀色可餐情结。前些日子在报纸上有篇文章，介绍日本的女体秀：围着一个躺下的年轻美貌的赤裸女子吃喝，在她的身体上摆放着鱼生和寿司，由此，满足用餐男人的需求欲望。今日社会，也还有这样的生活内容。"侯攀说。

　　老费笑笑，说："人家这是一种文化，日本的性文化还是勇敢坦露、真实理性的。应该说，他们正面承认了性欲，肯定了性欲。虽然日本文化也是东方文化的一个组成部分，与我们在这方面还是不一样。"

"明白，相对而言，我们显得躲闪的多一些。"

"可能是吧。"

"比如，我们讲余丽，只把她当一个美丽的女孩，其实是一个远距离的、精神化的女孩，我们可没有涉及她的肉体呵。这倒不是虚伪了，而是我们自觉坚信的另一种理性引导这样做的。"

"文化差异吧。"

"在一定的时期是存在一定的差异的。"

"不错，这个定语用得十分准确，一定的时期。"

"辩证法说，事物的运动都是一定时空的运动。"

"又讲起哲学来。"老费笑笑。

"也可以说，我们的务实性的谈话到此结束。"侯攀也笑笑。

3

离开老费住处，在回自己宿舍的途中，遇到了胡文秀前夫刘颂华。

"刘老师，精神焕发呀。"侯攀笑笑，心里有点不自然，所以很想将话题引到刘的新生活上去。刘也确实展现出一派不同以往的面貌，不知是因为要适应新生活，还是新的生活激活了他的新情绪。

刘颂华看来还是个老实人，他看不出眼前这个男人同他以前的妻子有着非同一般的情感关系。他笑笑，不大自然微微扭动了一下穿着崭新一套西服的身躯，说："侯老师，你还是老样子，不温不火，充满信心，但我感到，你不适合待在这里，这个学校不会给你提供应有的东西，你应该到外面走走。你年轻，有才，人也好，到外面去，机会比这里要多得多。"

刘颂华说得诚恳，对此，侯攀心里很是感动，说："你是有体会，有收获了，人生嘛，眼界看开一些也好。"

刘颂华说："你都知道了吧。"

"你可能没有想到。"侯攀说，不知为什么，忽然就冒出这么一句双关语，潜意识是向刘表达一份坦白，他自己只能如此理解。

"怎么没有呢，整个学校都知道了。好事不出门，坏事传千里。"

不知这是否属于双关语，但侯攀只能硬顶下去，不让事情向坏处发展。

"也不能说是坏事，其实大家都能理解，都什么时代了。再说吧，你和胡老师，谁不知道呢。感情是复杂的，生活很微妙，既然走到了这一步，顺其自然，着眼于未来，这该是一个现实的选择。生活往往错位存在，不管怎样，还得继续，只有这样，才是活路一条。"

"你们文科的会说，有一套套的理论，我搞化学，从实验到实验，每一步都是以实证为依据。生活也许就受到相关影响。实验过不了关，就会遭到否定。"刘颂华说。

"好吧，祝福你。我们不要站在这人来人往的道路上研讨人生，有点搞笑。再见。"

"不，到我那去坐坐。喝杯茶，我介绍你认识一下我爱人。她整天待在房子里，也很烦的，有你这个文学家理论家，或许可以让她找到一个说话的对象。"刘颂华说。

侯攀没多想，答应了，跟着刘走去。

他俩住的是向学校借来的一个单人小房间，好在后面带有一小厨房、小卫生间，还可以闭门过日子。前些时候，刘颂华同胡文秀办了离婚手续，就把他这个爱人接过来，两人一起生活，颇有滋味。

她叫孙梅，内蒙古包头一所地方大学的，专业同侯攀一样，是当代文学方面的。

确实是开眼界，看来不接触外界是有很多欠缺的。第一印象不俗，很好。三十来岁的知识女性，风韵犹存，不难看出，年少的时候，她是活力四射，浑身散发着女子魅力的。中高个子，一米六五上下，长圆脸，明眸皓齿，眼带神采，细腰丰胸，话音爽朗。

侯攀心里咯噔了一下，暗自说：怪不得刘喜欢到外地进修，而且春节还不回家，什么做实验，写论文，见鬼去吧。如此性感女郎，才是吸住他灵魂的真正磁石。

"听颂华介绍过你，真想同你聊聊。要不一肚子的话快撑死人了。"孙梅说。

"你的新老公还能不是你倾诉的对象吗？"侯攀说。

"我和他在一起的原因或者说基础，是我们之间不用说话也可以理解与沟通。而我之所以结束了以前的婚姻，只是因为讲了一宿的话也沟通不了。"孙梅说。

"你找到了差异，这使你找到了新的选择，开始了新的生活。"侯攀说。

"不错，你的直觉好，判断也好。颂华也是，当然，他不会使用如此富有文采与哲理的语言来表达他自己。学中文的人特征是嘴皮子功夫厉害，语言功夫厉害。"孙梅说。

"不一定，我大学的一个同学，因为口吃，不方便与别人交流，从小独自一人待着，迷上了文学。考上大学后，也总一个人来往，不喜与人交流，闷头闷脑写小说、散文、诗歌。其实，他的语言能力极强，但不是在口头上。"

"那是，这样的人并不少。我这里又要说颂华。他是在实验的行动中表现他自己。我不懂他的专业，但我懂他的语言。他原来的爱人不懂。"孙梅说。

"好像不是这样，我是说你后一半的评价。"侯攀看了看刘颂华，说，"如果他原来的太太为他生下一个男孩，可能就无须沟通也都一切如旧，无须变革。"

"不是不是。"刘颂华摆摆手，急忙说，"我爱我的女儿，至于儿子，也盼望过，也因为没有得到而伤心过，但绝不是因此闹离婚。婚姻总需要共同语言，总需要感情吧。如果缺乏了这样的基础，怎么可能生活在一起呢？你应该不知道我原来家庭生活的沉默，那真是难以忍受。我需要换换环境，改变生活状态，呼吸新鲜的空气。"

"这是我们的共同点。"孙梅说，"我们都告别了以前，抱着同样的希望，开始新生活。"

"有这样的自觉认识，生活的安排那会顺畅得多。"侯攀说。

"这点我很同意，你使用了一个很好的概念，生活的自觉。"孙梅说，"做生活的主人而不是做生活的奴隶，不是决定于物质条件，特别是当基本的物质条件得到满足以后，关键的问题是人的精神判断与选择，也便是你所谓的生活自觉。当我们有了这样的意识，在可能的范围内主动地、不受外界干扰地安排我们的生活，必然会进入另一种境界。事在人为这句话，也并不是说说而已。我们常常将真理与行动分离开来，一方面不否认真理，另一方面又强调行动的困难，由此找到了坐而论道的借口。"

"佩服你的哲理，更佩服你的行动。当然我并不想评价你当前的这项影响了你整个生活的选择。因为这不仅仅是属于你个人的事，也影响到了有所关联者的生活，我不方便发出更多的评论。但是，外省女子的勇敢与豁达，在你身上体现了出来，并产生了迷人的魅力，这一点，又是难以否认的。"侯攀说。

"接下来，我们要解决大量具体琐碎的生活问题。"刘颂华说，"改变生活总不能仅仅靠嘴说话呀。"

侯攀便向他们介绍了广州、深圳、珠海等珠三角地区，说是那里有更多的机会，前景也很好。侯攀讲得兴致勃勃，好像他本人是从那些地方过来似的。

孙梅说："我这次到广东来，是想同刘颂华一起，到那片热土去闯荡闯荡的，我们的下半生，应该是在那里度过的。但，既然你对那里那么熟悉，又很有好感，为什么还待在这里呢？"

一句话，倒将侯攀问住。他愣了愣，说："这说明，至少在现在，我还是那些把真理与行动分离开来的传统知识分子。"

说完，侯攀自嘲地笑笑，接着又觉得有点无聊，匆匆地与这两人作别。

第 十 一 章

1

　　老费整天攻英语，攻他所说的西方文化，也即是伦理学，于是这段时间不容易见到他。

　　侯攀去他那宿舍闲聊过几次，百无聊赖，在校园里似乎也没有别的去处，和他一起扯淡，看来好像一个兴奋灶，总会有吸引力。

　　觉得他这个选择确实不赖。且不说将来会达到什么目的，在过程中，钻研了外语和西方经典的传统意识形态，对于一个人文学者，那也是十分重要的基础。

　　事实也如此，老费的英语水平很快地有了明显提高，而由于深入了解伦理学，了解精神世界，对西方的历史、社会、文化，所掌握的知识增多，理解的层次加深。这一过程，确实是有了充分的收获。

　　相比之下，侯攀觉得自己的知识结构与价值较为逊色。写作与中国当代文学，前者不是太深的学问，著述甚多的作家往往没有经过专门的写作理论学习，而大学的写作学者与教授，则常常又只会说只会论而不会创作。另外，当代文学，所研究的许多作

品许多作家，没有经过时间的沉淀与考验，在历史长河的淘汰检
验中，这当中的大部分定是要被扫进文化的仓库或者垃圾堆的。
不幸的是，所研究所专注的学问对象，往往可以决定价值本身。

　　一想到这个问题，他自然会联想到十多年前，还是在初中
二年级，语文课有一篇古文，说的是一个将军在练习射箭，十有
八九中靶心，旁人喝彩，他也洋洋得意。正在为自己的不凡表现
而感觉良好、颇为飘飘然的时候，有一个挑着油葫芦的老头儿，
叫卖油翁的，却不以为然地撇撇嘴，并不认同将军所得到的价值
评价。他认为，只不过是手熟而已，而每个人，只要认真，只要
长期坚持实践，总也有他擅长的一面。为着证明这个道理，卖油
翁做了一个表演，他将铜钱盖在油葫芦口子上，手握一瓢子油，
轻轻一侧手，油线直落，细而长，从铜钱的四方小口源源不断注
入，而没有一点溅漏在外。这也是绝招呀。于是，在那批判天才
论，批判上智下愚等被认为是孔夫子思想的时代，这篇课文教导
学生，高贵者其实并不高贵，卑贱者也其实并不卑贱。射箭的绝
技与倒油的绝技，都是手熟罢了，其本质都是一样的。开始，侯
攀也是十分信从这个主题，但后来，在一些年以后，忽然发现，
不对呀，结论恰恰应该是相反，同是手熟而已，但为什么卖油翁
与将军的社会地位不一样呢？有谁会将具有同样技艺水平的卖油
翁与将军相提并论呢？那是因为，两者的社会作用不同，也是在
说，两人的技术、知识的价值不同。

　　这个道理，侯攀终于领悟。中学老师所讲的那个主题，是某
一方面的。而他自己终于能够从观点的这一面转到了观点的那一
面，加深了认识，实现了理念的升华，可喜可贺。由此，也得到
了十分深刻的印象。于是，他经常反思自己，所学的知识，所研

究的问题，其价值何在。

老费的考研选择，又一次让他焦虑不安，让他产生了明显的压力甚至是自卑感。

这种感觉跟种地的农民，做工的工人，跟古时候的那个卖油翁是没有什么不同的，都是在盘计着自己手头的货物或某种资源，希图在市场上卖得个好价钱。侯攀觉得，以前花了不少时间关注评论国内当下的一些二三流作家作品，阅读界、评论界一时的热闹，参与进去，似乎也颇有点趣味，但很快，时间的浪涛必定将这其中的大部分内涵冲刷掉。当代的文学艺术，在很大程度上，也是表现为一种文化消费的过程，它的价值，包括许多作品的价值，往往在于满足一定时期，社会对于文化、文学的消费需要。是不是有超越时空的价值，是不是经典，那是需要时间，需要历史来评判和见证的。当代评论者其实没有这样的话语权，尽管当代人似乎不同意这点，但事实上，他们最大的权力也仅在于掌控当代，而不可能真正超越这样的时空领域。人们在关注文化研究文化的过程中，获得了社会给予的某种劳动的回报，而自己这种行为也成一种文化风景线，消费了文化。

几天时间，在侯攀脑海里，不断出现这种价值判断的思考。

有时，他也苦笑起来，觉得运思的习惯，包括运思的乐趣、运思的苦恼、运思的方法，等等，这一切，他全都一遍又一遍地进行了新的体验。

好在，他不喜欢流露，平静的表面，沉稳的行动，不仅让他形象不至于招惹不必要的闲言碎语，也在一定程度上保持了生活的平衡。

一个人生活，平静地过日子。在宿舍里看看书，备课，改学生作业，还有练习写毛笔字，拉一会儿手风琴……打发时间的招数还是很多的。

倒是余丽这女学生，又让他卷入了带点波浪的日子。

那天傍晚，她来到了侯攀宿舍。女孩子的亮丽和浴后的身体芬芳，不仅让侯攀眼前一亮，还使他突然醒悟，体味到了单身男人生活的孤独与乏味。他想，这宿舍也太缺乏这种生命力的感染与刺激。以前是有的，至少是有过的。那是莫志清的影子和她的气息。但不知是莫志清的魅力，还是侯攀的喜好。莫志清的感染力毕竟没有持久。实际上，两人都明白，在她离开这里以前，鲜活的因素已经先期地从这空间流走消失。

忽然而来的这种气息，激活着他的血脉。男人的动力少不了这个要素，上帝安排的神秘场围总是顽强地显示其不可改变的作用。

余丽不是普通的女学生，她的聪明在于，她只向她认准的人展示自己心灵的深处。换言之，只有具备一定品位的人，才可以真正领略她的魅力。其实，这更像是一种贵族气质。

安静的夜晚，在简朴摆设而又因书卷气息显得文雅的房间，和余丽进行袒露心扉的交谈，对于一个青年知识分子的他来说，是一种颇为兴奋的享受。一个美丽年轻单纯而热情，处于求知幻想中的女子，把一些老师当作是自己的偶像，由此流露出来的敬仰与纯真之情，只有校园才遇得到的浪漫。

余丽的打扮并不夸张，也不俗套，但看上去舒服，有内涵，品位不低，雅致中显露尊贵，让人可以明确地接受一个清晰的印象。互相认同与接受，产生了两人之间的深入共鸣，生命便得到了鼓舞和欢欣。

灯光静静地播散，电视关掉，收音机也关掉，在写字桌的两边，侯攀让余丽坐在自己平时用的舒适的藤椅上，自己坐的是木靠椅，两人隔着一米多，相视而谈。余丽想多说，侯攀愿意多听。

他知道了她的家，一个不简单的军人家庭，父亲是师长级军官，母亲是一个部队文工团出身的漂亮演员，后来转到部队后勤搞事务管理。有两个姐，一个哥。本来家庭生活是十分幸福、令人羡慕的，但前几年烦恼的光临，让家庭生活的颜色变得复杂起来。问题在于哥哥。本是作为将军家庭的唯一男儿，父亲对于他的期望是厚重而特别的。谁都知道，军人的一代一代承传，这种充满阳光之气的作为，大都是限于男人之间进行的。儿子显然是父亲在这方面的主要希望。但是将军的儿子，父亲人生中最大的寄托，余丽的哥哥，在经历过一段不光彩的事情后，结束了自己年轻的生命。

余丽说，她这位哥哥向往着生命的不凡，于是热衷交往另类人物，终于给他遇着了灾难，沾上黑社会关系，吸毒、贩毒。在云南边界上，贩毒，拒捕，在逃躲警察的追击中被打死。余丽的父亲参加过20世纪50年代的朝鲜战争，经历过血与火的传奇，他获得了胜利和荣誉，而他寄寓了厚望的男孩，却在另一种血与火的冲突中，以恰好相反的结局，写下了生命的句号。

军人家庭的事情，在普通人的社会里并不流传。余丽不喜显露自己的家庭，无论是荣耀的还是悲剧的。所以，在这所大学里，侯攀老师还是她家这方面故事的唯一倾听者。她是一定要找到这样的倾诉对象的，但要求甚高，宁缺不滥。

那天晚上，在平静的灯光下，余丽平静地讲完家里的这些事情，眼睛在不觉中潮湿。侯攀看了看她，走到洗手间，将一条毛巾洗净，递给了她，让她擦擦泪痕，抚慰一下心灵。

余丽不好意思，笑笑，说："你看看，我真没出息。也打搅了你，浪费了你的时间，让你听了这么些与你无关的事情。"

侯攀说："你是一个很懂事的女孩子，心地善良，很有涵养。你的生活是幸运的，也是不幸的。可能，我们从命运的观点来看问题，心灵更容易解脱。"

余丽点点头，说："你说命运，我也许早就有这样的观点了。我妈说过，我哥的阳寿就是这样的，只有二十多年，所以，过到了以后，他是要按照宿命的安排，回到阴间去，找到他的安顿之处。"

侯攀轻轻叹口气，说："还是那个简单的、老而又老的道理。向前看，一切从实际出发，在有限的人生光阴里，珍惜每一天。"

余丽又点头，说："对，你说得对。"

"呵呵，你真的就相信吗？我也是随口而来，道理看起来很正经很深刻，但也只是在我嘴皮子上遛遛而已，如水过鸭背，我会一下子忘在脑后去了。事实上，我哪做得到。"

余丽摇摇头，看着侯攀，说："你可别这么说，很多普通的道理，经你一点拨，觉得还真的很新鲜、很深刻，记得特别牢，也管用。"

余丽这么一说，侯攀心里倒有点感动。打动这女孩不是容易的事情，但看来她现在真有点投入，心灵打开了闸门。他立刻反省了一下自己的动机，还好，自己并没有投机取巧、刻意获取这个女孩的好感，自己还是恪守了师道，仅仅是以为师之心和为师之规来与这个漂亮迷人的少女相处。心里没邪念，无论如何，也对得住这个少女，对得住这个少女的一颗真诚之心。

正这么想着，听到余丽又说："侯老师，我想请你到我家去做客。"

侯攀连忙摆摆手，说："我不喜欢做客，特别不喜欢到学生家里做客。好在大学教师是不用做家访活动的，不像中学教师那样，要不，真不知我会如何安排，我只喜欢串门，和朋友随便聊天、聚聚，偶尔吃吃喝喝也行，确实是不适应专门的做客。"

余丽说："那你到我家来，作为一位大学教师，我敬佩的老师，我家当然会很重视，会热情地以礼相待呀。"

"还是别那样了吧，别麻烦你家里人。"

"不会麻烦，我父母会很高兴的。特别是我妈妈。"

"算了，谢谢你的一番好意，还是简单点好。像现在这样，坦诚地交流，谈谈人生、社会，谈谈文学和我们的专业，不也挺好么。"

见侯攀这么个态度，余丽叹了口气，说："这样吧，明天周六，下午我们去爬山，好吗？"

"那行，爬山是我的爱好，居高望远，登山则情盛于山，会当凌绝顶，一览众山小，很有意思的。"侯攀爽快地答应了下来。

这一晚，送走了余丽，坐在书桌前，面对摊开的一本书和一叠厚稿纸，侯攀若有所思，但他没沿着这样的思路发展下去。转移了注意力，他抄了一段书上的文字，做了一会儿读书笔记。

2

第二天上午，也就是还没有和余丽爬山的时候，廖智义来了，他来找侯攀，却也是为了余丽。

这样的交往，在学校是再普通不过的。聊天，谋划事情，增进友情，诸如此类，可大可小，能虚能实。喝茶，抽烟，成本几乎等于零。但这一次，显然与以往的不一样。廖智义有备而来，有目的动机而来。

他以前是侯攀的学生，在人事处担任干事，做的事务不需要张扬，此外性格沉默文静，这些，导致他并不会太引人注意。

廖智义说话是直来直去的，坐下没一会，开口就说："侯老师，我知道这段时间余丽常到你这来。为什么呢？因为我关注她，也喜欢上了她。我想，你会支持我，成全我的吧。虽然这事也仅仅是我的一厢情愿，不敢说今后就能如我所愿，但你的支持是至关重要的。"

侯攀笑笑，说："你不是说我在挖你的墙脚吧。"

廖智义连忙摆摆手，说："哪里哪里，你怎么会是那种人，你的师德修养应该是非常可以的。至少，你无论在什么时候都会让朋友放心，更让我这个学生放心。"

廖智义说得很恳切。他其实不是那种善于言说的人，但他能够很努力地表达自己的心意，会很努力地去打动别人，影响别人。

对此，侯攀看得出来，不过不欣赏，不仅不欣赏，反而颇为反感，因为这恰恰反映出他的功利之心和自私自利，这可不是男子汉应有的品格。

他冷冷地说："不管是作为师生还是作为朋友，我也没有无论在什么时候都让你放心的义务呀。"

廖智义眨眨眼睛，说："我们既是师生关系又是朋友关系，难道不应该这样吗？"

"如果应该这样，那也是双方的，双向的。试问，你能为我这么做吗？如果能，你不应该约束我，你以限制别人的自由来扩大自己的自由，这像真正的学生和朋友吗？"

听侯攀这么一说，廖智义着急起来，说："不管怎么说，我的意思是，请你在余丽这件事上帮帮我，算我有求于你，拜托你，好不好？"

"这个忙，说小是小，说大也是大呵。这么好一个女子，这么一件终身大事。"

"你比我更有经验，可以这么说吧，而我，还把这样的事当作梦幻。余丽这女孩子，真叫人想她。用我们家乡的话来说，我恨不得把她煲来吃进肚子里。"

俗气，他是朴实的，但总是被一种低俗的东西浸染着。余丽很难喜欢这样的人。但这样的人对于美的享有，又是能够表现出极大的热情和努力来。

侯攀心里是这么想，却不会说出口。他沉默不语，心里忽地转到别的地方去，似乎想逃离此处。这是下意识，可以非常准确地反映真实心愿的下意识。

见侯攀这样，廖智义又按捺不住，他眼巴巴看着侯攀说："你行行好吧，帮我一把，算是真的把我当作小弟一样看待，小弟我的终身大事托付给你这位老师大哥了啊。"

侯攀连忙摆摆手，说："别这么说，服了你这一股子劲头。好吧，我尽力而为之吧。不过，缘分这东西确实有点玄，可遇不可求。"

"明白，谢谢，衷心感谢，有你这份心，我立马高兴得无以言表，放心满足。"廖智义说。

侯攀实在不想同他多说什么话，用三两句话将廖智义支走。

独处房间，抽了根烟，心里才舒坦了一些。

下午，如约而行，同余丽爬山玩去。学校门前的那座山岭，山脚至山顶高三五百米，倒不是太高，山坡缓缓而上，行走也不甚困难。游玩和交流适合在这样的地方。两人都是运动着装，显得简单而精神。

"和可爱的女孩在一起玩，确实是快乐。"侯攀笑着对余丽说。

"你像一个风流才子。"余丽说。

"有你这样评价老师的吗？我可是不喜欢，其实低调符合我的性格。成为一个公众关注的目标，被别人议论，很有压力的。"侯攀说。

"我知道你喜欢什么。其实深沉是你的外表，是你给人家的第一印象。接触了你，走进了你的心灵深处，就知道什么是真实的你。"余丽说。

"谁让你走进了我的心灵深处？你真这么自信吗？"

"那是的，我确实自信。我相信直觉和缘分。有人想走进我的心里，但他进不来。而我要走进一个人的心里，一下子就进去。虽然他可能不理会，但其实他心里也是十分清楚的。"

"余丽，你是聪明人。"侯攀看看她说。

"不是。只有在你面前才这样的。在有的人面前，我一点所谓的灵气也没有。我是不导电的绝缘体。"余丽顽强地说。

"你这不是说你的廖智义老师嘛。"侯攀想转移一下话题，不想与这个女孩过多过深地进入与自己有关的领域。他不想伤害她，无论作为教师还是作为朋友。

"正是这位廖老师。侯老师，你看我该怎么办呀。向你伸手求救。"

"廖来找过我，请我帮忙。我也答应了他。"侯攀笑笑说。

"你怎么这样！你无权答应，我就是我。"余丽生气地说。

"你不是说我可以走进你的心灵吗？"侯攀依然心平气和。

"走进是走进，但不可以把我给卖出去。"

"其实，这个事情是可以这样说的，一方面，廖可能离你们的理想有一定的差距，但另一方面，他的一些优点，也十分突出，比如我本人就自叹不如。"

"你哪里差过他，长相、学历、才能、前途，都好过他。"

"这正是你们的幼稚所在。你们经常口口声声说，爱情纯粹高尚，但实际上还没有走出现实的框架。当然，这没有错。不要说像你这样年纪的孩子，即便说到我，在这方面也都虚荣心极强。"

"老师，这能说是虚荣心吗？"

"对，不属于虚荣心。爱美之心人皆有之，享受生活也是一个天经地义的权利。"

"那便是这个道理，便是这个意思。我尊重廖老师，但他是老师，我为学生，仅此而已。"

侯攀看了看余丽，笑起来，说："咱们爬山吧，不要讨论了吧。你看，山野多美，这是深秋的礼物呀，我们不要忘记了接受。"

那是可以让人陶醉的景色。

"真美，我很激动。"余丽说着，有点动情。

侯攀一笑，说："那是自然的。"

"为什么呢？"余丽偏要问。

"因为，女孩爱美，漂亮的女孩更爱美嘛。"说罢这句，侯攀话题一转，说："咱们赶紧点，看谁先到山顶。"

前面还有一段山路，侯攀大步走去。余丽也只有气喘吁吁地跟在后头。侯攀心里头是十分清楚的，他不想一下子介入余丽的感情世界，那是一个复杂的问题，他没有必要也没有心思陷入其中，更为重要的事情还很多。忧郁是他与生俱来的性格或者说品质，仿佛着了魔，没办法完全脱离对于社会与历史的一种兴趣。经常是这样，走到了生活诱惑的一个边缘，忽又不由自主地放慢脚步，想的不是马上做的，做的不是原来所想的。行动总是对想象进行打折。

在山头上，侯攀就变得沉默。余丽感觉了出来，忍不住，说："老师毕竟是老师，你毕竟是你。或者说，我毕竟是我。我们毕竟不是同一代人。"

3

没几天，廖智义又过来找侯攀。他好像知道了侯攀与余丽爬山的事情，也许不知道，只是心中的一个焦虑。这次，他显得更善于表达。也因为是在晚上，时间充裕。来坐是可以的，几乎所有教师的住处的门户都无条件地开放，当然是在闲谈的时候。

"你不知道，我对余丽的感情，带有多少人们难以理解的因素。"没几句，廖智义便切入了主题。"我是农民的儿子，在乡下长大。上大学以前没见过世面，老实巴交的一个傻小子。家里一直穷得叮当响，弟妹几个，总是不够饭吃。这样的日子，我们家祖祖辈辈都没法摆脱。甚至，我们村里的人家也都没法摆脱。我对你说过，我们那个村子是一个三省交界处的偏僻山村。70 年代才用上电灯。我到镇里的中学读书，要走三十多公里的山路。那时我当然只能是住宿，一个星期或者两个星期才回家一次，带上米和咸菜。坚持着熬下来，终于成为村里的第一个大学生，尽管那是大专层次的高校，也足以让全村的人们羡慕死了。大专毕业以后，没想到又留在学校里，简直像是一个大学教授。我们村里人都这样说，只要是大学里的教师，都是教授。你看，我这样一步一步走过来。容易吗，不容易呀我，所以……"

廖智义还要进行他的第二段滔滔不绝的述说，侯攀打断了他："所以，你走到了另一个极端，比较自我。你其实是以自我为中心，只顾自己，不顾他人。"

"哪里，我是这样的人吗，我会是这样的人吗，我们这样的山里人可以是这样的人吗？"廖智义说，他显然不服。

"就是。不容辩解地就是，实际上已经是了。"侯攀冷静地不屈不挠地坚持着自己的判断。

"可以说你是起点低，过程艰难，磨难多。但是，当你走到了一个新的里程，取得了一定的成绩，回首过去，你把自己的艰难和付出当成了资本。不要以为我们现在经常批判的自我中心主义是一个西方世界的舶来品，其实，在我们这里，在很土的山沟沟里也毫不奇怪地生长出来。你是一个典型的代表啦，老弟。"

"不是不是，侯老师你的理论分析太高深啦，教授就是教授，喜欢往学问往理论里套。哪会是那样呢。"廖智义说。

"我是你的老师，你现在还这样称呼我。但是，你来这里的时候，你有把我当成你的老师吗，我是你的老师，你会这样肆无忌惮地说话吗？你毕业以后，留校当官，你把我当过老师吗？不错，在我们学校里你有很多老师，对他们你都很有礼貌，但那些都是系主任、副主任、书记，或者兼着行政职务的，或者抛头露面风光十足的。一个埋头专业、不善人际关系的教师，在许多行政干部心里，属于另类，是他们暗地里嘲笑的对象。我应是这样的教师，所以，我知道你会如何看待我的。"

"不不不，我不是那样的人，对于侯老师你，我更不会像你所说的那个态度。"

"不必辩解，我也不需要这个辩解。只不过是，你的滔滔不绝引起我在表达上的对等反映，我也不由自主地滔滔不绝了。实在不好意思。"

"误会呀，侯老师。你与系主任有隔阂，不相和，不少人知道，我当然也知道。我是中文系出来的，熟悉你，也熟悉系主任。但我从来不会因为系主任有权力，有威望，就站在他那边，故意与你过不去。我以为，你们都是好人，只是相互之间没有充分的了解，或者存在一些误解。其实，你大可不必……"

"好了好了，"侯攀打断了廖智义，说，"这么说吧，你所说的那个事情，我大体上还是以前的态度，祝你走运。不过，我忽然有一个想法，虽然是来得突然的想法，但也是真实的、真诚的、珍贵的想法，因为这样，我才决定不隐瞒，或者说不对你隐瞒。如果机会在我这里，我不会放过，也许这就是公平竞争吧。"

说罢，屋子里突然非常安静。

廖智义呵呵一笑，说："闹了半天，原来老师心中也有此意，只不过是老师学问高深，富有涵养，学生未能领教，一直糊涂。不过现在也可以说是见识了，长了智慧。"

侯攀也笑了笑，说："我也知道，我这样一说出来，差不多是露了自己的短处，容易授人以柄。你看，你便立马发起进攻了。但我不在乎了，想知道为什么吗，古人有句话，叫作知耻而后勇。我把自己心中最深处的东西公开出来，说明我是可以豁出去的。"

"不过，我以为你不值得这样，我的老师。也不就是个女子嘛。不说其他地方，仅我们学校，大学生中，青年教师中，美女不乏其人。无论是你，或者是我，大有选择的余地。要是我们学习西方那种为意中人而决斗以分胜负的办法，是不是有点可笑呵。"

"当然可笑。不错，你很会说话。你的才能表现了出来。我不会决斗，至少不会在女子的问题上决斗，也不会与你决斗。这一点，你我都大可以无须忧虑，大可以放心。"

侯攀说罢，又呵呵一笑。

交谈就此结束，两人也礼貌地点点头，廖智义离开。

侯攀走出门外，看着远方，那里，是黑魆魆的山岭，雄浑、深邃、苍凉、沉默无语、大气从容，那是下午他与余丽爬山的地方，如今以另一种形象展示其特有的魅力。他忽而笑了笑。刚才那番话，其实是随口说出来的，哪有这样的激情呀。只是无法忍受廖智义那个态度，也不想让余丽落到他手中。说直白一些，就是男人的嫉妒吧。那是个傻瓜，糊涂到家了，哪有叫男人为自己介绍女人的！

以后如何，顺其自然吧。不过，确实是为自己打开了一个空间，多多少少有些兴奋。

在那站了许久。夜深人静，百感交集，其实也是一种欲望，一种常见之情，也没什么深沉可言。侯攀懂的。

第十二章

1

承诺和宣言是要付出代价的，是需要去做的，否则无法找到下台阶。侯攀知道自己的特点或者说毛病，有时候喜欢说，容易在说的时候投入感情，也让感情冲昏头脑，一激动起来，一兴奋起来，说出了什么话，自己其实也没有把握好。想到这，他不禁苦笑，但又感到，一个新的选择与碰撞到来了。有点后悔，因为打乱了原来的生活节奏和做学问的计划。特别是后者，老费的进展那么有效，那么有吸引力，本来从他那里看到的自己的一条好路子，正想努力一下。毕竟是个大学教师，对于专业的投入，不仅是一个简单的生存需要，而且也是丰富的精神与生命寄托。但是，想到的，不如来到的快。也就顺势而为，顺其自然吧。

周六傍晚，余丽过来找他去参加舞会，一个十分常见的约会。教工俱乐部在校园静谧的树林里头，二层小楼。装修过的，干净整洁。

夜幕降临，树林飘来清香气息，远离喧闹，那也是一个迷人的地方。余丽打扮了一下，清秀大方，香水的芬芳悄悄散发，青春魅力也如同洗了个澡似的，焕然一新。侯攀打量了她一会，自个笑笑，也不说什么。"笑啥你，少有的表情，少有的可爱。"余丽说。"都说恋爱中的女子又愚蠢又漂亮。这是一句被引用得变了俗套的话，但也是由你来再一次作出了证明。"侯攀说。

"那舞会上那么多人，又是同学又是老师，有没有人议论呀。"余丽说。

"这个你别操心，今晚你绝对是焦点，至少是焦点之一。"侯攀说。

"你一说我立刻明白，我知道，但不怕呀。不是冲着我一个人，是向着咱俩来的。"

余丽这一说，倒是让侯攀怔住。这女大学生，胆子是比自己这个大学教师要大一点。该不该顺着她，该不该控制一下？这也是这些天来侯攀经常考虑的事情。没有控制力，那不是一个男子、一个老师应有的表现。他想了想，又觉得还是没有什么问题，本来与这个女子在一起，不应该是个问题。

"我也是，不怕什么，没有什么可怕的。我们在一起，十分正常，无可非议。"

"我爱听你这样说。"

"走吧。咱们去那里为的是跳舞。"

他们并肩走出门口，走到了校园的小道上，吸引不少目光。但两人若无其事，甚至还故意让别人看到。在舞厅里，跳一个曲子，坐在一旁，休息一会，说着话，开心地笑着，接着跟上曲子又跳上一个舞。好像只有两人的存在。倒是老费有意见了，趁着侯攀坐下来休息，挨近过去，拍拍他的肩膀，说："老侯，也别过火。注意自己的形象，你是老师，你多大岁数了，也不能见了女子仿佛着魔似的。其实，女子便是女子，有啥？那是什么样的女子，她能是女神吗，能到哪里去？难道没见过吗？"

老费在舞厅里是有点儿怪的，他从不跳一个舞曲，也不会跳，但喜欢在开舞会的时候，悄悄来到这里，坐在一旁，静静地看着，听着，间或走出门外，抽根烟。散散步，又倒回来。舞会快散场时，不和任何人说话，独自离开。侯攀是知道他的，也很理解。这时见到了，还是很高兴，说："老费，各有所爱，各有所求，各有特色。这是你的理念，也是我的习惯。你看，我做了出来，你又看不惯了。其实，思、言、行，三者的本质上都是一样的。只不过我的行为表象化，影响了你的视野，当然，也影响了其他人的视野。这点我承认，所以我不会经常这样的。今晚有点例外，有些事情你有所不知。"

老费哼了一声，说："别的事情很多我不知道，但你今天这个意图我倒还是真的看得明白。"

"是吗？那么神奇。"侯攀半信半疑。

"还需要我给你捅破不成？"老费说。

"你试试看。让我再一次领教你那非凡的洞察力。"侯攀说。

"也不是什么洞察力。其实在我们的传统理念中，很多地方都有这样的民间习俗，对于我所提到的这类事情，是以不接触不关心为基本准则的，否则会沾惹到那邪门的、不吉利的事情，至少会影响自己的心态。"老费打个哈哈，说道。

侯攀冷笑一声，说："那么，悉听尊便，不必为难。我也许能够感悟出来，再笨的人，也不会笨到那样的程度。"

老费笑笑，又拍拍他的肩膀，说："你没注意到吗？廖智义，正坐在对面，专看你们，脸色一个晚上都不好。凭着这点，什么事情都显露了出来。"

廖智义也待在舞厅。其实，侯攀是看到了的，余丽也是看到了的。今晚，他和余丽，也是为着给他看看的。这还是余丽的意思，这几天，与侯攀一起的时候，她总要提起这个事情来。余丽是个很有特色的女孩，她不会抑制自己的喜怒，对着廖智义，明摆着，是要把自己的感情表达出来。本来，侯攀并不同意她这个态度，说："为什么呢，他毕竟是你们的老师呀，即使是他追求你，也是人家的一种权利，你可以拒绝他，他也有他的权利，道理是一样的。只要大家都讲文明讲礼貌，互相理解互相尊重。即便算不成，也不失为一种人生机缘，也可以成为双方的一个美好的回忆吧。"

余丽摇摇头，说："我不想浪费别人的时间，也不想浪费自己的时间。为着这，我是狠了心的。"

侯攀微微一笑，说："随你吧，也不是什么狠心。他不会伤心太久的。只是你不够圆滑，不圆滑也就不圆滑吧，没什么问题，事情都会过去的。"

果不其然，廖智义看到他们，忍不住还是凑了过来。侯攀和余丽跳完一支舞，坐在一旁歇歇。又一支舞曲播放出来了，廖智义走到余丽面前，有点夸张地亮出了手势，邀请她跳舞。

看得出来，余丽开始故意没看到，但廖智义却有股子劲头，不走开，坚持地站在那；余丽愣了一下，只好摇摇头。

廖智义说："跳个舞没什么吧，你不是那么小气的。"余丽看看侯攀，似乎想从他那里得到什么支持，但侯攀却说："跳就跳吧，娱乐嘛，那有什么大不了的事情。一支舞曲上去，几分钟可以下来。不就这样嘛，下一支舞曲，选择跟另一个舞伴跳了，也都一样的。"

余丽见侯攀这样说，嘟嘟嘴巴，站起身子，顺着廖智义，懒洋洋地跳舞去。

侯攀倒是看着他们的，目光一直没离开。在舞曲中，两人开始没有说话，也没有交流，余丽的脸侧向一边，没有表情。廖智义也是认真地按照着曲子的节奏，一丝不苟地带着他的舞伴。后来，只见廖智义开了口，不知是说什么，但又看到余丽并没有过多的反应。只是摇摇头，或者点点头。依然是淡淡的表情。两人的舞，是非常认真的，也是冷冰冰的。舞场上，五彩灯球旋转着，将忽明忽暗的光线打在人们身上，其他人不会在意这些细微的表现。

终于，舞曲结束，余丽一转身，将廖智义的手一拨开，迅速地离开了他。

她回到侯攀身边坐下，说："我回来啦。"侯攀笑笑，说："没什么吧。""当然没什么啦。他是我的老师，你也是我的老师。会有什么呢。不过，总是觉得他确实与你不一样，同他在一起感到紧张，不想说话，也说不出话来。你说，为什么呢。我问这样的问题好傻的，但总想问一问。"

侯攀说："别问了吧，你都知道问了也没用，问了也没有答案。一个肤浅的问题，一个微妙的问题，一个深奥的问题。"

"讲得好，你已经给出了精彩的回答。"余丽说。

两人说得兴味正浓，老费走了过来。其实，侯攀早已看见他了，老费坐在对面的一个角落，默然无声。他还不会跳这些哪怕是最简单的交谊舞，尽管能欣赏内涵丰富复杂的交响乐章，却不会用脚步合着舞曲音乐的节奏。

"在咱们学校，这样的夜晚才多少有点生活魅力。"老费说。

侯攀笑笑，说："同感。我们的手段和目的经常被颠倒。我小时便有所发现，少数民族显然比汉族人会生活，他们的服装色彩多，款式多，能歌善舞，有着丰富多彩的节日名目，无忧无虑，天真烂漫。而我们这个人口众多的汉族，哪有那样的活力，哪有那样的灿烂，哪有那样的自由和欢乐呵。你看我们的服装，就是保暖与遮丑，还有就是身份与等级，哪有美感可言。即使是显示不同的社会地位，我觉得上流社会的服装也都非常老土、单调、呆板。所以，古时候天天讲四书五经，社会没有活力，生活没有精彩。而这，成为一个惯性，影响到了今天，不知不觉地，无限地渗透。在我们的社会状态中，日常状态中，精神状态中，到处都找得到这样的遗传基因。所以……"

他说到这时，余丽过来打断了，说："你们说吧，我待不下了。我走开一边去。"

侯攀说："对对对，你走开。如此无聊的话题，只有我和老费可以接受，如同喝苦茶，只是一些少数派的爱好。"

余丽还没听完，一扭头走到了对面去。

老费说："你老兄其实是两不误：无论精神还是生活，无论理性还是感性。"

"那你的西方伦理学研究不也就如此吗。"

"说实在的，也是。但是，我又以为，它们的这两者，看来互相对立的东西，是能够合理地存在的，互相给予一定的位置。"

"其实没问题，把人的欲望与需求，理性与限制说个清楚，光明正大，也不容易，也很简单。"

"我们常常喜欢如此扯淡。但你老兄离不开务实，你是个冷静理性的人，不会因为偏激而出现大的人生波折，但问题是在平凡平淡平庸的经历中浪费生命的时光，那是等于常言所道的慢性自杀。"

"那我现在是否正处于自杀的状态当中呢。"

"可奇怪的是，你这回的务实又带来风险。你知道的，张扬个性、与众不同等于是风险。"

"余丽是风险，女孩子往往是风险。"

"与她有关的人，构成了对你的不利或者说威胁，这没准是风险。比如刚才出现的廖智义，比如不在场的但可以控制你的领导张典，还有一些用着特别眼光注视你的人，等等。这些阴影正在悄悄接近你，要警惕哦，朋友。"

"你好像刚刚看过间谍小说。"

"那你出来，咱们专题研究。"

2

舞厅里更加热闹了，这时跳的是迪斯科舞，都可以出来跳的，不需要一双双的舞伴；走到了一起，合着强劲的舞曲的节奏，兴高采烈地扭着、摆着、跳着、笑着、喊着、打闹着，掀起强大的气浪声浪，仿佛要把这舞厅空间的四面轰开一般。余丽也在其中。脸涨得红红的，挥手舞足，尖利的嗓音穿越厚厚的声音混合体，如同一把利剑，鲜明地显示自己的存在。

"走吧走吧，这里不适合我们。"侯攀和老费离开了这个场面。

到了外面，小树丛中格外安静。微风悄悄地吹来，这回可以感受到了。月光也是，这大自然的光总是平静、柔和，带着一丝特有的冷意与凄凉。

"移步换景，一会儿工夫，转到了另一个风格类型的境地。如人生，如命运呵。"侯攀说。

老费没看他一眼，说："你等在这。"转身又回到舞厅。

一会，是两个人出来。老费，另一个是廖智义。

老费说："我把小廖叫来了。咱哥们三个聊聊。我就是奇了怪了的人，没有办法，天生如此，百无聊赖。喜欢操这点心，为你们着想。其实你们可能都不需要也都不高兴，不管如何吧，反正我是这样说的，也会这样做。"

侯攀看看老费，又看看廖智义，说："我是领了情，我是心肠软的，没有什么原则性，特别是在人情面前。人情，感性大于理性，在我这里，一直是这样的。我并不理性。"

"那行。我该走了。把你们拉到一块，交代一下，我的任务算是完成了。"老费说罢，迅速转身走开。

只剩下侯攀和廖智义。

"怎么，感到尴尬吗？"侯攀笑笑说。

"那不，不过，也好像有点儿吧。"廖智义点点头，咧开嘴巴笑笑。

"只是为了一个女孩，我们才这样的近距离地交谈，或者说较量。"

"哪敢较量哦，看侯老师说的。您无论如何，都是我的老师。一日为教，终身为师。学生是不能也不敢冒犯老师的。"

"呵呵，那是你说的。我倒是觉得还是可以说上几句吧。不管如何看待老费的一片好心。"

"但是，感情，特别是爱情，是不能够谈判的。"

"说得对，你这句话有水平，我还真的没有想到你能说出这样的话了，呵呵，人不可貌相，或者说士别三日当刮目相待，这样的话我确实是忽然就自然而然地冒了出来的。"

"老师毕竟是老师。何况您还不是平凡的老师，您有才华，有内涵，有魅力。这是听过您的课的学生都会认同的。过去我在课堂上就这样，对您非常的敬佩。虽然您的个性不一定被所有的人接受，也有一些对您的看法，但到现在我还是坚持这样的观点。不过，说到感情这样的问题，我想，我本人与自己的老师竞争，本身确实是有点不对头。不过，我又实在无法控制自己。我记得您教给我们的一句话：吾爱吾师，吾更爱真理。在此借用一下，不伦不类，敬请见笑。我知道余丽的感情倾向，但是我不愿意放弃。我想，您是会相信我这个学生的真实感情的。我不会骗她，我会为她做牛做马，让我妈妈给她做饭，给她洗衣服。所以，尽管我没有赢得她，但心里还是不服。一个来自农村的人，我是朴实的，也不自卑。只是，她已是未能接受。我们交流不够吧。我以为，个人长相，我虽不敢说英俊挺拔，但也说得过去吧，我身高一米七多，口头表达流利，也很活泼，爱交朋友。身体健康，爱好运动，比如打打篮球，当后卫还是不错的。最近我又练习吹笛子，开始练书法……"

"呵呵，感情这东西，都说是微妙的，有时候确实难以言状。不过我以为最好不要希望把这东西分析得太透彻，这并不是一个数学题目，或者说直白一点，不是做买卖呵。当然，很多时候这可算是一个数学题目，也即是一单子买卖。我的一个舅舅，他自身条件也是不错的，由于被划为'右派'，带上一顶很麻烦的帽子，到了四十多岁，还没有娶到老婆。后来，人家介绍他到偏僻贫穷的农村找老婆，候选的女子是明码标价的，除了长相、年纪、上过多少年学等都是报价的要素，还加上一个更直接的标价方法，那真的就是过秤，体重多的，相应地需要多付钱。这也是一种爱，一种婚姻。不过，这样的艰难，我们能够回避还是尽量回避吧。所以，说到余丽，我看，大同小异，也是这样的回避。人家有人家这样年纪的梦想呵。总有这个权利，有这个自由吧。"

"道理是那个道理，但我又不明白的是，难道我会让她牺牲这些吗？我会不为她好吗？"

"都是站在一定的角度看问题，或者说站在自己的角度。这无可非议的。只是，你也要考虑到别人的感觉，尊重别人的梦想。不要以自己的利益取代别人的利益。"

"我爱她，一定会为她好。"

"其实是一个为了自己的借口。很多人都自觉或不自觉地找到这样的借口。实际上，往往是以自己的利益为目的。"

"我是这样的吗？不会吧。"

"我也以为不会有什么奇迹。但也绝不会是什么问题：我也是这样的。"

"那，老师，我服了您，有您这样的老师，学生三生有幸。"廖智义冷冷地说。

侯攀还想说什么，忽然发现舞厅的音乐声停息。人们走了出来，散了场。

一个婷婷袅袅的人影朝着这边走来。还没等看清，那人先喊："你们还在辩论呀。"

果然是余丽。

廖智义朝余丽打个招呼，又对侯攀说："我先走。"低着脑袋，匆匆离开。

侯攀对余丽笑笑，说："今晚跳得开心吧。"

余丽说："那还用说。我一到咱们学校的舞厅就开心。不跳舞，坐在一旁，看着别人跳，听着舞曲音乐，也都会很开心的了。哪像你们，总喜欢小题大做，没完没了地空谈。真费解，也觉得很搞笑。老师，这是不是如同人们所说的代沟哦。"

"你跳得高兴，说得精彩。今晚可以称为是你的晚上。"侯攀说。

"那咱们回去吧。"

侯攀看看余丽，说："我送你一段路，你回宿舍去，洗个澡，早点休息。跳舞的运动量也很大的。今儿个有点累。"

余丽点点头，说："好的，改天我再去看你。"

两人在林荫道上慢慢地走着，都明白还想利用这时间说说话。

"你不在一旁坐着，我总感觉到缺少什么，显然不一样。真的。"余丽说。

"女孩是美丽的，不仅外表，其实心里也是。美，是可以由外及里的。"

"老师，我喜欢听你说话，又好听又能学到东西。真的。"余丽说。

侯攀笑笑，说："我们的职业定位，是做这一行的，凭借这个功夫混饭吃。不早了，我们也不要多说，回去吧。"

到了学生宿舍楼前一段距离，侯攀止步不走。作为教师，他不会再往前去。一如以前。

余丽向他招招手，迈着轻快的步子走向宿舍。

侯攀转过身子，慢慢地，继续在校园的林荫道散步。若有所思，又是在深夜的沉静中慢慢平息心境。

3

又几天后，还是有了事情出现，和余丽有关。张典不客气了，在系里的教师会上虽是不点名、但却非常严厉地进行了批评。他说："讲完工作，我还有几句话要说，本来我不想说，或者不想在这个场合里说，想了几天，最后还是要说。我要讲的是，一个老师，为人师表，总得有一条底线吧。每个人都有自己的爱恋，我也不会干预别人的幸福。但是，一个老师的恋爱如果与他的工作发生了关系，如果对方是个女学生，那个老师总得注意自己的形象吧；所谓对一个女孩子的责任，总还是会更多一些吧。不是有人反映这样的事情，我还想不出来，我更不会生什么气。我为什么？不为自己，君子坦荡荡，不过是为了咱们这中文系教师的一点点必要的斯文和操守。"他讲完，也没让别人问什么，说声散会，板着脸，匆匆走开。

侯攀脑袋轰了一下，立即想到，这有点像权威人物的习惯，在一通讲话的末尾，自己说罢便罢。抛出一个话题、一个炸弹，让别人惊叹去，让别人惊恐去。隔绝对话和解释的可能，以显示自己的不容触及也不容否定的势力。

中文系的教师当中，当然也会有不在意的，也有听不明白的，但肯定也有人知道系主任张典在说什么的。

侯攀感到压力。他悄悄扫了一眼会场，不敢细看。但看到了一双他无法忽略的眼睛。

那是胡文秀。

会后，侯攀没有像平时的会议那样，立刻离开会场，三步两步走在前面，扬长而去。他静静地待在椅子上，低着头，对着带到会上来解闷的一本书，眼珠子一动不动，一个字看也不进去。

等到人们都离开了，四下安静，他左右看看，才站起身子，想要回去。

这时，胡文秀忽然站在了他面前。

"搞笑。"侯攀说。

"有点吧，但也不只是。"胡文秀说。

"十足的搞笑，没有别的。你以为我会把他当真吗，算什么回事，真是。天马行空，我行我素。大不了此地不留爷，自有留爷处。他奈何得了我吗？"

胡文秀笑笑，说："你看你，又来这个。这时候说这个没意思哦，我们不是要说这样的话的。对不对？"

"那是那是，见了你这位好姐姐，我变了样，忍不住要撒娇呵。"侯攀也笑笑。

"我在资料室，你过来吧。"胡文秀说罢，转身走开。

她到了隔壁的资料室，她是在那工作的。快到放学时间，很少有来借书的老师的。一个静谧安宁、散发着书香的环境。

胡文秀进了去，静坐在自己的座位上，不动声色，等着侯攀。

侯攀稍后也过了来，顺手将门掩上。倒也不是什么秘密私会，但双双进入还是不太好。侯攀也明白这样的安排。

倒是说话的好地方，侯攀很享受这样的机会。言语的交往其实可以比肉体更为深切，当然是在一定条件下。

"呵呵，其实说什么好呢，我们像是那不折不扣的侃爷了。但事实是冷酷无情的，没有传奇只有常识，没有意外的收获，只见意外的麻烦。"侯攀说。

"你够聪明的。不说就不说呗。坐一坐，见见面，也是可以的。"胡文秀说。

"你的心态比我好。"

"你的心态也不是不好。只是，与张典主任是合不来。问题也仅仅如此。"

"我知道张。"侯攀说。"不说他了吧。你怎样啦。你原来的那个他呢？"

胡文秀努努嘴，沉默一下，说："他们要走了，就这几天。"

侯攀叹口气，说："毕竟也是一个不愉快的话题。"

他一说罢就意识到，其实正是这样，才是两人在一起的最有必要的理由。

关上了门的不大的空间，彼此可以听到对方的呼吸。感到特别的静。

侯攀忽然觉得有点不妥，从椅子卜站立起来，说声再见，匆匆而行。

第十三章

1

　　那是周末之夜。余丽没有回家，晚上，她还是来到侯攀宿舍。不过没有往常的顺利，经历了不大不小的插曲。在这之前，她到学校的小卖部，想买些点心在夜里和侯攀一块吃吃，这也是一个不可或缺的聚会节目呵，只是聊天说话，还不可以满足。不料，发生了一点儿事情。小卖部在靠近学校大门口附近，校园内唯一的买卖点。所以，只能去那。日用杂货，小本生意，细水长流。这都是平常事情，但那个转岗过来，当了店主任的老邹，依然不那么地道。也许是买卖挣了点小钱，为此得意扬扬。那双眼睛经常流露出邪光。特别是见着了漂亮的女大学生，直勾勾地盯着，对着女子的性感部位，像是想得到什么，不肯转移。这些，余丽都非常敏感，也非常反感。所以，当这个坏蛋小老头在找钱给余丽，故意把手伸过来，捏了一把她嫩嫩的胳膊的时候，一阵恶心涌上心头，一股怒火也冒了起来，她狠狠地把手里的那包饼干往小老头脸上砸去，饼干在他那布满深沟似的老脸上开了花，老邹那老态的身子往后一摆，差点没摔个四仰八叉。"看你还敢坏不！"余丽骂了一句，转身走开。走到校外，那里还有一两家小店铺。

在那里遇到了廖智义。他不是故意跟着来的吧。余丽想。其实即便没有依据，也是可以这样猜测的。只凭着细微的直觉。礼貌的问候以后，还是聊了一会，把事情给说了，花费了一些时间。"看你怒气冲冲的样子，又会有什么事情呢，不至于吧。"廖智义说。"当然不至于，不过觉得恶心。但我给大家报仇了！"余丽说了刚才的事情。两人都笑了起来。但廖智义还是没有马上离开的意思，余丽也知道。这回，她是很有礼貌地、热情而耐心地，与这位老师说了一段话。

后来，吃的点心是买了回来，到了侯攀住处，也说了打老邹的事，也都很高兴。接着，余丽又说："我还是讲讲廖智义老师吧。这些话，我只说一次。他刚才在小店铺门外，又对我讲起了他的妈妈。说他儿时家里很穷，吃饭时，饭常常不够吃，他妈妈就把自己碗里的饭分给他吃，说自己不饿！他长身体的时候，他妈妈常去河沟里捞些鱼。鱼很好吃，鱼汤也很鲜。他吃鱼的时候，他妈妈就在一旁啃鱼骨头，用舌头舔鱼骨头上的残肉，说自己不爱吃鱼！高考那年，考试结束的铃声响了后，他妈妈迎上去递过一杯用罐头瓶泡好的浓茶叮嘱孩子喝下，说自己不渴！大学毕业参加工作后，他妈妈在附近农贸市场摆了个小摊维持生活。他知道后就常常寄钱回去，他妈妈坚决不要，并将钱退回。你看，我记住了廖智义老师的母亲的故事。多好的一篇散文。不知为什么，以前也多多少少听过他这方面的故事，但是，这次感触是特别的深。"

"他不是一个普通的人，也许，不会有平常的命运。他的思想负担太沉重了，可惜的是他自己不知道，十分自觉地承接了过来，不顾一切地消耗着自己生命的能量。有些东西确实是旁观者清呵。换句话来说，难道念了大学，就可以就应该满足一切理想的需求吗？这样的义务就是绝对不可以放弃的吗？我看，他没有走出这个圈圈，所以应该是活得很累的。"侯攀说。

"你是说他讲故事，不能引起你的共鸣，是吗？"

"也是，也不是。故事很多，每个人都有，也都确实感人，因为真实。但是，对于理智的人，需要走出故事。故事本来是用以讲述的，不需要生活在里头，更不需要在其中不会自拔，你说呢？"

余丽点点头，说："我也有那样的感觉。"

侯攀笑笑，说："我也讲个故事吧。有个老头儿的狗死去，老头儿把死狗打包托运准备带回家乡厚葬。但是托运的时候机场的人不知道是死的，下飞机的时候发现是死的，吓坏了，以为是托运弄死的。于是派人去附近狗市买了一条一模一样的。后来这老头儿打开行李发现狗活了。于是老头儿给吓死了。"

余丽哈哈大笑，说："你那是什么文学的情节，什么含义呵？"

侯攀说："我也在琢磨，好像很明白，其实又感到不明白。"

余丽说："作家都喜欢用故事的形式来述说。有些故事确实百看不厌。"

侯攀看着余丽，高兴地说："你有灵气呀，是这么回事。人的痛苦是多种情况的，无法准确地、充分地表达自己，也是一种，而且有时候是深刻的、非常激烈的痛苦。你不理解。你还小，缺乏实际的经历和阅读思考所带来的思想感情的经历。我的写作，往往离不开这样的基础。本来与一个学生或者说年纪还较小的女孩子说这样的事情，并不是一个值得认同的选项，但是，既然都讲到了这样的份上，也不要计较太多了吧。事实上，我觉得自己所写出来的东西，已经大打了折扣，甚至是变了味儿的。所以觉得作品惨不忍睹，心里的折磨带来很大的痛苦。我们是男子汉，不可因为这样的事情表露出来。装着若无其事的样子，内心却是翻江倒海，风云激荡。"

说着说着，夜就到了深沉。一场暴雨来临，大雨滂沱，哗哗作响，无法外出；女生宿舍也到了关门时刻。

"怎么办？"余丽看着侯攀。

"哪怕是天上下着刀子我也送你回去呀。"侯攀笑笑说。

"不，你不用如此严格要求自己。我不想回去。"余丽说。

"那好，我们说话到天亮吧。"侯攀说。

"不行，我没有熬夜通宵的习惯。也困，坚持不了。"

"你这孩子。"

"我不是孩子，我已经懂事，也是认真的。"余丽说。

"那么，你爱怎样便怎样吧。"侯攀说。

余丽真的不走。

熄灯了，两人和衣而睡。两人挨着，各自盖着被子，没有肌肤的接触。

夜，外面是猛烈的风，激烈的雨。房间显得更加安静、温馨。

对着黑夜，余丽说："没有人相信。"

侯攀说："那是我们的缘分，只有老天爷的安排才可以得到。"

余丽说："你说的话我听得懂，也接受得了。"

侯攀说："我们可以沟通一切，把整个的心灵拿出来，大家看得一清二楚。"

余丽说："我相信你，真的。不仅如此，我觉得这样也是我所愿意的，我不会告诉任何人，不是因为我们有什么见不得人的事情，而是因为别人不理解我们，当然我们也不需要别人的理解。我们在一起，互相理解，这不很好吗？"

侯攀笑笑，说："我给你讲俄罗斯大作家托尔斯泰，你知道，他把道德的坚守作为经常出现的主题。有一部作品，他写了一个教堂的牧师，那个晚上，和一个非常漂亮非常性感的妓女在一起，他有机会享有她，但他不敢放弃自己的原则，为了这样的坚守，他咬破了自己的手指。当然，这里不是把你我进行类比，只是说，欲望与原则发生冲突的时候，原则需要取胜，那是多么不容易的事情。"

余丽咧开嘴，嘻嘻地笑了。

侯攀看她一眼，说："你天真纯洁……"还没说完，余丽却打断了他："不，我已经不纯洁。"

侯攀倒是愣了一下，对此，他还真没有料到。

余丽沉默一会，眼睛看着别处，说："在高中，有个比我高一届的男同学，他爸也是领导干部。我们自小在一个大院里一块长大，后来也成了男女朋友，一次晚自习后，教室里熄了灯，他把我带到那去。没有例外，那种事情发生了。粗鲁，简单，像动物一样，一点儿好的感觉也没有。所以，我一直很讨厌这种事……"

说罢，余丽把被子扯上，严严实实地蒙住了头，半天不吭声。侯攀的手伸过去，在被子里头把余丽的手掌抓住，握在自己的手心里。

过一会，余丽又说："老师，难道你对我真的一点儿那些想法都没有吗？"

侯攀想了想，说："和你在一起是愉快的。我们彼此都是透明的。我很满足了，知足常乐，心旷神怡，不去想别的什么。"

"骗人，老师是很会哄学生的。"余丽调皮地说。

"呵呵，骗人也看对象和实际，需要有一些不可骗人的底线。比如，哄你们做作业，哄你们努力读书，思考问题，那不是对你们有好处吗？良知是底线。比如你吧，你父母把你交到我这里，不是把你许配给我，而是要对你的成长负责。我不能欺骗你，愧对你那满怀希望、满怀信任的父母呀。"侯攀说。

"去你的。说不过你。"余丽说着，但声音没那么响。

"真的，你看过《钢铁是怎样炼成的》，有一个情节，我一直放在心里，既是好奇，又是不明白，其实就是怀疑，觉得作者写得不合情理，不真实。说的是少年保尔痛打了那个蛮不讲理的官人儿子后，少女冬妮亚，和他好上了，两人非常投缘。那天冬妮亚热情地把保尔请到自己富裕的家里来做客，介绍给父母认识。晚上，还特别任性，两人同睡一床，但居然也没发生什么。现在，对于这个情节，或许我可以接受。"

侯攀说着，忽然发现余丽没有了应答，再一会，从她那流露出细小而均匀的鼻鼾声音发现，这个女学生在侯攀身边睡着了。

侯攀坐起身子，将余丽的被子盖好，不由又细看了一眼，睡眠中的余丽，脸部表情放松，皮肤如凝脂，白皙而洁净，在青春活力中流露出常年养成的高雅。

侯攀狠狠地咬了咬嘴唇，悄悄叹口气，躺下，挪动了一些位置，拉开与余丽的距离。

窗外，风声呼啸，雨声哗哗，好大的风和雨。

最好黑夜没有尽头，最好刮风下雨一直不停，最好与世界隔绝，让这里成为二人天地。

他睁开眼睛，头脑乱哄哄，心房咚咚地跳着，但侯攀还不敢随意地转身。到底是一个老师的身份，还是一个沉着理性的人，慢慢地，感到了安稳。

还想，很快会睡着的，然后一觉是天亮。走出门口，天高地宽，精彩的东西很多，不要因冲动而坏了大事。于是合上眼睛，努力睡着。

迷迷糊糊，黎明前，忽地又醒了过来。他看看一旁，余丽她睡得正香。侯攀悄悄地起来，在台灯下，喝了几口茶，静静地坐着。忽然他想到什么，从书架的一个角落里，找到那本旧黄的笔记本。那里有一篇类似于散文诗的《自白》。

五六年前写的，曾经让他激动和自负。但是，如今却突然有一种不同的感觉。

安静的夜，他专注地回味了起来。

2

这是一个大课题，这是一篇大文章，我全力以赴，调动全部能力、智慧，使自己的能量处于最佳状态，在这里，我将最直接最充分地，表现自己的思想和才华，过去，是扶着木的拐杖走路，是跟在别人后头走路。现在，我要走自己的道路。我将开辟一个广阔的空间。我找到了我自己，那像哲人；我找到了我自己，那像诗人。必须要有这样的锐气，必须要有这样的疯狂。叔本华、尼采，并不是外国才有，马克思、恩格斯，你的追随者同样敢与你们比试比试，尽管我无知，但我有胆量。尽管我愚笨，但我有胆量。勇敢，使我充实，勇敢，使我创造佳绩。呵，天宇多么广阔，多么湛蓝。展开翅膀，飞翔吧。飞翔哟，在自由中，我感到了生命的美丽，感到了世界的可爱……

这一段，应该是和莫志清在一起时的自我表露与炫耀；还有的可能，那该是酒后了，酒后与老费、曾晋他们。诗意与疯狂，激情与自负，朝气与无知。

假如我选择了盲从，我钻进别人的黑洞，一辈子也想不出来，或者，我摸清了别人的道路，但当我回到洞口，准备开辟自己的道路时，双腿早已笨拙，早已无力，只能不停地哆嗦。不，我开拓。我在开拓中学习，在学习中开拓。我一挥手，把拐杖扔得老远，面向广阔的原野，我自己走路。为什么不呢，毛泽东阅读马列原著或许不如王明多，但毛泽东创建了自己的思想，并指导中国革命胜利成功。王明饱读经书，最终成为活的图书馆，甚至不如，他错误地运用了理论。

我们所做的一切努力，都是最后的梦幻，最后的挣扎，但是，我还是要满怀激情地高喊：让我们前进吧！骏马奔驰，在思想的原野上。我只是尽情地表现自己，尽情地倾诉自己，让他们来评价吧，让他们来选择吧，再有用的思想，也只有通过他们的接受，才可能实现思想的价值。

又是酒后。

你是白痴，你是疯子，你狂妄你无聊。是的，我是。你说我是我就是，你说我不是我就不是。我不辩解，在这方面我无能为力。我把我的灵魂，双手托住，向人们奉献上，这，就是我的自由，我再没力气说什么了，我再没心思说什么了，再没信心说什么了，什么形式可以表达我这样的心，什么形式便是学术研究。我这样说，会引来一阵嘲笑，会引来一阵响雷，会引来一阵风暴，军事家的战略，是一本精细的账本。思想者的战略，是一句句闪光的话语。

你的课题不能通过。像这样的课题，在北大也是个教研室的事儿——一位教授如是说。

不，尊敬的先生，您错了的，我不这样看。思想比劲鸟还能飞，比风还自由，没有什么程式，没有什么限制。以前，人们拥有这样的自由，创造了灿烂的文化。如我国的先秦诸子，古希腊的文化巨人，文艺复兴的文化巨人，还有我们的革命导师，他们写作经典著作是三十岁左右。自由，真诚，敢于斗争，敢于批判，敢于胜利。

冷峻，空灵，超越。我只有具备了这样的气质，才可以完成这样的课题。因为它太巨大、太沉重、太熟悉了，也太模糊了，关于它的著述，这几年起码诞生了几麻袋。我不能重复别人，重复只能是在大山上面增加一块石头。

要有一个远大的目标，为着这个目标，激情飞扬，豪情满怀。为着这个目标，超凡脱俗，走出平庸。为着这个目标，英勇奋斗，百折不挠，愈挫愈奋。呵，这个金色美梦一般的目标，使得一个普通的人，极大地张扬了自己的主体，极大地释放了自己的能量。你用你的热情和实践，描绘出壮丽动人的画卷。彻底坦白、无私无畏的我，公布了一个学者，一个作家的自白……

晚上在与余丽说话的时候，他差点想把这个类似于散文诗作的东西拿给她看，其实是想炫耀一下子。现在想起来，觉得要脸红发烫。

后来，很多年的以后，侯攀还不止一次带着冷酷无情的目光来解读这些文字，思考着那时候生命的动力与病态，但结果也只有无奈地笑笑，一切都是笑笑而已。那句话这会管用了：上帝原谅年轻人的幼稚无知！

事情是清楚的。那是为了申报一个科研课题——属于青年教师的课题，省高教厅安排的，带有鼓励性质，需要经过竞争。侯攀报的是"当代文学的批判主题研究"，结果是没有通过，他在那个作品中也提到了，一个老教授不同意，认为课题太大，一个青年教师做不下来。后来，张典也专门就此在系里的教师会议上说过，意思是，青年教师不要好高骛远，做学问要脚踏实地，一步一步推进。他说，比如，侯攀也曾报过的课题，像是，"王蒙新时期小说形式的创新"、"柯云路对于现实主义的理解和探索"、"贾平凹散文的语言特色"等，那比较适合。要不研究当地文史，也有地方特色，外地的学者教授对此没有竞争的兴趣。侯攀不服气，收到不通过的消息后，心潮澎湃，一气之下，写下这个作品。曾经为此得意，故意放起来，要以后用事实来证明，报复那些否定自己的人。一直，这个东西如同他的大部分日记那样，没有读者。这晚，忽然感到，这些东西，或者可以告一段落了。他看到了一个底线，看到了一种新生。大学念书滋养了他的理想主义，但那些落不了地的东西，毕竟是需要放弃的。

他把笔记本合上，放到一个更不易找到的角落。忘记这个吧，现实的大地，才是坚实的道路。告别了一个沉重的梦幻，轻松许多，侯攀悄悄舒了一口气。

雨后天晴，万里无云。

黎明时分，甘霖遍洒。清晨，在草叶上，在树枝上，长出了一颗颗肥大滚圆的露珠，晶莹剔透。受到阳光的碰撞，闪耀着宝石般的亮光。无数颗露珠的滋润，无数片潮湿叶子的滋润，使得空气清凉而柔和，洁净而甘甜。*丝丝入怀，沁人心肺。*

当朝阳冒出山冈，放射出万道霞光，色彩绚丽，这山的青色，这树的绿色，又涂抹了金色的表层。那除掉了绿色植被的深红土地，则是一片金黄。

清晨，一切有机体摆脱了黑夜，面对着光与热的到来，显得非常的兴奋与活跃。

嫩嫩的枝丫，是挺得最直的。鸭子脚步急急，摇摇晃晃的身子扑下了水塘。知了在树叶深处发出兴奋悠长的鸣叫。鸟儿在屋顶上跳跃，打招呼。一群鸽子冲出笼子，精力过剩地在蓝天下盘旋，欢叫。几头粗大的水牛在田野旁低着头，贪婪地啃吃着青草。

天宇广阔，真如洗涤。天边，漂浮着一层极淡极淡的，似有似无的白雾。天的上方，天的中央，则是洁净的湛蓝，它蓝得那么深远，似乎要离去，要消逝。山岭苍然，树叶青翠。春天里长出来的是新绿。而在这时，绿已经成熟，丰厚了，沉重了。好像一不小心，会哗哗地流淌下来，会呼啦地掉下来。

这一切，清新而振作。因为坚守了一个原则。

侯攀深深吸口气，很舒畅地扩展胸腔。

2

上午，在图书馆借书，又遇到了刘颂华。侯攀听说过，刘联系到了深圳的一所高校，准备调去。

侯攀想到了胡文秀。那天听了她的事情，当时无法说什么，回来到自己的住处，心里还是放不下她。刘颂华也在藏书室查书，已经挑出好些本书籍。打了招呼。看得出来，他没啥心情说话。

那地方安静。

侯攀每次见着他，心里还是有点虚，尽管相信，他和胡文秀的秘密会保护得很好，刘颂华不知道。但总觉得底气不足，怀有羞愧之意。这时，见到刘颂华，知道他这一走，人生忙碌，各有事情，不容易再见。侯攀还是想挑起话题。

他看着刘颂华的那些书说："要写论文吧，搞什么课题呢？"

刘颂华其实也是一个好说话的人，说："不也是为着那些职称的需要嘛，搞调动，分房子，讲待遇，都离不开这玩意。没有职称，在大学里当教师不行，职称需要论文。都在打分，排名次，写论文压力特大。"

"专业过硬，职称也过硬，说话就响呀。"侯攀说。

"那是。我在外地进修，泡在那个圈子，耳闻目睹，深有感触。大学教师，搞科研写论文，已经到了玩命的程度，越是名校，越是年轻的教师，越有这样的干劲。回到我们这样的学校，那氛围远远不够哦。"刘颂华说着，流露出一种对本校轻视的神态。

侯攀笑笑，很多到名校进修回来的教师，都有这样的心态。"那也不可比较。都是什么水平呀，咱们这也勉勉强强算个大学吧，真正的底气，没有几十年上百年的积累，则不要去想。"

"所以，我也没办法，顺势而为，听天由命，走便走吧。"刘颂华说。

这是他为自己的生活选择的一个解释，看来，他也觉得有必要在他自己所在的生活圈子里做一个解释。"你也真够有勇气的。"侯攀倒是对此有兴趣，想听听他这方面的心思。

"这次，其实原因说复杂也复杂，难以说清楚，家务事清官也难断理。但也不复杂，这样的事情，落在谁人身上，都是不想多说的，简单一句话最明智，缘分已尽。不久就可以打发人们的关注啦。我也会这样说。但遇到你，侯攀，你也有此类事情。你的女朋友到国外，不得不与你分手，你请我喝过酒，谈过自己的心思。不知道你是否记得，我倒还是放在心里的。既然你这样对我坦白，我也毫不客气，有必要给你一个回应，说说我与胡文秀到底是为什么。这个事情，我悟出一个道理，很真实的，人们所不愿意直面的，那便是相对性，爱情婚姻的相对性。"

刘颂华把书本放到一边，摆开了长谈的架势。

"是吗，当然，什么都是相对的，没有绝对的东西。辩证法里头很明白的。"侯攀附和着说。

"我不是那个抽象的理由，说白了，是我和胡文秀太熟悉了，两个人像是一个人，互相十分了解。没有一点儿新鲜感。所以，彼此都没有吸引力。你看，我们是同一条村的，两家人非常挨近，彼此清楚，我们从小一块玩，一起到村里小学读书，一起到公社中学寄宿念书，一起被推荐为工农兵学员，我读大专，她上中专。我在省城的大学毕业后，分配到这里当教师，她是在这里毕业了留校。那些年，我们不在一地的时候，也保持通信联系，于是，顺理成章，非此不可地，我们从友谊发展为爱情，经过一些日子、一些阶段的过渡，合乎常理地结婚、生小孩。没有悬念，没有波澜，没有刺激。婚姻还期待什么呢，当然有，比如把孩子培育好，互相关爱对方。还有工作，做学问，评职称，等等。但是，我觉得这样太熟悉了，现在便可以一览无余地看到未来，看到自己的一生。所以，我不得不说，让我走走吧，我想过另一种生活，增加不同的人生内容。”

刘颂华一口气，说得激动起来，好像已经长了一双翅膀，恨不得立刻飞走，飞到他这几年外出进修所发现的、可以吸引他的世界。

这也算是刘颂华的一个行动宣言吧。

侯攀点点头，心里说，其实你老兄早已经对胡文秀漠不关心，这也好，要不，现在站在他面前的会是与他决斗的对象。

不过，刘颂华的话还是让侯攀心里有所震动。行动，比什么都重要，没有行动那是空想，等于浪费时间，放弃生命的机会。说什么，写什么，都是自己在麻痹自己的。与他一比较，自己真的缺少敢于突破常态生活的力度。他想到前些日子不知从哪本书上看到的一段话：鸡蛋，从外打破是食物，从内打破是生命。人生亦是，从外打破是压力，从内打破是成长。如果你等待别人从外打破你，那么你注定成为别人的食物；如果能让自己从内打破，那么你会发现自己在重生。

和刘颂华交谈，得到了一种莫名其妙的激励，侯攀觉得发现了什么。

要找张典去。难道不可以向他表白，要回自己的尊严吗？他是一个教师，首先还是个男子汉。匆匆走到张典在校园内的住处，那在六楼，步梯的，噔噔噔，一口气走了上去。门是关闭的，只有无奈。但，拳头攥得紧紧，差点把门面的木板咚咚地捶个震天响。

3

倒是回到楼下，在布置着几个水泥座位的空坪处，看到了另一个朋友。

老邓坐在那里，悠闲地吸烟。像是海明威笔下与大海搏击那个老头，五六十岁样子。他是侯攀和老费常常议论的对象。老邓和几个大学生一起，他是被围住，被拥戴，有点像明星。年轻人的话语轻松欢快，无所顾忌。"邓老师，您在东南亚遇到多少美女呀，好沟通吗？""您干吗老了还回来，在外国到底好不好呀？""您的英语口语与英国伦敦口语是不是真的可以交流呵，有没有关系介绍我出国呢？"老邓说话，夹带着英语，说着说着，还对其中的英语单词或者短语进行解释。好不容易，问题回答完毕，把学生打发走开，这时，才有机会与侯攀对话。侯攀倒是很有耐心地在一旁，看着这场面，看看老邓的样子。

两人投缘，前些日子认识了。那天，吃晚饭的时候，老邓还没决定吃什么。这大学的食堂有时候很糟糕，老邓年纪大了，胃口不是很好。遇到这样的情况，只得将就一下，自己下点面条吃吃算了。那次，刚好侯攀也不想吃食堂的，正往校外走去，想的是去小食店炒个菜。经过老邓宿舍门口，看到了老邓，三言两语说开来，便说请上他去吃饭喝酒。老邓也是个随和热情的人，立马答应，但说还有一个人，他的同伴，一个三十多岁的女子。那自然没问题，三人走去。边吃边聊，老邓是个有意思的人物，说话直白。那女子倒是话不多，安静地吃饭，倾听。

一顿饭下来，还另有收获，把老邓的故事听了个大概。他还是张典的亲戚，是张把他介绍过来的，担任外语系的口语教师。老邓以前在内地念过大学，还没毕业，遇到日侵战火，找机会跑出去，先到香港，后来在东南亚一带生活了几十年，没有挣到钱财，甚至没有结婚，单身一人。但英语非常棒，特别是口语。另外，他似乎很有女人缘，身边这个女人可以作出证明。她不嫌他年纪大，也不在乎他有没有钱，真心实意地喜欢跟着他，伺候他的生活，听他说英语，听他几十年在东南亚经历的故事。

"你讲的课效果非常好，深受学生欢迎，我听说过。"侯攀说。

老邓摇摇头，哈哈一笑，说："我哪懂得什么教学呀，以前在大学，也没拿到毕业文凭。但我们这里的外语教师都没有出过国，也极少与外国人对话交流，学的是哑巴英语。"他来大学授课，大学付给授课费，关系简单。也有一间宿舍，在里面摆设了两个床铺，他一个，她一个。平时与别人没有什么来往。

这次遇见。老邓格外热情，拉着侯攀的手，请他到宿舍喝茶。侯攀也正想找人说说话，顺势进去。宿舍里光线暗淡，所谓喝茶，也就是在大茶缸里撒点茶叶，倒进白开水，任由自己喝。侯攀也不觉得意外，看他那样子，很容易想得到。

喝一口，看着老邓热情真诚的模样，侯攀说："你说与张典老师是亲戚，但性格不同呵。"

"不同也不奇怪，他是学界官员、教授，我是流浪汉。"

"不，我倒不是说这些，而是觉得感觉的不同。"

"那我还真的不这样看，其实，几十年过去，终于证明，我们的本性倒是一样的。你看，我能到这来，也都是他发的善心。以前，他与我们家庭决裂，划清界限，说是斗争到底，永不来往。后来，还是他自己回头过来，他说得很明白，人心都是肉长的。"

"如果真知道人心是肉长的，那会很好办。"侯攀还是高兴了起来，他把余丽想读本科的事情大致地跟老邓说了说。

老邓轻松地笑了，说："不会有什么问题的，听你说那孩子的爸爸在部队，是个军官。那更容易。老张其实怕官，他本质上还是个秀才。你叫那孩子的父亲给他通个电话，也便差不多了。老张有个特点是爱点面子，特别是在你们这些年轻人面前，如果不给他台阶下，硬着来，那真会麻烦些。"

"那谢谢你，我知道该怎样办了。"侯攀感激地看着老邓。

"其实，张典也不容易。命运也不好。他和我都一样，只不过我在外面漂泊，受的是皮肉之苦，他遭受的是心灵、精神的压力。你没到过他的家，哪有一点儿人气哦，干巴巴的，冷飕飕的，不如我这临时的陋室。我这聚气，我住着舒服。伺候我的这个女子也觉得自在。我只求这个，找到一个舒服的气场。"

侯攀听着，来了兴趣，不觉扯到另一个话题，说："阅历是最好的老师呵，何况你是周游多个国家，磨炼数十年。老邓，我想问你的个人问题，咱都讲到了这份上，你别怪我。我是说，你怎么与众不同，选择单身呢。"

"不一样的国度真的是不一样的观念，走走转转，不知不觉，耗费了自己的人生。如此如此。当然我不觉得自己像别人所想象的那样不幸。"

"你的故事一定有吸引力。尤其对于我们这一代，你知道我们是在闭塞的环境下过来的。对于外面的世界没有直接的接触，可以说是一无所知。"

"你说的是书生之言，不是不对，只是，你站在理想主义的角度看问题。说实在的，我心中也有一肚子的话语，只是怎么也不会去想到要写什么东西。像我这样的人，其实多得很，为生计而忙碌奔走，过着非常实际的日子。挣钱糊口，成家立业，生儿育女，传宗接代，繁衍家族。既是我们每一个家族老祖宗的要求，也是中国圣人的教诲。古语有云：不孝有三，无后为大。在东南亚华人那里，这是一个绝对的真理。"

"听你这一说，我真有点似懂非懂，我们的活法不同，这是明摆的，但我还觉得的是，可能我这里的生活理念需要修正了，因为我们把一些简单的本能的东西搞得复杂了。许多明确的模糊的框框架架束缚着我们，像一个个沉重的十字架，压在背上。"

侯攀还要说什么，老邓呵呵一笑，摆摆手。他没有这样的兴趣，不喜思辨，不好讨论。侯攀于是明白，这便是差距，不知不觉中呈现的异样，那属于已经渗透在生命深处的元素，展示只是一些表象。

第十四章

1

　　后来，余丽还真的是去了省城的大学插班念本科，有点波折，但最终还是顺利。

　　老邓说得对，张典怕官，况且，余丽父亲还是军官。其实回头冷静一想，张典说那些不同意余丽的话，即便不是为吓唬吓唬侯攀，也是说得出口而做不到的。他说的仅仅是心里头想做的，但真正做得到的又是生存需要的。那看来张典也是一个不幸的人，时代对他不公平。本来，因为这一点，侯攀会容易与他交往，但实际上却是相反。张典生活在矛盾中，细心的旁观者会不难发现。老邓，得到他的关照来到大学教授英语，以获得一些收入。在东南亚漂泊半生，老邓不是以财富的积累为目的，而是为着彻底洗涤富家子弟的痕迹。结果如愿了，两手空空回到国内。张典以前否定他的富庶家族，时代变化以后，他心里的另一个念头浮现，血缘，流传在身体内的血缘，是无法彻底更改的。他于是觉醒，历史给了他教训，他对于自己家族的背叛，并没有实现原来所追捧的理想。大体上，张典的历史侯攀也是知道的。

他曾经想过，张典年轻时，忙于改造与锻炼，自然没有得到实质性的报答。而在可以担当可以独立的时候，遇到了"文革"，之后进入一个新的和平与发展的时期，中国社会又一次掀起希望，这是一个理想与欲望同时膨胀的时候。具有经受过考验的政治条件和知识分子的专业背景，张典应该是很有实力与底气。但是，他只当了个系主任，更高一点的官，如副校长、校长，都以没戏告终。在知识分子面前，他像个官员，在官场上，他又像个知识分子。错位，堵住了他的政治梦想，也堵住了他的胸口。在官场上受了的气，情不自禁地在教师那里发泄。这不是没有依据的瞎说。侯攀作出了这样的判断，而且越想越觉得靠谱。不幸的是，自己成为一个受气包。每当想到这个问题，侯攀都只能苦笑一下，都是缘分，都是性格，天生的问题，也难怪罪于什么事情了，顺其自然吧，大不了避让一下，再大不了的，断然走开，此地不留爷自有留爷处。好在也没把这地方作为一生要度过的处所。当然，即使在这里待一辈子，那他张典也不会终生在这里当主任。所以，就个人实际利益而言，绝不是什么大事。感兴趣的倒是，张典这个人物，作为一个符号，其所包含的意义价值，可以作为写作的题材。

侯攀放下了一个心思，感到轻松。送走了余丽，生活的主题更加专注。胡文秀那里，热情之后，觉得不好继续下去。

"你去找你的生活吧，以后的日子也还很长的。"侯攀还是把这个老而又老的话说了出来。如同地下活动一样交往，不会太持久的，他有这样冷静的判断。毕竟是同处一所大学，同在一个地方，一旦有人留意观察，不难发现其中的秘密。

胡文秀是聪明的女子，对此，也呵呵一笑，说："没事的，我明白，知道自己会怎样做，我的生活我会安排。"

"对不起，我知道你是怎样想的，你不会麻烦我。倒是我要感谢你。我这样说好像是要你表态，其实觉得我自己俗气，自私。"

"你用不着解释。有这样的开始，就会有这样的结束，我也早已想好。"

"我是不是一个坏蛋，一个不负责任的男人？"

"算了吧，要么别做，要么别说。"

"秀姐，谢谢你。"

"哼，好一个秀姐。文人的嘴巴真甜。对比之下，我原来的老公，只是不会说话，不会哄我。其他方面都好。"胡文秀叹了口气。

她其实也很少与侯攀谈及自己离婚以后的打算，自己更愿意同侯攀谈论的话题是女儿。女儿喜欢写文章，书法和绘画也挺不错，所以胡文秀希望她在文科方面发展。一扯到这，侯攀兴致来了，滔滔不绝地说起来。他发现自己做教师还是有一种发自内心的爱好和追求，把人的文明成长作为应有的责任和兴趣。这样，与胡文秀的交往，不知不觉演变为她女儿教育的事情。那时候，这孩子很纯真地把这个年纪小于父亲的老师喊做叔叔。

廖智义不再追逐余丽，沉寂了一些日子，还是找人介绍，或者是介绍人看中了他。为人牵线搭桥，也是不少人心中的喜好，也是一种生活内容和情趣。许多婚姻与家庭便是这样撮合而成的。单身的男子或者女子，总会被人看中的。这样，廖智义遇到了他心仪的女子，相识不久，顺利登记，领到结婚证书。那时候，结婚不一定摆设酒席，和不少教师一样，他举办了晚会，作为婚礼招待同事朋友。侯攀也去了，分享一下。简朴，热烈，亲切，和许多教师的婚礼模式也大体相同。

廖智义的妻子挺有魅力，廖智义看来很是兴奋、满足。性的吸引力是爱恋与结婚的基础。那是个四川女子，皮肤白皙，头发乌黑个子不高，但身材曲线很好，丰满性感，热情开朗，富有弹性的声音，表露出活力。她一点也不胆怯，大方地招呼着客人。一会说普通话，一会说四川话，还会开玩笑，幽默引来大家一阵阵欢笑。

大家要求她唱歌，她先是矜持地推让一下，看到实在是有这个需求的时候，也亮起嗓子，表情丰富，大方地唱了起来，虽然不是专业的，但也有板有眼，悦耳动听。

新娘表演完了，接着的是新郎的节目。"我不会唱歌，也不会跳舞，但也用不着唱歌跳舞了，我的妻子已经帮我做得很好了，我绝对无法超越她。我这样说说话，可以了吧。"廖智义笑哈哈地说。

"公布恋爱史！""当着大家的面，对新娘子发誓！""传授追美女的秘诀！""亲吻一个，亲吻一个！"

凑热闹的欢叫，提出来无非是在这种场合上千篇一律的话语。

侯攀颇有感触，趁着新娘继续歌唱，人们都聚精会神地听着的时候，把不是关注焦点的廖智义悄悄地拉到一旁，说："你看你多好，找了个让你称心如意的。有志者事竟成。不必要钻进一个死胡同里出不来。"

廖智义不说什么，只是嘿嘿地傻笑。侯攀又说："虽然你和余丽也没有什么，但假如你娶了她，绝不会有这样的幸福感受的。"

廖智义于是不笑，倒是说了句更傻的话："累呀。老婆漂亮也不完全就是好事。"

侯攀一听乐了起来，拍拍他的肩膀，说："老弟，悠着点，别太玩命哦。古人说得有道理，色乃削骨之钢刀。以前一个搞不到手的女孩让你神魂颠倒，如今，你要走上另一个专属男人的战场。"

2

老费得到去美国留学的机会。临走前，他到了侯攀宿舍，有了新的人生际遇，话题变得不一样，谈兴也更浓。

侯攀说："你应该说是成功的，我真的羡慕你。其实，你才是现实主义者，虽然你对现实的批判比我激烈，但你的重大选择还是非常符合现实的价值标准。而我恰好相反。我并不是不明白，早已看到，只是做不到。性格使然，或曰命运如是。"

老费倒不以为然，说："目前可能说不了太长久的事情。也许你是一个长跑健将，精彩之处在于后头。不过我要说的倒不是什么做学问的诀窍，这些你老兄也不是没有听说过；要说的倒是，放开手脚，不要受制于一时一地的限制。"

侯攀说："说实在的，我的理想主义情结可能是一个时代的涂抹不掉的烙印。可能在我年少的时候，已经悄然接受下来，如同中毒一样，无法清除。我以前申报的那个课题，虽然没有被批准，但并没有让我放弃，甚至没有使我改变自己的主意和思考，我还是感兴趣于评论。用笔，用文字来显示自己的价值。"

老费摇摇头，说："环境，也是背景，其实非常重要。你教过的古文，荀子那篇《劝学》说，登高而招，臂非加长也，而见者远。那是因为所在之处有高度哦。说实在的，在我们这样的末流高校，做学问要获得所需要的认同，得多少加倍的付出才行呀，这样的状态，能有什么样的竞争力呢。所以，我劝你也还是要离开。莫志清选择了。我也找到了机会。今后看你的。"

"莫志清是对的，你也是对的。我以后也会这样。但是，不管处于何种状态，我不会停止，更不会放弃。我不想说更多的漂亮话了。老兄，你也快要远走，有些说出来会让人笑话的话，我还是抓紧时间说说吧，算是痴心妄想，坐井观天。我真的这样设想过，比如一个主题，或者说这一个角度：进入宏大话语层面，讨论社会的走向。不瞒你，这还是多年来不自觉或自觉地阅读一些社科理论著作所产生的结果。你知道的，几十年前，青年毛泽东在长沙，以一个知识分子的身份，表现出了时代的激情，他所说的那句被青年学生豪情万丈地引用的话：国家者我们的国家，世界者我们的世界，我们不说，谁说？我们不干，谁干？此言确实跨越了历史，辐射力深远。对此，他的同学说他，是身无分文，心忧天下。当然不能与之相比，但我身上还是流淌着这样的激情澎湃的热血。自我肯定，保持这样的精神追求，任何时候也不放弃。可能会这样的。时间来证明吧。"

老费哈哈大笑，说："其实，像你我这样的谈话，在旁人看来，绝对是两个痴心妄想、不知天高地厚的傻子。"

侯攀也笑起来，说："傻子就傻子。只是说得还不够漂亮。如果我有机会面对公众，最好是我的读者，我敢发表这些富有特色和鼓动性的话语：坚定不移地研究现代化，不同的是，以前，更多的想着为国为民，以国家民生为己任，像传统的忠君爱国的知识分子那样，而现在，作为一种理性，一种良心，一个知识分子的社会责任，观察、研究和评论现代化，或许，可以找到更为适合的底部界限——我应该做什么；找到一个更为明确的顶部界限——我不可以不能够不必要做到什么。告别清高和自负——我的演讲完毕，请鼓掌！哈哈哈哈。"

"侯兄，你尽情做你的文人梦吧。我也最多算是个学习者，改造现实，当官弄权？哪里会有我们这样的人的份儿呵。"老费摇摇头说。

"你说，要是上级领导知道在一个偏远的小地方，有两个普通的教师在放出此番豪言壮语，会有什么感想呢？我自作多情，不自量力，生出如此想象，又大胆说出来，测试测试你的心理反应。"

"你放心。世界上，天底下，无数个这样的心思在运行。内容不同，实质一样。白日梦，幻想。求财、求贵、求权、求名、求色、求情，还有求福禄寿，等等。"

"那是。想入非非，无时不在。有的是偶尔想想，放松放松，搞点心理安慰；有的是终日迷惑，深陷其中，不能自拔；有的是只想不说；有的是喜欢说出来；有的是还傻傻地付诸行动，梦想成真。"

说到这，侯攀还暗自一笑。他忽然又想起，自己确实是这样一个不知天高地厚的人，想入非非很不靠谱。在老温那里，侯攀曾经听说，当下中国可以说是个文化大国，出版图书的种类多，印数多，消耗的纸张当然也多。但质量却上不去。于是，侯攀在那厚厚手稿堆里，写过：每一个写作项目，都需要明确，不是第一，就是唯一。要以最高的标准为目的要求。至少，要有这样的志向。比如，对于长篇小说，他提出，要将史实、诗意、戏剧冲突、评论、知识和隐喻放进里头。这些东西，他没有也不好意思与别人说起。他想，大作家要是知道了，会笑掉大牙。但是，很多国内一线的大作家，当年因为高考，被挡在大学门外，驻足企盼，内心渴望。也有过一段时间的失落和悲凉。

所以，侯攀找到了一点心理平衡。

老费继续说："你也别过于否定那些你这样讥讽的人。人世常常如此，由此形成了扑朔迷离与精彩无比。有的杰出人才，成就非凡，著述非凡，但身后也有很多否定的评论。"

侯攀摇头，说："这些批评，一般而言我是不同意的，也自信可以为他辩护。观点各有不同。有矛盾，有对立，十分的正常。交给历史来判断吧。妖魔化一个历史人物，倒是一个学理道德的问题，我想，即使不同立场的人，也应该可以找到共同的原则。所以，我认为妖魔化一个杰出人物的私生活并不可取。一个历史人物，写了那么多著作，处理那么多公务，非同一般地推动了历史，改变了国家，需要耗费的精力有多少？每个人都是肉体之躯，能量总是有限的，大体相当的。试问，减去了这些能量，他还有多少精力放置于私生活那里去。"

老费说："有道理的，也是一个实用的角度。其实，有意义的事情是对于历史的总结与反思，需要理性，而不是推波助澜式的煽情。"

侯攀说："我们要有自己的价值选择和基本限制。"

"你的哲学，一个自由人生的哲学。我理解，真的。生命是宝贵的，也是美丽的。契诃夫就说过这样的名言，对于性的享受，当然是健康真诚的享受，是美好生活的一个不可或缺的部分。说实在的，年轻的女子，那些美女，对于一个健康的男人来说，有什么可以取代的呢。那是上帝赋予我们的宝贵礼物。"

"你引用契诃夫，那他什么时候说过这样的话呀。"老费问。

"其实我也不知道。在大学的时候，那是快毕业的日子，无聊又沉闷，同宿舍的同学偷偷递给我那个著名的手抄本'少女什么'，在扉页上引用了契诃夫的这句话语。"侯攀说。

"那个手抄本是我们那时代恋爱的教科书、催化剂。"老费说。

"一个禁闭时代的悲歌与笑话。"侯攀说。

"你的本质，是属于女性那样的，羞涩，不够坦荡，也不够大气。量小非君子，无毒不丈夫，对于你，是从另一个角度进行了注解。归根到底，你是一个小文人。这就是你的命。"

"可能是。"侯攀认真地点点头。这时，他突然想，和张典一样，他也是矛盾的。

不过，老费走了后，侯攀突然又想，还是要陪陪他，要为他想想。到了美国，应该就没有这样的机会，异国他乡，孤孤单单，日子也会有另一种艰难。

老费此行走出了人生的新轨迹，抓到了命运的转机。数年后，两人才有机会和兴趣相见。

彼此都失去了原有的热情，增加了老道与功利。激情与理想可能只停留在青春的某段时期和在文字中。没有过多的时间，只能是在饭桌上交流，各自都有自己的生活与工作的安排，各自的思考与关心的事情也不大相同。

老费在美国待了三年，拿到伦理学方向的硕士学位，接着到香港一所大学任教。这过程中，认识一个叫作贝克的美国教授，贝克对他帮助很大。可以说，这也是老费的一个运气。贝克是在法国拿的博士学位，研究历史学。娶的太太是法国人。在法国的大学任过教授，后来得到一个学术基金项目，到台湾的大学研究客家民俗。之后，又到了中国香港的大学进行这方面课题的研究。这时，老费就与他结识。贝克刚好需要找学术研究田野调查的年轻助手，老费很合适。他有美国的学位，懂得西方的学术规范，容易沟通。中国的生活阅历，还有中国大学的教学与研究的经历，这些要素结合起来，等于贝克进入中国社会与学术界的一副很好的拐杖。于是，老费参加了贝克的课题团队，为贝克在中国内地的田野考察带路。

在深圳，侯攀和老费见了一次面。

也变了，也没变。人生的底色最迟在大学时期就基本上确定了的，变化的只是表现形式的不同而已，大体如此。寒暄几句后，彼此发现，两人都有着这样的印象与共识。

3

漂移。日子、生活、环境和心境，都如是。

光阴似箭，日月如梭。

时过境迁。

后来，侯攀终于走出一步，不再是大学教师。

离开学校，来到珠三角。不端铁饭碗，一转身，成了一个自由职业者。

回过头去看，也不知道是如何走过来的。这一步的移动，其实也很简单。值得回味的是过程与心绪。

不得不相信，一切都有其因果。

在大学，和莫志清分手后，经过一段时间的空白，日子还是自然而然地演进。和胡文秀那样的交往也仅有一次。后来，一个青年女教师每天早上去讲课的时候，总是经过他门前，渐渐地，彼此互相留意。发展起来了，恋爱，结婚。经过了一两年，平静顺利，没有要孩子。她去上海参加助教研究生班学习，侯攀独自在学校。周末教工舞会上，与一个失恋的英语专业女教师跳舞。很快投缘。后来的一次舞会之后，两人在侯攀房间喝啤酒，吃花生，慢慢聊天。夜深沉，女教师脸红红的，几分醉意。她走不动了，也不想走了，身子一倒，在侯攀房间的床上躺下。那种事情发生了，他们于是好上。女教师是住在那栋教师楼的最高那层楼的，夜里，偷偷地走过来，敲开侯攀的房门。她很有胆量和兴致，不止一次这样。也很高调，做了事情，无法掩饰，管不住自己的嘴巴。风声传出，风波紧跟。侯攀妻子特地从上海赶回来，不依不饶。两人在房间里头大吵一顿，东西摔得一地。没几天办理了离婚手续，她又赶回到上海，继续进修。一年后结业，她没有回到自己原来的学校，而是跑到广州，找上一所大学，到那去当教师。而与侯攀好过一段的那个女教师，却并没有长久保持关系，终结了与侯攀的情感，依然任性。在学校又先后与几个男教师好过，听说也上了床，还是没有结婚，依旧单身。后来，也没有在这大学待下，独自去了深圳，干起个体户，在一个集贸市场租铺面，售卖时装。

侯攀的房间再一次空寂一人。没多久，也选择离开。开始，学校极力挽留他。在那工作了十几年，大家对他都熟悉。一个温和而又敬业的教师，往往容易受到欢迎和留恋。况且，形势也有了很大的变化。新近上马当校长的，是曾经接替了张典的系主任，凌老师。一个低调朴实的知识分子，多年授课，坚持做古代文献的整理研究，口碑非常好。一校之长的荣誉出乎预料之外又合乎情理之中地落到他身上。两人交往倒不是很多，但似乎投缘。

这凌校长其实有点幽默，也有点故事，是一个时代的代表。侯攀多少知道一些，心里头时常品味。"文革"时的重点大学毕业生，当时上面似乎停止了运作，他们这些人没有马上分配工作，被留在大学参加政治运动。学习，开会，贴宣传标语，写大字报。又曾长途旅行，串联到北京。那次，他们住在市郊的中学教室里，半夜起床到天安门广场，忍受着秋天夜晚的寒意，迎接一个心中充满期待的时刻。等到东方露出一丝曙色，广场上密集地等候在一起的青年学生开始亢奋，静场被打破了，大家一首歌接着一首歌地合唱，这样，一个小时，又一个小时地度过，当倦意开始到来时，忽然，高音喇叭播放强劲音量的主题歌曲，庄严的检阅终于开始了。顿时，广场的热情迅速升温，人们一片欢腾，红旗挥动，领袖画像、红色横幅和标语牌子高高举起，人人手上挥舞着的红宝书，鲜红的颜色强烈突出，构成人们所说的红海洋……激动过后，还是归于平静，离开北京。回到学校，又待了些日子。终于结束了所谓的革命和政治斗争，要去参加工作。面对的是现实感很强的安排，主要是离开大城市，到边疆海防、工厂矿山去，有的去海南岛，有的去作为对台前沿的海边牛田洋，他去了内蒙古草原的一个大型国营煤矿。当了十多年中学教师，恢复高考后，考取研究生。毕业后就没有继续在内蒙古了，想办法回到家乡广东。这次的升迁，是因为上头需要一个有教师经历的校长，还有年龄等各方面的原因，他终于胜出，一跃而上。

侯攀平时与这个领导接触最多的一次，是陪同他去了一次内蒙古。上任伊始的凌校长豪气地决定，调遣一辆学校的面包车，提前一个星期出发，开往数千公里外的内蒙古。他自己和几个同伴，乘飞机抵达呼和浩特，然后，搭乘学校的面包车，到那里的各个城市、县、旗，还有煤矿等，会见以前的朋友，主要是他以前的学生——那些人，基本上年纪在三四十岁间、有了大学以上学历、有了中级以上职称。侯攀看到了凌校长的人品与情怀，也感受到了那片草原的豪情、深情与真情。凌校长每到一处，和他招呼过来的人吃饭、喝酒，双方争着买单，每次都为这样的事情脸红耳赤、不可开交。凌校长总要询问他的朋友，过得如何，都要请他们南下到广东，到他任校长的大学，共同发展。一路走来，耗时半个来月，也联系了一些人。其中一个除了是副教授职称，还有书法专长。他来了，而且后来还发生了未曾预料到的不幸事件。由是，侯攀特别有感触。

而侯攀在那次，不仅被火一样的热情感动，也被火一样的饮酒习俗吓坏了。高度纯色的烈酒，大碗端上，当地的敬酒者，说完热情洋溢的祝福话语，一仰脖子，咕噜咕噜喝得个一干二净。对方还说，风尘仆仆来自远方广东的客人，不必对等，可以自便。但是，面对如此的赤诚，多多少少是需要意思一下，心里方才平衡。即便这样，侯攀也常常不胜酒力，红脸，呕吐，头昏脑涨，狼狈不堪。

但心里还是非常敬重凌校长。也在这次活动过程中，他想到也要加快自己的选择进程。

得知侯攀要走的想法，凌校长表示十分意外，说这大学遇到升级质变的大好机遇，不仅非常难得，也是包括侯攀在内的全体教师努力的结果，极力留住侯攀，希望一起发展这所大学，一起分享成果。那最后一次恳谈，在凌校长的办公室，那时门户紧闭，不接待其他人，凌校长是十分诚恳的。所说的话是之前说过的，再说一遍，更多是表达一种情感。此情此景，侯攀差点想心回意转，毕竟，对于大学，他心底里恋恋不舍。

但张开嘴巴，还是说出另一通的话语："凌校长，您这一代，经历不平凡。您当过红卫兵，曾经满怀理想与激情，大江南北走串联。上到北京，参加天安门广场的盛大检阅。后来遭到冷遇，被分配到边疆草原，历尽艰辛。但您战胜了人生的各种挑战，没有放弃自己的目标，如今终于登上一个令人羡慕的台阶。我由衷佩服。作为晚辈，我也当过属于后期的、平淡无奇、流于形式的红卫兵，没有大批斗，没有大串联。也是在后期的上山下乡，当了一会儿知青。后来念了大学。我想，我们虽然所处时代不同，但一些经历，不是个人的，而是一代人的。我们是时代风云的风筝，轨迹被外力所驱动。从一定角度而言，无所谓优劣，无所谓是非。不同的时代背景，也决定了各自人生的不同。只有不同，不宜等同，也不可能互换。所以，思来想去，我选择自己应有的方向。这次大学上台阶，大发展，内蒙古的老师、外省的老师纷纷被引进来了，我也需要挪动，到广东更前沿的地方闯荡。前些日子有幸与您同去内蒙古，在沿途奔驰中，在酒席的豪情中，不知为何，心里头还是增强了这样的意识。"

其实，这些意思，已经想过多遍了。

当时，凌校长很久不语，沉默好一会。忽然，他站立起来，握着侯攀的手，说："祝君顺利！心想事成。如有困难，欢迎回来，只要我还是校长。"

侯攀看着他，双眼潮湿。

于是，过去与未来，一个为结论，一个为期待，都已经形成一股无形而充沛的力量，推动着他的脚步。

生命的足迹，常常错位前行。

他接受这个观点，以此解释现实与原来梦想的差距。

一些触发点来自形而下。很感谢那年的一次高台跳水体验。在游泳池，无意中登上三米跳台，在别人的鼓励和喝彩声中，脚步慢慢移动到跳台的前沿。

站立着的他，低头往下看，才觉得此时的距离感，与在下面看过来不一样，与观赏别人的跳水更不一样。

惊险、恐惧，这时，往前一步，何其艰难，往后一退，又多么轻松愉快。两种力量拉扯着他的身体。

但是，无论怎样，确实不想后退。

终于，犹豫了一会之后，咬咬牙，眼睛一闭，身子向前一倾，像根木桩似的，完成了一次挑战。

看似并不罕见的事情，对于某一个体而言，感受是不一样的。侯攀，正是因此鼓起勇气，迈出了告别原来生活、走向未知的步子。

接下来的日子，开始了一番精彩和刺激的历程。

以至于，在后来，有时回到那个曾经工作过的学校，接触那些缺乏变化，满足于恒常不变的节奏与氛围的人们，心里头会很自信地感觉到，生活不应当这样，尤其是在这样的时代。所以，不论如何，对于自己勇敢地迈出的那一步，还是给予肯定评价。

不过，由于这样的经历，也进入了胡思乱想的阶段。工作之余，喜欢回忆、对比、联想。形而下与形而上经常互动。

这也是一个无法抹去的真实。

第十五章

1

不仅仅是插曲，也属于一种刻度符号，别有一番滋味。那年，离开大学前的几个事情，算是向过去的告别与向未来的启动的航程，很是难忘，总存留在记忆里头。

到了珠三角，还是经常想着、回味着。

五月，到四川参加一个青年教师的学术研讨会。从粤北京广线上的山城乘坐上由广州出发的特快列车，当时是五一劳动节那天的夜晚，在卧铺度过两个晚上，到达成都，已是五四青年节的子夜时分。

成都，第一次去到的四川城市，当然免不了旅游一天。只觉得满街香喷喷的麻辣小吃，到处可见的皮肤白嫩、头发乌黑、身材苗条而丰满的美女。随处都有歌厅、舞厅娱乐交谊。然后转车去了乐山，在大渡河旁边、著名的历史悠久的大佛山坐像附近，开了几天的会议，研讨什么不那么重要，兴奋的是巴山蜀水，西南风光。不仅是侯攀，四川以外来的其他青年教师也都差不多这样的感受。当个大学教师，经济条件与时间原因，通过这样的机

会来旅行，开阔视野，是一个公私兼顾的办法。会后，组织登上
峨眉山。下山后，集体乘坐长途客车到重庆，并在那里正式解
散。侯攀独自一人在山城逛了一天。第二天一大早，朝辞码头，
打量彩霞满天的景致，欣赏城市焕发出来的新的容光与活力，接
着，匆匆登上了一条有几层船舱的旅游客船。据说这在长江上游
是最大也最高档的一种游船。这个旅行产品打出一个宣传语：告
别三峡。在1997年三峡大坝截流前最后看看古老的三峡风光。
颇为煽情，吸引不少人，求票不易。航线从重庆的朝天门码头出
发，顺水而下，他目的地是岳阳，而这条船的整个航行的终点在
武汉。

　　饱览长江风光，船只一起航，侯攀便兴奋得没个停，在船上
忽上忽下，一会儿到船的左边，一会儿到右边，从不同的角度选
景照相，累得满头大汗。上午是这样，不觉时间过得快。下午，
也继续坚持，还是这样。到了天擦黑，看不到什么了，才觉得筋
疲力尽，该歇息了。但又没有自己的座位。因为是匆匆上船，买
的是散席船票。只好找一处空地休息。夜晚，乘客在各自的位置
上安顿下来，一下子少了许多的声响。他铺开一张报纸，抱膝而
坐，脑袋一沉，靠在膝盖上，迷迷糊糊睡着。是一阵冷风弄醒了
他，风从江面吹进来。睁开眼睛，才知道睡了两个小时，已经午
夜时分，又抖擞精神，再也合不上眼睛，索性起来，走出门口，
信步来到船尾的空场上。

　　无语江流，浩荡而去。

　　在这一航线上，李白朝辞白帝，顺水迅行，两岸猿声啼不
住，轻舟已过万重山。当代散文家刘白羽优美作品《长江三日》
写的是这里。还有，20世纪80年代初，流行歌唱家李谷一那首

风靡全国的《乡恋》，唱的是这里，还有一部不怎么出名的电影《等到满山红叶时》，初一年级时读过的反映意义重大的新闻公报引起群众热烈反响的通讯《壮丽的航程》……也都是表现这段航线的。乘船而行，两岸风光、河流波浪美丽非凡，不由惊喜陶醉。他甚至还想到了由水道前往丹霞名山的那个清代家乡人廖燕。

不同的船带来不同的景象，有不同的感受。

"我在哪里？我生命这一段时间的定格，有何意义？"侯攀这样想。

内心反思，或者说是精神朝拜过程中的反思，在反思过程中的精神朝拜。

侯攀已经感受到了一些变化，特别是，走出校园，在新的环境中，回望之前，便有可能看清了原来的自我。

灵魂伴随着身体，伴随着行动，在变化，在移动；有时候，又会不由自主、未能察觉地，离开身躯，飞翔游动，轨迹不定，无法操纵。

轨迹失常，所形成的印记，仿佛是一篇难以读懂的密码符号。

斑驳陆离，复杂纷繁。形而上或形而下，现实中或回忆中、幻想中，写作中或真实中……交织在一起。

这很多东西，变成他的一本又一本的日记、笔记，一篇一篇的文稿，或者文稿的片段。

在当中莫名其妙地穿梭，所形成的内心世界，或许是另一面，或许这才是真正的他。

对此，有时候他自己都觉得不可理喻。

无法理解。除了上帝。

外表上，现实行动中，极少流露。

他没有，也不愿意与别人交谈。

只是，他爱书写，但不发表，不想发表，以此作为一种精神的宣泄与寄托。他坚持记录，细致地描绘着杂乱无章的灵魂真相。

无序混沌，才是真相。

心里倒是坚信，这难以梳理的原生态，留存下来，可以提供一个关于人的精神状态的心电图。说不定会有一点点的价值。

沉睡的记忆，不知不觉，就在新鲜事物的感受中被激活了。

这一次，忽然想到的，关于船的形而下记忆和形而上感悟就是这样。

生命的时空顺序任意地、重新地进行了组合。

但其实也就是过程，生命的点燃和积累的过程。像在船上，其实或是在车上也行，过了之后，散乱模糊但又若有所想。

也是在安静的时候，比如夜深人静，比如出差外地，在飞机上，在舟车中，独自一人，无语闲着，便会有所思有所想。于是，不止一次地有了这样的思绪。经常不请自来，但也无法理清头绪。只能说，到一定的年纪，到了人生的某个境界，自然会这样。至少他侯攀作为一个写作爱好者，一个习惯思考者，几乎必然地会是这样的。

现实依照这个方式进行，写作中也对应地形成文稿，在笔记本里，在其他手稿当中。形而下与形而上的东西，构成侯攀漂移的生命。

多年如此。碎片不停地积累，不时浮现出来，被自己审视和阅读。

2

清晨，粤北农村，面临自北南流的北江，靠着东西横列的消雪岭。气候温和，湿润多雨，万物生长的富饶之地。

如同那村庄的女孩一样非常纯洁朴实的太阳出来了，升起在河边的山尖上，升起在村边的竹林梢尖上。红艳艳的，并不灿烂。带着从未有过的新鲜的符号，激活着天空的形象。

侯攀记得，那时候，自己百无聊赖，不知所云，只想眯着眼睛看那太阳。

站在村庄的晒谷坪上，有点莫名惆怅。参加一个专项工作，半夜里出动，还算顺利，任务得到落实。

也因此松了一口气。

他是工作队队员，从大学抽调来这搞工作的，为期半年。这个名为教育运动的工作，实际上都是处理一些日常村务，帮助发展经济和社会管理，还有便是抓一抓那个时候的大难题，关于生孩子方面的工作。

前些天，在村上工作小组住处，仓库旁边的二楼房间，侯攀在一个笔记本上写道：

足迹，心声，

历史，未来，

幻想，现实，

鲜花，荆棘，

美酒，刀剑，

这一切，是一种激情，

对于生命的激情，

对于人类的激情，

对于宇宙的激情，

奔腾的激流碰撞礁石，

雪白的浪花迸发飞溅，

然后，平静下来，

冷峻下来，

缓慢而有力地向前走去，

走去……

　　这是什么意思呀？若干年以后，偶尔翻阅，回眸往事，侯攀对此感到似懂非懂。其实，与当时的工作并没有直接的关系。

　　怪怪的，真的灵魂出窍。

　　那时候，三十岁出头的侯攀，中断一下大学里的生活，进行另一种经历。本来是安排老费去的，但他坚决不肯。说自己忙着准备考研究生，况且，这样的社会实践，对他未来的专业发展，没有任何裨益，等于浪费时间。他不屑于顺从这样的走形式的安排。很难说服他。侯攀主动报名，取代了他。侯攀想，反正在这大学待的时间不会长久，几个月时间，换换环境，感受一下新鲜的事物，也许过得更快。于是，作为一个青年教师，参加了市里组织的工作队。在市里会合，到定向的县里报到，在县城集中培训几天，参加动员会、报告会、分组讨论会，明确了基本要求，便下到镇里，再由镇里安排到各个村上。各个系统都有人员参加。到村上的一个工作小组，几个成员，市县单位的人都有。很有意思的是，居然遇到了市文化局的领导老黄。

平时，与老黄没有什么机会见面，只是上次自己的著作研讨会上，老黄发表了评论，也在吃饭的时候继续交谈。后来，市里的报纸副刊，发表了老黄评论侯攀著作的文章，侯攀心里一直觉得应该感谢老黄，毕竟，一个领导，对自己的作品说了那么多客气的好话，自己真的很是荣幸并颇感不安。但不善于交际的侯攀，也并没有安排请吃送礼这样的活动。不想，这次倒走到一起来了。老黄见到侯攀，也非常高兴。其实，他是一个热情朴实的人。

在县里集中培训时，两人走出会场，到了一个安静的地方，老黄紧紧握着侯攀的手，又抽出一只手，拍拍他的肩膀，说："老弟，没想到在这里与你一起。对于你的写作，这个经历有用。"侯攀身上带了烟，他给老黄敬上烟，点好火，两人抽起了烟，然后，侯攀笑笑说："利用这机会，看看是否可以散散心。说到写作，我主要写论文和评论，还不是小说散文，生活体验方面倒没有太多的要求。当然，接触社会总是好的。"老黄抽口烟，想了想，又说："最近听说你要离开大学，到珠三角去，有这么回事吗？"侯攀笑笑，如实把情况说了。老黄听了，说："去吧，这条路是明智的，我要不是这把年纪也下去了。前些年，特区开办不久，缺乏干部，当时我联系好，可以去那的，可这里不放人，领导来做思想工作，要求坚守山区。但如今看来，下面的机会比这里多得多。你看，放弃了这个机会，我这辈子咋样，一目了然，平平庸庸过去了。"侯攀说："您毕竟也当了市局的领导。"老黄摇摇脑袋，说："年过五十，靠边站了，当个没有实权、忙忙碌碌跑龙套的非领导副职。这次，搞这基层工作，其他领导说自己任务重，走不开，于是我来撑着。其实，这样的工作对于年轻干部来说，也是锻炼考察的机会，是准备提拔的安排。此外，也有来陪村的，我属于后者。"侯攀赶紧说："我也是。难道我会有机会在这大学里被提拔吗？"两人哈哈一笑。但老黄过会又说："工作我们还是要认真做，否则，任务完成不了，也很出洋相。"侯攀说："我知道。您毕竟是领导，责任意识已经融入您的骨子里头。"老黄听了，倒是高兴，又拍了一下侯攀肩膀，说："你笔头好，我们的工作，你负责把汇报和宣传的材料写好。"侯攀说："好的，我的一支秃笔绝对不会让咱们的实干打折扣，干了多少成绩，我会写出多少来。"老黄摇摇头，说："不是，这还不够，我们做了的，你要写，我们只说出来的，尽管一时没有做到，你也要写出来。秀才的本事，需要适应形势竞争的需要。"侯攀哈哈一笑，说："我学到了，也该是一条官场经验吧。"

到了村里，老黄带领的这个组，按照上面的要求，一项一项去抓。老黄是个要面子的人。夜里到村子里宣讲，白天处理争夺一些村里的遗留问题，然后是落实专项任务。

侯攀也没有放松笔头。写材料，汇总报告，投稿发表。反响不错。同时，也在继续自己个人的写作。

进村工作：夜里，在漆黑一片、伸手不见五指的旷野小路小心翼翼骑着自行车，呼吸着从消雪岭飘流过来的清新空气；挽起裤腿，蹚过哗哗作响的溪水，到达偏僻的小村；在人声哄哄、烟雾腾腾的屋内，与村民对话，讲解宣传政府政策；把石灰、便器分给村民，支持他们搞卫生；解决两口鱼塘之间放水的争端，处理为争夺河边竹林用地的村民吵闹事件，管理耕牛夜间放养、损坏农田农作物事情，处置问仙婆在村里进行的做法事行为，进入破旧黑暗的屋子里头慰问困难户，教师节在乡村小学与老师座谈，挨家挨户督查失学孩子并让他们返校……这些农村平常的事情，对于他，都有新鲜的感受，也都激发了其写作的兴致。

某个深夜，从小村回来，结束了一天的工作，几个人一起到河里洗澡，洗完后，侯攀坐在岸边光滑的河石上，两眼出神。在月色下，河水季节性消退裸露出河床，有一大片被河水冲刷得平展干净的河卵石，这里的坦荡、无语，似乎在诉说着什么。对岸京广线上，不时迎来行驶的列车，隐隐作响的机器轰鸣声中，车身上一个个光明的窗口，在快速移动时，拉出一条白亮的光带子。一头广州、一头北京的交通干线，经过包括本村在内的无数个平凡安静的村庄。仅仅一河之隔，差别宛若千里之遥。耳旁，想起著名流行歌手刘欢演唱的《弯弯的月亮》："我的心充满惆怅，不为那弯弯的月亮，只为那今天的村庄，还唱着过去的歌谣……"有感觉了。

工作小组开始忙过一段时间后，接下来还是悠闲的，夜里无聊的时光，在仓库旁边二楼的住处，几个人搓开麻将。哗啦哗啦的麻将声，在十分寂静的乡村夜晚，也格外响亮。以前，在文学里在影视里看到的麻将，一不留神，也成为自己消遣的一个活动。那样的时间过得实在是快，在全神贯注中，不知不觉，一个夜晚悄然流逝……

太阳还是升起，村庄依然一如平常。那天的早晨，其实也很平常的。

炊烟，悄悄上升，悄悄飘散。几个妇女拎着洗衣板、水桶，从河边洗衣回来。一个中年农民赶着两条水牛进村，看得出来，他是早上去犁田的。在村口，摆出了两档卖猪肉的摊子。几个少男少女手里拿着课本，急急匆匆地去上学。

只是，凌晨的突击行动，让他心里有点儿堵。

　　一辆墨绿色的吉普车停在村边。是镇上干部开来的，来抓任务实施。镇干部凌晨三四点钟把车开到村外停下，悄悄走进村里，堵住目标家庭的门。

　　这当时被称为天下第一难之事。所幸的是，吵闹之后，愤怒之后，依然平平静静，群众还是顺从镇干部的意愿。

　　吉普车嗒嗒作响，要开动了，有三个人要送上医院。

　　在前一天，驻镇工作队队长、镇党委副书记来了，总结了前一段工作，摆出了当下的任务。"从今天全面铺开。"副书记说。他是转业军人，三十岁出头，黑红的脸膛，身体非常结实，头发粗黑，颇显军人英武气概。

　　昨天那个会后，老黄把侯攀拉到一边，悄悄说："这工作，大家都知道的。上面有明确政策。整体利益，大家都要服从，大道理管小道理。现实的情况，村民群众的心理以及他们的实际利益，也都不难理解。尽量平衡吧。我们不要搞极端的行为，不要激化矛盾。从自己的角度来说，也不要这样。避免冲突，保护好自己。"

　　一番公私兼顾、富有人情味的话语，让侯攀又一次感受到老黄的为人。他点点头，感激地说："谢谢您，我明白了。"

　　凌晨三四点，他们工作小组几个人被叫醒，悄悄出发。

　　到一个小村去，步行要花上半个小时。他们打着手电在小路上行走。

　　此时满天星斗，万籁俱寂，夜正深沉。

　　村妇女主任阿秀走在侯攀前面，她三十来岁，中高个，胸脯高高的，身材匀称，脸上的皮肤有点粗糙，但整体上还颇有几分性感韵味，与一般的农村妇女不一样。她文化水平不高，仅仅小学毕业，父亲以前在村里当党支书，患上当地流行的血吸虫病，不到五十辞世而去。村里感念她父亲的贡献，也为照顾阿秀的困难，特地把她安排到村委。为工作小组做饭，勤快肯干。侯攀去过她家，日子真的紧巴巴。老公农闲时跑到几十公里远的煤矿挖煤。家里上有年迈的老母亲，下有不到十岁的小男孩。侯攀带去一包点心，在一旁做作业的小孩见了，差点没流出口水，乘着阿秀和侯攀说话，动手把放在桌子上的那包点心打开，取出一块，塞进嘴里吃起来。阿秀一看，脸红起来，顺手给孩子一巴掌，骂道："不懂礼貌，平时怎么教你的。"小孩受到这一打，低下头，一只手背不停地抹眼泪，嘴巴嘟哝地说："我没吃过，尝尝什么味道。"老婆婆走过来，把孙子搂在怀里，不停呵护。侯攀见了，赶紧说："没事没事，小孩这样才好，想吃就吃。"阿秀对侯攀说："不好意思。"说话时，眼睛有点红了。侯攀轻轻叹气，离开阿秀家时，硬是把一百元塞给老婆婆，说给她买点补品。于是阿秀对侯攀特别感谢和友好。

在路上，阿秀不时扭转头，两人悄悄说起话来。她问侯攀："累吗？"

"有点儿，正睡得香。"侯攀说。

"我们习惯了。每年这个时候都抓这事儿。还有其他中心工作呢。"

"也够苦的了。"

"可不，钱又少，多年也不改善一下。"

"快了，会好的。"侯攀只能这样安慰她。

快到小村，大家灭了手电筒，放慢了脚步。"小声点。"谁在低声说了句话。

"糟糕，他们家亮了电灯。"快到目的地时，有人叫道。

大家都往前赶，疾步走过去。

那家门已经大开。是镇干部下来了。副书记，还有几个青年干部，其中一个是女的。侯攀也走了进去，默默地站在屋里，也不知需要做什么。在他眼里，那是让人感慨的家境、老实平凡的生活、真实的价值诉求、不得不执行的政策。但，不出预料，群众是顺从的，问题解决了，任务完成了。

只是，心里确实不大愉快。早上站在村庄的晒谷坪上，眯着眼睛看太阳，思绪万千。

那炎热中午，在北江边上的那个农村，侯攀午睡时候，做了一个奇怪的白日梦幻：

太阳热热的，空气中有一种压力。

一个小女孩，走在河堤上。

河堤由沙石垒成。

小女孩赤脚。

沙沙沙，她身后留下一个个沙窝子。

小女孩感到脚底又痒又痛。

但她还是撒开两腿，飞快地跑。一时间，汗流全身。

到了河湾。这里一片碧绿的深水，水流缓慢。

小女孩三下两下，把小裤衩脱了，一个猛子，扑通——扎进水里，再也没有浮出头来。

绿色的河面，跳起了雪白的浪花……

孩子，孩子，孩子……居然，还看到了胡文秀，于是，那女孩仿佛是她的……

醒来后，觉得意味深长，写进了日记。

3

那时的文稿，还有这样的记录：

那是一种感受。想，得叫他们灰人。同时感慨系之，有人是这样谋生的。从村里回去大学，汽车经过那地方，路边是一座山，山被打开了胸膛，一层植被，一层厚土之下是石灰岩石，青蓝色的、坚硬的石灰石。人们开发山体，就是冲着这些石料而来的。

灰人就是采石工人。碎石机械轰隆轰隆，声音粗糙刺耳。尘土飞扬，空气是灰蒙一片，这一大片地带，积累了一层厚厚的尘土。这地方缺少绿色，缺少生命气息。

从这地方经过，即使是坐在汽车上，侯攀也感觉到了尘土浊人，热浪滚滚。而采石工就在碎石机械旁边忙碌。大热天气，也穿着厚厚的深颜色布衣。衣服有没有被汗水浸湿，看不清楚，但看到了厚厚的尘土。头发也是，脸上也是。在灰黑的头脸上，只露出两只黑的眼睛。

侯攀庆幸自己是在车上，但又警惕起来，想：不要把自己当作士大夫，不要把对基层民众的怜悯之心当作自己得意扬扬的作品题材。生命不应当有这样的虚伪或者不公平。

又一则，在大学的新视角：

夏末秋初的某个傍晚。浓云密布，天气闷热，细雨不停。想散步的，却也走不了多远，觉得扫兴。大学门前小吃店的凉棚下，一个中年妇女卖西瓜，她在面前摆开了两排西瓜，约有十多个。西瓜的个儿还是挺大的，皮面新鲜，拿起来敲敲，声音清脆，可以大致断定是个又红又甜的好瓜。但冷冷清清，无人问津。在炎热的时候，前来买瓜者常常是人头攒动、热热闹闹，瓜市看天，顾客是实际的。卖瓜者是附近农村的，熟人可靠。平常，接近傍晚，去买上一个西瓜，放在冰箱里头，夜晚做完了备课事情，擦干净脸上的汗水，再来吃吃冷冻的西瓜，舒服极了。下雨的天气却没有这样的念头了。

趁着吃西瓜的余兴，谈论起西瓜的生意，也有人半开玩笑半认真地说，他们不教书了，也种西瓜去，说不定没几年会成为大款。其实，谁也没有种过西瓜，也没有种西瓜的朋友。卖瓜人现在是怎样的心情？

侯攀忽然有了这个兴趣，走到西瓜摊前，说："可惜这样的天气，要不，这瓜肯定可以卖个好价。"她说："再卖不出去，要扔了，已经坏了几个。""今年收成好吗？""不行。开花时需要浇水，天干旱。结果的时间，需要太阳晒，却又下了很多日子的雨水。""学校过几天学生毕业，到时候再摘下来卖嘛。""有些瓜熟了，不卖不行。另外呢，也要赶时间上市。前两周一斤六角五角，上周就是三角了。谁不想争先呢，但又遇到了雨天。""靠天吃饭呵。""是这样。去年可以，种了两亩地，一亩赚一千多，今年不行了，下的肥料还更多呢。"

她正说着，一个小伙子抱着一卷蚊帐、草席，从前面经过，走得急匆匆的，她告诉侯攀："这是我儿子，去瓜地守夜，已经守了半个月了，还要守半个月。""种瓜不容易呀。"侯攀有些感慨。"这两亩地如果种水稻，更没有什么指望。"她漠然地说。

雨还在下，不想散步了，回到宿舍，亮了台灯。心中似有什么，却也不是什么，顺手写下这段文字，侯攀想：吃西瓜解渴消暑的时候，思念一下，也是好的。

这么一对比，侯攀还真感到自己是精神贵族。

方位，其实在对比中认知。

回想到，他大学毕业参加工作那年，暑假待在家里，轻松悠闲，有一次到县图书馆借书，那个曾经是县文艺宣传队演员、年纪大了转为图书馆管理员的大姐，忿忿不平地对他发起牢骚，说："你大学毕业立马领取五十多元一个月的工资，我有二十多年工龄了一个月才三十多。哪有这样的呀，人与人的差别真的有那么大吗？主要是你登上了那条船。"

侯攀不与她辩论，没有兴趣花费这些时间，当时是在心里暗自嘲笑她，那是她初中毕业便去演戏嘛，能考上大学吗？但也记住了这个大姐的话。后来也觉得她并不无道理。其实，考上大学者在那时是不多，但能登台演戏者同样需要一定的天赋。

也是将军与卖油翁的道理。

其实，图书馆管理员是对的。问题是船号决定价值。看你上了什么船。

……日记里头看看，这个记录碎片有点意思：

广州火车站，那时候，日夜都是人的海洋。排队买票者一行行，挤满了宽大的售票大厅，又延伸出了大厅门外，一股股人的声浪气浪，直往外涌。站前广场准备上火车的，刚下火车的，也都密密麻麻，一大片人群。一个民工，拎着背着大包小包，风尘仆仆的样子，说在广州待了五六天，找不到活干，只得往回走了。以前来过广东，在珠海打工几年。

"同志，几点啦？"

在火车站，一个二十来岁的女子问侯攀。她气质大方，模样端庄，提着一个鼓囊囊的大旅行袋。"回家，回湘西怀化。"侯攀还没提起，开朗的她主动说了。也许是迫不及待地要与别人分享自己回家的喜悦。一说起来，很快知道，这女子是湖南人。

"在这干什么工，一月多少钱？"侯攀问。

"在一家在乡村的民营电器厂工作，每月一两百。"

"也不算多呀，为什么出来呢？"

"我在怀化国营纺织厂，一个月才八十元工资。"

"那为什么又不干了呢？"

"在这干了三年，每年回家一次。这次回去决不再来，和家人一起才好。"她说。

火车要开动了，这是一趟夜车。她提着沉沉的旅行袋，快步行走，吃力而又兴奋地上了车，匆匆踏上旅途，就这样结束了一段打工生涯。

……火车上，乘客和行李把车厢挤得满满当当。抽烟不限，尽管车窗可以打开，但车厢内还是烟雾缭绕，模糊一片，气味呛人。

"小伙子，到广东来，打过炮没有？"一个三十多岁的男人说。

"我不沾那个。"坐在对面的小伙子说。他在玩电子游戏，头也不抬。

"这里到处都是发廊，在广东挣钱，留在广东花呗。反正带回去也发不了财，见见世面也好。"三十多岁的又说。

"我怕惹上病。"小伙子说毕，不再理会他。

深夜了，在安静的大地上，几十年外形不变的绿皮列车，按照自己的速度与节奏继续行驶。

一个民工模样的小伙子在打扫车厢。

身材肥胖、嘴巴厉害的中年女列车员，指指点点地使唤着：

"扫这，这，还有这。喂，那地方没有扫干净，再扫一遍。"

小伙子忙得腰都直不起来，使劲地扫，一个座位一个座位地扫。

他穿着破旧军装，上面的衣扣是解开了的，头发蓬乱，一头尘土。

找到打扫时的空隙，他对别人说，他打工回乡，在火车站被人抢了身上的一百多块钱，没钱买火车票，混上了这趟夜行慢车。在车上被列车员查了出来。没钱交罚款，便以扫地来替代。

听到这样的事情，车上的乘客并没谁可怜小伙子，好像以为他这样的人不可能有一百多块钱被偷，反倒笑了起来，说那厉害的女列车员真会找人干活。

正说着，女列车员的大嗓门又响起来了，小伙子立刻打起精神，又赶紧扫地。

列车在黑夜中行驶……

文稿里头，一大堆这样的碎片。杂乱无章地堆积在一起。不知头绪，但总觉得那是生活的一些真实的痕迹，带着记忆和情思。

他一直保持书写的习惯，记录、思考。总以为，那是练笔，即便是不当作家，也可以提高写作水平，或者就是一个文化爱好。

后来又想到，不仅仅是写，自己也没能离开社会，也在努力登上自己的船。

在五星级酒店，那是上了一条船。

那时，也是毫不例外地有感觉了。

五星级酒店大堂豪华富丽，洁净舒适，飘散着细细的香味。俊美的侍应生，漂亮的服务员，敏捷而周到地招呼、服务，彬彬有礼。环境就是享受，当然也是投资：当一个人花费金钱，进入某种环境的时候，也许便是自我增值的时候。很快，侯攀习惯了在这样的地点享受时光。在酒店大堂安静的一处，长时间地闲坐，视而不见听而不闻，若有所思。一个平台也是一个空间，一个世界，一种生活，一条路径。其实，星级酒店来来往往的过客，与舞台上的表演差不多，很多都刻意地掩盖自己的真相，扮演着自己选择的角色，由此来达到一定的目的。都是相对的。价值由认同对象决定。谁知道你这个高官、高管、大款、名流、美女、愤青，到底是什么底色或本色呀。在这里，看上去都是文质彬彬，冠冕堂皇，中规中矩，歌舞升平，愉悦自得。当然，从某种哲学的角度，相对等于绝对，绝对也是相对。你即使是一个真正的有钱人、大官员、大名人，也是相对的。在某种时空或者其他社会历史条件下的，一些个名义下的符号。一切都会灰飞烟灭的，一切都有相反的评价的。

在大堂休息区的沙发上小憩，听听琴师按时到位弹奏的钢琴乐曲。调整心态，梳理思绪，颇为写意。或者，回到自己所居住的单人房间，有条件吸烟了，点燃香烟，慢慢回味。那时，侯攀经常这样。由公司安排，到这种场所参加培训、学习、研讨、参加或出席典礼活动。

许多人趋之若鹜的经济热土，对于他来说，是一个以前很少接触的人生环境。

这一带是热闹、忙碌和浮躁的，独自安静的时候，也会不由自主地对比过去，回忆以往。

第 十 六 章

1

一路走来，碎片化的记忆不时出现。生活进入一个瞻前顾后、胡思乱想、百感交集的复调模式。

比如再回顾在大学助教居住的单身房，简单朴实的生活；还想到更久远的时候，像是念中学的时候，下乡当知青的时候。终于也有一些新的感悟和发现，以前根不得立刻告别的地方，也渐渐披上了富于感情色彩的外衣。

他怀念过，位于粤北山区的大学校园，五月的夜晚非常美丽，对此，他经常为之激动、陶醉。校园旁边的河水静静流淌，在月光下，闪耀着点点银光。从山谷吹来的空气，像筛过洗过一样清新；经过山边的果树林，又夹带着水果的芬芳。

天边剩下一抹暗红时，横着一排山岭，灰浅色；又横着一排山岭，深蓝色；再后一排山岭，苍黑色。每一座山，都长满了树木。

山的脚下，是白色的河滩。白的卵石细的沙子。流动着的黑黑的河流，只是浪花与月光打个照面时，才闪出一道雪白。河水淌出低沉轻细的响声。风，从山坳口微微吹拂过来，森林里飘出柔和的吟唱。还有什么鸟，什么兽，偶尔发出一声两声短促而奇特的叫声。一轮明月，满天星斗，静静地观照这个世界。

回忆像是一幅油画。

他自己没有想过，认识他的人也不会相信，来到这里落脚谋生，经过了无数次南行，每一次都是带着热情、梦想，都付出努力。珠三角的几乎所有城市他都去过了，去求职，寄去个人介绍的材料，去面试。广州、深圳、珠海、佛山、中山、江门、惠州，甚至清远。暑假来，春节后来，烈日来，寒夜来，那些经历都有过。不知不觉，把珠三角多个城市的基本面貌都熟记在心，也是一个有益的收获。不论对于他的经营业务还是文化与社会的批判文字。一个人，总有一些无聊无奈的事情，作为以前享受的支付，作为以后变化的预付。

那时他是怎样想的呢？对此，后来已经没有兴趣也没有记忆了。只是在当时日记里看到一些文字的记载：

"不选择南下，我无法向少年时代那勇立潮头的梦想交代。选择南下，处处风险，处处压力。我都知道。但还是下来了这地方。于此，我是个最有诚意的人，不怕世俗，不落俗套。仅此一点，无愧于生命。苍天相信我。迎风接雨，我勇敢地走。想要看看，前途是什么。"

到达了目的地，稳定下来，再翻翻那些富于激情与悲愤、渴望与忧思的文字，觉得有点好笑。

这一页翻了过去。

求职、旅行所做的大量日记，不仅是当时心绪的发泄，也是一段漂移行踪的痕迹。像他这样的南下求职者：三十多岁，有大学学历，有一定的知识和专长，带着对邻近香港、澳门的作为特区的新兴城市的向往，带着提高收入乃至发财的梦幻，蜂拥而至，多如潮，密如麻。他是一个时代与群体的注脚。

也是后来，侯攀才意识到，其实南下的过程中，自己的人格模样已经渐渐地实现了转型。一个人的行走，就是观察与思考的过程。在异乡异地，心里常常紧张，藏着小心与自卑。来自一个贫困地区，个人也是比较清贫的那一类。经过很多次的自我提醒和自我鼓励，他知道要来一些这样的心理保健。很多这样的警句经常在内心里回响：不再惆怅，不再有点儿失掉自尊地羡慕这里的经济，这里的金钱。不为自己的地位、自己的价值犯愁。尽管差别是明显的。要很自信，很从容。无论在什么情形下，都得保持一种平静的心态，一种坚忍不拔的心态。

所以，侯攀内心的自白活动比以往增加许多，他常常想道：应该这样。不管在什么时候，在什么地方，处于什么样的状态，都应该是自己的主人。虽然，是一个匆匆过客。但凭什么，一定认为自己是个客人，别人是主人，凭着他们在这里居住下来了，并且发了财？不能。绝对没有必要悲伤没有必要惶惶然，绝对没有必要以自己的清贫来衬托别人的优雅富足，要永远是个自豪的人。有时候，想着想着就会喃喃自语，而更多的是付诸笔端。他的抒情兼哲理的散文写得更好了，有一种独特的语言和意境格调。

那时他想过，以后见到了莫志清，或者余丽，一定要给她们讲讲这段故事。传奇倒不是很多，更多的是平常与无聊的记忆，但正是这些信息，一个个片段般的信息，一个个剪影式的印象，让他感知了生活那些真实的也是真正的本质。

夕阳送来金色的霞光，在旅途中，景致带上一定的情绪。

那次是在南下的列车上，当时侯攀正想欣赏这个美景，想由此缓解内心的沮丧和焦虑，而这时，落座旁边的人向他打了招呼。

一个他以前的学生，和他那个肚子突显、看得出有身孕的老婆，他们是去进行休闲的旅行。不仅有了一个家，有了轻松的生活，也有了昭示着未来的希望。是不是那才是生活哦，是不是自己在糊里糊涂地陷入了可怜的沼泽地呀。侯攀心里嘀咕起来。以前，他是批评过这个他以为平庸的学生的，总说他不争气，没出息。在中学当教师的这个学生，身体发胖了，壮实的肌肉开始松弛。谈话中知道，他老婆在搬运站当会计，已经有一个一岁多的孩子。老婆父母是农民，规避了只准生一个的限制，搞到了可生第二胎的指标。住的房子也是女方单位分的，三房一厅，空间宽大。看起来，他对生活十分满意。

他老婆在与他打情骂俏时便说："怪不得那么胖，根本不动脑子的。"

他拿起一瓶矿泉水，咕噜咕噜喝了几口，说："一瓶水是不够的，我是个水桶。"

这时候，他满脸是汗，粗粗的手臂，冒出一颗颗黄豆般大的汗珠。

此情此景，侯攀心里的产生反应是：人，要什么思想呀，或者说，干吗要背负一个无形而又沉重的包袱呀？

他呆呆地看着窗外，沉默不语。

到了珠海附近的一个偏僻小县斗门，找到了大学同学老徐，在那里住了几天。吃海鲜，游泳，放松舒坦了。

还认识一个老头，从他那里，加深对老邓的印象：海外流浪，悲剧不少。像老邓这样的人，还不是个别的。老徐和他去一个地方，上了那幢楼房，在一个单元门口，按了好几次门铃，才相信里面有人。又过了一会，门才打开。屋里的是个老头。

那是老徐要找的人。又干又瘦，六十岁样子，身体文弱。不难看出，他以前是没有从事过体力劳动，也缺乏体育锻炼的。腿上、胳膊上生长了许多褐色的老人斑，更显老态，像到了风烛残年。

老徐说："不见里面有人应声，我还真的有点慌呢，你一个老人。"老徐打开了带来的包裹，说："这里有糖粥，还有速食面。"

老人说："我告诉你爸爸，是因为这些日子身体不舒服，吃不下东西，也不知道饿。"他说着，摸摸干瘪的腹部，一脸愁容。

"阿强呢？"老徐问。

阿强是老徐的弟弟，前几年认了这老人为干爹，也住到这里来了。老人一生未婚，独自一人。

老人摇摇头，说："阿强做事没有章法，六点钟下班，现在都九点了，还没回来，也不打个电话。"

这屋里的气氛沉闷，缺乏活力，缺少生机。

侯攀陪老徐坐了会儿，觉得甚是乏味。

告辞后，在路上，老徐讲起了这老人。他早年中山大学毕业，在香港教书，一辈子匆匆忙忙，就这么着打发度过。早几年花五万多买下这套房子，认了阿强这个干儿子。看来是要如此了结余生了。

人生是残酷无情的，特别是在香港澳门这样竞争激烈的地方。今日这个社会，也进入了这样的时代。警惕呵。他想到了老邓，想到了自己飘萍的当下，想到未知的也许很负面的未来。是有可能的，这老人、老邓，都这样。

2

然后又去老胡家。老胡是县广播电视台的一个负责人，老徐说，如果侯攀愿意的话，可以考虑调到这个单位工作。老徐可以帮忙，老胡也是文化人，容易与侯攀这样的人交结，也好说话的。与老胡见面，先去他家。他的住房，屋里的摆设都很普通。他的老婆，一个瘦弱、模样平常的女人，诚恳地叫来客吃荔枝。她不善于应酬，但很真诚。这倒叫侯攀感到轻松。

老胡不在。他老婆说："到夜校上大专的课程。"

但此时已经快十点。

"可能是夜校下课后去到记者站。"他老婆又说。

打电话一问，果然，老胡在电视编辑室。

老徐和侯攀就又赶了过去。电视编辑室有冷气，有一台据说挺不错的编辑机，还有一部摄像枪，几架子录像带。

这些都是老胡搞起来的。

老胡，个子不高，身体结实硬朗，快言快语，对生人有几分腼腆，他与老徐说话是滔滔不绝的，但对着侯攀，则是三言两语，又将脸转向一边去。

他兼做市电视台驻本县记者。在这地方，他是资历最老的电视工作者了，市电视台成立时，准备调他去任副台长，只因县里不放，没去成。

此事他在话语中似乎提到了两次，而老徐又强调了一次。看来他对过去的事情很为不快，也颇为自负。

看得出来，他做了不少工作，也有才能。在经营方面下了一番功夫，把一个家业拓展开来。会画画，爱摄影，在广州参加过联合画展。他有意无意地在电视编辑机里放了一个关于县国土情况的专题片给侯攀看。这是一个半小时左右的专题片，当然比消息难写得多，但也平平淡淡。

说到调到这里来工作，对此，侯攀还是下不了决心。本能告诉他，缺乏吸引力，他可能真不适合干这样的活儿。但现实情况却是，即便他想来，也要花费一些时间和大费周折，才可以过来。包括诸如编制名额，主管领导对他的印象，等等。

老胡倒是很希望侯攀来，说侯攀的笔头好，可以帮他写报道方面的东西。话语中，老胡还显出了他的爱才境界和对于徐的朋友的尊重。而侯攀，却感到了一阵压抑。像这样一个上电大夜校补习拿取大专文凭的人，以前，连当他的学生的资格也都没有，如今，却几乎可以拍板决定他在命运旅途中的选择。

是失落吧，自我的失落，也是环境所迫。都是自己找来的。

他不动声色，礼貌地应答着老胡的热情，留下一份记录着他的学历和所发表作品的简介。说声感谢老胡，这么看中他，为他提供难得的机会。回去后，将会尽快把具体材料寄过来，一步一步走程序，办手续。

离开珠海，坐船到蛇口，进了深圳。侯攀给一个以前的同事打电话。他下来深圳已有好几年，在一家外企当白领，站稳了脚跟。电话那里，他说很忙，无法马上见面。

侯攀还想到他住处找地方睡觉。这才发现如今与过去的朋友关系，大不一样了。这时，已是夜晚。只好自己沿着大街，寻找住宿旅店。高档酒店是不少的，霓虹灯抖擞精神闪耀着。但不是他的所需。好不容易找到一个既可以住得下来，价格又能够接受的。不是单人房，还有另一个床铺，还有另一个住客。

住下了，同住宿的是一个五十多岁的男人，戴着老花镜，埋头看着一大堆财务账簿那样的东西。两人都懒得搭理对方，侯攀默默地安排自己下榻的事情。

他想到这里还有一个他想见见的人，阿美。她可以冲刷掉这些日子在心里积蓄的阴影。

几年前认识的一个女孩。

那时，侯攀带队去搞教育实习，去到京广铁路沿线上广东省最北部城镇坪石的一所中学。阿美念初二，大胆、活泼，也懂事。学校到街上不是很方便，侯攀叫她放学时帮寄信，买东西。一来二往，这样熟悉起来。实习结束，快离开学校时，她先是送了张卡片给侯攀，上面歪歪斜斜地写了一些字。侯攀叫实习生转送给她一个木制外壳的铅笔刨。那天下午，他们学校搞文艺演出，侯攀在主席位置上，看到坐在学生群里的她，她也老向着他笑。晚上，阿美同几个女学生来到侯攀宿舍，她把送给侯攀的那张小卡片要回去，撕掉，从书包里掏出一个影集本子双手递上，上面的字漂亮多了，是请她的实习老师写的。

这礼物是侯攀在带队实习时收到的最好礼物。

侯攀回到大学后，很快给阿美写了一封长长的信，回忆、抒情加上教导，写信的周末晚上安静、寂寞，于是写出了很多散文的色彩和韵味，字体也非常流丽洒脱。侯攀自己也都看了几遍才有点留恋不舍地把那十几页纸叠好，塞入信封里。

自然，她收到后，欣喜如狂。没多久，一个人坐上火车，悄悄地来到大学，找到了侯攀。那时候，侯攀才觉得，事情可能需要控制一下，否则，这个隔了一代的师生关系，自己在大学所教学生的学生，她的勇敢和浪漫，也许要超出不应有的预期。而这，他并没有思想准备呵，写信只是他写作和抒发心境的冲动，虽然有点不同寻常，但也确实没有太多别的想法。而她，看来是个比余丽还要超前的女孩。侯攀只得将这事情控制住，没再往深处发展。以后偶尔有点书信来往，通过几次长途电话。侯攀觉得，两人容易沟通，彼此不会忘记。所以，一到深圳，他忍不住要与她见见面。

侯攀到公司来找阿美。工作时间，一片忙碌。人员走路、说话，声音都放的很轻很低。只是电话、BB 机不时响起声音。

看到阿美，眼前一亮，她已经出落成俏丽女子。兴奋地寒暄几句，阿美让侯攀在她的办公位子坐下，自己则到另一间办公室忙什么事情去。她的职务是总经理助理。

侯攀待在那，静静地等了好一会儿。

她回来后，打电话向总经理请了个假，说来了个朋友，陪着到楼下坐坐，如有什么事请 call 她。

她的藏青色牛仔布料西式中短裙上带了个 BB 机。

她说，要是电话叫她出来则不可能，而上门来找到了，则可以陪侯攀聊个把小时。当然得先把手头的事情做好。她有点遗憾地说："你干吗昨晚不同我联系呢，我一人在办公室加班，完了我们可以在那谈很久很久。"

中午，空调控制下的温度是清凉的，职工休息也在这里，地上、沙发上躺着几个员工，这是他们的午休安排。静悄悄的环境，侯攀觉得不便，赶紧告辞。

暮色降临，华灯初上。

阿美过了来，换了一身休闲穿着，轻松明快，活泼时尚，身上散发淡淡的香水芬芳。她带来一支精致的钢笔作为礼物。

她到这座新城好几年时间，开始在宾馆当服务员，后来，认识了一个香港住客，嫁给了他。

这时，从她的眼神里，还可以看到过去那个女学生的炽热的情感。

两人走到街道上，有一句没一句地说着。这一片工业区，打工者格外多，大部分是外地来的。横跨大道的人行天桥，人来人往。几个打工妹趴在桥梁的护栏上，出神地看着下面的车道，有点无聊。

侯攀与阿美相视一笑，他们都注意到了这些打工妹。这时候的媒体，都把她们当作一个时髦的话题。来自内地的打工妹，静静地看着这里的世界，表情复杂，有惊喜，有疑虑，有期待，有失落。

在这人行天桥上，他们没再行走，停下脚步，也那样，倚靠栏杆，看着脚下来来往往、川流不息的车流。

在 20 世纪 90 年代初期，车流量还不很大，远不如之后的十年，爆发期尚未到来。但与内地城市相比较，这里交通的热潮和高峰，也少见的。

似乎，可以感受到一座城市的脉动，中国前沿地带的标志性的东西。

侯攀这会儿想，在这时代格局中，自己再渺小，也应该有明确的位置。

行车如流，迎面而来的，亮着雪白的前灯，往前而去的，闪着红红的尾灯，白的灯光，红的灯光，连成了白的灯线，红的灯线。轰轰轰，唰唰唰，嘀嘀嘀，行车声音不绝于耳。

色彩、速度、声音，混杂一起。这是个快节奏的世界，是个丰富、复杂的世界。

以阿美的角度来看，这与家乡更不一样。家乡在内地山区，山清水秀，鸟语花香，小河弯弯，土道弯弯，黑壮的水牛慢慢悠悠地在水田边啃草，茅屋升起袅袅炊烟。雄鸡长鸣，传遍四方。

如今，阿美与这些打工妹一样，改变了原来的模样。穿着时髦的牛仔裤或者短裙，套着胸前印有影视明星头像的 T 恤，衬出了丰满结实的乳房，几分洋气，几分洒脱。

集体宿舍、计件工资、小食店、小杂货店、发廊、小录像厅、小书摊，附近的这些地方，全方位满足着打工者的需要，刺激着他们的消费，买一叠信封回来写信，到邮局汇款，几个老乡坐在花草坛边闲聊。

新的生活，一下子降临了。

车流不断。从别处来，到别处去。尽是陌生的热流。

后来，两人又步行好一阵，走到了一座大厦。在大堂进入电梯，往上行，换了三次电梯，到了不能再去的地点。

站在窗前。位于大厦的顶层，第三十三层。

对着外面，阿美用手一处一处地指点，轻声说："那是香港，那是正在建的高速公路，那是亚洲最大的公路口岸，那是我的住处……"

侯攀看了一会，默默无语。

然后换了地方，在咖啡厅坐下，谈了一个多小时。其间，她接到三个来自公司的电话，还好，能够使用现场的座机回复了事。

吃了东西，简单实惠，味道不错，花费八十多元。侯攀有点不好意思，说："以我的工资，这样吃，付费太多，有点奢华。"

"和阿美的见面，只这么一次吧，够的了。"侯攀想。他的压力和问题不能够通过阿美那里来解决。

第二次再到深圳，他没再找阿美，以后，也都没有了任何联系。

结局与余丽一样。漂移的浪花，总是有其起伏消失的时候。

── 3 ──

又一次，间隔还不到半个月。跑来这地方是偶然的动机，但却决定了他的新定位。

深圳，过几天卖新股，即原始股。消息一经公布，立刻轰动于外界。想发财的人，有一定经济实力的人，闻风而动，云集于此，冲着新股而来。

住下来，时辰已到凌晨两点。开始找不着住的地方，上次来住过的旅店早已客满了。在好几家旅馆看到不能接客的牌子时，真的很想跑到阿美那里去想办法。但还是忍住。

落脚在一栋大厦的二十层。此地位于两条主干道纵横相交的十字路口，一个黄金地带。运气不错，在粤北某县驻深办事处找到床位。

一住进来，立马感受到股市的浓烈味道。第二天早上，在楼下，那里有几家银行，看别人买卖股票、债券。场面杂乱。外地人多，衣着时髦者多，年轻人多。

夜晚开始排队，提前了两夜。第三天早上才开始售认购表。

买到了表，还要抽签，抽到了才有资格购买原始股。中签率是百分之十。买一份表需要一百元。排的队很长。坐着、蹲着、躺着、聊着的人们，忽然骚动起来，很快站立起来，排列的队伍挤得紧紧的，生怕中间有人插进来。好不容易知道，原来前头不知谁传出消息，说是银行要发排队号，然后根据号码，明天正式买股票。莫名其妙地紧张了半个来小时，后来才明白，根本没有这回事。显然，要调动这些人的行动，是非常容易的。

排队，议论，叹息。

一个有点神气的新闻记者模样的青年，将照相机对着挤得紧紧的队伍咔嚓咔嚓地按动快门。那人脸色冷峻，带着批判与鄙视的清高和优越感。

大厦的电梯出了故障。早上在电梯上，穿着讲究的白领中年妇女愤愤地说，她乘的电梯忽然停住，门又打不开，她在里面关了四十多分钟。管理电梯的师傅恭谦地在她面前点头哈腰，任她斥责。

第一天在大厦里的粤北某县驻深办事处开饭。一餐四元，一份炒菜，一份汤，米饭自取，还可以的。但第二天不让侯攀这些住客来这用餐，说是因为客满为患，来了许多人，无法应付。

一个身份证可以购买一张表，一个排队者可以使用十个身份证，购买十张表。侯攀只带了九个身份证，这么远来了，都想着多买。少一个指标是不用白不用。那天夜里，侯攀想到哪里去借一个身份证。只有想法，没有目标。只和阿美有联系，但已经不愿意去找她。所以，漫无目的地在大街上走路，看看各个银行的股票销售点排队的热闹和拥挤。

在公共汽车上，一个打扮入时的女子对一个戴着眼镜、书生

气的男子说了一通:"你常找别人聊天不好。说明你不自信,心里
不踏实。其实,老是麻烦人家,不会受到欢迎的。"到了一个站,
女子对男子说:"你在这里下车吧。明天可以睡晚一点。"男的还
想与她热情亲昵一下,她却果断地示意他离开。

听对话可以判断,他们是恋人,从外省过来。她早来了,也
很快适应了这地方。他迟来了,难以适应。她告诉他,这世界很
精彩,也很冷酷。在一个新的环境中,不同的气质、性格,有不
同的遭遇。

一天的喧闹、拼搏,半日就结束了购买。而排队时间则是两
个晚上,一个白天。

当日深夜十二点多,沿着深南大道步行,人车稀少。但经过
政府门前,看见了冲突。十几个青年男子在门前聚集,他们大声
说话,听到了广东客家口音,也有北方口音,应是外地专程过来
购买原始股票的。他们要求见领导。说购买认购表的事情有作假
问题,他们排队两天两夜都没有买到。

七八个武警官兵站成一排,在他们面前挡住。对于前者的诉
说,他们不理不睬,脸上一点表情也没有……

他把那几天所写的日记整理成一篇当时流行的纪实稿子,想
着发表。这座大厦某层有几家报纸杂志,他去联系编辑。看了的
编辑都表示稿子本身不错,但不愿意接收,说内容涉嫌批评现
状,担心有不好的后果。

后来还是找到一家表示可以发表的报纸单位,那是省报在深
圳所作的地方版面办事处。当地财政没有供给费用,他们的经费
收入都是跑市场得到的,特别需要有新鲜的、与其他媒体所不一
样的东西。侯攀的稿子属于这一类,但还不够味道,责任编辑是

个姓陈的青年人，说："老侯，你是大学教师，文质彬彬，理论分析虽有深度，但也过于抽象。要完善，加入真实的材料。"

侯攀说："我只能写到这份上，需要如何改动，请你决定吧。"

陈编辑说："不行，稿子是你的，著作权归你。"

侯攀摇摇头说："我确实一时想不到如何加入你们所需要的东西。你如果有兴趣，那归你处理，加上你的名字。"

陈编辑说："我不在乎这点名利，不过既然你这样说，考虑到发稿的需要，我也参与吧。"他很快进行了修改，其实文稿的基本结构、语言和主题都没有什么问题，只是将议论的文句弄得火辣一点，加上几个不常见的例子，标题改得更为显眼和煽情。

第二天那编辑约了侯攀，来看修改稿。侯攀粗略看一遍，皱起眉头，说："这可不大像我的风格。这样好不好，我另用一个笔名，你的名字放在前头。"

陈编辑想了想，点头同意了，又说："你，骨子里一个地地道道的教师、学者。你有点才，文笔好，机会可多哩。"稿子发了后，反响不错，陈编辑没忘记侯攀，稿费即时寄给他。侯攀也表示了感谢，寄给一些粤北土特产。两人保持联系，后来还有更好的事情，恰逢机会，陈编辑推荐侯攀到一个新办的财经杂志，当上编辑。

柳暗花明、峰回路转，不可能预料，喜出望外：到底在这个新潮而拥挤的年轻城市站立住了。

第十七章

1

更换了生存模式。在深圳的开始几年，进入雇佣关系状态。工作单位不是自己的家，自己是所谓的社会人而不是单位人。找了个没有大专文凭的女子结婚，过上有家庭的生活。

曾经，在一家 IT 公司的网络证券杂志当副主编，关注股市的潮起潮落，计量着资产的增值与亏损。后来，还在一个私募公司持有股份，收入不错。便考虑离开干了好几年的杂志行业，做点投资理财，闲余时间，当个自由撰稿人。

在公司里，各色人等，比起以前在大学里复杂丰富得多。更多的是幽默，为着生存的各种精彩搞笑的幽默。他从大学过来的，以前以当教授、学者为目标，原来觉得自己是俊杰人才，到了公司，才知道大家都为着饭碗而来，谁都不是爷，谁也都自以为是爷。比如那个刘某，一个内地的乡村学校教师，有点小聪明，没有过硬的学历，没有可借以关照的社会资源，在学校里一直是民办性质的岗位，转不了公办的铁饭碗，于是也选择告别，南下深圳。

侯攀本来有点同情他，但后来发觉他不需要同情，他已经在别人面前把自己装扮成一个怀才不遇、特立独行、前程远大的豪杰。侯攀只好作罢，乐观其成。但那家伙总是让侯攀不高兴，品行上不得不说属于地地道道的小人。比如哄一个网友给他校稿给他打理本机构的论坛垃圾，整个把别人当免费劳动力使唤。到最后，完了事，人家受了伤，他还背地笑话说：这些人真嫩，天真的文艺青年呀！

侯攀也曾善意地提醒过，但他却不以为然，解释说：一言以蔽之，本能！人由猴子变成，动物性才是人的本能！你看那些名人，那些有钱人，他们的欲望不是得到了更多的更充分的满足吗？手段不同，方式不同，在社会公众中表演的角色不同，其实质却是一样的。

对此，侯攀还真的无言以对。

又如一位李姓同事，职业技术学院毕业，专科学历，不是名校，没进官场进不了大公司，只好来这里混。刚上论坛一天二十四小时在线，一天发十多帖，成天自己顶自己的帖，霸占论坛首页，让人一看感到头疼，再看会恶心，三看马上也跟着发疯。发贴吧发点好的也罢了，但其全是些汉语乱码，词语拼凑，还自命为现代派诗歌，谁都不知道他在胡言乱语些什么。他倒好，自己感觉良好，自以为是老大，至少可称为舆论领袖！

他还时不时发一个所谓最后一帖告别论坛，也不知道是第一千零几帖的所谓最后一帖！

侯攀冷冷对之，想，你要是能够成为非凡之人，是神明在打盹的结果吧。

也有其他类型，名为"宝贝的家"那个群是侯攀创建的，像自由的朋友的家。因为最初建群的时候，想让真诚的朋友拥有一个聚会地，便得到此命名。

在那，认识了从中原省份来的米米。一个大学毕业的女生，在超市当部门经理，晚上十点以后才下班，不去别的地方，待在住处上网。她表现活跃，发了很多有意思的信息。侯攀请她出来喝过茶，互相认识，也都有兴趣维护好这一个群。侯攀的工作需要这个，米米也是，她也常在群里介绍超市的货品。

米米写过这样的文字：建群是一场暗恋，你费尽心思去爱一群人，结果却只感动了自己；建群是一场苦恋，费心爱的那一群人，总会离你而去；建群是一场单恋，群友虐我千百遍，我待群友如初恋；建群是一桩群体恋，通过你的牵线搭桥，相恋成片，群主却在原地一成不变。亲爱的群友，你若不离不弃，我便点灯相依；你若自我放弃，我也无能为力！

上了网后很快流行，谁都可以使用，只是不知道也不在意作者到底是谁。

米米依然认真参与这个群，服务不错，群人数一天一天地增加。有时，看着群的平台上，大家一起打打闹闹，侯攀和米米真的好高兴。一段时间里头，搞过几次聚会，喝茶、吃饭，都是AA制，约定了时间地点，有空的方便的有兴趣的自由过来，喝罢吃罢玩罢便解散离开，也有其中建立了爱的关系或性的关系的，也有做成了生意的，也有得到了某些帮忙关照的。走在一起，人一多，一有所交流，也必定有更多的资源与机遇。

但好景不长。后来，米米忽然提出要离开出走，原因不说。虚拟生活与现实的生活还真的不一样，网络的潮起潮落，开幕闭幕，节奏同其速度成正比。

于是，在网上，在现实中，米米消失了，有点莫名其妙，但也司空见惯、习以为常。

那些年，东西南北中，发财到广东。内地的女子，美丽的，不那么美丽的，纷纷奔向这座叫作特区的城市，勇气少见，不计较一时得失。大学教师到中学当老师，中学教师任教于小学，或者到中小型民企当普通文员，在所不惜。在吉布街边的小吃店，去吃一碗不到十元钱的一份汤米粉；简陋的环境。招待客人的，却是一个戴着眼镜、文质彬彬的二十多岁的女子。好奇心驱动，食客侯攀与她聊了几句，了解到，她原来是广西一个县城里头的政府公务员，大专毕业，趁节假日过来，在这个小吃店找到临时工，待下来便不回去。已经干了半年。家乡那里的工作单位，因为她的离岗，已经将她除名，让她失去了编制等东西，也将她的人事档案扣留，不许她自行带走。尽管失去这些，她却揣着文凭，靠着仅存的几十元钱，像只鸟儿一样，在天空翱翔，飞到心中向往之地，停留下来，并满腔热情地为自己的安居而努力。

某一天，薄暮冥冥，下班后，侯攀没走，在安静的公司工作室里独坐，一遍遍地听阿炳的二胡曲《二泉映月》，心灵的底板上便慢慢地染上了一层层殷红，渐深的暮色也仿佛笼上了一层悲戚的色泽。侯攀的音乐至爱之作，一首百听不厌的中国民族器乐曲，他每听一次，总会有一种感动。他想，阿炳在制作《二泉映月》时，已经双目失明，自然不曾看到月映二泉的胜景，而是想借二泉来抒写自己的苍凉人生！

每回在热闹紧张的都市里静下心来，这弦乐就回响于心际，萦绕于耳畔。

此外，业余的安排还是有计划地进行，英语、书法、写作……坚持下来，耗费时间，也积累能量，寄托希望。

他还把旧作都输入了电脑里，所花费的工夫并不少，录入、校对，几百万字的东西，日积月累，慢慢地完成了。原来想出版，形成自己的著作，纪念过去的写作。但还需要做不少事情，花费不少金钱，便一直停着。

稍微清闲的一天晚上，夜深人静，又想起这个东西，辗转反侧，不能入眠。心境翻江倒海，浮想联翩，于是走进了心的世界。爬起床来，打开台灯，在笔记本上写道：

不在乎身处何方，不在乎环境，处处都可以创业，问题是一定要决胜，取得成就。实现了目的，便有价值。

你是谁，你从哪里来，你要到哪里去？保安在住宅小区门口的习惯性问话，竟然与古希腊圣哲思考的人类终极命题一致。

写着，侯攀不由发笑。之后又觉得，自己也这样，既是保安，也是圣哲。

满脑瓜子，离不开这几个问题。我是谁，是作家吗，是学者吗？曾经梦想过努力过。

彼岸，离开了才看得清楚。

回头一看，满怀沮丧。书写在杂乱的文稿里头，人物故事、灵感观点经常萦绕在心间，如此而已。无法成为完整的作品，无法问世落地。甚至，感到了表达的艰难，失却了往日的信心。失语之感，挥之不去。

每天要写下一些字，生命才有痕迹，才有意义。又回到了十多年前，二十多岁的时候，那时喜欢写日记。夜里在笔记本上写些片段的文字。这习惯成了生命的寄托。每个深夜，像做完宗教仪式一样，放下笔，才能够安心地躺到床上。

他想，似乎回到从前，那是倒退还是升华？

写罢，他舒口气，透过窗口，看看城市依然处处灯光的夜景，心里说：这可能是以不变应万变的侯攀。

2

确实，因为变化是常态。

念大学二年级的时候，忽然听说了洗衣机的概念，侯攀当时十分好奇，心里经常暗自嘀咕，那机器是如何模仿人的两只手搓洗的动作呀？如何想也觉得难以思议。后来见到了洗衣机，才知道涡旋动力，才是洗衣机的方法，而不是简单地模仿人类的。这个例子，侯攀觉得颇有意思，不止一次地讲过。接着又发现，人的变化也是以前所无法预料的。

曾晋可为一例。他考上了研究生，离开中学教师队伍。研究生期间，还保持文艺青年味道，好评论，好发表直面时弊的文字，锋芒毕露，引起注意，名气不小。这些，是可以预料的，毕业时，凭着文笔优势，又通过岳父那边的官场人脉关系，到了省级机关工作，由写材料干起，后来担任领导秘书，学会了各种应酬与协调，几年过后，级别也上去了。

再后来，在首长因素的影响下，空降到珠三角某个经济发达城市，担任要职。掌管着巨额资金和丰富的公共资源。一时间，威风八面，得意扬扬。

这时候，曾晋开辟了自己人生的新境界。

　　侯攀去看过他。见上一面还不容易。那次，约了老费、廖智义一起去的。老费摇头不去，说已经没有什么可谈的了。曾晋官僚化了，在文化尤其是精神层面很难与之对话。侯攀说，不会吧，曾晋也说要我们在文化发展方面多为他支招。老费说，这不就是典型的官腔吗？廖智义倒没有这样的态度，坚持要去，约上侯攀，非常有兴趣地去见了曾晋。

　　曾晋真的很忙，只能在吃饭时候见面聊天。当地政府的招待所装修非常好，不对外经营，没有嘈杂喧闹，外表不会特别显眼，但进去后会发现，这是一个高档华美的地方。装修精致，家具精致，女服务员年轻、漂亮、彬彬有礼。曾晋一坐下，就有一个二十岁左右年纪的服务领班走过来，躬身贴近曾晋耳旁，轻声问道："老板，刚到的阳澄湖大闸蟹，要不要来点？"曾晋说："可以吧。"领班低着头，唰唰地在小白纸本上记录着所点的菜式，写毕，恭敬地将菜单念一遍给曾晋听，问："老板，这样行不行呀？"曾晋摆摆手，说："你们搞定吧，我的客人满意就行，我没什么。"又对着侯攀和廖智义说："你们知道，我吃东西最随便的了，以前在学校，只要有点青菜，有几块肉，炒也好、烧也好，煲也好，都行，煮熟就可以了。我们没有什么讲究，没有什么不可以吃的，也没什么特别喜欢吃的。"领班听了，连连点头，说："领导就是领导，不同一般人。"曾晋又对她说："你去，准备点东西，什么我们地方的品牌白酒，好烟，小家电，客人每人一份，放到他们的车上去。"

　　侯攀听了，笑笑说："我们又吃又拿了。"曾晋说："你们还是学校那种风格，斯文客气。你们不来找我，别怪我当官了不关照你们。当然，我这个芝麻绿豆官也没什么本事，所谓关照，一般的话，也就是吃吃喝喝，给点小礼物。写条子打电话帮忙办事要看实际情况，介绍做生意，你们又不是生意人。"

席间，曾晋吃得少，话很多。话语中，侯攀知道了，也暗自惊讶，曾晋在这个经济发达的地方，虽然只是个副职，但掌管的经费开支额度每年达到几十个亿。他的每一个决定，甚至每一次签名，都意味着分量沉重的金钱数字的移动与分配。

"你还写诗吗？"廖智义问。侯攀也说，"这也是我想问的。"曾晋呵呵一笑，说："问得好。实不相瞒，我经常这样问自己，特别在酒醉难受时，在深夜的寂寞中，我一次次这样问自己。你们知道，以前，写诗是我的生命。诗人海子与我是同乡，我们在北京的同乡活动中见过面，我的身上每时每刻都带着笔和本子，随时写下我生成的诗句。生活在诗歌的意境中。我绝对是个不折不扣的文学青年。客观地说，我的目前，如果说有点官场权力这样的成就，主要还是写出来的。写作是我在官场上的比较优势；别的本领，比如吃吃喝喝，拉拉扯扯，不需要学习，大家都会。唯有写作，需要苦功夫，需要积累，需要才华，需要境界，不是可以随便取得成绩的。我的写作，写诗，给我的青春留下难忘的记忆，培育了不落俗套的气质，我很是怀念；写论文，我得到了学位，奠定了理论基础；写官样文章，直接得到了官职的回报。所以，感恩写作。我要说的意思其实是，稿费只是写作的一种回报方式，不能只看稿费的多少来判断写作的价值。我不写作，无法坐到现在这个位置，而到了这一步，物质利益必定配套而来。"

侯攀一拍巴掌，说："高度认同。你的这个观点可以放到大学写作课里去讲讲，还可以写成一篇论文，探讨写作的现实价值。"

曾晋摇摇头，说："我的意思主要还不是这个，这只是一个铺垫或者开场白。我想说的是，目前，我确实失去了写作的动力，而且我还有相应的郁闷和困惑。当一个写作人是我的少年梦，但进入了现在这个官场，所谓的从政，遇到一个极大的矛盾是，现实拒绝写作的真正姿态。巨大的物质力量，压抑着精神力量。具体的表现是很清晰的，文字的东西，作为内心的表白，带着丰富的理性与感悟，但是，一旦流入无限丰富、无限繁杂的信息海洋，真的一如垃圾，一不留神，立即被湮没、被淘汰，无声无息，一点价值意义都没有。"

侯攀说："一些作家去练习写字啦。一幅书法作品，寥寥几个字，一挥而就。数千元、上万元的收益。码字写作的回报，哪有这样的节奏和效率呀。"

曾晋呵呵地笑起来，说："咱们都是以往的文学哥们，今天也喝了酒，放开说说吧。当权力出现，物质力量出现以后，文字，多么的苍白与可怜。对此，我的体会是来自真实的依据。所以，我的文字的灵魂受到沉重的打击，以至于陷落到绝境的困局。心中的纠结，只有与你们这样的同路者才可以诉说。除此以外，有谁知道，或曰，有谁愿意知道呢。"

廖智义两个巴掌一拍，说："这有希望了，说明你没有背叛你的以前，没有放下你的诗人美梦，以后一定会还有机会的，你一定重出江湖，再展文采。"

侯攀也插话进来，说："道理倒不是很新鲜，但你的感受，也还是一个有分量的注解。文字也不需要那么多的诗意和美梦，在现实社会中，必然会重新定位，必然会找到更为合理也更为合适的存在方式。目前，你还是做好你的官吧。"

曾晋说："不，我离不开文化。我现在负责一个规模浩大的旧城改造计划，其核心与标志实质上是文化元素。原有的传统文化，如何经过时代的升华，结合市场经营的运作，继而更好地保留与延伸，那可是一个精彩的亮点。"

侯攀说："我们也听说过，确实是一个大项目。那要大拆大建大迁移的呀，很复杂吧。"

曾晋说："当然。但是，作为当代人，我们要对历史负责，对文化负责，都要有时代的担当才行哦。所以，我知道我会得罪人，但我还是要按照应有的逻辑推进。"

侯攀说："祝你成功。"

曾晋笑笑说："基层上的成功，与其他领域还真的不一样。你说有什么规律？也不是没有，现成的理由与理论都一大堆。但没有规律实际上是最根本的规律。我才到这里头几年，说不上什么阅历，更谈不上有什么经验，但还是知道了这个道理。"

廖智义说："那真心祝你顺利平安吧。"

曾晋听了高兴，仰头哈哈大笑一声，豪爽地举起酒杯。

吃罢，曾晋还很高兴，带他们到了他的住宅。以前是听说过曾晋在这里建了别墅，但也没想到有机会看看。到了那里，侯攀和廖智义都暗暗吃惊。那是一个别墅区，几百幢别墅楼群，道路整洁干净，树木茂盛，鲜花处处。于是觉得，这地方与内地其他城市确实是不一样，三层高的别墅是西式建筑风格，楼前楼后有宽阔的花园和草地。楼内，装修华丽，陈设布置讲究。中式红木座椅茶几，西式的沙发，都有了，分放在不同的房间，展示着中外的两种风格。一些文物、工艺品、字画，也都不落俗套，价值不菲。

曾晋像是带客参观一样，细心介绍他的豪宅。逐层介绍，最后，走进的是一个在三楼的房间。里面是另一种风格，仿佛走进20世纪六七十年代。墙上挂着世界地图、中国地图，两副对联，朴实粗犷的字体写道：胸怀祖国，放眼世界。几个木制书架，主要位置上放着的书籍是主流理论著作、文史哲经法等社科著作、鲁迅著作，都是经典或热门流行的，学科门类齐全，格调高雅庄严。几个挂在墙上的相框，摆设的是主要是黑白照片，大多是曾晋童年、青少年时代的。

侯攀留意到，那些黑白照片，有的是曾晋佩戴着红卫兵标识的，那还真的有点少见，因此显得珍贵。

曾晋得意地说："这是我的书房，是我思考写作的场所，也是一个主题空间，那是我的青少年，我的梦。我当过红小兵、红卫兵，也上山下乡当过知青。爱理论、爱文史哲、爱文学，是从小养成的兴趣。"

廖智义说："你收藏的书籍，不会少于一些学者教授，非常丰富，而主流理论又是最多的。"

曾晋得意地说："主流理论著作，我这里基本上都有。我读得进去，也受益匪浅。这些书是一个时代的里程碑，一段历史的经典标本，聚集了非常丰富的信息内涵。其实，能够作为学习者，也是一种思想追随和精神寄托。"

一番话，侯攀、廖智义频频点头。

这时，噔噔噔，一个女人匆匆走进来，是曾晋太太。侯攀认出她来，打了招呼。她以前便形象不凡，美人一个，如今风采依然。不过打扮装饰更加讲究、精致，一副养尊处优的神态。

她看了曾晋一眼，哼了一声，说："又在卖弄你那学者型官员的资本了。"

"难道有什么不好吗？"曾晋看她一眼，不以为然地说。

"当然好，而且还少有地在中午回到家里来。"曾晋妻子说。她显然心情不好，对丈夫抱有怨气。

"不跟你说了，我们志趣不同。"曾晋并不客气。

"那你找你的知己去。在外面，红颜知己，你的梦想。我没拦着你。"曾晋妻子针锋相对。

一下子进入吵架状态。在一旁，侯攀和廖智义都觉得尴尬。

"别理她，我们走吧。"曾晋气呼呼地对妻子说罢，转身把两位客人带走开。

到了外头，上了车。曾晋缓了口气，说："我跟这人没法过下去。一见面就吵架，像前世拖欠了她什么的，家不像家，让我没有归属感。我是每天一大早出门，半夜才回来。"

侯攀说："怎么回事呀，以前可不是这样，我和廖智义也都多多少少知道的。"

曾晋轻蔑地哼一声，说："变态，十足的变态。她以为我是依靠她家的条件上来的，也不看看她父亲那一个山区基层干部，能有什么能耐，也不看看我在官场上做了多少努力，也不看看我的理论文笔功底所体现的价值优势。"

"好了好了，大事化小、小事化了吧。"侯攀说。觉得听下去也没什么意思，清官难理家务事。

说着，车到了城区一个地方停下。那是一片低矮破旧的房屋群，属于老城区，也可以说是低收入住户区。

曾晋站在一个十字路口的旁边，挺立身躯，一手叉着腰，一手在对着他前面的空间挥动，像一个指挥千军万马的大将军。他摆出这样的姿态，滔滔不绝地介绍他的旧城改造和文化大观园建设的宏伟蓝图。

"很有气场嘛。"侯攀说。感到，曾晋真的与过去不一样。

"哼，你们只看到我这副风光的样子，只看到下属对我的毕恭毕敬，只看到我的指挥神态与推动力。但，你们没看到前些日子许多群众上访，骂我是贪官。那些平时对我点头哈腰的同事，袖手旁观，幸灾乐祸，而巴不得我倒霉、想着我为人家提供笑料和谈资的也大有人在。"曾晋说。

"那么，再一次希望你顺利，祝你保重。"侯攀真诚地说。

这是他与官场上的曾晋唯一的见面。后来，没有再联系。也没有什么必要联系。侯攀想，他和廖智义与曾晋，所拥有的资源，所感兴趣的东西，所焦虑的问题，已经很少共同点。互不打搅，各自活着吧。

但，还是出现了戏剧性的故事。曾晋东窗事发，触及刑律，被开除党籍，革除公职，关进监狱。因为贪污腐败问题，在风暴式的行动中，成为一个典型案例。触目惊心。

媒体有很多的报道和传说，吸引了众多的关注和议论。对于官员这类丑闻，很容易成为社会舆论的一个热点。义愤填膺，群情激奋；还有墙倒众人推、落井下石、幸灾乐祸等各种声音，不一而足。渐渐明白了基本的事实：他通过一个商人，吸引了数额达到几个亿的投资进入他分管的那个城市改造项目，又利用这笔资金在闲置的时候，投入一个社会上的盈利项目，自己占有了其中的利息。这样一来，曾晋构成了贪污罪，而且数额巨大；社会上还津津乐道的一个方面是，曾晋的私生活。有一个情节，人们讲得很多：他有一次出差，在宾馆遇到一个服务员，他以为是异常的漂亮，自己为之倾倒，不能自拔，非要搞到是属于自己的女人不可。于是，同她接触上，真的把她弄到手了。当然，付出的代价就是数十万、上百万的金钱耗费。媒体说，那确有姿色的女子后来住在大连，曾晋每年飞去那里一两次，每次也只能待上一两天，但每年却给这个女子几十万。于是，又听到一些嘲笑式的议论说，从交易经济学的角度进行分析，曾晋每次的私生活行为的价格奇高，曾某应是个大傻瓜；或者说，他这样挥霍，那是因为公家的钱财来得容易，在所不惜，因而十足可恶。还有传说，他在大连的情人为他生了两个孩子。严肃的官方媒体没有报道，法院判决书涉及生活腐化的内容，但没有完全公开；具体情节却是一些媒体的炒作，不足为信。但实际问题是判决结果的严厉性：二十年。生命的一个重创。意味着，曾晋将在监狱度过他以后漫长的人生。

对于这些，侯攀颇有感触。想：曾晋的阅读与理论的关注，同他的真实生活，存在着明显的反差与矛盾。旁观者会感到惊讶与困惑，可是，真实的存在胜于雄辩。或者说，真实的东西，本身便有可能是多色彩的、复杂的。认知之所以有时不到位，那是因为不是从实际出发，而是从概念出发，不是从千差万别的个性出发，而是从千篇一律的共性出发。

记住这点吧，不仅是路上看见的一道人生风景线，也是社会认识的一个获得。

侯攀曾经想去监狱看看他。以为，这回一定有真诚的话语了，不过对于曾晋而言，意义恐怕不大。所以，也便一直没有成行。

于是，生命中不仅多了一点阴影，也多了思考和回忆。

更多的沉重感。

各种思绪，纷繁交集。

3

对于强权的恐惧、厌恶和警惕，不仅与性格有关，也是经历所留下的抹不去的痕迹。这个，有一天，侯攀忽然意识到了。

那不仅是偶然的联想，还是隐藏的深刻记忆。对这个情结，他没有忽视，整理了内心世界，写出一个文稿。

多年以前所写出来的这个作品，并没有投稿发表，但他自己多次阅读，记得清楚。后来发现，竟与曾晋有关。侯攀对于他当官以后的情感，有一个深刻的思想内核。

对此，他多次阅读这个作品，从中寻找自己思想与情感的脉络。

他记得，那个作品，其叙述的情景是这样的：

砰——带点儿沉闷的一声巨响，爆米花出锅。浓烈的香味立即爆炸性地膨胀、弥漫、散发开来。那生铁锅炉是长筒状，中间肚子圆鼓鼓的，锅口可以密封，生米装进去，就关得死死的。用支架支撑铁锅两端，下面烧着火，那操作的师傅便摇着铁锅，让它转起来。木柴火焰把铁锅烤得黑黑的。

大概十分钟左右，师傅不再摇动，把铁锅挪开。这时，原来围得近的人，都要后退几步，让出个地方来，都是怕那声巨响的。说来也是，那中间圆鼓鼓的铁锅，真像一枚炸弹呢。在人们的注视中，那师傅用根铁枝条，猛地将口盖撬开。

于是便有了那声音，那浓香。

而在开口的时候，用个麻袋套住了锅口，只见麻袋跳了一跳，立刻又鼓胀了一处。破洞的口子，便有米花飞弹出来，雪白雪白，要比生米大两三倍。

回想起来，小时候，冬天的日子，总会碰到烧爆米花的人。

人们自带生米，自带柴火，排着长长的队。

会有几个小孩，慌慌地捡起掉在地上的爆米花，放在口边吹吹，便塞进嘴里。爆米花松脆浓香，好吃，一进嘴里就溶化。

可怜的生活，可怜的孩子；罪恶在一旁，不是同情，而是趁火打劫。

某个年底。具有了宽裕生活条件的侯攀，到了浙江乌镇。

在那个经营得很好，游客纷至沓来的著名地方，在旧街道的路面上，看到了显然是作为旅游展示产品的爆米花操作。

作者侯攀，坐在旁边的一条非常干净的石板凳上，既是休息一会，也是饶有兴致地以贵族式的欣赏品味的念头，打量这一久违的景致。

于是，他有一个充足的时间，回味心里多年前的一个故事和一段心情。那就是，在以前，对于某个东西非常反感的缘由。

那个在当时是少有的显得富贵的肥胖健硕身材的中年男人，他交叉着手臂，靠在门边，抽着香烟，休闲而嘲讽地看着街面。那时，那双小眯眯的眼睛，流露出一丝邪念。这细微的东西，被侯攀看到了，心里为之一震。

侯攀恨死这个王八蛋。

因为他毕竟是一个将邪念释放了出来的人，引起了侯攀的厌恶与愤怒。

但之前侯攀对他是敬畏和羡慕的。

他继承了家庭的优势，小镇的这个掌权者家庭，其实也有着一段不幸，因为在政治运动中，他做领导的父亲被打倒了。当然，毕竟是领导干部，冲击之后剩下来的，也是一份较之于普通人更为丰厚的底子。所以，作为一个后代，他自然地拥有优越的条件与优越感。

比如，他家的住房，位于街口的位置，一幢从旧社会敌对官僚那没收过来的四层楼房，虽是破旧，但骨架犹在，青砖黑瓦，粗大坚实的木梁，门前墙脚的精细的石雕组件，都在流露出财气与豪气。他家独占了两层，不用花费一分钱。

他从家里取出了那时也是一个少有的工具的生铁锅炉。肯定是没收得来的。别人私有财产被强行充公后，又被另一些人轻而易举变成自己的私有财产。总之，他仗着自己当官的父亲，有生存的优势。

在小镇上，那些善良、可怜、愚昧、肤浅，以及平凡的大多数人，是尊敬、羡慕这样的社会优胜者的。

侯攀也一样。一个住在小街里的窄小黑暗的出租屋的人，一个因为营养不良体质瘦弱的初中学生。

街市，除了节日和圩日，经常冷冷清清。有一天不多见地出现热闹的场景，卖熟肉的摊档围住不少人。

还有不少孩子，嘴馋，眼勾勾看着猪肉。当锋利的刀具剁砍肉块，飞溅出肉碎，或骨头碎，或焦黄的猪皮时，有的孩子就从地上捡起，塞进嘴里。眼睛继续看着木案上的烧肉。

侯攀傻傻地站立着，是其中一个，不过没有去弯腰在地面寻觅，捡吃。

那里卖一头烧猪。香喷喷的烧肉味道扑鼻而来。侯攀认识的那个住在小镇旁边五十多岁叫锦古的男人在操刀卖肉。猪是有点病的，因为无法再饲养，也不好卖鲜肉，主人家叫锦古来办理，宰杀，烧烤。在附近农民中，喜欢搞副业的锦古有这样的本事。

锦古见了侯攀，咧开嘴笑笑，说，叫你妈妈下班后过来买些回去，很好的味道。你们兄弟几个吃吃。

侯攀没理他。这种吆喝无效，他家很少这样消费。因为没钱。

后来侯攀才知道，他如果有那么一些不同，是因为他父亲是一个落难的读书人，而他自己也喜欢读书，从父亲的基本藏书里走进了一个新天地。

所以，走在小镇的凹凸不平、垃圾遍地、污水横流的街面的泥土道路上，侯攀常常就一副目光忧郁、体格弱小的病态模样。

对于罪恶的仇恨总是植根于弱小、敏感而坚强的生命中。

后来侯攀发现，那个生活条件优越的中年男人利用他的优势，占有了一个女孩。尽管是短暂的或者是偶尔的占有。

那是同住一条街的女孩子，一个并不讨人喜欢的人，她看起来也讨厌那时的世界。小个子，留着椰子壳盖那样土气的发型，脸色青黄，板着脸，没有表情，沉默不语，眼睛常常流露出怀疑与憎恨。

平时没人搭理她。她的家，是她和姐姐，跟着妈妈。在父亲去世之后，妈妈嫁给了一个并不优秀的男人。艰难而麻木地生活着。

侯攀从未与她说过话。但那次集市，她却让侯攀大吃一惊。说不上讨厌，还是同情她。在杂货店的门口，由于赶集的人多，买卖也多，点心、糖果、饼干在铺面前的摊位上摆得满满的，也吸引了很多顾客。人们挤在摊位面前，侯攀也凑了过去，咽了咽唾沫，那些点心，特别是夹着肉食烤得喷香的点心，实在很有诱惑。但侯攀知道，没有钱的他，只能看看。家里也不会有闲钱来买这食物。虽然其实也并不贵。

而这时，侯攀一抬眼，看到了这个女孩，她也靠近了摊位。

他想，她也和自己一样，感受着点心的诱惑。

想到这，侯攀要离开。而这时，侯攀忽然又看到，她是大胆的，小手迅速抓住两三块喷香的点心，悄悄地往自己的口袋里装。

侯攀脸发热了，没想到她有这样的行为。

她也发现侯攀看到她了，只有他看见。

她的眼睛对着侯攀看着，冷漠而又复杂的眼神。

他没有举报她。其实，他根本没有举报她的意思。他是个胆小者，同时，也渴望吃。

女孩的姐姐年纪与侯攀一般，在小学同一年级，不同班，也没有说过一句话。但因为这个事情，侯攀是留意起与她有关的消息。渐渐知道，她父亲是个小职员，政治运动初期，在被造反派揪斗以后，上吊自杀。她们母女三人只得到这小镇来，继父在劳动服务公司干体力活，快五十岁了，没有什么文化，没有什么钱财，所居住的房子也是简陋破旧的。高中毕业后，侯攀去当知青，后来考上大学，她通过招工进了一个商店。平凡的日子，她那妹妹，应该也过着平凡的日子。

因为这样，小镇上那中年男人，利用食物，放肆地侵占了这可怜的女子。在偶然中，这事情被侯攀发现了。

这么多年，日子在平静中过去，但那一切，还是因由心中的思绪积淀和某一个细节的触发，如开闸流水似的，汩汩而流。历历往事，浮现出来。

面对这个世界，弱者是忘不了记仇的，不平等的事情，无法自然消失。

侯攀还是这样想。

可恶的特权，不能放过。

侯攀那个作品，不啻是宣言性的文字，愤怒直言的批判。

本来没有一点关系的，但不知为什么，后来的曾晋，自然地引起侯攀这样的回忆，为此，他颇有感触地特此阅读多年以前的这个文稿。一方面，这是侯攀心灵历程的一段桥梁，不经过此道，不知道许多微妙隐秘事情的来龙去脉。另一方面，是不是可以说，一些人士，也因此被列入批判的对象，走入了侯攀所敌视的群体里？

虽然也不能说完全是，但无法删除这样的联想。

所以，侯攀最终没有去监狱探望，其实有这么一个深沉潜在或者说模糊不清的理由吧。

没有谁知道，只能在那个作品里头品味寻找。后来，侯攀忽然想到什么，便将这个作品打印出来，寄给了领导兼文友的老黄。

第 十 八 章

1

人来人往，芸芸众生，失之交臂，擦肩而过，人走茶凉，甚至灰飞烟灭。但，有些人是不会彻底离开的，比如老费、余丽等。

老费这人，一直是以熟悉西方文化的姿态给人以印象的，所以对他的出国，人们也觉得是很自然的事情；但经过几年回来后，或许大家都忘记了他的以前，麻木了对他的感觉，而侯攀倒还是比较细致，认真地打量和思考了经历过国外生活的老费。于是他感到，不同的国度、不同的文化、不同的社会空间，给人所带来的变化还是很大的，那就不是一般人所能预料和感知的了。虽说是保持着批判的立场，但是不知不觉还是接受了。生命无价，这样可惜地浪费消耗。老费还说了，人的空间，包括实际的和想象的，都是像中国古代艺术的一个范式那样，移步换景——走到什么地方，便会别有一番天地。

那天在深圳的会面，听老费提起一段未有结果的艳事，觉得有点意思，也算是这个说法的一个来源例证吧。那是贝克看上了老费，提出将自己四个宝贝女儿中的一个嫁给老费。在向侯攀讲述这事情的时候，老费把照片也给侯攀看了。侯攀给予了啧啧的称赞，觉得长相不错，气质不错，中高个，身段好，曲线性感，皮肤白净细腻，浓密的栗黄色头发，笑眯眯的脸容，大方亲切。一个可爱的洋妞。贝克是真心喜爱中国文化，把女儿的大事也糅合进来了。老费自然是喜出望外。在美国留学，心底里也曾想过找一个西方女子结婚，但没有遇着机会。中国人的内敛是一个障碍，外表与内心的不一致甚至是相反，这会很难与西方人沟通。老费还是喜欢新鲜与炫耀，想过让自己的婚姻也是跨文化的。人生不是享受更不是消费，而是实验，做前辈和别人没有做过的事情，如此，才觉得有意义。把自己整个的生命作为资源资本，去进行一个创造性的投资。

贝克先是与老费讲起，老费当时心里是美滋滋的，当然嘴里说："我可配不上你的千金哦。"贝克见这一边有点妥了，抓紧向女儿提出来，没想到女儿不愿意。贝克说到了中国文化的魅力，他是真的爱上了中国文化，并希望女儿的婚事与这样的喜爱之情关联起来，从而与中国文化有更加紧密的结合。女儿却没有这样的兴趣，她倾向于时尚，西方的时尚。接受不了这个奇异的也可以说是深层次的价值理念。

喜出望外，又归于幻灭。算是一段经历，一种心情吧。留给老费许多的回忆和想象。过去了的也便是过去了，无法变成现实。但为何心里头总是有一些牵挂呢？老费也觉得有意思。于是暗暗地思考分析了一会，相信自己获得了某种价值。这是以前在中国内地一所普通高校任教时所不存在的；是经过留学美国之后慢慢形成，也是他进入一个新的研究与工作的阶段中积累的。后者，也许是一个突变。当明白了这点，老费突然顿悟起来，想，自己已经不知不觉地成为一个跨文化的学者，一个有条件进行中西方文化交流互动的推动者，他可以对中国学者讲美国等西方文化，对西方人士讲中国文化。不是一个等闲的角色，所以需要非同一般的理念。人的价值升华，在生活的经历中付诸实现。

2

而再见余丽，则是感受一个生活安稳的故事。

松林西餐厅，清静优雅。寒暄问候，吃东西聊聊天，这些都很适宜。在城北的白云山腰，俯瞰城区。选择在这里与余丽见面，那是最合适不过的。能自己支配生活就是自由，也觉得，交谈是人的一个基本属性。一想到这个女子，自然会想到一些哲理性的话题。这些年，多多少少也有一些联系，但没有见过面。对她的情况，大体知道，并没有深入交流。各有各的生活，都在为之忙碌。主要是没有了解对方的兴趣和让对方了解的愿望。通信工具再发达也是不起作用的，因心灵之墙阻挡了，当然心灵之墙来自现实之墙。

如今，余丽已是个离了婚的少妇，略显丰腴，容光焕发；孩子跟着爷爷奶奶生活。余丽不用操心，独自一人过日子。经济条件不错，手头宽裕，日子过得非常惬意、舒适。

余丽见到侯攀也非常的开心，兴致勃勃，总想说话。半天时间，不紧不慢地把自己的事情讲了出来。

那些事，其实也并不出侯攀的预料。这些年，余丽一直保持非常的活力，她不是一个让生活空闲的人。到广州上大学后，也给侯攀写过信，热情洋溢，寄托了暗示的情感。侯攀也明白，但他已经没有那样的理想与激情，他还是坚守着现实与理性的底线。

不久，余丽不出意外地和一个男生好上。对她感兴趣的男生很多，她的美丽和个性气质散发着吸引力。那时，和许多善良、纯情的女生一样，余丽把爱情当成生命中最美好、最值得追求的东西，渴望能够得到一个真正懂得自己、喜爱自己又很体贴、体面的男生的钟爱。她一边漫不经心地学习，一边等待着那个人的出现。对待身边围着转的男生，一直以高傲的姿态打量着他们。后来，有了他的出现。他追求的方式很张扬，是恨不得让全世界都知道他爱她的那种，余丽很欣赏他的胆量，觉得这样才是男生、才够男人，感到满足，接受了他，也爱上了他。一段时间的磨合之后，过起了大学流行的二人世界。那时大学恋爱都有一套潜规则，没过几天恋人就要到学校附近租间房子，要开始同居，真正地献身于爱情。男生没多少天就提到在外租房的事，她答应了。之后是激情、浪漫、缠绵，也是消费和消磨这些青春元素的日子。享受激情，信誓旦旦；逛街购物，吃日本寿司，用烛光西餐；到海边去，游泳，躺在沙滩上晒太阳。男友每个月向家里要钱，又每个月都花得精光。其实他家并不宽裕，父母在深山里的林场工作一辈子，只知道一点一点地挣钱，从不敢乱花钱，不会花钱。男友瘦高个，模样斯文。外表当然也不出众。他在山里长大，质朴憨厚，写得一手好字。

余丽妈妈却不喜欢，男友第一次来，她沉着脸。第二次来，她高兴不起来。第三次来，她索性把这小伙子骂跑。

但他们还是继续恋爱。余丽毕业后分配在市里的一所中学，男友离开市区，回到他家乡的一所乡镇中学。很少见面，就经常通信。男友的来信很别致，他不是写长篇大论，不是写出优美动人的句子，没有这个才能，写作能力很有限。但他会画画，他把余丽和自己的名字都描绘成漂亮的图案。在他的信件的开头与结尾，都会有两枚别致的图章似的图形。这叫余丽好不开心。

毕业后，感情趋于平静，再也没有更多的新鲜感，彼此的吸引力大为减少。但两人还是走向婚姻的殿堂，分手没有理由，又有代价，谁都不好开口。家庭生活一开始，吵闹竟然接连不断。那次，余丽同他又吵了架，也记不清是第几次。结婚还不到半年，烦恼还不少。

开始的烦恼还是带有情调的，有天上午，余丽上满四节课，疲累辛苦，回到家里，没想又窝了一肚子火。

本想先生做好了饭菜，她回来便可以美美地吃一顿。餐桌旁，还开着音响。

以前日子常常这样。但这次回家，顿时觉得屋里冷冷清清。他平躺在床上，一言不发，像是挺尸。

打开电冰箱、碗柜、电饭煲、菜锅，处处皆空。她狠狠地敲响了汤勺，发了点火。但也只得自己动手，煮饭、烧菜。煎鸡蛋，本想煎两个，自己吃算了，但还是煎了四个。

吃饭的时候，他从床上起来，也坐到餐桌旁，一起吃了午饭。但依然一言不发，桌面上只有咀嚼声，音响没有打开。余丽吃罢，洗自己的碗，再去洗了自己的衣服。没啥干的，又觉得劳累，便上床躺下。

先生吃罢，忙了会，也上床躺着。两人背对背，不说话。

睡醒了，余丽一骨碌爬起来，还要赶去讲下午的课呢。走到厅里，先生从床上下来，来到她身旁，一把将她搂住。

她想挣开，但那双手抱得更紧。他的脸贴近过来，眼睛盯着她。她却扭转脸，厉声说："放开我。"

先生大笑，说："还以为你会继续做哑巴。"

"哼！"她一点也不想笑。

先生知道她再没火气，就要进一步亲近。他把手伸进她的衬衣内。

余丽咬咬牙，挣脱了身子，她忍住自己被初步撩起的欲念，跑着出了门。

下午放学，她拐了个弯，没有回家，到学生家探访。准备多去几家，深夜才回来。这样，先生会着急的。正是要他等一等，激发他对欲望的渴求。余丽有这样的制服先生的本领。

想到这，余丽偷偷地笑了起来。

只是，这样的情调却不多。所以，她能够记住，而且作为一个珍贵的记忆，用以安慰自己。因为更多的是冷战。后来，余丽越来越习惯一个人独自活动，寂寞地待在阴暗的角落里，独自想着一些不切实际的东西。她知道，自己已经患上了情感孤僻症。不过却从来没有试图过挣扎出来，或者是尝试治疗自己。开始习惯一个人在黑夜里工作，白天那喧哗的人群，沸腾的人声，让她感觉自己跟他们格格不入。

一个时间，先生打电话给她："晚上要管学生的自习吗？""不用。""一起吃饭看电影好吗？""……嗯，不想去。""为什么？""放学后想一个人待着。"

她接受了，情感孤僻是另一种流行。习惯了长时间不与先生做爱。后来，把这作为偶尔的一项义务，一项负担，后来，确实无法接受，只得干脆拒绝。

后来，两人真的离了婚。

不久，她也不再做教师，那种职业她觉得辛苦、平凡、乏味。她在广州市中心的中信广场上班，担任一家外资公司的人力资源总监。

没有再婚。找一个男人，愿意嫁给他，其实也还真不容易的了。爱，性与婚姻，并不是一回事。爱是缘分，更多的是放在年轻的时段背景里；性是身体的本能，也是情感的内核，在一定理性或者说价值观的基础上，是很容易实现的一种行为；婚姻受到法律的干预，牵扯到太多的包括财富在内的利益因素，比较复杂。

余丽能够把握自己的情感生活。

她有这方面的朋友。并不需要太多的周折与努力，在五光十色的流行着物欲享受的南方大都市，这并不奇怪。

按照这时代的标准，三十出头的她，已是传说中的有钱没时间的打工皇帝。她的男友不止一个，但仅是一段时期一个。也不同居，需要的时候见面，或者外出度假旅游在一起。平时都很独立，各自处理工作、人际关系中的问题……

余丽把自己的故事说得很细很生动，仿佛只要这样，自己的经历才有意义。

侯攀静静地听，不插话。他想，虽然对方有点迷情自恋，但以他们过去的不一般友好的关系来看，这也可以理解。

余丽说完，得换点口味，两人又喝了点东西。

这时候，侯攀问她："你有得到爱的感觉吗？"

她想了想，说："说不清楚。有这样的需要，可以增添一些情趣，也觉得生命没有白白度过。但我在感情上好像并不依赖他，如果我心情悲观、处于情绪低潮，得靠自己调整，他也起不了很大的作用。我有时候不想见他，想自己待着。我觉得他是同样的感觉。不能说，伴随着孤僻的爱情就不是爱情。不过，只需要考虑爱情的生活已和大多数熟男熟女告别了，爱情必须与金钱和工作并存，浪漫也必须与现实和压力并存。所以，孤僻的恋爱，那是充满真实感的现代爱情。"

侯攀呵呵一笑，说："有一种生存叫感性。"

余丽说："这样的话你也会说，真是出乎预料，不敢相信。我刮目相看了。"

这时候，是春天的时节，气候温和宜人，吃过、谈过后还有时间，也有兴致，两人去到山岭的林荫道路上漫步，非常开心。

说不完的话，从西餐厅延伸到散步中。

侯攀说："什么样的人都有。当然也不是现在才这样，人上一百，形形色色，自古而然。但又总觉得，我们这个时代在这里形成了独特的亮点，包括其困惑，其魅力。"

余丽听了，沉默一会，然后吃吃地笑起来，说："不是不相信，我相信，完全相信。并非我见识过，而是，在我们这个时代，什么故事可能都已经不是奇闻。"

侯攀说："确实。但总觉这样的故事，会被讲述的。"

余丽说："现在，觉得故事是人生的结果，是精神的财富。很想讲故事，就是找不到倾诉的对象。我想作家是很幸福的，他经常讲故事。不是吗？你看你就是没有放弃你的作家梦，你还是想当一个作家。"

"我认了，但也平凡度日，一事无成。"

"老师，你不当教授了，多可惜呀。"过一会，余丽又说："出来了社会，才感到了学校的那种清纯。真的怀念大学生的时代，尤其你当我们的老师那会儿。在教室里，听你的文学课，在你那简朴的宿舍，讨论人生，听你那指点江山、激扬文字、粪土当年万户侯的脱俗慷慨与非凡才华，觉得，你是我们的精神导师，神一样的人物，你也该是国家的栋梁与希望。只知道时代是会变化的，却没有想到变化得那么大那么快。你看，你也离开了大学。"

"哼哼，我当上了大学副教授，实现了一定的价值，不想重复着单调的日子，于是毅然地离开吧，去尝试着新的体验吧。除非我有条件像清代的粤北文人廖燕那样，在自家门前种上二十七棵松树，与文人雅士相聚，喝茶饮酒，谈论诗书，写点东西，讲点课。这样的生活适合我。"

"那是你的生命哲学。但好像听说，你对大学也有不少批评之语。"

"那当然，大学也是社会的一部分，教师，这些知识分子，也是社会的成员之一。这里并没有天然的情感的基因。比如，我们说的职称评价。社科系有一位想评博导的，竟然拿别人在报刊上发的文章，换上自己的大名，复印多份，差一点弄假成真；一个教师所发表的论文大都是与人合作的，而在自己申报的材料中竟然抛弃合作者；有些教师为了评职称四处挂名，别人写了论文，请求人家在发表的时候将自己的名字属在后面，以此增加自己的论文篇数；有的是把自己在报纸上发表的豆腐块似的文章，也拿出来凑数；有的竟把弟子的文章署上自己的名字发表，把自己以前发表过的论文稍稍修改一下换一个题目，再拿出来发表，又充当一篇论文。有一个是把自己的一本专著中的所有章节都拿出来砍成若干篇当作论文——发表，于是在他的成果表中除了这本书又多出了若干篇的论文……"

"大学都成了名利场了。"余丽静静地听着，说，"这些，在网上，在报刊中也不时有文章披露与讨论，但听你讲起来，还特别的清晰。"

"那我再说说吧，反正我们现在闲聊，打发时间。一个真实的故事：一个研究比较文学的教师，就一个简单的学术问题分别在几个学术杂志上发表了五篇论文，这五篇文章的题目分别是《论比较文学消亡论》《再论比较文学消亡论》《三论比较文学消亡论》《比较文学消亡了吗？》《驳比较文学消亡论》。有人开玩笑地说，如果收集高校学者在评职称过程中的典型案例，编一本《评职称之百战奇谋》或《评职称之成功宝典》，其在士林中的地位绝不下于《葵花宝典》在武林中的地位。"

"真好笑。"

"也真好玩。"

"为什么这样说呢，老师？"

"其实，我一点也不悲愤，过去你在我宿舍看到的所谓慷慨陈词、满腔悲愤或满腔热情的那个我，早已心平气和，丧失斗志。我改变了观点，认为这样的社会才是正常的社会，一点也不奇怪。出现问题，是正常的，对问题进行批判也是正常的，解决问题需要时间过程，还是正常的。我们只有适应了，在这样的适应中，度过自己的一生。悲剧吗？也一点都不。"

"深刻呀，老师，所以，我真的喜欢听你说话。"

"好的啦。嘴巴还是那样甜。话语多的人没有行动，所以，女孩子现在喜欢闷骚。你也去找个闷骚吧。"

"我只有无语。"

这样的接触，如今仅仅限于语言和形而上。不知为什么，一条无法逾越的界限阻隔了他们。

后来，侯攀没有和余丽见面了。也没过多久，余丽出国了，先是去了美国，不到两年，转去了德国。又生了一个孩子，孩子父亲是在德国的中国人。但并没有听说余丽结婚的消息。

她在法兰克福附近的美丽小镇拥有别墅。在好几个朋友那听到这事。有的在那里旅行时还受邀去喝过茶。

倒是感到，她的那个单身状态，还有一些自由的空间与期待。对于他，是一个诱惑。但他不敢接受这样的诱惑，怕掉到陷阱里去。过去没有，今后更加不会了。

3

某一天，消息传来，关于廖智义的。他的事情又引发了侯攀的感慨长叹。

廖智义，这个为着自己的梦想一直努力的农村知识分子，结婚后，一是与漂亮老婆缠绵，享受女人带来的幸福；二是应付官场规则，随波逐流，争取进步。和侯攀去看了曾晋回来，感触很深，受到刺激也很大。觉得，自己与曾晋那样的状态相差甚远，无法比较。学校的生活平静，清淡。自己不是一线教师，不可以当个教授学者。校内行政干部，权力很小，发展空间也不大。和老婆一商量，就想，到曾晋那里去，在那个经济发展快的珠三角城市谋个政府职位，也可以过上有滋有味的日子。老婆也赞同，说："从西南来到广东，只是图广东离香港、澳门近些，开放发达，但那粤北，又在学校，与内地也没啥差别，于是有点郁闷，不知为何而来。"这一说，廖智义更加想离开学校了。他给曾晋写了一封信，请他帮忙。曾的回复也是快捷的，说："你要来就来吧。不可能进入政府，因为你不是政府公务员编制，但即便是属于这样的身份，也难以调来，因为编制有限，这里的政府用人特别严，外地的一般进不来。而能过来的，除了打工一族外，基本上是科技教育人才。所以，到学校去吧，先干着，以后等融入本地了，找机会再调进党政部门。但这里的学校不是高校，而是中学之类。"收到回音，廖智义颇为失望。中学与高校，级别相差甚远，况且，中学还有高考升学压力。因此，很是犹豫。老婆却是不同看法，说："你还不抓住机会，过了这村就没那店了。再过几年，你都什么年纪了，再说，你学历也没什么优势，专业方面更是乏善可陈。大街上的广告说得有道理：走过路过，千万别错过。"廖智义叹息一声说，也是的，说到专业特长，曾、侯、费，哪一个都比他强得多，自己与他们不是一个层次的。实际上，也仅仅是在鞍前马后、跑跑龙套方面发挥点作用，而能干和想干这样的活计的人多得是。想了一番，只好说，那便去吧。

这样，廖智义两口子终于离开了这大学，到了珠三角的一所中学去。先是担任了两年的初中教师，勤勤恳恳应付工作。曾晋的因素发挥作用后，廖智义担任了副校长，后来，按照廖智义的愿望，借调到教育局，看看如何找机会转成公务员，一步一步在仕途上发展。但正走到一半路途，曾晋那里出事了。世态发生变化，廖智义又回到一所初中，担任分管行政的副校长。下一步的前途也会不大理想。

全身心投入的几年，也是折腾的几年，心力交瘁。廖智义确实感觉到，此行决定了他的命运也只能是悲剧。没多久，他的老问题肝炎向着不好的方面迅速发展，演变为肝癌，最终又到了晚期。

那天，有气无力、半死不活地躺在床上，知道自己来日无多的结局，抓住老婆的手说，如果能够恢复健康，自己可以放弃除了她以外的一切。

那是个黄昏时分，暮春时令。温暖的季节行将结束，热烈的日子眼看要来临。生命的活力，由积蓄到爆发，往往可以从这样的气候演变中得到激励或者暗示。

以前，这是一个令人跃跃欲试、激情澎湃的时刻。

但是，生命的尾声已经可以依稀听到。

廖智义，还有他老婆此时的心情，不难想象。

也许是一些药物激素的功用，也许就是生命本能最后挣扎的回光返照，两口子进行了一次总结式的长谈。

"这是不是宿命呀，以前，总觉得那是一种迷信，自己也不屑一顾，无论如何也想不到，倒霉的事情会落到了自己的身上，感到，人的生命太渺小了，不得不相信起命运来。"廖智义说。

"这么多人下来，大部分都很好的，发财的，见世面的，孩子找到更好的机会的，唯有你这样的回报。"老婆含着眼泪说。

"也有病死的，也有车祸而亡的，也有一时想不开自杀的，还有犯罪被判处了徒刑的。我们也看到一些了。但是，轮到了自己，真是想不到。"廖智义说。

"命运正是这样，如何能说得清楚呢。早知今日，也不会有当初。但我也懂了，我没有照顾好你，自己太任性。"老婆说。

听到这，廖智义看了她一眼，轻轻地握住了放在旁边的她那柔软温热的手。

其中的潜台词，两人不言自明。

结婚几年后，由于没有孩子，他们按照咨询意见和计划安排的，每次都结合着一种生理学和医学的观测与预计，程序性很明显，细致、严格，以至于不得不感到，那不是感情活动，不是爱的行为，而是更为近似于一种生物学方面的实验。老婆买来了医学仪器，预测着排卵期，而廖智义，定期去医院检查他的精子状态，比如成活率、移动性等指标，于是，两口子对于生育知识、生育护理的收费标准，以及与这有关的人们的心理和许多故事，都积累了一堆可以八卦的素材。精力与精神的付出，配合与理解的磨合，这一过程，不仅乏味，而且非常劳累。好在，最后总算有了结果，生下了一个女儿。

廖智义上有姐姐下有妹妹，独个男子的他，依照家族的愿望，需要生养男孩，传宗接代，延续香火。年迈的父母总是忧心忡忡地唠唠叨叨，姐姐妹妹也唉声叹气，家族这样的氛围，对于他显然是一种无形的心理与精神的压力。

后来，临界点出现，终于找到一个爆发的机会。时值春节，他一家三口回到农村父母家，难得六七天的春节长假，虽然旅途劳累，身体有一种说不出的不舒服的感觉，心里头也是，胸口有点堵；但也不在意了。回到家乡，目睹故地，勾起回忆，见到父母更加老了，觉得时光流逝飞快，兴奋和伤感交集。这些思绪，不知不觉就积聚起来。年三十那天，按照以往习惯，他张罗贴大门口的春联。一副三联，上横一联，左右各一联，写毕，张贴。登上木梯凳子，扫刷干净，抹上浆糊，仔细贴好，既要端正，也不能让纸面浮起皱纹，说不上是难事但也要费点神的。每年回家，需要他做的事情主要是这个。他是男儿，父亲又已经衰老。在他忙着的时候，那个年老得一年不如一年的父亲正站立在下面，仰起头颅看着他，一双满是皱纹和老人斑的手，紧紧地扶着木梯子。老人看着看着，忍不住发起牢骚，说："我贴了几十年的过年对联，交给你后，也有一些年份。我只有你一个儿子，只有依靠你。但你之后呢，等你到了我这样的年纪，看看谁来接你的手哦。回想起来，你考上大学，也不算什么好事，走上那条道路了。你又没有那样的见识和胆量，自己出来，打工也好，做生意也好，自由自在地安排应有的生活。"

父亲的唠叨，廖智义不知听过多少遍，但这回觉得特别有感触。心里也越发感到郁闷，免不了走神。没料到，一不小心，或者也是疲劳了，在木梯的上方位置摔下倒地，胳膊骨折。不大不小的伤势，为过年的喜庆倒了一盆冷水。于是，一边应付年节一边服药治疗。而更为糟糕的事情来了，骨折只是一个开端，接下来，身体总感不适，胃口不好，睡眠不好，精神不济，明显消瘦，最后难以坚持，只得到医院检查。结果大吃一惊，原来的肝炎已经演变为肝癌，而且情况严重，不容乐观。

这样子，赶紧住进医院。化疗，服药，检查。一个疗程接着一个疗程。病情却没有好转，病魔还是朝着不好的方向，顽固地走去。

第十九章

1

　　珠三角便利的交通与并不遥远的城市之间的距离，使得见到昔日友人也很容易。执行公务到一个小城，有点意外也很欣喜地遇着了许一石。他已经移民到加拿大了，家电制造的生意还在珠三角，工厂建在这里。一年中的大多时间还是回到国内打理生意，常住在这个小城。侯攀在财经杂志写股评的时候，他请吃过一次饭。

　　许说："你来这里是对的，但如果早点来，比如80年代，这里正在大兴土木的时候，许多人住在临时搭建的锌铁皮工棚的时候来，那会更好。你看，我以前没说错吧，你在那所大学当教师，只是消耗你的生命而已，别无所获。"

　　侯攀冷冷地说："什么时候来也不晚哦。不是说，在纽约，居住了二十年与刚到两天，所遇到的生存的机遇都是一样的吗？"

　　"那是那是，有这么达观的胸怀，自然是值得赞许的。"

　　"股市时起时落，不管如何，总是有人得有人失。世事也差不多。"

　　这样的话题，许不会多说什么，他有点得意，财富远不是一般人可以攀比的了。虽然也表示出对于财富的轻视，但说着说着，还是流露出一种自傲，他说："我对我老婆说过，我临死的时候，叫她把我一生所挣得的美元数字报给我听听，把一堆美钞放在我面前，让我摸摸。我会心满意足，把心放下来。"

"你不是吧，好一个典型形象！成功地与金钱结成生死之交了呀。你是一个作家、企业家。"侯攀笑笑。

许看着他，认真地点点头，说："真的。做什么都不容易，唯有挣钱，既是相对容易也有意思。"

侯攀想了想，也认真地点点头，说："我懂，也相信。这是什么时代呀，实业家、老板们，用金钱的挣得与处所的安置，作出了判断和选择。"

"真的，难道写作有意思吗？很多作品要不废话，要不垃圾。难道职场有意思吗？你看多少人整天喝酒应酬，庸庸碌碌，却又疲惫不堪。"

"赞同，你说的都是真的。著书都为稻粱谋。我写股评、编辑财经杂志，其实便是这方面赤裸裸的表现。"

"其实也没有什么意思，更没什么意义。我对一个朋友说，他那职位不过是一张 A4 纸，发个文，叫你上你就上，也是发个文，叫你挪，你想不走也得走。呵呵，前几天我进行体检，发现矮了两厘米。生命，身体，慢慢走向下坡路。自然规律。"许说。

也问起了班长袁达志。许一石说，袁的人生选择总是错位。他的本色是书生，长于务虚而拙于务实，在办企业、面对市场、挣钱谋利这些方面，实在做不出太大的成绩。他自己也明白了，所以，最后还是回到大城市，搞顾问咨询，磨磨嘴皮，出谋划策，赚点服务费。

接下来，再说什么，也都是记不住的无聊内容。

那次与许的这一会面，侯攀是真的受到了震动。实惠那是实惠，明明白白地站立着，这时代，不仅坚挺着价值，还可以广泛地自由的交换价值。对比之下，又一次叩问那个自己做文章经常论述的主题：形而上学。思考之意何在呀，侯攀想。但像中了毒，他依然保留这方面的兴趣。

于是，遇到那个怪人——老坚，他是属于侯攀很愿意与他攀谈，并且愿意请其吃饭的那一类角色。城市里也不时会遇到的。那次，老坚说自己从西藏回来，在那里已经住了半年，给自己起了个藏语名字，叫作坚赞加措。

他告诉侯攀，可以用简称，叫他坚赞，或者加措，最好不要叫他老坚了。他的热衷与决心已经可以从外表看出。

去西藏之前，他在北方一座大城市写诗。租着市区的一间等待拆迁的破旧狭小的平房，除了写作，还参加一些沙龙，讨论中国的现代化与全球化，也研究一些令人热血沸腾的政治问题。

有一天，正在白天都需要开电灯的小屋里，他摊开一张花五十元买来的世界地图，研究地缘政治、国防形势以及各国的战略博弈问题，准备在网络上发文，并且还想过，要把更详细的这一主题的文章报告给有关部门。这时候，门被敲响，一打开，还没看清，进来几个壮实的小区保安，说是查房。没说几句，其中一个用手紧紧捂着鼻子，嫌屋子里的空气差。

老坚当然没有他们需要的证件，于是被要求限时离开。他头也不回地朝着大西北的方向旅行。

和侯攀一见面，坐下不久，老坚也不寒暄闲谈，就直奔主题，自说自话，而且滔滔不绝："我不是某些朦胧诗人所说的那么纯粹与浪漫：来到这个世界上，只带着笔、纸张和绳索。我只是与不愿意离开北京的第 N 个女友分手，不排除以后会有新的女友，与我一道，在人生的某一阶段中共同努力，共同思想，共同分享。我没有家庭，没有孩子，目前也不考虑结婚，带着银联消费卡，还有现代的通信与传播工具，智能手机和笔记本电脑。我有微博和博客，每天，甚至每时每刻，我都可以非常顺利地写作自己的所行所见、所思所想，说实在的，我感谢这个时代，也感谢我的中国。我离不开中国，她让我恨也让我爱，无论是恨还是爱，我都依恋着她，就像儿女依恋母亲，不离不弃，无法分离。"

侯攀呵呵一笑，说："你还那样，有着天生的表达欲。"

"你不是吗？我记得你就这样说过：对于新技术革命的热潮学习研究，把人们的视线引向广阔的蔚蓝色以及充满活力的蓝色文化、蓝色文明。上次我们在一起，你是这样说的。"

侯攀笑笑，点点头："是我的观点，严格来说，是我那个时候的观点。那时，我读了《第三次浪潮》《大趋势：改变我们生活的十个新方向》《未来的震荡》，开始学习计算机，当然是打字，那时还没有上网的概念。但使用计算机写作，已经不仅仅是写字的事情，还是一个写作与传播方式的革命。我们从几千年的农耕文化走到了科技的蔚蓝色文化。"

老坚说话是不大注意与对方对接的，只顾自己的雄辩话语；所以，他也不顾侯攀说什么，又在自言自语："自由人生，独立行走，不懈追求，终生奋斗。生命的冲刺到来了。这次决战若不胜利，我便要放弃几十年的价值观，过上一种凡事慢慢来、顺其自然的生活。"

侯攀听着听着便烦起来，老坚似乎是把他当作一个单纯的女孩子。很想换一个话题，躲避那些听过多次的故事。那里头，真实性与虚幻性无法证实地混杂在一起，可能连老坚自己也对此糊里糊涂，不记得哪些是他所经历的，哪些是他希望经历的，只是都搁在了他心里头。

侯攀趁着他缓口气的空当，赶紧问他："你最近读什么书？"

老坚说："《转型中国》，包括读书札记，如各国现代化理论；《现代化新论》《后现代主义批判》，中国社会科学院的研究，西方现代性思潮。"

侯攀顺着这话，又说："有的书，可能很一般，不是什么名著，但如果在你最渴望阅读的时候进入了你的视野，它所起到的影响作用也会超乎寻常。我在念初中的时候，读过一本苏联人著的《给初学画者的信》，还有一本社科人文综合性的中学教科书，都是50年代翻译到中国来的，给我带来激励和幻想。对此，至今还有美好的感受。即便在那个限制非常多的时代，两本书都体现了西方文化与革命思潮的结合。在中国，无论传统的还是现代的，都不能表现出这样的风格。"

"是吗？这两部书确实不出名哦，能给你如此记忆，说明了读者对于书的评价，往往结合着个人的经历和思想，著作的价值是通过读者来完成的，换言之，客观存在的价值与最终产生了影响的价值，已经不一样了。接受者实际上进行了一个主观性很强的再创造。这也属于我们所说的接受美学的一个典型现象吧。"

"是的。"侯攀有点儿兴奋，这下子轮到他来务虚发挥。"我对文章与社会特别敏感。虽然以前写文学研究和评论，写小说散文，乃至诗歌；现在做财经杂志，发表了几百篇这类文章，但，最有感觉的还是历史与现实的评论写作。"

侯攀还要说，老坚显然是不耐烦，说："你要学会娱乐。我转发一条手机短信给你。"侯攀接到老坚发来的短信，一看也乐得哈哈大笑——

《春趣》：不脱则嫌热，脱后则嫌凉，此乃春天。不送则不安，送后则不廉，此乃春节。不看则失落，看后则失望，此乃春晚。不乘则难归，乘后则难受，此乃春运。不做则无趣，做了则无力，此乃春梦。……春天来了，祝各位春天好！

互联网那多得数不清、记不住的文字，也多多少少打进了侯攀的头脑。他于是模模糊糊地记住了一些关于这个时代这个领域的一些话语：

这是最好的时代，这也是最坏的时代。这是个智慧人群集聚的时代，这也是个愚蠢脑袋产生的时代。有的人面前拥有各样事物，有的人一无所有。选择什么样的路，在智能手机越来越普及的今天，有一两部智能机没什么稀奇的，而路上、车里、休息时间，甚至于在卫生间里，你都做些什么呢？我想应该是在玩手机吧。这些都可以说是我们生活中的碎片时间，我们无法利用这样的时间去做很有价值的事情，如何才能将这些时间利用起来呢？

微信让我们有效利用时间碎片——前期栽树，后期收获，微小付出，终生回报。每天只需几分钟，每天百元领一生。你给微信一年时间，微信还你一生自由。全中国的企业，全中国的微信用户都想帮助你改变生活，你却远离我们，你说你生活过的差，我觉得你该过那样的生活，一个不愿与时俱进的人，你的生活永远改变不了。

"时代流行这个，我真的落伍了。除了网络，还有这里头的文化。不过，改一改自己，赶上去适应，还来得及。"侯攀说。

2

当然与昔日的文稿记录相比，现实存在更是扑面而来，无法躲避。

迷失自己，当追逐金钱成为需要和诱惑。没有绝对的清醒与糊涂，在场和旁观，当下与事后，所处的位置不同，感觉与判断就不同。道理是明白的，但现实又是巨大的。所以，不是在文笔的精神世界，而是在职场生涯的忙碌中，忘记了自己以及时光，偶然的回首才能够清醒地看到真实的面目。

这应该是生命航行中的糊涂或者无奈吧。

在公司的头几年，像侯攀这样的职位者，是需要坐班的，每天准时报到，公司提供早餐、午餐。在餐桌上一边进食，一边讨论业务也不少见。公司也搞过企业文化活动，那时候，也推行过日韩的半军事化管理，着装整齐统一，言行举止规范，列队操练，使得每个员工像战士，或者说，公司是一部高效运转的机器，而人员则是其中的零部件。

周一至周五，侯攀在私募公司里的一项工作，是监督炒股信息服务。九点半股市开启前，他就登录公司的服务 QQ 群，查看相关的信息发布：

"大家注意了！！重大消息：今天是周末＋月末＋年末，最后两只金花股布局的最后一天，有优惠。下午三点截止时间，要跟上的朋友及时联系我，要过账号的朋友打过款及时通知我，咱们公司花重金打造的本年度的最后两只金花股，获利必定不会少，收益绝对丰厚，早加入，早获利！要跟上吗？请务必给我个回复！谢谢！"

他不是直接面向客户的人，而是公司里的业务顶层监管者。这是他们的套话，是他以前确定的业务文案，其实也不是他写的，也不知是谁写的或者从哪里 copy 过来的。他使用过，现在交给公司的业务人员，那些年轻的大学毕业的男女们，由他们继续运作。

接着，看到第二条：

"看看分析师指导用户操作的某只股票的操作记录，如果你是我们的用户，提前得到这样的提示，以你的资金量算算可以赚多少了？优惠今天三点截止，要把握跟上的及时联系我，要过账号的朋友打过款及时通知我。"

接下来，第三条……

这些，不能说是是完全真的，也不能说完全假的。不能说对的，也不能说是错的。

只有相对性，相对的真假，相对的正误。所以便会有存在的空间，因为总能遇到适用者。

他对其中的激动、兴奋、幻想、憧憬，早已习以为常。这是一个职业的过程。在保证自己利益的同时，他也希望客户心想事成，如愿以偿。当然，这不犯法。

侯攀也炒过股票，但并不成功。他找到了自己性格和习惯里面的原因。炒股是向前看，面向未来的，写作是向后看，面向回忆的，两者矛盾。所以，他放弃了操作，只写评论。

当然，公司里的人情世故，倒让侯攀体会到了大家不仅仅是挣钱的工具，还是一个个活生生的人。某个中午，股市休息的时候，公司的内部 QQ 群，聊了起来。

朱：有没有好消息分享一下啊。

吕：有呀，家里新添了丁。应该算好消息吧。依然是个女儿，全家人都还很喜欢。

琴：恭喜恭喜。

侯攀：现在生儿子和生女儿都一样。

吕：我没有儿子，我也觉得生儿生女是一样。

侯攀：在我们乡下，无论是男方还是女方，办个婚事都不容易。

朱：生女儿好，现在流行在岳父家过年。

不过，这样的交谈只是一种放松。侯攀也不会在那里耽搁太久，更多的时间是做那些艰苦的事情。他要写稿，发表一些经济与文化之类问题的评论文章。在股市里，他是一个文化学者兼作家；与作家在一起，他是一个有经济头脑、有那么一点儿资本的经济人士。由此，构成写作与股票经营的互动。侯攀的这个定位，其实也像一个写作个体户，在文字与金钱间谋取利益的自由职业者。

回答一个客户或者网友，他这样说过，都留在了电脑里头：

我唯一能做的是将自己的投资理念和炒股方法记录下来，一方面是记录自己的成长和成熟，另一方面是供有缘之人参考。股市里没有放之四海而皆准的投资法则，因为这里面涉及太多的是人性的问题。投资最终能不能成功，不取决于市场，也不取决于企业，而最终是取决于投资者自身。因此你的学识、你的行为方式、你的炒股方法决定了你的投资最终结果。也许你看到我的投资光鲜的一面：对企业的理解比较透彻、经常抓到大牛股、熊市里也能一直盈利、有很强的信心和耐心……但实际上，我也是凡胎肉体，跟大家一样，投资一样有烦恼、有困惑、有失败的时候……

还有，他要写一些故事，如，一个家庭妇女，拿出多年的积蓄，比如五万元吧，用于炒股，一开始不懂行情，输得一塌糊涂，血本无归，于是退出。过了一两年，心里不甘，又向亲戚或友人借来五万，看好一只股票，勇敢买入。这回买对了，连续一个涨停。积累了第一桶金，也积累了信心。她把本金取出，还清借债，继续在股海中搏击。这样几年下来，获得了一百万或者一百五十万或者二百五十万元的收入。从此改变了自己的工作方式和生活。

另一类故事这样说：原来是个大学毕业生，在公司工作，恋爱、买房、结婚，金钱的压力大，只得进入股市，但也输得一塌糊涂。接着下决心学习股票投资，后来进入一个股票基金，跟着庄家炒股，担当操盘手。于是阅历丰富，不仅为公司赚了钱，学到了炒股的技术与技巧，还大开眼界，看到了股市最核心领域的秘密。在富裕起来之后，良心发现决心把自己掌握的炒股秘籍公之于众，为炒股的散户服务，为此出版了一部这方面的著作。接下来，是这部著作的介绍。

故事的目标指向再清楚不过，一个鼓励人们参与股市，一个推销书籍。以故事形式推销，也是一个营销方式。

侯攀感到满足，一来保持了舞文弄墨的兴致，在发表议论中实现了自己的价值。二来也摆脱了清贫，养家糊口，老婆和两个孩子，都要靠他养的。

文化是一种消费，时间、经历、心情等要素的消费。

这里写下来的是一篇关于文化的文章的一些思索。只言片语，他也敲进电脑里去，多了，敷衍成文，也做成了算是完整的一篇。还有一些写出了提纲的，像这篇《也谈全球化的几个走向》：（1）缩小差距的共同发展，发展中国家的理想主义；（2）等距离的共同发展，发达国家的理想主义；（3）拉大距离的共同发展，那是事实；（4）两极分化，也是事实；（5）停滞不前，在对立、对抗、冲突中消耗，导致全球化的失败，还是事实。而《笔记某年》《出卖感觉》《超级承包公司》《人人都可以当老板》《成功是失败之母》《与狼共舞》《虚拟公司》《只有服务，没有产品》与《Where We Are》……那些文章的题目，在电脑里，他列开来，找到材料或者有了思路，他接着写，写完了发给报刊，发表之后，放进自己的博客里。在传媒界有了影响，他顺势发表对于股市的判断……

3

心情一亮，喜出望外：胡文秀来电话。

离开学校后没有联系，已经多年，记忆淡忘，所以感到有点突然，但也不奇怪，心里其实也没忘记她，相信她对自己也一样。胡文秀说，到了这个城市开会，很想见见面，还有一个关于她女儿考艺术专业的事情，约了个熟悉情况的教授咨询，也一起聊聊。先找个地方碰头，先说说话，再去约定的地方。

胡文秀还在大学里，现在的职务是纪委副书记。按她的人品，这很适合。虽然他们之间的感情经历不能被这个职务的准则所接受，但侯攀一点也不会否定她的道德水平，作为一个有良知的人，是可以理解她的。

两人在市中心的步行街见了面。地点在新华书店门口。先看到胡文秀的背影，她在看书店门口处摆放的流行书、特别推荐的书。一个中年妇女，对于书的沉浸、专注，本身体现出一种品位。感觉不错。当然还有那修长、轻盈的身段，一袭银灰色的套装，中高跟黑色皮鞋。

他喊她一声，她立即有反应，旋即转过身来，一脸热情亲切的笑容。

一切都仿佛昨日。

脸容也很年轻，皮肤白皙细腻，细长的眉毛，明亮的丹凤眼。只是在笑的时候，眼角多了几道有点深刻的皱纹。

"你还那样，漂亮雅致，风韵犹存。"

她微微一笑，说："现在，到了要看我女儿的一个新的时代。"

"当然，青出于蓝而胜于蓝。听说她学艺术。"

"小时候重点学画画，后来吃不了苦，爱看电视，于是转了方向，学表演艺术。想报考那个传媒大学，那是以前著名的影视学院。"

"离不开你的功劳，我想得出来，你的付出很多。"

胡文秀微微一笑，说："还有你所想象不到的艰苦。不过，都过去了，作为妈妈，也只能这样。"

"春华秋实，得到了收获。你这个妈妈值得骄傲。"

"不说这些吧。你也可以嘛。老婆贤惠，会照顾你，其实人也长得不错，还有两个孩子。说实在的，比找个大学教授当老婆要实惠得多。你也不傻。"

"当然。不过，你的付出，你的牺牲精神，我没法相比。这点我最为难忘。"

"你在大城市也过了几年时间，我觉得一点也没变。不说外表，主要看感觉。像你这样的人不多，只是我们那个年代才有的，一个独特的结晶。所以，一见面我便有了感觉，你还是你。将来也一样的。"

侯攀说："确实，环境变化，人变老，但心灵的底色涂改不了。比如对这里的高楼，觉得空间被分割占据，特别是视域。发现，在这样的城市里，我们好像又是生活在山区，在群山之间。只是，没有山野的宁静和清新。"

说着说着，看看手表，挥挥手打了的士，到一家茶楼，在房间里等待那个教授。

前来的苏教授是个名人，文章著述不少，为媒体热捧，也常在电视节目和论坛亮相，发表引人关注的言论。这次，他到南方来讲学，不难想象，讲学也是捞金。据说，每年那影视专业艺考前，他会接到许多这样的邀请。众所周知，这所高校表演专业依然是中国最牛和最难考上的。苏教授不仅可以收获数额颇为不菲的讲课费，还有考生家长热切地非常愿意地奉上的咨询费。

胡文秀也是为这事情找到苏教授的，其实，她可以不付费，她认识北京一所相关高校的领导，那个领导搭上的线，作为朋友的关系，为胡文秀女儿考表演艺术专业作一些参考。

不过，胡文秀还是带上了家乡的一些土特产，表达一下意思。苏教授既不谢绝也不在乎，也都很专业地介绍了情况，说：

"今年考表演系，换成诗朗诵，看似简单，其实更难。考题包含了对考生的文化程度和对应的理解力的排查，若你本身修养不够，或者没有高手高人帮忙，诗没选好，就等于出局了。这跟给演员发剧本然后听其理解和想法是一个道理。"

"这个信息很有用。"侯攀忍不住插了一句。

苏教授喝了一口茶，继续说："然后，选了一首好诗，那可要看你的想象力。这里面，其实考的是二度创作能力。最后，考的是你的表现力。这里面有声线，有眼神，有肢体语言，等等。一年一次那么一点点时间的考试，我看了十几年。其实，从考生报名开始，必须要学会动脑子。老师是什么人？多大年纪？诗歌是他们年轻时开始喜欢上的，那么那个年代，什么诗最受欢迎？当中哪些可以尽情演绎？表演技巧当中，有个很适合考试的方法，叫入戏法。你要把自己变成适应成表达的对象，并且让老师感受到你的力量和绽放，初试就会容易通过。这个行业需要一些天分，依靠自己摸到位的，比如某某那几个本色演员，这样的人才，或者说这样的机遇确实很少，难以复制。"

胡文秀是老实人，一边听一边频频点头，还不住地说："要不是我女儿在学校里请不了假，一定会叫她过来，亲耳听一听，肯定不一样。苏教授毕竟是名教授，您说的确实到位，非常深刻，明摆着与其他老师不一样。"

侯攀呵呵一笑，还是由衷地说："久闻教授大名，拜读过您不少电影评论的文章，在电视节目上也常见着您。当下，您是有着重要影响力的学者。胡书记女儿考大学的事情，真的很想拜托您费心。人才的素质是一个基础，但没有相应的外在环境，也会白白浪费。除了掌握基本的知识，还请苏教授关照呵。"

苏教授自然也会客气地回应。再谈一会，侯攀也慢慢地听出了道道。苏教授所能够给予的关照空间，其实也很有限。他不是直接打分的表演艺术专业老师，不是有影响力的领导，只是教授基础理论的老师。再说，考试时，也都是在各个考试评委老师面前直接亮相。一般而言，大家都一目了然，一般不会有太多的争议。作为一个地区高校非主要领导的女儿，凭借这样的关系还不大可能起到实质性左右作用。苏教授所言也不是没有意义，但只对于加深对于专业基础的认识有用。

侯攀看了看胡文秀，觉得，她毕竟还是一个地道本分的女人，做事小心翼翼，怕人说闲话，因此对于处理一些事情显然欠缺必要的力度，想到这，侯攀说："苏教授，您这次来南方也是百忙当中的难得一次，胡书记对我说过，想请您到他们那所大学去作一个讲座，好让我们那的师生分享您的学术研究成果和精彩的思想见地。"

苏教授开始是推辞的，但也不完全拒绝。看得出，他还是喜悦的。

而胡文秀在附和侯攀的同时，却觉得有点突然，不知所措。侯攀特地看了胡文秀一眼，那神色告诉她，你就按照我的意思办吧，待会我再跟你解释。胡文秀对这个意思还是领会到了，只好无奈地顺从着侯攀。

苏教授最后也答应了下来。

之后的吃饭，侯攀当然也是个劝酒和应酬的主角。饭桌上的气氛很好。苏教授也兴致盎然地讲了许多话，热情地询问了胡文秀女儿的一些情况。

晚饭结束，送走了苏教授。

　　这时，胡文秀责怪了侯攀，说："你自作主张，叫我如何是好，请他到我们学校讲学，那笔费用从哪里开支，我不是分管这方面的。一定要下属去做，怕烦劳他们。再说，更重要的问题是，人家都知道我女儿要报考苏教授所在的大学，都看得出其中的关系呵。这不明摆着是以权谋私嘛。"

　　侯攀嘿嘿一笑，说："明摆便是明摆吧，顾不得太多了。我也是当机立断，或者说，将在外，君命有所不受。但我觉得这很有必要。也不要怕别人议论了。这是公私兼顾，打打擦边球。相信在你们大学，这不是第一例，也不是最后一例。再说，女儿考大学的事情不比你的面子更重要吗？你这年龄，这学历，你当这个副书记已经是职位到顶了，而且任期也不会太长久，找机会为自己考虑考虑吧。"

　　胡文秀轻轻叹口气，说："为了女儿，这一次我放弃自己吧。"

　　"这就对了。"

　　"感谢你。这些年，我忙工作，养育女儿。几乎没有自己的时间，我不是为自己而活。"胡文秀说。

　　"很正常，你懂的。"侯攀有意把话题岔开，说，"你女儿的事情，我还有个想法。如果考表演没有把握，可以转换专业，你看看，影视美术如何。其实也不一定要在表演上发展。那些方面的竞争太激烈，天赋条件很重要，偶然性要素很多，你也知道，那个圈子里的潜规则也被媒体和社会说得沸沸扬扬。当然也不会是空穴来风。谁不是把自己的女儿当作宝贝呢，但那条路确实是这样的崎岖、泥泞。"

　　"你说的我也都明白，也都考虑过。问题是如何寻找一个平衡点。有前途便会有风险，有鲜花必然有荆棘。转专业的事情，再咨询一下苏教授。"

"所以，这次也是一个机会，苏教授到你们学校讲学，你一定要接待好。把女儿带上，当面听听苏教授的意见。"侯攀说，"还有，刚才苏教授提到他们一个节目要寻找赞助商，这事情我去张罗一下。能成的话，他也会回你一个人情的。"

"那要看你的了，谢谢。"胡文秀看着侯攀说。

后来的事情还是顺利的，顺着侯攀和胡文秀的意思发展了。广告商找到了，深圳不乏这样的资源，苏教授节目的基础也很好，有侯攀这样的两头都熟悉的人来牵线，一拍即合。于是和苏教授建立了很好的关系。胡文秀女儿考上了那所大学的影视美术专业，在苏教授的帮助下，兼修表演艺术课。其实，只要进入了这所大学，这样的学习只要自己付费就可以了的，机会还是很多。当然表演的机会也是看各人的实力与运气。不管是表演专业还是其他专业。在学校大门口，每天都有一大群男女在等候着扮演影视角色，既是为赚钱，也是希图遇到更好的机会。

第二十章

1

　　还是有一点偿还负债、弥补歉疚的心理。不久，侯攀出差到北京，挤出时间，专程过去看望胡文秀的女儿。那天，先是和胡的女儿在大学里头参加了一下论坛。那个文学的活动，印象很好，觉得既陌生又熟悉。

　　"……我的论文题目是关于女作家作品的一个基调：苍凉。作家的创作在不断丰富和发展中，每一部作品都是新的，都有不同的精彩。但不管如何不同，都延续着一个基调就是苍凉。苍凉成为作家个性风格中一个鲜明而亮丽的标识……"

　　一个看上去三十多岁的女性，是大学副教授，在讲坛上发言，她面前打开笔记本电脑，旁边上方，在一幅屏幕上，投影展示了讲稿的 PPT 文件。

　　她是专业的，认真的，话语流利，侃侃而谈，自己也陶醉在分析研究中。

　　作为主角的女作家坐在前排中间位置，自带的不锈钢高档水杯摆放在前面，水果点心一动不动地在一旁。她穿着典雅精致，平静的目光很少移动，轻松的脸容，带着一丝礼貌的笑意，不动声色地接受着发言者，还有现场听众对她的作品的赞美和颂扬。

坐得满满的现场，在后墙边和走道上，还有一些没有座位的人站立着。四五百人是有的。

摄像机在不停摄录，拍照的咔咔声不时响起。

文学很火热，人们渴望精神支撑。

物质刺激无法取代精神。文学不死。

倒是侯攀自己，差不多放弃了纯文学。心里掠过一丝阴影。他熟悉这位当今国内著名的女作家。年龄接近，她以前只考上一所专科师范学校，高等教育的起点低于一般水平，也生长在边陲地带。但她目标非常准确，而且，可以沿着确定的方向突破、进步，再突破、再进步，不断踏上新台阶。而这，正是自己和她的最大差距。

想到这些，侯攀胸口沉闷，又出现了不适。

胡文秀的女儿还有表演节目。侯攀兴致勃勃，特地坐到前排位置，认真观看。一个小品的排练。不知哪个调皮捣蛋的天才，改写了一个著名的节目。公演是不可能的，但在内部也可以让大家开心。胡文秀的女儿在其中扮演喜剧演员。

哈哈哈哈，学院的排练场的笑声热烈而富有节奏感，演出是成功的。侯攀也是从头到尾都笑遍，笑得肚子的肌肉得到难得的运动，以至于真的有点疼痛。最后，推出一个激动人心的节目，全体高唱《我和我的祖国》："我和我的祖国，一刻也不能分割，无论我走到哪里，都流出一首赞歌。我歌唱每一座高山，我歌唱每一条河，袅袅炊烟，小小村落，路上一道辙……"

歌唱嘹亮，情感充沛，充满青春活力，现场效果非常好，震撼人心。

侯攀也不由自主地跟着哼唱。这首歌其实很熟悉，但此时的共鸣是少有的，显然，从某段旋律某个句子中得到了深刻而微妙的触动。意犹未尽，他按自己的安排，请胡文秀的女儿出去吃饭。

"那么，在学院附近的小饭馆吧，我一碗牛肉拉面，一根黄瓜就行。"胡文秀的女儿也不拒绝，说。

那是一家干净的小饭馆。坐下来，她又说，"干我们这行，注意饮食，保持身材，从现在起必须要十分严格，马虎不得。"

"也不容易哦，人们只看到其中的风光快活。"侯攀说。

"您以前是文艺理论教授，你懂的。其实，在表演中看到的喜怒哀乐，那都已经是一种表演的东西，真实的感情在排练过程中已经研磨得麻木，几乎消失。"

"说的是。你是个非常聪明的孩子，悟性很好。一流的演员真的是演戏，把假戏作真。而真情投入，效果却让观众觉得虚假的，那吃力不讨好，那样的表演是失败的。这个道理，我以前在大学讲文学写作的时候也讲过，有点类似。"

"我知道，您以前曾给我讲过。这已经不是什么专业知识，而是常识。我们现在都在琢磨，谁有型，谁有范，谁真的酷。"

"呵呵。一眨眼便要落伍，时尚真快。层出不穷，眼花缭乱。"侯攀说，"听说你们那些艺术专业的大学生，裸体排出一个'@'的造型？也叫行为艺术？"

胡文秀女儿摆摆手，说："你又 out 了，那是重庆的大学生的，也是过去了的事情。我们这的是'裸奔'，支持环保，冲击一个开发人参的大工程新闻发布仪式。开发种植人参，那会将一大片山林给毁了。少数人发财，大自然遭殃，全社会遭殃。"

侯攀连连点头，说："对呀。但是，怎会用裸体这样的方式呢，这年头动不动要来这样的？"

"这年头喜欢看身体，看肉，需要性感。"胡文秀女儿拿出一个手机，那是 IPONE4，说："新款。北京上市不到半年，是我一个师姐半价转手给我的。她只用几个月便淘汰了它。您知道为啥这么牛吗？她也不是靠家庭，也没有遇到名导演弄个角色来演演，也没去当兼职，仅仅是客串公司形象代表，周六周日，出去吃个饭，应付个场局。也可以挣点学费哦。美女有价，市场商场都需要。"

"大开眼界。啧啧。"侯攀说。

"时代不一样，北京不一样，大都市就是大都市。以前，我听妈妈说过您啦。您写什么写呀，整天埋着脑袋只知道写。有什么用呵。当官、挣钱、闲玩、交际，哪一样都沾不着边。"

"呵呵。各个人的性格命运不同嘛。"

"不过，您现在变了，好了很多。以后我毕业了还要找您，请您给我指指道儿。"

"那行。我习惯好为人师。我的微博、手机、博客捆绑在一起啦，全方位写作，也随时接受你的咨询。"

"所以我曾经对我妈妈说过，侯老师虽然不在学校里头，下海经商，但与他一接触，立马会觉得他是个教授，是个学者，是个作家。您即便成了富翁，也和那些商海里的有钱人不一样。"

"谢谢你的夸奖。你有表演天分。这一点超越了你妈妈。非常会说话，说出来的，无论嬉笑怒骂，都可以让人听得进去。这是你的本色。我当然也有自己的本色，那算是作家吧。当大学教师也好，办杂志也好，经商也好，都是一些体验，一些谋生的、为着写作提供的条件。一个真正的写作人，是将日常生活乃至整个人生都会进行审美化与思想化的，也要将自己的一切都纳入讲述与表达的内容中的。"

"您不要老夸奖我，咱们也别互相表扬。不过，我还是喜欢听听您说话。"

"你都已经长大成人，聪明懂事。你看，我还习惯在销售自己的话语之前先给你戴一顶高帽。其实这是不够自信的表现。可能因为我离开讲坛多年，总担心自己落伍。再说到读书，我现在重点读古典的、英语的。当代的文化信息浩如烟海，很难驾驭。"

"呵呵，请继续说。"

"人的一生，其实是写一个故事，一个人的故事。行动与书写都是写作，只是所使用的语言不同。所以，为什么讲一个故事有时候是非常的容易，有时候是非常的艰难。人不一样，命不一样，时代不一样，环境不一样呵。有时候，我又想，我是在故事外还是故事中，是在书本里还是生活中。其实，似是而非，分不清的。事实上，人生如同如今流行的一些小说，大开大合，大起大落，大悲大喜，大智大愚，大忠大奸，大善大恶，大波大折。"

"好的，说得有道理，说得动听，当年的文艺青年，如今还是充满幻想与激情。"

"听你这样一说，我又感到咱们的角色转换过来了。你是评价我的教授，我是向您汇报的学生。"

"我是说，终于彻底地明白了我的妈妈。"胡文秀女儿冷笑一下，说。

"为什么？"

"她为什么会被您俘虏。您别以为我那时还小，别以为我什么都不知道。即便我没有看到，没有听到，也都知道，而且基本上知道。"

"你这孩子，都说些什么呀。"侯攀故作惊讶。

胡文秀女儿认真地看着侯攀，说："您为什么对我这么关心，对我这么好？没有与我妈妈那层关系，会那样吗？说实在的，我心里也曾十分反感，十分别扭。因为我还有父亲。但是，看看我妈妈，心里又感激她，同情她。所以，我才接受了您这样一个像是地下工作者那样地存在的叔叔。那么多年过去，她只有您一个男朋友，而且那也是多年以前的事情，极少的交往后，一直坚守清静，也是为的我。妈妈是伟大的，也是可怜的。都知道，这是个什么样的时代。别人都怎样地追求自己的幸福，包括我爸爸，包括您。"

"你的见识和内涵，超出了我的想象。"侯攀说。

胡文秀女儿哼一声说："不要小看我们，我们是后浪，不是小屁孩。当然，一些事情，我不会告诉我父亲。这些年，他也有点后悔，但无法返回过去，因为他有了新的生活，有了新的责任。让他平静地过日子吧。"

"我来看你，非常高兴地来，也非常高兴地和你在一起。本来，你说的那些事情，我没有准备与你谈。但是，你已经长大了，非常聪明。我们都来为你妈妈祝福吧，好人有好报。"侯攀觉得，这个女子有点像余丽。

饭馆的服务员不耐烦，说是要搞清洁。一看，别的客人早已离开。餐厅只有他俩。两人能在一起的时间并不多，侯攀只是想着见个面，吃个饭，没想到还有一番预料不到的交谈。他和胡文秀的关系，被这个聪明的女孩捅破了，也得到了她的谅解。他觉得有些歉意，也很庆幸。他会与她保持联系的。她喜欢艺术创作，而他在前沿城市和在商场的经历，还有深厚的专业素养，会对她抓时尚题材有帮助。把她当作自己的侄女吧。

走出小酒店，步行一段，散心聊天。侯攀说："接下来如何考虑呀，自己的生活需要自己的头脑来设计。如今你们不像我和你父母那一代了，我们是有保障但被安排，你们有自由却需要靠自己。"

胡文秀女儿微微一笑，说："这么笼统，讨论不出个什么结果来。"

侯攀说："面临的一个问题是，回到家乡还是留在北京。当然北京的收入要高，我们粤北那座城市经济水平低一些。"

胡文秀女儿摇摇头，说："北京的高工资具体的也不一样。比如月薪一万，刚毕业就一万，还是毕业四五年才一万，是不一样的。是轻松干活拿一万，而且在公司只是个小喽啰，领导们年薪百万，所以你大有涨头；还是天天加班熬夜，公司里你已经收入最高，那没了希望。这个事情，我们都讨论过啦，都很务实的。说给您听吧，说到回家乡，那要看是东部发达小县城要啥有啥赚钱容易，还是西部山区小县城除了水泥厂化肥厂没别的企业，只能当教师医生公务员。老家的环境是山清水秀、空气怡人；还是穷山恶水尘土飞扬。是学风浓郁像黄冈一样；还是学风恶劣，没人要读书连个好学校都没有。几百万人的县、几十万人的城要啥有啥；还是几十万人的县、几万人的城啥都没有。还要看你老爹老娘是小县城领导干部，商业巨头，县城几套房，出门办事都是熟人；还是种地的，想去县城也得租房，一样的举目无亲。家里是父慈子孝和和睦睦，还有一群团结友爱开明各种帮忙的亲戚；还是鸡飞狗跳一大家人，关系不好闹得不可开交，过年都不想回家。你的身体是比较柔弱，离了家乡会水土不服，稍微累点要生病；还是皮糙肉厚，吃啥都好，天天加班半年照样活蹦乱跳。你自己的性格是喜欢清静看见人多就头疼；还是喜欢热闹善于交际，人越多越激动。是三教九流都玩得来；还是有点孤傲朋友不多。你的人生目标是享受安逸，轻轻松松过一生；还是折腾到死，不怕吃苦。每个人有每个人的北京，每个人有每个人的家乡。冷暖自知吧。"

侯攀没有打断她，让她如同演说似的，顺畅完整地表达。

她这么样把话说完了，侯攀也没立即说什么。

再走几步路，侯攀停下来，看着胡文秀女儿，笑笑说："你比你妈妈强，也比我们这代强。看到你，我看到了未来的希望和精彩。其实这也是我们这一代的后续和价值所在。"

侯攀是真诚的，但胡文秀女儿倒是扑哧一笑，使劲摇摇头，说："又来了，我只是说个段子，说个笑笑的东西，您却较劲当真，深沉无比。"

这时，快到学校门口。"拜拜！"胡文秀女儿说一声，一阵风似的，轻快地跑进校门……

校门外，侯攀站立了好一阵子。

2

还有时间，也难得有空。手机电话跟过来，也不可能找他做什么事情。远离工作所在的城市，就有这样的自由。他很享受出差所带来的这种轻松。

　　一个人，形单影只，待在大城市。

　　那是更好地审视自己的机会。他意识到了，不会特别无聊。

　　冬之街，在寒冷的清风中独行，看见了落叶树，一棵棵，一排排的落叶树。树叶全无，绿色全无。树干和树枝，诠释着寒冷中变化了的树木的形象。

　　古旧的城墙，砌成的材料是青砖。残缺不全，经过了修缮，还是保留着沧桑，顽强护卫着漫长的历史。而在当代，则又是享受着文物的标准待遇的护卫。作为地标，作为资质，它的古朴外形远胜于一些现代化的高楼。当然了，两者毫无内在联系。

　　侯攀暗自想：自己其实是唯美主义者，一直在心中寻找？寄托梦想，脱离实际是自己最大的特点与魅力，也是最大的现实挫折之源。最近似乎有了觉悟，认识了周围，认识了脚下坚实的大地。放弃一个价值的徽章，不是什么财经专家、新锐媒体人，不是什么作家、教授，不是什么学者。要坚守的，仅仅是，也应该是，一个知识分子，用自己的学识、专长和良心，特别是良心，为社会尽一点责任。生活在世上，享有世间的馈赠，总得做出一定的回报。生命就是在一条道路上的竞走与消耗。经常见到，倘若同行的人先于自己而彻底倒下。除非是亲人，在送行的时候，不管怎么说，暗地里会浮现出一丝一点的高兴和放松。其实，不是道德的卑鄙，而是对于竞争压力解脱的愉快。这种感觉折射的是生命之累，表达的是生命对于轻松自在的本能的要求。但是，他也明确，自己没有什么必要为一些人，或者为别的人，或者为一个国家，在追求真理的时候献身。每个人都有维护生命的权利。

　　冬日之路，在北国的城市，在陌生的地方，很自由地独自行走。许多新鲜古怪的思想火花在不停地迸发出来。本地人是不会有这样的思想的，甚至北方人也不会。

在北国很容易产生一种对比意识：他是南方人。但他又没有南方人那脸型宽大、眼睛深陷、身材不高、脑袋在身体的比例偏大、肩宽腿短的特征。相反，他有明显的形象优势。自己其实从来没有忘记对于自己外表美的欣赏，太熟悉，直至如今也还让自己感到满足：高个挺拔的身材；浓密的头发，艺术家一般向后抹去，显出轮廓线条很好的额头；鼻子也是挺直的，紧闭的嘴唇，刨刮干净、细密的络腮胡茬，透露出成熟男子特有的深沉与毅力。他知道，他的潇洒，他的成功，他所受到的人们的接受与喜爱，与他的外形、气质都有很大关系。和平时代，人们的价值趋向柔和，带有浓重的女性化。而这，他的父母，还有上帝，格外地赋予了他，而对此，他又充分地利用到了。

到香港去，在华语世界寻找平台，向世界讲述中国故事。还是有那个幻想，在比邻香港的深圳，可能是不会太奇怪的。

简单的话语体系决定故事内涵和价值。实际上，话语体系决定价值，不是价值本身决定价值。常说的落伍，未入流，就包含了这个意思。全球化时代，近三十年来，是否有大学以上学历，对于个人的发展影响极大。真才实学实际上位居其次。类推，以后看有无留学。中国作家的诺贝尔文学奖情结，凸显了这样的焦虑。至少有几个作家，是按照西方对于中国当代文学写作的要求来构筑自己的风格。那作品，必须有社会特色元素，人性元素，批判元素，等等。以为，没有西方文化背景，是不容易与之进行交流的。当代中国的文化开放性还不够。但随着留学生的增多，当他们成为中国文化重要力量的时候，或许这一景象会发生重大改观。

社会的变化有时是突发性爆炸性的，态势汹涌澎湃，一下子我们惊喜紧张，不知所措。原来的寄托消解了变形了。于是，我们面对的是现实，是我们的肉体和欲望。头脑清醒的时候，又会进行反思、自责与批判……左右摇摆，慢慢移动、前行。

在茫茫人海的大城市的街道上行走，其实是对这个形而上的问题，以形而下的感性动作来进行注释。

侯攀这样想着，这样走着。

所以他非常喜欢出差来这座城市。在中国的富有丰厚人文内涵积淀的中心地带，在宽而直的大街上，思考行走，行走思考。

阅读这个独特的城市，也反思和检验自己。

从与胡文秀女儿吃完晚饭后，一直走到深夜。

回到酒店。按照南方人的习惯，洗洗澡，享受热水，然后半躺在床上，打开手提电脑。在 QQ 上浏览。

真巧，这时，又遇到一个兴奋点。

那个女大学生，在自己以前教过书的大学上学，发帖给他，说是在学校图书馆看到过侯攀老师的一些资料，知道了他，有兴趣沟通一下。信息一连发来好几个，不是一般的热情。说到的是前几天发生的一个事情：原来，侯攀在网络上看到胡文秀女儿学校的裸体表演，通过相关链接，又看到那所大学艺术专业的学生也有类似的行为艺术。于是，他当时发表了一些评议。

没想到，对方作出了如此回应。

他颇有兴趣，特别是和胡文秀女儿有了接触后，觉得对这一代有印象了。于是回复："我其实不保守，也时常关注现代艺术，看到你们的全裸表演介绍，让我这个曾经搞艺术研究的人，好像跟不上潮流，我发表的看法，可能是激怒了你们。"

"我是你关注的那个大学生呀！"很快，她给了回复。

"你是其中的表演者吗？"侯攀说。

"是呀！我就是你评议中说的那位过于显露丰满的人呀！——你是干啥子的呀？为何如此在网上评价？"她说。

"其实，我真的有这样的兴趣，骨子里一直追求这个。"侯攀说。

"呵呵，我也说，其实，关注我们的人有千千万万，我们就是为着吸引眼球的嘛，这个目的也很快达到了，人们都喜欢看美女，看女子，看女人。看打擦边球的。何况还是免费的。但态度认真，如同你这样专业的也还是不太多。"她说。

"我也是一个享受了免费的观看者，都一样。只是，还有时间和心情发些其他议论。"侯攀说。

"你想看秀就过来！"她说。态度果断。之后，她不再通话了。

侯攀也要离开北京，于是在第三天，忙完事情，他不再逗留。赶上了晚上五点四十五分的航班，八点零五分到达了广州白云机场，然后坐高铁一个小时，到了自己十分熟悉的那个山城和大学。出租车开到了女生给的地点。眼前一片茫然。不是所预计的茶馆和酒吧，而是离大学不远的住宅楼！侯攀在楼下按响了她的门铃，没有电梯，是步梯楼，他像登山一样，一口气爬上七楼。她很大方地开了门。

两人见了面，是她。侯攀相信。她是那个搞行为艺术的热情极端的大学生。他想，她也相信了他。她笑了一笑，有点不好意思。

侯攀站在门外，没想进去，说："我请你喝茶。"

"难道这里不行吗？晚上回来后我一般不想出门。"她的话干脆，带有强迫感。

侯攀由了她。

进了房间，空间不大。墙上的几幅画，尤其是她的"艺术人体"画让人感到她是为现代献身的艺术家。

"我没有想到你真的要来。"她说。

"我没有想到你们的行为艺术。"侯攀说。

"你为何有网上那么多的话？"她说。

"那是我心里想说的话。"侯攀说。

"我不介意你。"她说。

不知如何说了。沉默一会。

"可以抽烟吗？"侯攀说。

"可以的。没有啥。"她说。

在烟的作用下他回过了神，注意到她那健康与活力的身体。

他的目光不由自主地在墙上的画与真实的她之间转换。"那，你还可以听我说说故事吗？"侯攀说。

"说什么？"女生瞥了他一眼，说。

"说说这里的过去？"侯攀说。

"过去？什么叫过去？"女生说。

"呵呵，这也需要解释吗？不过，逻辑上说，你也是有道理的。"侯攀说，"其实，我仅仅想说说，这里发生的巨大变化以前，二三十年前的事情。"

"那么久，如何扯到今日呀，你让我等多久。"女生说。

侯攀倒是一愣，说："天哪，你才是导师。"

女生眨眨眼睛，说："你又在说什么呀。等一等，我感觉到，我们对话很吃力。"

"又是一句真理。是不是你这样年纪的个个都像胡文秀女儿？"侯攀说，他不管这女生其实不可能知道胡文秀女儿是谁。

"那么，你是否再抽根烟？你点燃一根吧，或许会自然一些，我们也便不那么尴尬。"女生说，她并不在乎。

"那好。也只有这样。"侯攀真的再一次点燃了香烟。

"你们也关注了《肥女》这个作品吗？"还是要说话的，侯攀看到女生桌面上摆放《肥女》铜雕系列图片。那是一个美术名家的代表作，舆论宣传很多，获利也多。于是这样说。

"搞笑，极度的搞笑。但也得接受，而且，接受久了便习惯。老师安排的作业，分析讨论。你也感兴趣吗？"女生说。

侯攀笑笑，说："是有点反常，挑战了传统。但也是一个时代的折射。自由与欲望，自信与欲望，现实与欲望，正是表达这样的主题。"

"其实，我们的校园确实有这样的氛围或者说土壤，所以，《肥女》的进入也不是偶然的。"女生说。

侯攀微微一笑，说："你这句话很有水平，出乎我的预料。"

"随口而已。"女生摇摇头，有点不好意思。

"我倒觉得是长江后浪推前浪。真的。"侯攀说。

会面是有意思的，但夜晚了，在那里不适宜久待。当过老师，对这样的问题是敏感的。

离开女生那里，漫无目的又若有所思地在校园行走。

忽然想到以前的事情，有时候在深夜，他胆子特大，一个人爬到半山腰，静静地，看着山脚下的校园。眼前黑乎乎一片，大门口有点灯光。自己居住那座教工宿舍楼的五层，一窗灯火，若隐若现。

　　过去的熟悉已经被抹去很多了，如同进入一个陌生环境。20世纪80年代初，到这所大学任教，寒假暑假，校园静悄悄，空荡无人。那时候，在校学生一千多，教职员工三百多。

　　如今，各种服务机构夸张地打出了招牌。复印、彩印、名片，扫描、彩打、布标、喷绘、写真、展板，还有某某快递、盲人按摩店。路边，自行车、摩托车摆放了一大片。哪个教师的居室，颜色鲜艳的被子，挑空在窗外晾晒。

　　触景生情，打开手机，联系了胡文秀，就聊了开来。听罢，暗自吃惊：

　　隔三岔五与左邻右舍吵架的讲师，当上主管后勤的副校长；跑到附近农村偷鸡摸狗、被农民追着喊打的体育老师，当了系党总支书记。中文系另有一番风景，那些老师各自精彩：爱串门的开设了公关课，写字好看的开设书法课，喜欢说话的讲口才学，写豆腐块文章给报纸投稿赚点稿费的开设大众传播学。

　　张典是早就退休了。他在临近六十岁的时候，努力过推进自己所在的专业率先升级到本科。大家都知道，他是系主任，又是教授，在本科平台上，可以根据工作需要的理由，延长到六十五岁才退休。没有谁为难他，只是一直和他关系不太好的也是临近退休的校长不支持他，设置了一点小障碍。于是，张典的努力就付之东流，终于也就和校长一样，六十岁退休回家。还想到一点趣事，那时候，全校只有张典一人自费订阅《人民日报》。不仅如此，另一方面他还非常少有地找到途径，将细心存赚下来的钱购买美钞，慢慢积累，存在银行。也不知什么时候，这颇为隐秘的事情也流传出去了。后来，刘颂华想破格评上副教授职称，在国外学术期刊发表论文是一个有用的条件。去到张典家，和他商量，看看可否兑换一些。但当时，张典似乎想都不想，摇头拒绝。他表示，不做这些钱方面的交易。而且，还警惕地问刘颂华："你是怎么知道的，为什么会找到我……"

保安打断了侯攀的胡思乱想。那个保安在路上巡逻，问询了他的姓名，还要检查他的证件。

侯攀说，对于这地方，他是过去的主人，是熟悉的陌生人。

保安愣住，似懂非懂，问："你低着脑袋，走来走去，在干吗呀？"

侯攀说："找东西。"

"什么东西？"

"以前的脚印，当下的魂。"

保安哼了一声，说："少有的人，你这以前的教授！"但也没再为难侯攀。

夜已深沉。校园沉静，难见他人。

第二十一章

1

又一个突发事件。于是醒悟，明白一个事实：人是旅途中的故事，不论精彩与否。老温，还有他们那一代人的集体总结与选择，都可以为此提供论据。

老温这个大学同学，是少有的还可以进行深谈、获得共鸣的对象，在那次特色不多、有点倦意的同学聚会中，侯攀有了这个值得惊喜的发现。

也是一个必需的安慰。老温是不可替代的坐标。行走在多彩而迷乱的时代，感知世界，离不开坐标。

那天晚上，在蛇口的海洋世界顶层晚餐聚会，他们几个到餐厅外的平台上进行一个小圈子的谈话。

由丧失航行功能的一艘轮船改造而成的这个水上旅游酒店，以其作为经济特区海港几十年巨大变迁的象征，经过修葺装点的外观，在醒目的色彩和勾勒轮框的一串串彩灯的衬托下，显得崭新而豪气。里面分设几层，迎客大堂富丽堂皇，灯光明亮。一二层的酒店住房精致优雅，三四层是餐厅。他们的活动在四层的西式餐厅。包租下来了，边吃边联谊，大银幕的投影展现了同学的大学时代照片和以前聚会活动的留影，还播出视频影像。几个座位整齐排列，服务员依次端出西餐食品，还有自取的各种吃食、海鲜、面食点心、水果、饮料，以及洋酒、红酒和啤酒。

负责组织的同学兴奋地幽默地大声介绍：今晚最难得的是有正宗德国啤酒——黑啤和大麦啤酒！机会不多，大家一定要尽情享受呀！

叙说交谈，搞笑打闹，吃，喝，照相留影……热情洋溢，欢乐愉快。虽然，毕业三十五年的聚会，缺少了十周年，二十周年的那些激动与激情，但多了平淡与从容，多了享用食品的兴致。

侯攀与老温他们几个，靠在船舷边，避开了喧闹，自成一体，但也说得起劲。

侯攀说："老温看来你遇到一个宿命的问题了。很难用常规的思维来理解和解释你。继续着这样的叫人无法理解、只有哭笑不得的状态。我们以前曾经热衷的萨特的存在主义，看来是如同鬼神一样黏附在你的头脑里，驱动你的行为。"

老温说："可能是句号，可以是句号，应该是句号了。再美丽再出色的演员也不可能持久地霸占一个舞台，机会是轮换的，责任也是这样。这次聚会之前的一个判断或者说预感，我可以如此告白，生命的历程是需要有明显的节奏，转换阶段不仅是可能的，也是必要的。其实不是我个人的怪异，而是因为时代，要说明的是：现实是一个决定性的因素，我要感谢时代给了我可能。"

"你们两个，读书越多越愚蠢，是被这个社会惯坏了的。长时期的养尊处优，实在活得不耐烦。你们知道现实吗？像我这样，需要通过自己的辛劳来获取生活所需，什么都是掏自己的腰包。我只对现实有感觉，对实惠有感觉。像我这样生存，看你们还有没有兴致与精力来空谈什么哲学。"

这是徐美菱说的。她当了十多年中学教师后，果断下海经商，开始做过销售、广告，后来考取律师资格证，干了一些年的律师职业。

老温没理她，继续说："我们已经无法拥有形而上，一切都是物质、身体。回想起来，我们曾经热衷于对一切事物辩论，并且需要贴上一个标签才罢休。后来是一些个师弟师妹站出来，打断了这样的无休无止的争执。任由身体，每一个不同的身体来回答什么是价值，什么是意义。他们的想象与表达，挑战了我们的底线。我们是无法接受的，但是又如何。社会接受了，时代接受了，我们被挤出了格局。"

侯攀是他的唯一的倾听者和研讨者。

说着说着，老温也表露了自己的一些担忧，说："我这样的很可能是病态，会不会伤害别人呀。"

侯攀说："心理活动本来是你自己的事情，但你如果讲述了出来或者写作了出来，成为客观存在的东西，那要承担应有的责任了。"

老温说："那我的这些东西是文学故事呀。"

侯攀说："为着保险起见，为着对于别人的尊重，发表之前，你还是先征求一下意见吧。"

老温说："那不麻烦吗？再说，人家哪有闲工夫来审查我的这些故事呢。也仅仅一些下意识而已，真实地、不与外界发生关系地存在，我还是声明一下就行了。贾平凹在那个很有些争议的长篇小说的扉页上表明：一切都是虚构，唯有心灵真实。另一个当今活跃的作家毕飞宇说，虚构是文学最高的真实。"

侯攀说："你还保留背诵作家名言的习惯，崇尚经典。"

老温说："我姑且借用一下吧。其实，以前我在大型文学期刊当责任编辑的时候，这些名家还请我吃过饭。"

侯攀说："祝你顺利，好运。"

老温于是执着于他的故事编造，延续坚持多年的文学想象这个爱好。

他说，这次，在同学聚会上，他发现了一个题材，写作这一代——80 年代的大学生，主要是 1977、1978、1979 届的大学生。这几届大学生现在差不多到了退休的年纪，一个可以总结也需要总结的时期。以他们现在的状态，对照当初在大学的理想愿望，其中有什么值得思考的呢？或许，这确实是一个不可替代的时代标本。

还说，他发现了故事，蕴藏在他们当年同一个班组里头的。刘笑洋，师大话剧团的女一号，标准美女，被一个百米短跑冠军和另一个洋溢着诗情才华的男同学追逐着，但这两人都没有成功。她不接受。后来找到一个在远洋轮船上的海员。在男生中，对于这个爱情故事的议论，一直悄然而热烈地进行。而如今，老温发现，那个以前被认为是不重学历、不重外表的纯真爱情故事，其实并非如此，而有一个更为深刻与更为功利的选择。那是血统，海员有着革命干部子女的那种高贵和放荡不羁的气质。所以，他们结婚以后，在 80 年代作为最早的一批移民到了美国。他们继承了父辈的敢于背叛敢于告别的精神，跨越了辽阔的太平洋，融入了另一个崭新的世界。而当初追逐她的那两个男同学，使尽了自己的才华与努力，也只在体制内谋求职称、级别、岗位、住房等东西，留下的只是属于琐碎和毫无浪漫可言的经历。这天晚上，从美国芝加哥回来的刘笑洋，带来了十几岁的儿子，当主持人热情地邀请那男孩参与一个有奖节目时，刘笑洋和那个营养很好、身材高大的儿子站立在同学们面前。在致谢与感慨的话语中，她还笑呵呵地说了一句：对不起，我的儿子无法与大家深度交流，他对于中文只会说不会写也不会读。于是，老温感到了她对于原来的文化母体的一个毫不客气的背离。记得，以前在班集体大会上，她曾经字正腔圆地如同舞台表演地对大家说：要说好普通话，目的不仅仅为着人际交流，还在于增强对于祖国的自信与热爱。

还说到李跃，她大学毕业后到蛇口，开始是继续写诗的。她在大学里发起成立新诗社，毕业论文是研究朦胧诗的，得到了导师热情洋溢的好评。以才女美女优势集于一身的她，在热土蛇口也活跃了一段时间，在报章发过一些诗歌散文，很快小有名气。但有一天公司总经理请她喝咖啡，问了她的写作，然后说，你一个月的稿费，还不够我在酒吧消费半个小时。这一次会谈，让李跃转变了，她放弃了文学之梦。她知道，像她那样勤奋，写作了一大堆作品，但是如何发表，能否成名，还是一个无法掌控的未来。那时没有互联网，没有自媒体，发表作品受到极大限制。文学报刊的编辑就是文学作者的老爷，这些老爷收到的文学稿件堆积如山，也确实难以一一打发。于是，终于接受总经理的邀请，果敢地下海去了企业，没多少年，得到荣升提拔，担任公司董秘。除了因为现实的变化导致她的人生规划的变化，家庭背景也是一个重要因素。从小受过良好教育，不仅长于写作，而且能歌善舞的李跃，出身于商人家庭。经济宽裕的保障，使她从小受到良好教育，并形成了浪漫的文学情怀。但是，一个经商的因素还是深刻地潜伏在生命中，最后也左右了她的人生。

对此，另一个女生童月北说，同宿舍时，李跃在下铺，是经济基础，所以她去到了企业，而童月北在上铺，那像是上层建筑，搞务虚的事情。童月北在特区一直做文化，主编过一个知名的杂志。按她的话来说，如今不是在书房就是在赶往书房的路上。即使在她自己的那套海边别墅里，也经常站在阳台，对着宽阔的海域，满怀深情地朗诵着海子的诗句：面朝大海，春暖花开……也属于血统关系：童月北的父母是非常忠诚的教师，在省城的师范大学毕业后，响应当时非常光荣的官方号召，主动申请到粤北山区任教。这样的人当时并不多，而像他们那样，践行着年轻时的誓言，真的把信念当作一回事，在山区成家，生儿育女，扎根一辈子，而且在讲台上度过一个个春秋，确实很少的了。童月北对于物质经济的陌生和对于读书写作之类的精神生活的热衷，也有这样一个并非偶然的人生背景。

对于这些，老温声称，获得一个有意思的发现，同学们这一代，似乎有一个规律，许多人并没有走出自己。一切事情大体依照原有的逻辑，在时代的轨迹上运行。

关于这个题材或者说故事，那天晚上，回到酒店的房间，在班上的微信群里，老温还真的说了起来。

参与私聊的是侯攀，还有徐美菱。她也是同班组的。

"我们三个在一块，算是臭皮匠，也不错，可以抵得上一个诸葛亮。"老温说。

"那你 out 了，我代表我们的单位，今年给表演培训机构资助十几万元排练一个环保儿童歌舞剧，开始叫《垃圾总动员》，后来配合宣传，改名为《垃圾的美梦》。我们就像那两个剧名。"侯攀说。

"我们是被淘汰者吗？"徐说。

"难道不是吗？我是社会的，老温是学府的、文坛的，我们都发挥过作用，如今被超越、被置换了，其实也真的是没有太多用处了。从有用到没有用，是一个必然的也是合理的过程，这是绝对的，只是时间的长短有不同，我们觉得那个最终的结果来得早了一些，有点委屈。"侯攀说。

"那是你们，刻意装作愤青，与我无关。"徐美菱说。

"什么没关系，你也是，你是你老公的前任。美女，你当然不会寂寞的，但激情之后还是归于寂寞，难道不是吗？"老温接过来说。

"你说话缺德我是知道的，但没有料到是如此缺德。做人要为自己留有余地。"徐美菱说。

"你也好，我们也好，加入我们这个群体，接受这样直白彻底的灵魂拷问，那应该是一个前提条件。"老温不会客气。

徐美菱哼一声，气呼呼地走开，在微信上留下一个强烈不满的符号。

其实，她也真是一个人物，在四个女生中。前几年，快到五十岁的年纪，在离婚单身过了二十多年后，又不做律师了，出人意料地移民到北欧，与留学后先期待在那里的女儿一起。

"她是打死也要出国，也要离开自己生活了半辈子、祖祖辈辈长眠于此的祖国。说起来，有点悲凉和感慨。"老温说。

"我知道，可以理解。"侯攀说。

2

之后，侯攀和老温又离开了各自的房间，走到船头的平台。夜深人静，轮船、周围高大楼宇没有熄灭的灯火更加艳丽。这两人，手里握着高长的杯子，喝着从餐厅里取出来的德国黑啤，回忆大学的事情，说着男人的秘密。

侯攀说，他在大学吃饭时总单独坐一处，因为每餐都能吃上肉。原来他在开学前一天，在大部分同学都没有回校的时候，提前来到，带上从家里拿来的两只土鸡，送给食堂一个打饭的阿姨。作为回报，阿姨在打饭的时候，经常偷偷给他多打点肉片。

饭不够吃，他又发现一个办法，打四两饭，分成两次，在一个窗口打二两，转到另一个窗口再打二两，两次二两比一次四两似乎得到的饭量多一些。

现在，侯攀坦白了。

老温说："没想到你有这样的心眼。"

侯攀说："其实，我对于欲望，以前的，现在的，都有着深刻细致的感受。"

老温说："我们的理想失落了，或者说回归了。回到了生命的实体。"

侯攀笑笑，说："你的概括。我不得不认同了，因为我没有更好的概括。"

老温说："每一代人，或者每一个人，匆匆走过一段历史，总会留下什么，感知什么。"

回忆起这事情，两人摇头叹气，响亮地碰个杯，深深喝一口，又哈哈大笑，身子歪歪地靠在船舷上，醉醺醺的样子。

侯攀说："对不起，我年轻过。"

老温说："无须对不起。我们都年轻过。不仅如此，还被蒙骗过、压抑过、禁锢过。"

侯攀呵呵一笑。

老温说："但如今，我们的知识，也可说是我们的价值意义被严重淘汰了，尤其是人文社会科学。一个原因是本体的先天不足，没有建立在一个符合客观事实与科学的基础之上。"

侯攀呷一口啤酒，在听。

老温继续说："所以，我感到了虚无与空虚。不敢回首，只有看看前路，是否还有最后一根稻草，用来把握拯救自己的机会。我的故事其实是我的积累与价值，现实告诉我，我过去一段时间的价值只剩下了故事。是谁忘记了那时的信念与承诺？"

侯攀回应了，说："首先是我们自己吧。"

老温听了，猛地一拍手掌，说："确实！比如关于文学，我已经忘记了别的什么理论。如果有所谓的文学理论，那便是我的理论。说来也只是几句话，没有太多的推理论证。我这样说来，一是文学语言永远低于作家的感情和思想，后者丰富得多，表达总是居于次位。二是世界有诗意、有文学，至少在作家那里是这样。需要发现，需要文学的灵性。三是关注自身的存在，把这作为写作的起点和目的。四是不要平铺直叙，要有空灵和隐喻。只有这样，才有深刻和值得回味的东西……"

侯攀打断了他，说："还是回到我们所说的那时候吧。在团组织活动的大会上，爱好音乐的童月北指挥全场合唱那首带有几十年前苏联风格的悲壮革命歌曲：'你是灯塔，照耀着黎明前的海洋；你是舵手，掌握着航行的方向。伟大的中国……'当时，歌声雄壮，激情飞扬，我的眼泪流淌下来了。"

深沉与安静的夜，侯攀又把往事打捞了起来。

过了些日子。

同学微信群发出一组照片，童月北、徐美菱，还有李跃，还有一个一时想不起她名字的女同学，几个四五十岁的女人，在澳大利亚布里斯班的黄金海岸，穿着艳丽的泳装，懒懒散散地躺在沙滩上，或在戏水、冲浪、拾捡贝壳，也在比较身材，比较皮肤。

"哈哈，好贵族呀。中华女子多奇志，敢到国外显身腰。"侯攀在微信上说。

"不要看不起自己，想得到也做得到。"徐美菱很爽快，马上回答了。她在南半球。

"谁赞助的呀？"侯攀问。

"那是你不对了。难道我们需要依赖别人吗？休闲享受绝对不能贪图别人的施舍，这是很原则的问题。我们有自尊。尽管我们这几个人当中有人可以为别人买单。但无须这样。"徐美菱说。

侯攀当然知道，至少李跃这位上市公司的董秘具备这样的经济实力。

再聊，很容易便明白，这是徐美菱组织的自行旅游，她从中也赚取了一点点佣金。无论是同学聚会还是挣钱，都是有益于诸的。

"看到你们这样，我才想起人生的价值哦。"侯攀说。

"得了吧。我们这些女人，也应该这样享受享受。"

徐美菱在微信上回答后，继续她们的休闲玩耍。

侯攀暗自一笑。读大学的时候，长八个脑袋也想不到这个情景。

3

老温的行为依然另类。在同学微信群特别活跃的他，不停发图片发议论，但又忽然中断，没有一点音讯。同学感到担心，怕他发生意外，但又联系不上，颇为着急。

只有侯攀不慌不忙，似乎心中有数。他拨通许一石的电话，果然知道了老温的去向。

那天，老温一口气发了一连串微信，并搅起群里的讨论。立马关掉手机，赶到机场，登上飞机，到了西北边疆。

那里和许一石有关。许没参加这次同学聚会，但一如既往地答应班长袁达志要求，资助几万元活动经费。于是，老温也了解到，许近年来主要的社会慈善活动，是资助有经济困难的少数民族中小学生上学。老温说他对此很有感觉，想认真参与，出点力。

老温也不是心血来潮。

现在明白了，其实那天晚上，在最后，老温说了一些事，也是可以理解他的行为。

老温想做点事情，也想到了一些同学的资源。比如那个在地级市担任书记的同学，毕业前，他们有过一次推心置腹的交谈。那个同学进入了省委组织部安排序列，到基层锻炼，以备重用。本来，老温也报了名，但由于父亲的历史问题，最后被刷了下来。那天也到半夜时间，散步在校园，在满怀激动与深情伤感的交谈的最后，那个同学说："在我们这批抽调到基层的同学中，其实你的思想准备最充分，也最有潜质。可惜你没有去成。保持联系，只要努力，梦想一定会实现。咱们后会有期。"

后来通过几次书信。这个同学的官职不断提高，渐渐地没有联系了。在老温进入媒体官场后，热心的侯攀找过这个同学，希望他为老温的提升说说话。得到的回答是："你讲清楚了，我也知道了。就这样吧，好吗？"听到侯攀的转达后，老温呵呵一笑，说："你不说我也猜到了。他肯定是这样说，也只能这样说。同学归同学，官场规则还是规则。他即使是上级领导，也不方便直接干预另一个系统小官的提拔。"后来，媒体有报道了，这个本来有着更好前途的同学，突然遇到当地的一次矿难，死亡情况严重。特大的事故冲掉了一次机会，以后，形势变化了，事情不尽如人意。机遇与微妙，左右着官场的路径。这些，老温其实已经看得清清楚楚。所以，他不会找这个心理压力也很大的同学。当然，更为深刻的原因，是他不想继续这样的轨迹。

"你继续什么？"侯攀说。

"像只小蚂蚁，但要有自己的方向感和选择权。"老温说。

"是的。大学毕业几十年后的我们，已经无须复制也无法复制过去。"侯攀说。

"我们完成了自己的使命。完成了生命的重要阶段。"老温说。

"是的，比如，要出国去了，要当爷爷奶奶、公公婆婆了，可以享受人生积累的红利了，可以回忆与述说自己的过去的辉煌了，可以离开现实烦恼，安静地阅读，品味精神的乐趣了。"侯攀说。

"所以，重复其实是勺子。"老温说。

"什么勺子。"侯攀说。

"最近有个电影人拍了部电影叫《一个勺子》，讲述一位西北淳朴农民救助一个流浪街头名为勺子的弱智者的故事。他们那的方言，勺子和傻子一个读音。"老温说。

"好个勺子，哼。"侯攀说。

"几十年过去，我们像给别人垫屁股的椅子，给别人拿腔拿调的桌子……如今，需要是一个给自己喂食的勺子了，其实也等同傻子。"老温说。

"谁是傻子？"侯攀说。

"有的。"老温说。

"为何？"侯攀说。

"总觉得，我们这些人，历史留在身上的烙印，有点不一样，有点深刻。包括曾晋。"老温说。

"你，还是那样，书生的傻气。其实非主流。"侯攀说。

"是的。但人上一百，形形色色。现在，我终于找到了真正的我。"老温说。

侯攀笑笑，摇摇头，说："现在是现在，以前是以前。都可以存在。每一种存在都是合理的，都有其道理，无须互相排斥。"

老温一听，睁着眼看他，好一会才说："哲理。又是你看问题更为深刻。不论如何，我还是回归现实吧，哪怕像只蚂蚁。老许的少数民族学生项目，我有兴趣。他有财力干大事，我奉献一己之力。换一个新鲜的环境，可以给心灵一个寄托，也可以找到写作的素材。"

侯攀点点头，心里忽闪了一下，之所以能够聚会，那因为是同学，因为有母校。

回想起来，那次纪念大学毕业周年的同学聚会，因为又一次难得地回到大学母校，夜晚，侯攀独自一人在校园行走，想回忆什么、对比什么、感受什么，也确实有所感慨。那个具有历史文物坐标意义的李宗仁总统府给拆了，空出来的场地建筑了一座十多层高的图书馆。而图书馆藏书，从那时候的三十多万册，增长到如今的三百多万册。在距离相隔三十多公里远的大学城，建设了一所新校区，把一些专业整体性搬迁过去，由中文系和历史系组成的文学院是其中一部分。感到疑惑的是，没有中文和历史专业的老校区，还可以叫综合性大学吗？还有一个问题。其实是几个不同的地点在使用这所大学的名牌，校本部、大学城校区、合并过来的北部校区和南部校区、在五十多公里外的分校区。所以，如果一个人说自己到了这所大学，其实无法一下子明白他的具体方位所在。

只有老图书馆北侧的一车道两旁的木麻黄老树，还认得出他。晚自习到了结束时间，飘来悠扬的萨克斯管乐曲。有点伤感。接着，大楼那的广播说，教学大楼就要封楼，值班人员要到教室检查，请同学们抓紧时间离开。以前哪里需要这种安保措施呀。学生食堂门外的宣传栏上，一个重点宣传的内容是，提醒新入学的学生要警惕针对他们的诈骗术。形形色色的手段，是以前不可以想象的，冒充老师、学长、同学行骗的，帮忙看管行李物品的，帮忙缴纳费用的，发卡收费的，都有。冷眼一看，这大学似乎像个贼窝。兼职招聘也是一个引人注目的东西，大学生作为有价值的人力资源得到利用，而大学生也热衷于挣外快。学生宿舍门前道路旁边，小货车拉来的快递收件，摆放一地，等着学生来领取。夜晚，校外的小吃店、小商店，热闹许多。熙熙攘攘排队的，兴高采烈吃吃喝喝的，大多是晚自习后的食欲旺盛、身体健康的年轻大学生……

并不感到奇怪，前些日子在自己工作过的学校的印象与感受，仿佛复制似的浮现出来。

可以从头再来一次吗？多想回到当年考进大学的时间。那时，还不到十七岁，多美的时光。

一条无形的绳索牵挂着什么，不时会出现。

想着想着，脸上感到湿润，两行泪水流淌了出来……

晚安。透过窗户，对着母校夜空，侯攀说。

第二十二章

1

最后是来到这里，回到了开始。

深夜，在香港维多利亚港湾的岸边，面对港岛，坐在栏杆前的石板凳上。

东方控股。一个特别醒目的巨型广告灯光牌在闪耀。在香港岛那边的海岸边矗立，隔着开阔的维多利亚港湾也看得清清楚楚。

是不是一个时代的象征呀？这香港的一个新地标。

与莫志清相会，还是觉得有点穿越到从前的感觉。至少侯攀是这样想的。也没有突然的惊喜，通信如此发达，人们之间的交流已经不必以见面的方式来实现了。事实上，在这以前，如果想要实现见面的愿望或者说欲望，也都不难的。但却没有这样的动机和兴趣。这次见了面，其实也属偶然，以后再见也是顺其自然，甚至不再见到也都不奇怪。但仅此一次，也可以由现场的真实感激发起一些原来没有预料到的兴奋。很快，侯攀也如同以前两人在大学一同生活的时候那样，滔滔不绝地高谈阔论。

"那么多年过去，多种文化的交往，越来越成为一个热门话题，如何合作互通，共同命运。实在大有文章。过去的苦难早已成为历史，而今天的现实问题倒是这方面的沟通、理解与适应，从而进入真正的融合的全球化。"

"是的，你的话没错，也许我会有一些你所不知的感受。"莫志清说。过去，她也是这样不紧不慢地搭腔的。

"没有先进文化哪行呵。我们整体有实力，但也知道，如果文化不行，如同一个身强力壮的笨伯，其实没有什么能耐，很容易被人家打倒的。"

"那如你所说的，文化为软实力嘛，我懂的。"

"我们这些人的狂放，不是说明自己的高明，而只是证明了一个时代的容量。我其实是一介书生，并无什么功利企图。当然是闷声发财对自己有利，可我偏偏做不到。你看，来到这另一种氛围的世界，立马情不自禁地大声喧哗、纵情放肆。"

"这里也不是什么人都有兴趣与你探讨这样的问题。其实大多数人都没有这个兴趣。众多的人，忙忙碌碌，勤勤恳恳，劳作一辈子，其实只为一个住处，一个窝。生活质量到底如何，不难想象。"莫志清说。

侯攀说："我们只是爱言语，算什么人物呀。名不见经传，芸芸众生的一个而已。"

莫志清说："你也不必过谦。你们，可不是一般的普罗大众。生活也够滋润的。"

侯攀点点头，说："这话说得好，我爱听，也认了。人不应该不知足、不感恩。在这个时代中，我们有付出，但也是享受者，是获得东西比较多的享受者。很多的人，比如体力劳动者，那些工人、农民，日子过得没有我们实惠和滋润。这是事实。"

莫志清说："那我不必再唠叨。"

说到这，她看着侯攀，话题一转，说："还得再一次感谢你。家父家母过世，我都在国外，无法回来尽孝，你先后参加了两个老人的送别仪式。我心存感激，永不忘记。"

侯攀淡淡一笑，说："应该的。想到他们生前待我不错，想到我们的过去。"

莫志清说："回想起来，我心里也很不好受。"

侯攀说："都过去了，那是命运。再说到你父母，特别是令尊，其实他是很有理想的人。他将自己当着一个火箭，把子女推送到他希望的轨道。如今你，还有你那事业成功、生活美满的弟弟，应该可以让他们含笑于九泉之下。"

莫志清沉默不语，静静听着，目光投向远方。

过一会，侯攀又说："想写一部中国现代化的历史，用通俗的如同章回话本那样的文笔来写。"

"广东以前有两个爱文化爱写东西的官员不也写过吗？那书好像是关于社会主义运动的历史的，也用这样的文笔。"

"那部著作我读过。以前也很感兴趣。那些历史确实是人类的一个重要的实践。值得大书特书。记得，我在大学一年级的时候，有一门这方面的课，老师讲得没有信心，台下昏昏欲睡。但我对这门课倒很有兴趣，越学越觉有意思。"

"你，思想者的素质嘛，不正想告诉我这一点吗？"

"厉害，我的心思逃不过你一双锐利的眼睛。《共产党宣言》我读过多遍，斯大林时代的《联共（布）党史简明教程》是我自己花钱在街上的旧书店买来看的，几毛钱。那时作为一个大学生，还不容易。不过，我们的毛主席却真的读了三十多遍《共产党宣言》。"

"我们中国有句话，江山易改本性难移。我还没有忘记。特别是看到你，和你又在一起，很自然地给想了起来。"

"本来，我自己也是在农村待过的，但久而久之、不知不觉中，却看不起那些贫穷的劳动者和不幸的人们。面子上、良心上，其实自己都有错，不应该如此。回想起来，我上中学时，按照学校安排，每年到农村参加春耕插秧，双夏抢收抢种水稻；寒假到砖厂晒砖坯、出窑渣，挣那么一点儿缴纳中学学费的钱，早已知道农民工人的劳苦。现在，我却关心身体健康，研究中药啦。比如，我知道，内服药的炮制方法包括先煎药、后下药、另溶药、冲服药、焗服药、另服药、布包药等。"

"什么话都让你说完，理想主义是你，冷漠务实也是你。反正有道理的便是你。"

"呵呵，算是这么回事嘛。人老快终，眼里活着的都美；于是，与鼠同眠、与蚁沟通、与鸟同飞。站在此角度，美学其实是一种寄托。因为美学本身是一种社会学，跟人灵魂一脉相承。因此，一座山，有人看似一堆粪土，有人看似一坨黄金，当代刘白羽的散文《长江三日》却把一座山看作一个感叹号！美啊丑啊，佛眼中都一样：美即是丑、丑即是美。于是，皱纹就是沟渠、沟渠便是皱纹，一道道皱纹、一条条沟渠、一次次经历、一次次教训，都很有味道。美学其实真正是人学，好懂；是教授们把它神秘化、象牙塔化。还好，毕竟美学真正归属于人学，凡人都懂。"

莫志清又说："听了你所说，你不在大学当教师可惜了。有朋友这样以为，我也这样看。你瞧你现在，不伦不类，要名气还算不上，要钱没有钱，说官不像官。不是吗？恕我直言。"

"事实是事实，明摆的。但我不这样看问题。随着岁月流逝，越来越不这样看。"

"我是说，你的长处在大学，而不是在如今的职场和市场。"

"但人生经常是错位发展的。"

"什么歪理。"

"正是这样。无论歪理还是正理、原理。经历过各种体验，更丰富了自己的内涵。我像是一个介质吧。在一段历史长河流淌漂移，有时候有方向感，有时候没有，随波逐流。一个小小的痕迹，见证了时代的某个侧面。"

"你这样看自己的生命，我也只有点头称赞。或者说，你真的有点儿奇特。"

"奉承的话就不必了。我还是习惯自己卑微与渺小的存在。内心偷偷作乐发笑，是我的一种安慰。令尊大人已经仙逝多年，以此观之，我们尚存于世，唯有珍惜，别无其他。"

莫志清看了他一眼，点点头，不再说什么。

这样，又过了一些时间。

他俩坐缆车上了太平山，在山顶的一座观光楼台，眺望前方。那是一片片楼群，一片片灯火，宽阔而美丽的海湾。两人无语。侯攀出神地看着这个东方之珠，这个国际大都市，这个东西方文化的结晶。

微风吹来，他轻声问："冷吗？"

莫志清把头一歪，靠在他的肩膀上。侯攀伸出手，轻轻地将她搂在身边，一时间，两人的体温交融一起……

其实，之前，侯攀带莫志清到他下榻的酒店住房。那是一个带有客厅的套房。五星级酒店的豪华水平。莫志清见到，啧啧感叹。两人喝茶、喝咖啡，上网看了侯攀的微博、博客。看了里头新近上传的照片，有侯攀的老婆孩子的。莫志清对这些更感兴趣；也将手机里的她两个孩子、她外国老公的照片给侯攀看了。

室内安静无声，侯攀走到莫志清面前，两手抱着莫志清的肩膀，看着她的眼睛说："今晚别走了吧。"

"不走干吗？"莫志清镇定地站立，笑笑，故意问。

"我们……"侯攀说，有点脸红。

莫志清一下子摆脱他的手，眼睛看着他，认真地说："自重，你可不要做那些对不起你老婆的事情。"

侯攀一笑，说："只一次。以前，我们的分手太匆忙了。我一直念记着。"

莫志清轻轻拍一下他的脸颊，说："我知道，我理解。但现实不可能了，也不必要了。都到了这样的年纪，我接受不了这样的方式。我们的过去我也忘不了。但我也已经有了自己的生活。再说，我也无法给你以前的感受了。所以，何必呢。"

侯攀相信。莫志清显然孱弱衰老了许多，老公、两个孩子，她的家庭让她付出了青春与活力。

"外国男人厉害哦。"侯攀笑笑说。

"生活等同于折腾，与外国男人在一起，那种折腾，女人的感受更深。"莫志清说。

"你终于说了实话，让我找到了以前的感觉。"侯攀说。

"那是的。不过，我老公毕竟是我老公。我们还有两个孩子。姐姐向着她爸爸，弟弟特爱和我在一起，他喜欢吃米饭，会使用筷子。"莫志清说。

　　这一次见面，明确了两人的底线。

　　"我们的过去，像梦，像风。"侯攀说。

　　莫志清笑笑说："那时，我未能说服你，让咱们一起走；而我自己，不顾一切，贸然前行。后来在异国他乡，才知道什么叫孤独无助，什么叫追悔莫及。也曾以泪洗脸，长夜难眠。后来，我终于认了，这是我性格使然，是我命运的代价。这些，以前一直未同他人说过，并且，在心里起过誓，决不向你表白。如今想来，以后与你也难得会有什么见面机会，那么，将这些东西倒将出来，也作为对我们的往日致意吧！"

　　侯攀听罢，一时怔住，想了想，说："你给了我启发，也给了动力。不然，我一辈子待在一个学校里，未能到珠三角来，未能分享这里的丰富多彩。"

　　他还想继续说，莫志清连忙打断了侯攀这无休无止的说话激情，说："别说了，我都明白，我还不知道你吗？只说你的写作。你喜欢就写吧，写出来，发表了，你便积累了作品，获得了稿费。你不是很喜欢粤北古代文人、《二十七松堂集》的作者廖燕吗？如你所愿，像他那样也很好。反正我以前听你讲得多，具体的话语，如今的与过去的好像不一样，但多听几句后，还是觉得与过去也没什么不同的。你依然是你，一个人的本质与性格是不会改变的。我听够了，不是你的那些理论观点没有价值，而是对于我来说没有意义。你会承认的，意义不是绝对的，而是相对的。你别在我面前浪费时间了吧。我不是过去的我了，我也不属于我父母他们那样的人，我要把孩子养大，教育好；还要伺候好在外挣钱的老公。"

　　显然，一个结束语。还是银铃般的声音。

最后一班车的时间眼看要到临。

送别她，看她登上公共中巴，那辆车消失在香港街道夜晚的五光十色中的时候，他才感到一种淡淡的失落和陌生。他与她，那些关系毕竟过去不再，她有了自己的生活和责任。他再多情，也都是一时的冲动而已，不仅在她那里没有了空间，就是自己这里，也都不会有太持久的愿望。

不过，侯攀还是嘿嘿一笑，自言自语地说：很好很好，心满意足。莫志清还记得他以前说过的话，提到了廖燕。其实，对于这个古代老乡、心中的目标，侯攀心中自知，不仅没有他那样饱学经史的积累，没有那清丽优美的文才，更缺乏那特立独行的风骨，对此君的敬重，充其量只是：如果自己的走过路过的体验感受，能为认识一个时代，提供一点旁证，也就幸甚至哉了。这个晚上是美满的，只有这样的过程和结局，才会是既符合理智的要求，又可以保留难忘的记忆。

2

香港十二点多的深夜，从半岛那边的九龙回到南边的香港岛下榻的酒店。出了地铁站，乘坐一种差不多有百年历史的叫作叮当车的双层轨道巴士，两元钱的车票可坐全程，非常便宜。

这次，又在一个陌生的地方逛到了深夜，侯攀明白，夜行，他的敏感脆弱的心灵难以承受。这样的经历，会导致在半夜里胸闷，很容易做惊恐之梦，以往常常如是。

但现在他还是在宁静中感到兴奋。和莫志清一起，阅读香港，那是一个很有意义的题目。站在这个国际大都市面前，思考与诉说关于中国与西方、传统与现代、法治与自由、经济与文化的话题，心情自然兴奋。

不想入睡，一个人的房间。侯攀喜欢在这样的环境里读书和写作，难得有这样的机会。于是，打开笔记本电脑，整理一些文稿，把一些碎片文字串联起来，组合一段一段的文字，也可以说是块操作，用这种方式进行谋篇布局。

他知道，回忆与总结常常会带来忧郁的结局，尤其在他这样的年纪，他于是写道：

社会在发展，我们在前行。挑战与跨越是人类永恒的主题，历史总是在斗争中前进的。安逸意味着停顿，意味着死亡。人们向往着美好，然而，理想的东西永远都不可能完全实现，会永远在梦中，在前方。事实上，形而上者离不开现实的支撑与滋润，形而下者挣不脱灵魂的纠缠。两者都具有存在的合理性，具有互补性。愈来愈强烈地追求前者，可以更好地摆脱身体——包括自己的和他者的身体的束缚，可以更好地触摸精神的灵魂，与精神对话，可以在长夜星空中自由地飞翔。

这是夜行心得。如果能够独自行走，走上一段相当长的路程，那是幸福的。是智慧的。对此，侯攀一直有着充分的体会。

终于有所醒悟，表现了人生的自信与乐观。过去长久以来的自卑与悲观，可以放下来。纽约人说，在他们那个城市，生活了二十年和仅仅来到两天，感受都一样。所面对的环境和法则，无论明摆的法则还是潜在的法则，都不区分谁为本地人谁为外地人或是初到者，法则只追求其本身的真正利益。同理，在香港几十年、一辈子和只生活几天，也都一样。不要责怪自己不是这里的主人。事实上，拉长了评价的时间坐标，一百年仅为一瞬间，换言之，百年之内并没有差别区分的意义。于是，寻找着、坚信着任何一点自己经历所在的长远价值。

香港街边的深夜，难得地进入相对寂静状态。叮当车停止了行驶，已是下半夜时分。他很满意这一晚，并不怎么奇特的一个时间段，重复的其实也还是自己不止一次讲过的话语。也像是生命的一个活的状态吧，真实的步伐往往是渐进式的。有了底气，估计不会再做那些遇到邪恶可怕事情的惊梦。

回到公司，在业务QQ群，又看到一篇带有小聪明也有点儿意思的文字："……本年已经完蛋，迎来了崭新的一年。在本年度，我们紧密扎根在QQ群里，团结在群主周围……坚决贯彻了七大新观念：（1）钱不是问题，问题是没钱。（2）水能载舟，亦能煮粥。（3）一山不能容二虎，除非一公和一母。（4）火可以试金，金可以试女人，女人可以试男人……在过去的一年，虽然我很少发言，但为了表示我的忠诚，在新的一年，特向群主保证：群主的脾气就是我们的福气；群主的要求就是我们的追求；群主的鼓励就是我们的动力……"侯攀看了扑哧一笑，舍不得删除，顺手下载，放到文件夹里。确实，面对这类文字，侯攀心里会带有自卑，自己以写作为专长和谋生手段，进入此道很多年，但比起网络上那些不留名的"草根"，觉得自己的智慧与灵感都很贫乏，只有缄口不语。以前，走入书店，或者去看书展，看到堆积如山的书籍，也有这样的压抑感觉。

靠文字为生，也真的不容易。

忽然地，老费过来了，这让他欢喜了一回。

他的那所大学举办了一个管理哲学博士课程研修班。业余学习的，不用通过入学考试，没有学历，只有所修课程的成绩。学费当然要交。也有不少热心参加学习的。学员中，公务员、白领、专业人士居多，属于社会精英那一类。其实，聚集一起，除了学习提升、充电加油之外，一个很重要的目的是结识同类平台的朋友，有益于事业和生意的发展。若同学成立了一个公司，则可以开始利用各自的资源，努力谋取利益。

这次，他们一个团队到深圳来，进行考察和讨论。

那是在晚上开始的，侯攀参加了他们的自助餐聚会。

吃了之后开始座谈，侯攀作一个主题发言，给他们介绍本地经济发展的一些情况。老费有个信封给他，里面有几百元的报酬。虽然不太多的一些茶水费，侯攀也很高兴，觉得自己的劳动得到尊重，人家很讲礼貌。

那是周末，本周股市走向不错，侯攀的心情很好，也确实讲得很好。学员们这样的聚会也难得，于是有了充足的谈兴。

老费扯出一个话题——过去的十多年。他在北京待了一段时间，对那里的交通堵车、灰霾天气以及飞涨的房价，感触特多。接着他又讲了一个其实是虚构但又是十分真实的故事：

"北京人张老四，十多年前卖了京城的房子，远赴重洋到美国淘金，风餐露宿起早贪黑，大雪天送外卖，夜半记单词，在贫民区被抢八次，挨打六次，辛苦节俭十年，头发斑白两鬓苍苍，终于攒下一百万美金，打算回国养老享受荣华富贵。一回来，发现当年卖掉的房子现在中介挂牌六百九十万，刹那间精神崩溃。多么滑稽，又是多么心酸的一幕啊！十多年前钱我有十万可以买一间乡下房子，十年后我有了五十万，却发现已经买不到乡下的一间房子。令人费解的是，十多年前三十万的丰田十年后却是二十万了，这是不是说明我们可以买车，但不可以买属于自己的房。"

接着，这些研修学员们又讲开来了各自的十多年前故事。也都挺有意思的，侯攀大体记录了下来，想，以后写评论社会的杂文，这些例子也许有用。

"十多年前我从广西老家来到广州，我全部财产就一辆残摩的，还是我从老家开过来的。我是残疾人，挂着双拐。来到这后，一边开摩的，挣钱去报名学了电脑维修、网站设计。现在我在一家加拿大的企业工作，住在珠江新城边上。"

"十多年前，我和女朋友在三亚商品街逛街，我觉得那天晚上很有意义，我对女朋友说，不知道我们十年以后是什么样子！最近，我在广州给在三亚的她打电话，我问她还记得十多年前吗！她不记得啦！但她对我说她怀上第三胎啦！而我一直没结婚！"

"十多年前，我生活在家乡的小县城里，十多年后我还是生活在家乡的县城里；十多年前过年市场上猪肉每斤只卖五元，十年后过年市场上猪肉每斤要卖十五元；十多年前过个春节，家里要花三千元，大人小孩都开心，十多年后过个春节全家花了二万元，大人小孩都觉得乏味；十多年前我的月收入是1200元，可以在县城里最好的地段买房子3平方米，十多年后的今天，我的月收入五千元，在县城最差的地段买不到1.5平方米。一个十多年又一个十多年，自己唯一的欣慰，是把儿子从小学送进了大学。"

总结的心态，总结的年代。阶段性的，也是碎片化的，但也都是时代的印记。

当启动了这样的思维，会不难发现许多东西。其实，布道者不一定是具有高深学问和理论的人，发布形式也不是什么著述。每一个人，每一道痕迹，都可以提供启示信息。

忽然，他想到小时候一个同龄的少年朋友石壁。这个人，也是一个时代的标本印记。他以朴实的生存哲学，适应了时代的变化，其收获出乎人们预料。那是一个寄存在他心里的难忘的记忆。

那个石壁，他家父子两人相依为命，没有朋友，不见亲戚。父亲个子瘦弱矮小，没有受过教育，目不识丁，从小失去双亲，年幼参加劳作，艰难度日，快四十岁才娶到老婆。结婚一年后，妻子得病而死，这个父亲只得靠自己抚养幼儿，再无能力娶妻，简陋粗糙而又狼狈不堪地生活着。数年坚持，省吃俭用，付出全部努力，在小镇偏僻处盖起一间泥砖茅草屋子。虽然一眼看得到的那十足的寒酸模样，但也和附近别人的房子一样并肩站立了起来。屋里四壁空空，一无所有。石壁的房间只有一副木板床，一顶破旧乌黑、布满补丁的蚊帐，一张粗木块凳子，凳子上放着照明用的煤油灯。做作业时，身子趴在木板床上。但他开心。"谁说我没有妈，我有妈妈呀。"别人说起他可怜，他会这样笑嘻嘻地说："我天天晚上和妈妈睡在一起。"要是在他房子里说到这，他会身子弯下去，灵活地爬进木板床底下：那里放置装着妈妈遗骨的瓦缸。他打开缸盖，取出一根约莫一尺长、两头圆中间细小的骨头，大喊一声："妈，我看你了。"别人不敢多看，他却满不在乎，兴致勃勃，好像妈妈还在身边。

为父的每天挑着担子在东塘小镇和附近的格顶煤矿收破烂。石壁傍晚做好饭，烧个青菜，等着父亲。他经常笑着脸，凑近人群，不管别人的谩骂和讥讽，仿佛自己是聋子或者别人是傻子；其实他的逻辑很明确，要的只是活着，吃饱肚子，有地方睡觉，让生命存在，长大。到邻居家串门，如果被喊到，要他帮忙干杂活，如搬搬柴火、收拾院子、喂喂猪食或赶鸡鸭进入笼子里，他非常乐意，也可以干得很好。然后，静待一旁，等着别人给点剩饭剩菜，蹲在墙角大口大口地吃个精光。石壁喜欢红白喜事这些热闹民俗，特别是丧礼，别人都怕的，他却积极靠拢过去，那里，干活的机会多，吃东西的机会也多。关于吃，他为小镇贡献了不少笑话。比如，他说，当女人真好，坐月子的时候，鸡蛋可以不停地吃。有一回，他给人家帮忙做丧事，看到躺在棺木中的逝者，嘴上贴着一块煮熟的香喷喷的鹅肝。石壁不由靠近那里，嘴里不停咽口水，要不是被人及时拦住，他会伸手过去，把死人嘴上的鹅肝抢过来自己吃了。

他穿着不整洁，破破烂烂，邋邋遢遢，头发蓬乱，但是身体发育得很好，力气大，胆子大，从不生病。

四年级，石壁辍了学。其实那个时代念书是基本不需要钱的，小学学费每个学期不到五元，还包括发给课本。如果家里确实拿不出来，磨磨蹭蹭，往往也可以不了了之。基本上没有因交不起学费而不让上学的事情。那时候石壁父亲得病，卧床不起。石壁说："我识得一些字，能写借条收据，会加减乘除，可以算清自己的钱，这么着也行了，父亲那副收拾破烂的担子我来挑吧。"此后，他挺直身子，替代他的矮个子父亲。其实，在上学的时候，他已经熟悉了收破烂的生计，比如四只锡制的牙膏壳，可以换到二分钱，生铁可以大量收购而熟铁则很难卖到好价钱，鹅毛鸭毛有价值，解放鞋的胶底是可以卖的。有空时他把这些破烂捡回家，放在门前的一个木板笼子里，有的价值高点的，还放在床底下。星期天，他跑到几公里远的格顶煤矿，在煤堆里收拾作为爆炸导线的报废铜丝。离开学校后，他的工作是专门干这些。当同学中学毕业时，他的父亲病重了，最后不治而死。于是他独自一人生活，但茅草房换成了砖墙瓦顶屋。后来，他在格顶煤矿承包了一条煤坑道，组织几个农民工，挖煤卖煤。当同学到了结婚年纪，石壁已经成了煤老板，不仅结婚了，还生了两个孩子。挑了个时辰，他摆上几十桌酒席，供着父母的灵位，说是代表父母请邻里吃饭，热闹一番，还个人情。然后，挑好一块墓地，安葬了父母，不久带着老婆孩子到深圳去了，再过了几年，回来投资，把父母墓地那一大片山地承包下来，搞养殖绿化，旅游度假。盖了单家独户的楼房，孩子送到国外留学了，女人在照顾他的生活。挣了钱，大方地请来朋友，吃吃喝喝，打牌打麻将，享受生活。

人生哲学和生存法则其实也非常简单和实在。侯攀越来越觉得，这个以后一直没见面也从未想过需要见面的朋友，其实也可以说像是他的老师。

如果说到总结，侯攀觉得，他自己不善于也不愿意计算得失，倒是找到一些个参照，曾经是老温，如今是石壁，还有其他人，都是。由此而感受人生的价值和下一步的方向。太多的关于人生的理论与哲学，其实还不如根据自己的生存需要而自然选择的智慧高明。

还有群众。他们也是高明的。那些日子，在城区广场，在大街小巷，在社区文化活动室，经常可以听见人们演唱《我和我的祖国》。不同的地点，不同的形式，不同的效果，但似乎都有一个共同点，情感真挚朴实，发自内心。在真实的共鸣中，侯攀感受到了作品那广泛而深刻的群众性、平民性魅力。也许，这更能体现此作品的意义实质。比如，个人与国家，与时代的关系，犹如浪花与海洋的关系；而每一个人，甚至每一件事，每一个行动，往往都有意义，有价值，有味道。所以歌中赞唱了许多平凡的东西——炊烟，村落，甚至路上一道辙。

这也是参照，也是老师，也是哲学。侯攀明白了。

3

老婆来电话。她说，念高三的女儿高考第一次模拟考试的成绩出来了，比原来的预计有明显的差距，在班上的排名由上学期期末考试排名的第十三名跌到了第二十四名，在年级理科考生的排名也由第一百二十四名下降至第二百零五名。

越来越看不懂学校这样的考试成绩的统计与分析。但是，孩子是放置到那里去了，在那里接受他们成长的规则。微信上看到过一条信息，说教育最怕不爱读书的教师拼命教学，不爱读书的父母拼命要求孩子上学。有道理！针对性强，一针见血。可是，又有什么办法呢？

他也相信，每一个时代都有自己独特的价值与价值培育的环境和标准。再说，他也没有太多的精力来照看孩子的教育。不过，是要回去看看，尽点当父亲当丈夫的责任。其实，老婆的信息隐含着另一个内容，他与她之间，没有那个生活的时间长了点，她有需要了。无论是自身欲望的需要，还是出于检查丈夫是否让她放心的需要。

其实也不是不方便的行程。驾车一些时间，出了特区边线，很快到了深圳的布吉。这不是一个普通的地方，他总觉得，在当今中国，乃至当今世界上，布吉这样的街道都可以显现其不同于一般的魅力的。

这地方，纷繁复杂让人感到炫目，其精彩与机会又使人振奋和激动。特区管理线的关内与关外，在这里得到一个通道与对接。来自国内的大批量人员及其生活、工作堵在了特区入口处，形成了这个镇的高潮，而这是近几十年的事情。高速公路、轻轨、城市道路、地铁都经过这里的中心地带。一走出地铁出口，遇到的是一个地摊市场，那里摆满各种廉价的百姓日用百货。各种品牌和没有品牌的性生活用品，醒目地突出地打出招牌。街道弯曲，尤其是在中心市区，纵横交错，分不清东南西北。这城，原来并没有长远的规划，建好了一片楼房，过了一些年，又再一次规划，再一次建设，而每一次的建设也都只看到很短的眼前利益。

因为那时，布吉是一个街道，不是一个城市。而当其人气，其活力得到充分的认同，需要以更广的视野和更高的要求来发展的时候，原有的积累已经无法逆转了。所以，它的活力与繁华是杂乱的，富有生活气息。一条街上，找到一个比如是第六十五号的门牌，如果需要寻找第六十四号，或者第六十六号，并不是容易的事情。接下来的那个牌号的地方，可以存在于东南西北四个方向，而且隔着若干个门户。因为在以前的建筑格局当中，后来又无序地插入了其他的房屋。

侯攀曾经想过，这是一个重大的变化。中国以前，比如20世纪六七十年代，街道、社区的管理，户籍的管理是十分严谨的。那时候，本来流动人口就不多，限制很严。谁家有什么动静，都一清二楚，个人私密的东西非常少。

如今，在大街道路里面的小街小巷，布满的出租屋，主人大多是当地的农民，他们依靠着积淀了不知道多少代人的福分，终于发了财，把旧屋空出来出租，收取租金。进驻的是外地过来的打工者，他们不仅在这经济条件好的地方挣钱，还生育孩子。其实日子过得还挺可以。基本的生活费用并不多，而只要付出劳动，也都可以挣得钱。几年下来，生下了两三个孩子，也在这属于特区的地方，开了眼界。如果有更好机会的，还可以得到更大的收获。除此以外，生活几乎不可能再放进什么别的内容。

侯攀在这样的环境找到了自己家庭的据点。老婆也有几分姿色，厚道本分，善良勤劳，体贴温柔，无论是把她作为女人，抑或作为老婆，那都是一个让男人得到舒服实惠的选择。实惠是侯攀对于自己婚姻最深刻的感受。她喜欢这样一个地方，没有那种高度拥挤、逼迫感受的快节奏生活，也可以享受得到现代文明的便利与乐趣。她跟着侯攀过日子，生下一女一子；她还把弟弟、父母从乡下弄了出来，也都在布吉安顿好了。他们有各自的生活，包括实际的、理念的、逻辑的，可以自由自主地生长、循环。像侯攀所热衷的文化形态、公共舆论，在他们看来，既不知晓，也没有兴趣。所以，侯攀有时想，他所作的思考写作，说是为了包括他老婆他们那些人，其实人家一点感觉都没有。而在一边，他们那些学者、作家还沾沾自喜、自以为是，或者在争辩中脸红耳赤，甚至结下怨恨。

当年有过很特别的情感关系的英语系那个女教师，也在深圳；虽然与她同住一城，但也未曾见过面。侯攀悄悄地打听到，她前些年已经不卖服装，同居的年纪比她大十多岁的台湾商人，结束了在东莞的生意，要回台湾的自己家，于是两人和平分手。她得到一笔钱，加上自己的积蓄，在一个条件不错的小区，买下一个小面积的套间，又花了更多的钱，进行了精致的装修，一个人住进里头。除了每日去做瑜伽，很少出来。她一直没生育，也不与旧同事旧朋友联系。

回想起来，不禁喟然长叹，暗自惭愧。以前那个样子，是因为年轻，是因为有过思想的禁锢，难以避免地出现了过火的反弹与反拨。尘封的往事，掩埋在记忆的土壤里吧，让历史、理性和良知，去作审理与评判吧。

各有各的生活，扑面而来的纷繁复杂，很多是难以把握的，有些有开始没有结束，有些还没开始就已经结束，有些结束了也还未开始。

回家，进入一个旧街区。要经过一个菜市场。之后要经过的地点：万方国际教育机构、明日之星托儿所、新丝思发廊、丽品发廊、佳丽发廊、诚信药店、光彩广告、小吃店、时装店、新篮极速网吧……

一个电子品牌店，门口打出牌子宣传：专营品牌笔记本、手机、组装台式机，货真价实，童叟无欺。有需要请咨询QQ，长期招收学生代理。

遇到一个朋友，他兴高采烈地推销一项服务，侯攀应该是他这一天的第N个推销者："丹丹的婚庆公司开了两年了，生意一直热火朝天的，好的一塌糊涂，可随着那条街上的婚庆店越开越多，慢慢生意就淡了下来，为了开这个店她这几年打工的积蓄都投上了。还借了很多朋友的钱！生意惨淡。丹丹乐天的性格也开始发愁了！其实，这是很多创业人都会遇到的难题。怎么办？要是能让自己的公司做成全国连锁多爽啊。丹丹一脸憧憬地跟我描绘着她的未来！嘻嘻，多亏认识我吧！来，我来推荐给你怎样白手起家做大的一个商业模式的链接：记着，生意做大了可别忘了我这个贵人啊！"

粮油杂货店，那是潮汕人开的，一家人经营，三个小孩。潮汕人被称为广东的犹太人，具有经商天才，刻苦耐劳。他们把经营、生活、生孩子都结合在一起了。这样的社区，成长出来的孩子一定会有他们自己的世界观，环境这所学校的影响往往具有决定性，想要改变它还真的不容易。

于是，侯攀又想到自己的女儿，心里掠过一丝歉意。对她的关心太少了。自己有点自私，把自己的事情放到顶点位置，理由冠冕堂皇，觉得是为社会为历史，实际上并不是，实际上是为个人的名利地位。形而上的人有一种虚伪的也是彻底的自我和自私。

女儿继承了他的一个优点，喜欢思考与写作。他并没有鼓励她，但她自己沿着这个方向发展了，只能说是遗传。生理的因素和文化的因素都可以遗传的。但女儿同时也遗传了母亲实在的特点，对侯攀和老费那种务虚的理论争辩不感兴趣，她爱法律，想当律师，高中语文课有莎士比亚《威尼斯商人》的节选，那个才华出众的女律师深深地吸引了女儿，她想当这样的人。何况，她还知道，在当今社会，做一个律师，在涉案巨额的官司里，可以按比例提取律师费，那是一般的工资薪酬所远远不可以比较的。如此聪明成熟的女儿，是不会让侯攀操心太多的。但最近女儿高考一模成绩不理想，出乎他的预料，觉得很有必要与女儿谈谈。

回到家里，侯攀说想与女儿谈谈，女儿愉快地答应了。这是与以前那种忸怩、调皮所不一样的。侯攀特地沏了一壶茶，在红木圆桌上，与她相对而坐，进行平等而认真的谈话。

女儿能接受这样的对话方式。

"爸爸，我不是不想读书，不想念的只是这里的学校。我想到国外去念大学。"没想到，她比他预想的要成熟深刻和果敢。

"呵呵，你知道，我和妈妈会送你去国外留学。以前也说过多次了。但希望在你大学毕业以后。一者，可以省点钱，我们不是很富有的人家；二者，你还是要多学习中国的文化。"

"那要等多久呀。"她摇摇头。

"也不久嘛，只有几年时间，人生那么长久。"侯攀说。

"我们的女班长，最近离开了班里，到英国留学，先是读一年的预科班，之后上大学，学的是设计。人家说得到便做到了。你们总喜欢等待，总将事情往以后靠，我等不了。再等待，我会老了。"女儿说着说着，似乎有点生气了。

侯攀一怔，想，她其实是正确的。不同年代的人，对于时间的感觉并不一样。而且，如今这一个时代，时光节奏的强度也是以往所不可比拟的。这些，作为父母，作为大人的他自己，都忽略了。看问题，有个角度和切入点，一般而言，那是自己的经历、位置和主体特性。由此，所产生的结论，免不了带有主观性和排他性。实际上，人们对此往往不大注意。女儿的主张不能轻易否定，尽管不一定赞同。于是，他笑笑，说："对的，女儿看问题很敏锐，很新潮。是这个道理呀，我不否认。不过，你给一些时间让我们准备一下吧。"

没想到，女儿笑起来，说："我吓唬你的，本来也没想到你会立即答应我，每个人家的实际情况不一样，我不会与我们女班长攀比，他们是有钱人家，当然，还有更有钱的。你们心里先琢磨琢磨，也用一些时间来做准备吧。以后，我再找机会出国去。"

女儿真懂事。侯攀看着她，感动地点点头。

下午，侯攀到附近的一个发廊理发，认识了和女儿一般年纪的那个女孩子，她在发廊里做小工，给侯攀洗头。侯攀对她很热情，她便很大方地说起了自己的事情。她从小在农村，爷爷奶奶带大，所以对爸妈没有太深的感情。以至于他们什么时候离婚什么时候重组新的家庭都不知道。只是过年过节的时候看到他们，在一起吃饭，收取红包。上幼儿园时，因为太小不懂事，所以也不会老吵着要爸妈。那年寒假的时候，老爸回来。和老爸很久没见面，所以也有些生疏。过了年之后，奶奶让她和老爸一起走，到深圳。当时还特别高兴，觉得终于到达了长年思念的地方，像做梦一般。她第一次去那么大的城市，以前，去最远的地方也就是县城。一路上，坐汽车，乘高铁，一直都没有怎么说话。老爸带着她直接回了他新的家里。到了家门外，她站在门外不敢进去。老爸的新妻，一个四十岁左右的女人，接过老爸手里的包，然后对她打招呼。她怔住，不知说什么，依然站在门口。老爸转过身子，一把把她拉进了门。于是，她才发现，自己告别了一个阶段，走进了另一个阶段。对于她，生活总是莫名其妙。接下来，与后妈相处不好，总有磕磕碰碰。常见的问题，无法断定谁是谁非。念的是职业中学，她争取在学校住宿，尽可能不回家。钱不是很够花费，职业中学鼓励勤工俭学，也安排了职业技能训练，她便跑到学校附近做发型的发廊，帮忙干杂活，赚点零用钱。

这女孩，与出国留学的女班长相比，与希望出国留学的女儿相比，有明显的反差。她可能是未来的余丽，在国际空间生存；但一定要她像莫志清的儿子，爱吃米饭，会用筷子。

经历，漂移，纷繁复杂。每天都有发现。

但，最好不要突如其来的发现。尽管很少有。

他心里非常害怕的一个情景有时候会跳出来：一个春节，那个从内蒙古调来不久的副教授从顶层跳楼自杀。他以前是凌校长教过的中学生，担任一班之长。原籍河南，随父母支边过去内蒙古的。那次，凌校长带着侯攀到内蒙古选用人才，也把他调来了；其实更多是念旧，感慨当年自己在边疆草原的艰苦，让自己的学生到南方广东，分享自己所能提供的福利。本来一片好心！可惜，这个非常内向的学生，却在心里揣着特别糊涂的理由，因为离开了熟悉的草原地区，来到南方的小城，吃喝饮食、水土气候、人际关系、文化氛围，都有很大差异，难以习惯。虽然工资是多了，却也无法弥补所失却的熟悉。调动过来不容易，想要回去那程序更加复杂，几乎不可能。于是心里纠结，想不开。一念之差。真是个糊涂虫！可怜可气的糊涂虫！他年富力强，妻子在校医室当医生，儿子上中学了，他自己书法有特长：仅此一招，在南方这样的地方，完全可以很好地谋生了。真是叫人百思不得其解，只有长叹痛惜！

当是时，侯攀从外面走路回来，看到了那一幕：十层高的教工住宅楼下聚集不少人，大家表情凝重、诧异、惊恐。有的还在交头接耳，窃窃私语。人们向上层的楼房看去，打量着什么。在一旁，警察布置的警戒线内，那个副教授的遗体躺在地面上，匆匆地盖着一块床单。他体格健壮，肌肉发达，身体没有毛病。仅仅精神出现了问题。在一旁，他的妻子被人搀扶着，嚎啕大哭，悲痛欲绝，几次昏迷过去。儿子刚刚还在玩游戏，手里拿着一只风筝，泪水与泥巴涂满了那张清秀的脸。凌校长叫上出租摩托，搭坐在后头，匆匆赶来，了解了情况，安排了一下，又站立在前列，满脸的悲伤与沉重。这番景象，侯攀心里一怔，明白发生了什么事情。

最近，与赋闲的凌校长通电话，说到这个往事，电话那头，凌校长沉默许久，才说："来来往往，步履匆匆，草木一秋，人生一世。"

很多年以后，侯攀都记得，想起来，心脏还不由怦怦急跳。

这是一个遗憾，一个代价。很极端的事情，但也有其内在的逻辑。好在整体而言，大多事情在合理正常的区间里头，发展变化，运行前进。尽情地、兴奋地、幸福地创造着、分享着这个时代。他还想到在海外漂泊半辈子，两手空空、孑然一身归来的老邓等人。

人精力是有限的，只能抓住时机做关键的事情。

这是你的人生哲学，而且是经过实践检验的哲学。

我哪有什么哲学，只不过体会到了一点经验而已。

好个而已！经验是个别的，有局限性的，却又是真实的，经验有价……

日记里发现的这些记录，什么时候，什么缘由，都不记得。

但这是自己走过路过的漂移生命痕迹，而且还可以在内心深处引起长久共鸣。

侯攀想：所以，过去已经过去，经历的痕迹可以作证，我们即使仅仅留下一点痕迹，也会有意义的，没有必要面对虚无。当下和未来才是现实的存在。空想是苍白的，行动才有力量。赶紧去做，做那些想到了明白了的事情。

他想到近日在阅读的一本书，关于美国 IT 人物乔布斯的一句名言："我们生来就是为了在宇宙中留下印记。"深究一下，他认为，乔布斯的本意是说：我们每个人都有能力改变环境。

是的。我们不必接受我们出生的世界是固定的、不可改变的东西，通过意志力、专注的能量和力量，我们实际上可以更新它。

逻辑也会越来越清晰，不断地穿越混沌，走向清晰，或者走向相对清晰。

也许吧，可能吧，应该吧。

有这样的自信，因为在行走中我们塑造了自己，有着坚定的感知与信念。

不论是昨天的记忆，今天的体验，还是明天的预测。

每当想到这些，侯攀的耳畔，总会响起那首熟悉的歌："……我歌唱每一座高山，歌唱每一条河，袅袅炊烟，小小村落，路上一道辙……"

"……路上一道辙……"

有时候，侯攀会反复哼唱这一句。

在人文故事中体悟百味人生

1 本书定制

- 读作者经历
- 品长篇小说
- 听人文故事音频
- 入读者交流社群

2 书迷必看

本社文学好书推荐

微信扫码

添加**智能阅读向导**

陪您度过一段愉快的阅读时光